문학과 문화 사이,
옛이야기

유정월 지음

보고사
BOGOSA

　조선 시대 문헌 소화에 관한 논의로 박사 논문을 쓴 이래 여러 분야에 관심을 가지고 논문을 발표했다. 말 그대로 여러 분야였다. 신화, 전설, 민담 가운데 전공 영역이 있었던 것도 아니고, 구술된 이야기와 기술된 이야기 어느 하나에 정착하지도 못했다. 시간이 지날수록 전공 영역이 뚜렷해지는 게 아니라 모호해졌다. 조선 시대뿐 아니라 근대와 현대로 시간대가 확장되었다. 야담 전공자와 함께 학술대회를 하기도 하고, 신화 관련 도서를 낼 의향이 있는지 질문받기도 했으며, 몇 달 동안 지속적으로 현장 답사를 하는 프로젝트를 수행하기도 했다.

　구비문학 내부의 여러 갈래 구분이 나에게는 합리적인 것처럼 느껴지지 않아서이기도 했고, 이미 구획된 학문체계 안에서 운신하는 게 마땅하지 않아서이기도 했지만 정확하게는 왜 이런 다양한 관심사를 끌어안게 되었는지 스스로 알지 못했다. 심지어는 내가 다양한 대상들을 다루고 있다는 데 대한 자의식이 생긴 것도 얼마 되지 않았다. 그간 쓴 논문들을 수정하고 체계화한 『문학과 문화 사이, 옛이야기』를 준비하면서 내 종횡무진하던 연구 관행을 들여다보았다. 궁극적으로 이 모든 것을 통해 내가 관심을 가지고 있었던 것은 무엇이었는가? 그런 것이 없을 수도 있지만, 없다면 논문을 엮어 체계를 갖춘 단행본을 만들 수는 없는 노릇이다.

나의 관심사는 기본적으로 옛이야기이며, 나는 이것을 '텍스트'로 접근한다. 세부 장르나 매체 특성이 다르다 하더라도 텍스트로 다룬다는 것에는 공통점이 있다. 대상을 언어의 집합이며, 언어 단위처럼 분절 가능하다고 보는 것, 그리고 단위의 결합 과정에 나타나는 특수한 방식에 관심을 가지는 것이다. 내가 구조주의와 기호학이라는 학문 풍토에서 공부하고 글을 썼기 때문에 가능한 것이었다. 대상을 탐구하는 방법을 가지고 있었기에 나에게는 낯선 대상들이 더 흥미로웠다. 이러한 대상들을 텍스트로 바라보게 되면 새로운 세계에 닿는 기분이었다.

그 새로운 세계는 텍스트 안에 새겨져 있어 누구나 발견할 수 있는 종류는 아니다. 텍스트의 언어적 차원을 아무리 탐험해도 내가 그것을 텍스트로 바라보고 내린 결론에는 이를 수 없다. 그렇다고 그 세계는 텍스트와 상관없이, 콜럼버스가 발견한 신대륙처럼 보이지는 않지만 저 건너편 바다에 엄연히 존재하고 있는 것도 아니다. 그 세계는 내가 그 대상을 텍스트로 바라볼 때만 비로소 열리는 신기루 같은 존재이다. (신기루처럼 허무한 것이라는 뜻은 아니다.) 신기루가 만들어내는 오아시스는 눈앞에 보이지만 가 닿을 수는 없다. 그렇다고 없는 것으로 치부할 수도 없다. 대기층에서 빛이 굴절하는 현상이 우리 눈앞에 신기루를 만들어 놓기 때문이다.(신기루는 사진으로 찍을 수 있다.) 나는 어떤 시간에, 어떤 방향을, 어떻게 응시하면 신기루가 나타나는지에 관심이 있었다. 그렇게 조준된 방법으로만 모습을 드러내는 것이 신기루이기도 하다.

내가 궁극적으로 관심을 가졌던 것은 문학을 통해 나타난 것이지만 문학 안에는 **없**고 그렇다고 풍습, 역사, 관습, 제도 같은 문화 안에 있다고 할 수 없는 것이었다. 그래서 이 책의 제목은 '문학과 문화 사이 옛이야기'이다. 있다고도 할 수 없고 없다고도 할 수 없는 것이 세상에 많이 있음을 나는 연구를 통해 알았다. 〈비포 선 라이즈〉에 나오는 대사처럼. "만일 신이 존재한다면 너와 내 안이나 우리 안에는 없을 거야. 신은 우리 사이의 작은 공간에 있을 거야." 내가 대상을 텍스트로 다루면서 내린 결론들은 진실이지만 이 진실은 신기루와 같은 위상을 가진다. 그것은 텍스트에 있는 것도 아니고 문화에 있는 것도 아니다.

물론 다른 장르 역시 문학과 문화 사이에 있기도 할 것이다. 십여 년 전에 '문학에서 문화 연구로'라는 제목의 책이 출판되었는데, 이는 당시 문학 연구의 동향으로 이는 문학 연구의 패러다임을 확장하거나 교체할 필요를 역설한 것이다. 옛이야기가 문학과 문화 사이에 있다는 것은 패러다임의 문제라기보다는 장르 자체의 속성을 지시한다. 옛이야기는 오래 전부터 입에서 입으로 전승되며 축적된 것이고, 상황에 따라 다르게 구연되는 것이고, 집단이 향유하던 것이다. 구술성, 연행성, 집단성 이 세 가지를 특징으로 하는 옛이야기는, 이야기 자체만으로 연구될 수 없다. 나는 옛이야기를 텍스트로 보면서 이들을 통해 문화를 읽고자 했다. 존재 자체가 이미 문학과 문화 사이에 있는 옛이야기를, 그 존재가 가장 잘 규명될 수 있는 방식으로 접근하고자 한 것이다.

내가 옛이야기 텍스트를 통해 밝히고자 한 '진실'은 특정한 문화와 환경 내의 의미작용/의미/가치를 표현한다. 물론 텍스트의 진실은 지엽적 진실이다. 그러나 나는 이 진실이 일반화될 수도 있다고 본다. 지엽적 진실을 넘어서 인간 문화 전체에 관한 의미작용의 문제를 다룰 수 있는 것이다. 구체적인 텍스트에서 출발하였지만 내가 확인하고자 한 것은 그보다는 보편성을 가지는 문법에 가깝다. 그러나 이 진실은 필연적으로 확실하지도 않으며, 그 텍스트가 어떤 과거로 돌아가서 당시의 상황을 설명한다고 보증하는 것도 아니다. 〈비포 선 라이즈〉를 계속 언급하자면, 서로를 진정으로 이해하는 것은 불가능하다. 나는 진정으로 어떤 대상을 이해했다는 제스처를 취하는 논의들을 믿지 않는다. 텍스트에 진실이 있다면 그것은 문학과 문화 사이에 특정 방식을 통해 잠시 나타나는 신기루이기 때문이다.

1부에서는 신화 텍스트를 중심으로 논의했다. 텍스트와 현실이 만나는 방법은 무궁무진하다. 나는 특히나 제주도라는 공간에서 이루어지는 이들의 만남에 관심을 가졌다. 그것은 농업관, 죽음관, 가정관 등 세계관 형태로 표현된다. 2부에서는 전설과 민담을 다루면서 특히 다양한 방식으로 텍스트 읽기를 시도했다. 이들은 대부분 한국에서 가장 유명한 축에 속하는 짧은 이야기들로, 여러 이론적 시험을 하기 적합한 부분이 있었다. 기호학적 접근을 시도하기도 했고 통시론이나 비교문학적 방법론을 시도하기도 했다. 1부와 2부가 익숙한 기존 설화들을 대상으로 한 연구들이라면 3부는 근대와 현대의 특수한 매체와 연행 방식에 대한 관심사에서 시작된 논문을 모았다. 근대 책이나 잡지로 출간된 설화를 읽는 것이나 무대에서 구연된 설화를 듣는 것은 낯선 경험이었다. 3부에서는 이것들이 왜 낯선 것인가에 대해 논하고자 했다.

책을 내면서 좋은 점은 감사에 인색한 내가 공개적으로 감사를 표명할 수 있다는 것이다. 송효섭 교수님께 감사드린다. 제자로서 부끄럽지 않은 논문을 쓰고 싶다. 어머니, 아버지, 그리고 남편과 아이들에게 감사한다. 다른 데 눈 돌리지 않고 오랜 시간 공부할 수 있었던 것도, 역설적이지만, 그러면서도 공부가 세상의 모든 것이 되지 않을 수 있었던 것도 이들의 덕이다. 함께 공부한 학문적 친우들에게 감사한다. 부족한 나는 이들을 통해 갈 길을 탐색하고, 그 길이 뭔가로 연결될 것을 믿었다. 나는 이 모든 이들과 따로 있어도 함께 있다고 느낀다. 마지막으로 경이로울 정도의 꼼꼼함으로 이 책을 살펴준 보고사 편집부 김하놀 님께 감사한다.

연구자가 연구대상에 항상 관심을 가질 수는 있어도 그것을 항상 좋아할 수는 없다. 그러나 나는 옛이야기를 항상 좋아했다. 좋아하는 것을 분석하고 좋아하는 것에 대해 쓸 수 있었으니 행운이다. 옛이야기는 대부분 해피엔딩이다. 사랑하는 모든 이들의 해피엔딩을 바란다.

2017년
유정월

차 례

여성적 다시쓰기, 김동환의 전설 개작 양상

무대에서의 전래동화 구연의 두 가지 방식

제1부
일상과 노동,
삶과 죽음의 기원과 세계관

〈세경본풀이〉와 제주도 농업관

1. 서론

신화에는 기억, 전통, 관습과 같은 문화 전반이 표현되어 있다. 신화는 하나의 세계상이다. 신화는 낮과 밤의 변화, 사계의 흐름에 따르는 초목의 생장과 소멸, 인간의 탄생과 죽음, 천둥과 번개 같은 자연의 힘을 비유적으로 설명한다. 그런데 신화의 의미는 상황과 장소, 역사의 흐름에 따라 변화를 겪는다.[1) 신화가 담고 있는 시간, 삶, 자연 현상 등 문화 전반에 대한 사유는 본질적이며 고정된 것이 아니라 변화하는 것이다. 따라서 신화에는 보편적 요소와 특수한 요소가 섞이게 된다. 이는 제주도 무속신화 〈세경본풀이〉에서도 마찬가지이다.[2)

---

1) 게롤트 돔머무트 구드리히 저, 안성찬 역, 『신화』, 해냄, 2001, 9면.
2) 본고에서 〈세경본풀이〉는 다음과 같은 자료들을 참고하였다. 문무병, 『제주도 무속 신화 열두본풀이 자료집』, 칠머리당굿보존회, 1998; 장주근, 『제주도 무속과 서사 무가』, 역락, 2001; 진성기, 『제주도 무가본풀이사전』, 민속원, 1991; 현용준, 『제주도무속자료사전』, 신구문화사, 1980. 이본들 사이의 큰 차이는 없다. 본고에서 세부적으로 인용한 이달춘 본은 현용준의 자료에 포함되어 있다.

본고에서는 〈세경본풀이〉가 제주도의 신화라는 점을 염두에 두면서, 텍스트에 나타나는 농업관(농경관, 농업의식, 농업에 대한 인식)을 중점적으로 분석하고자 한다. 〈세경본풀이〉는 농경기원신화이다. 세경신인 자청비는 하늘에서 오곡의 씨를 가져온다. 그러나 세경신이 오곡의 씨를 가져오기 전에 이미 세상에서는 농사를 짓고 살았다.[3] 〈세경본풀이〉에 농경과 관련된 '기원'이 나타난다면 그것은 농사를 짓는다는 구체적 행위의 기원이라기보다는 농업 관련 어떤 관념의 기원으로 보아야 한다. 이때 기원은 연대기적이거나 논리적인 중요성이 아니라, 문화적 중요성을 가진다.[4]

〈세경본풀이〉는 다른 농경 문화권의 신화와 공통점을 가지기도 하지만 제주도라는 상황과 장소, 역사에 따른 특수한 문화와 관련을 가지기도 한다. 육지 무속에서 〈세경본풀이〉와 똑같은 신화는 구송되지 않는다.[5] 〈세경본풀이〉의 농업관은 어떤 특수한 주체들의 농업관, 즉 제

---

3) 이런 모순은 다른 제주도 신화에서도 나타난다. 〈할망본풀이〉에서는 인간 세상에 삼신이 오기 전에도 아이들이 탄생해서 자랐고, 〈차사본풀이〉에서는 차사가 인도하기 전에도 죽은 이들이 지옥으로 가고 있다.

4) William G. Doty, *Mythography : The Study of Myths and Rituals*, second edition, Tuscaloosa and London : The University of Alabama Press, 2001, p.58.

5) 〈세경본풀이〉에 나타나는 몇 가지 모티프는 다른 지역에서도 자주 발견된다. 가령 빨래하던 자청비가 문도령을 만나 버들잎이 뜬 물을 건네는 버들잎 모티프는 왕건와 이성계의 결연담에서도 찾을 수 있다. 또한 남장한 여성의 정체성을 가리는 남장 모티프는 바리데기 무가와 고전소설에서 흔히 찾아볼 수 있다. 〈세경본풀이〉에 나타나는 버들잎 모티프와 남장 모티프에 대한 논의와 이를 통해 다른 지역과의 영향 수수 관계에 대한 논의는 고은지, 「〈세경본풀이〉 여성인물의 형상화 방향과 내용 구성의 특질」, 『한국민속학』 31집, 한국민속학회, 1999, 68~72면. 그러나 〈세경본풀이〉는 몇 가지 모티프의 결합으로 구성되었으며, 이런 모티프들의 결합은 전혀 다른 이야기를 만들어냈다. 개별 모티프가 아니라 그것들의 결합으로 이루어진 전혀 다른 텍스트, 〈세경본풀이〉는 제주도 외의 지역에서는 구송되지 않는다.

주도인의 농업관이라 할 수 있다.[6] 본고는 〈세경본풀이〉에 나타나는 제주도 농업관을 재조명하려는 목적을 가진다.

〈세경본풀이〉에 나타난 농경문화나 농경인식에 초점을 맞춘 기존 논의[7]에서는 이 신화 텍스트에서 명시한 몇 가지 지점들을 중시한다. 가령 자청비가 오곡종자를 가지고 왔다거나, 한 달에 한 번 거쳐야할 생리현상을 마련했다는 점 등이 중요하게 인용되면서 의미를 부여받는다. 이런 텍스트의 구체적 지점들은 '여성을 생산과 관련지어 생각했음'을 알려준다. 이렇게 여성과 농업이 관련되는 것은, '농경에 있어서의 잉태·열매 맺음·번식능력이 자연체계 속에서 여성이 가진 속성, 곧 생산·번식·잉태 능력과 맞닿아 있기 때문'이다.[8] 자청비가 행한 일련의 행위인 이별/재결합의 반복은 죽음과 재생의 상징적 순환으로

---

6) 좌혜경은 자청비가 제주여인들을 닮은 이유에 대해, "향유과정에서 제주인들의 정서의 축적에서 이루어진 소산"이라거나, 제주 여성들이 "이러한 여성신들의 삶과 행동을 자신들과 동일시하거나 닮아가고 또한 문화전통과 역사 속에서 제주여성으로서의 인물을 탄생시켰기 때문"이라고 설명한다. 좌혜경, 「즈청비, 문화적 여성영웅에 대한 이미지-여성상과 성격을 중심으로-」, 『한국민속학』 30집, 한국민속학회, 1998, 192면.

7) 김화경, 「〈세경본풀이〉의 신화학적 고찰」, 『한국학보』 8집, 일지사, 1982; 이수자, 「백중의 기원과 성격-농경기원신화 〈세경본풀이〉와의 상관성을 중심으로」, 『한국민속학』 25집, 한국민속학회, 1993; 강진옥, 「무속 여성신화의 농경적 생명원리」, 『구비문학연구』 20집, 한국구비문학회, 2005; 최원오, 「곡물 및 농경 관련 신화에 나타난 성적 우위 양상과 그 의미」, 『한중인문학』 19집, 한중인문학회, 2006; 김재용, 「무속 농경신화로서의 〈세경본풀이〉」, 『한국문학이론과 비평』 45집, 한국문학이론과 비평학회, 2009; 정인혁, 「〈세경본풀이〉의 세계관 재고-'中'세경 자청비의 의미」, 『한국고전여성문학연구』 17집, 한국고전여성문학회, 2008; 오세정, 「유화와 자청비를 통해 본 한국 농경신의 성격」, 『한국고전여성문학연구』 21집, 한국고전여성문학회, 2010.

8) 이수자, 「백중의 기원과 성격-농경기원신화 〈세경본풀이〉와의 상관성을 중심으로」, 『한국민속학』 25집, 한국민속학회, 1993, 283면.

치환시켜 이해된다. 죽음/재생은 식물의 파종/생장이라는 현실과 은 유적 유대를 갖는다.[9] 〈세경본풀이〉의 농경 신화적 면모에 대한 연구 는, 자청비의 남장 모티프에 초점을 맞추기도 한다. 자청비의 남장은, '남녀양성의 내재적인 결합, 양성구유의 상태를 나타내며 우주적 풍 요'를 상징하는 것이다.[10] 이렇게 〈세경본풀이〉를 농업 인식과 관련지 어 설명하는 논의들은 농경신화로서 이 텍스트가 가지는 보편적 의미 에 대해 해명하였지만, 제주도 신화로서 〈세경본풀이〉의 특징에 대해 서는 별다른 초점을 두지 않았다.

〈세경본풀이〉와 제주도의 특수한 문화를 관련짓는 논의는 제주도 여성생활과의 관계에서 마련되었다. 좌혜경은 자청비가 생산적이며, 시련에 도전하고, 현실 대처 능력이 탁월하며, 주체적인 자각을 가지 고 있다고 하였다. 이런 자청비의 형상화에는, 뭍 여성과는 다른 제주 도 여성의 특수한 자질들이 반영되고 있다[11]는 것이다.

이상 〈세경본풀이〉의 기존논의는 두 가지 방향성을 가진다. 농경의 식에 관한 연구는 〈세경본풀이〉가 생산과 풍요의 일반적 원리를 내재 하고 있는 것으로, 인물 형상에 대한 연구는 〈세경본풀이〉의 주인공 자청비가 제주도 여성의 특수성인 강인한 생활력을 반영하고 있는 것 으로 본다. 본고는 등장인물의 자질뿐만 아니라 〈세경본풀이〉의 농업 관에도 제주도의 특수성이 반영되어 있다는 것을 전제한다. 또한 〈세 경본풀이〉의 농업관은 텍스트의 지엽적 내용이나 모티프를 통해 유추 되는 것이 아니라, 텍스트의 전반적 구조를 통해 연구되어야 할 필요가

---

9) 김재용, 앞의 논문, 69면. 김재용은 〈세경본풀이〉의 서사 진행을 겨울, 봄, 여름, 가을이라는 계절적 순환과 등가로 볼 수 있는 가능성을 제시하기도 한다.
10) 이수자, 앞의 논문, 284면.
11) 좌혜경, 앞의 논문, 195~197면.

있다고 본다.

　'세계관'이나 '가치관'처럼 '농업관' 역시 텍스트에서 발견되는 것이 아니라 추론되는 것이다. 〈세경본풀이〉의 농업관에 관해 논하기 위해서는, 텍스트의 관련된 부분을 명시하는 것이 아니라 텍스트의 의미를 분석하고 추상화해야 한다. 의미를 파악하기 위해서는 관계를 파악하는 것이 필수적이다. 구조는 부분과 전체를 관계 짓게 하며, 그 자체로 신화의 의미가 된다.[12] 〈세경본풀이〉의 농업관을 논의하기 위해, 본고는 먼저 〈세경본풀이〉의 구조적 측면을 분석하고자 한다.[13]

2. 〈세경본풀이〉의 통합적 구조-이중적 구조

　〈세경본풀이〉의 구조를 분석하기 위해서 시간의 흐름에 따른 통합적 관계syntagmatic relation와 동일한 의미들을 양산하는 계열적 관계paradigmatic relation를 구분할 필요가 있다. 통합적 관계는 순차적·시간적인 것으로, 부분과 전체의 관계를 중시한다.[14] 이를 위해서 먼저 서사의 단위를 분절하는 방식과 그것들을 결합하는 방식에 대해 간단히 정의하고자 한다.

　〈세경본풀이〉의 일련의 사건들은 시퀀스로 정리가능하다. 시퀀스는 이야기의 사건을 시간의 흐름에 따라 요약한 서사의 최소 단위이다. 하나의 시퀀스는 '탄생'이나 '결혼' 같은 다른 중요한 사건들로 귀결된

12) 송효섭, 「한국 설화의 세계관」, 『설화의 기호학』, 민음사, 1999, 35~36면.
13) 송효섭, 위의 책, 38면. 이런 구조는 텍스트에 객관적으로 내재하는 것이 아니라 텍스트와 독자 상호 작용의 결과물이다.
14) 대니얼 챈들러 저, 강인규 역, 『미디어 기호학』, 소명출판, 2006, 145~149면.

다. 개별 시퀀스들이 모여서 이루어지는 중요한 서사적 상황을 '상위 서사'라고 하자.[15] 이때 '상위' 혹은 '하위'의 개념은 상대적이다. 하위 서사들의 연쇄 결과 상위 서사가 이루어지기도 하다. 하위 서사는 더 세부적인 하위 서사 연쇄의 결과이기도 하며 상위 서사 역시 더 높은 층위의 상위 서사들을 구성할 수 있다

〈세경본풀이〉는 자청비의 탄생으로 시작한다. 김진국 부부가 아이를 낳길 원하고 절에 불공을 드려 자청비를 얻게 된다. 이상의 서사들은 아이 낳기를 원함(욕망, 결핍)-불공(수행, 과업)-아이의 탄생(결과, 결핍의 충족)의 연쇄로 정리가능하다. 이 연쇄들은 결국 주인공 자청비의 '탄생'이라는 하위 서사를 이룬다.[16]

〈세경본풀이〉의 시작은 자청비의 탄생이며, 끝은 자청비를 포함한 세 신의 좌정이다. 탄생-좌정 사이에는 많은 시퀀스와 하위 서사들이 관여한다. 자청비는 빨래를 하다가 문도령을 보고 그와 함께 글공부를 하고 싶어 한다. 이는 문도령-자청비의 만남이라는 서사를 구성한다. 자청비는 남장을 하고, 문도령과 서당에서 글공부를 하고, 문도령은 자청비가 여자가 아닌가 의심하지만 끝내 정체를 알지는 못한다. 자청비는 결혼을 하기 위해 가는 문도령에게 자신의 정체를 밝힌다. 이들은 자청비의 집에서 하루를 보내지만 다시 만날 것을 기약하고 헤어진다. 이상의 시퀀스들은 자청비와 문도령의 사랑과 이별로 정리가능하다.

---

15) 안 에노는 서사 프로그램(PN)이란 말로 이런 관계를 정리한 바 있다. "서사 프로그램이란, '대상의 위치 배치에 의해 변화된 것으로 인지된 접합 언술과 행위 언술을 끝과 끝에 놓는 기본 통합체이다. …작은 변형들은 하위 프로그램의 결과이며 큰 변형은 기본 프로그램의 사건이다.'" 안 에노 저, 홍정표 역, 『서사, 일반 기호학』, 문학과 지성사, 2003, 93~94면.

16) 이 하위 서사들은 관점이나 이본에 따라 추가될 수 있다. (중이 찾아옴-불공을 권함-김진국 부부가 불공 행함 등)

자청비의 탄생 → 문도령-자청비의 만남 → 문도령-자청비의 사랑과 이별

자청비와 문도령의 이별 이후에 다양한 사건이 발생한다. 이후의 시퀀스들은 크게 세 가지 하위 서사로 정리가능하다.

첫 번째는 정수남과 관련되는 일련의 시퀀스들이다. 정수남은 자청비에게 문도령을 만나러 갈 수 있다고 꾀고, 깊은 산속으로 데려가서 겁탈을 시도한다. 이어지는 일련의 시퀀스[17]들은 결국 자청비가 정수남을 죽이고 살리는 과정으로 수렴된다. 이는 정수남의 죽음과 재생이라는 하위 서사를 이룬다. 이 하위 서사는 문도령-자청비 서사의 일부를 구성한다. 정수남이 〈세경본풀이〉의 마지막 시퀀스들에서 다시 등장하고 있고, 자청비를 도와 농경신 중 한 명인 하세경으로 좌정한다는 최종 시퀀스를 고려하면 이 서사는 정수남-자청비 서사로 자리매김된다. 정수남의 죽음과 재생은 자청비와 관련된 여러 개의 시퀀스(집에서 쫓겨남-남장-서천꽃밭 방문-부엉이 잡음-가짜 혼인-환생꽃 획득)로 이루어진다. 이 시퀀스들 가운데 일부는 다시 문도령의 죽음-재생의 서사에서 반복된다.

두 번째는 베 짜는 할머니의 집에서 일어나는 일련의 시퀀스이다.[18] 자청비에게 손가락이 찔린 문도령은 그냥 돌아가 버리고, 자청비와 문

---

17) 자청비는 정수남을 죽이고 집에서 쫓겨난다. 자청비는 남장을 하고, 서천꽃밭으로 가서, 꾀를 내어 부엉이를 잡고, 서천꽃밭 셋째 딸과 결혼하고, 환생꽃을 얻고, 정수남을 살리지만, 다시 집에서 쫓겨난다.

18) 집에서 쫓겨난 자청비는 할머니의 수양딸이 되어 문도령의 혼인식에 쓸 옷을 짜면서 자신의 심정을 수로 놓는다. 문도령은 옷감에서 자청비가 쓴 글귀를 보고 자청비를 찾아온다. 자청비는 문밖에 있는 문도령의 손가락을 찌르고 문도령은 부정하다며 돌아간다. 자청비는 할머니의 집에서도 쫓겨난다. 자청비는 문도령과 재회할 수 있는 기회를 얻지만 결국 재회에 실패한다.

도령의 재회는 연기된다. 세 번째는 문도령-자청비 재회의 직접적 계기가 되며 천상으로의 이동이 이루어지는 일련의 시퀀스이다.[19] 여기에서 문도령과 자청비는 재회에 성공한다. 이 서사들은 문도령-자청비 재회의 실패-연기-성공이라는 순차적 과정을 보여준다. 이들은 자청비와 문도령의 재회를 위한 하위 서사가 된다.

정수남의 죽음-재생 → 문도령-자청비의 재회

이 후 자청비는 칼선다리를 건너는 며느리 시험을 거치고 문도령과 혼인한다. 문도령과 자청비의 혼인 이후에도 많은 사건들이 발생한다.[20] 문도령은 자청비의 말을 듣지 않아 죽고, 자청비는 서천꽃밭의 꽃으로 문도령을 살린다. 이로 인해 이들의 2차 이별과 2차 재회가 발생한다. 되살아난 문도령은 자청비와 다시 3차 이별을 한다. 문도령이 자청비 대신 서천꽃밭 셋째 딸의 사위로 살게 되었기 때문이다. 그러나 문도령이 기일을 어기고 돌아오지 않자 자청비는 오곡씨를 얻어 지상으로 내려오고 하인 정수남과 함께 일을 한다. 이 사실을 알게 된 문도령 역시 지상으로 내려오면서 이들은 함께 신으로 좌정한다. 이는 문도령-자청비의 서사에서 세 번째 재회이다. 그러나 이본에 따라서는 이들이 완전한 결합을 이루지 않는 것도 있다. 일부 이본에서는 자청비홀로 지상으로 내려오기도 한다.[21] 이후 문도령은 상세경, 자청비는

---

19) 할머니의 집에서 쫓겨난 자청비는 다시 중이 되어 떠돌다가 문도령의 시녀를 만나 자신이 떠먹는 물을 알려 주고 함께 승천한 후 문도령을 만난다.

20) 문도령은 잔치에 초대받고, 자청비를 탐낸 청년들로 인해 죽는다. 문도령의 죽음으로 인해 자청비는 또 한 번 서천꽃밭의 꽃을 얻어와 그를 환생시킨다.

21) 〈조선민속연구〉에 실린 이본이나, 『한국구비문학대계』(9-1, 한행수 구연본)에서 문도령은 천상에, 자청비는 지상에 좌정하는 것으로 끝이 난다. 오세정은 이 이본들을

중세경, 정수남은 하세경이 된다.

이를 정리하면 다음과 같다.

> 문도령-자청비의 혼인 → 문도령의 죽음-재생(문도령-자청비의 2차 이별
> -재회) → 문도령-자청비의 3차 이별 → 문도령-자청비의 3차 재회→
> 문도령, 자청비, 정수남의 좌정

이상의 통합적 구조를 정리하면 다음과 같다.

- 자청비의 탄생
- 문도령-자청비의 만남
- 문도령-자청비의 1차 이별
- 정수남의 죽음-재생 → 자청비의 1차 서천행
- 문도령-자청비의 1차 재회
- 문도령-자청비의 혼인
- 문도령의 죽음-재생 → 자청비의 2차 서천행
- (문도령-자청비의 2차 이별-2차 재회)
- 문도령-자청비의 3차 이별
- (문도령-자청비의 3차 재회)
- 문도령, 자청비, 정수남의 좌정

통합적 구조를 보면, 문도령과 자청비의 서사가 하나의 틀로 기능하며 여기에 자청비와 정수남의 이야기가 개입한다. 문도령과 자청비의 만남-혼인에 정수남의 죽음-재생의 서사가 삽입되는 것이다. 문도령과 자청비의 세 차례에 걸친 이별-재회, 그리고 만남-혼인의 서사는

중심으로 자청비에 대해 논하면서 자청비가 유화와 마찬가지로 "남성들과 관계 맺기와 분리를 통해", "구질서에서 새로운 세계로 진입"하게 되었다고 본다. 오세정, 「유화와 자청비를 통해 본 한국 농경신의 성격」, 『한국고전여성문학연구』 21집, 한국고전여성문학회, 2010, 286면.

결연담을 이룬다. 이 결연담은 탄생-좌정의 중심 서사이다. 자청비와 정수남의 서사는 문도경과 자청비의 이별-재회의 중심 서사이다. 통합적 구조로 보았을 때 문도령과 자청비의 결연담은 삽입하는 서사로, 자청비가 정수남을 살린 생사담은 삽입되는 서사로 기능한다. 문도령과 정수남은 자청비를 매개로 하는 간접적 관계만을 가지며 문도령-정수남의 독자적 서사 구조를 형성하지 않는다. 따라서 〈세경본풀이〉의 통합적 구조는 문도령-자청비 서사와 자청비-정수남의 서사로 이루어진 이중적 구조이다.

〈세경본풀이〉의 한 축은 문도령-자청비의 이야기이다. 자청비-정수남의 이야기 역시 그보다는 적은 비중이지만 서사의 한 축을 이룬다. 그렇다면 〈세경본풀이〉의 농업관은 자청비-문도령의 관계와, 자청비-정수남의 관계를 통해 추론할 수 있다. 이를 위해서는 자청비-문도령의 관계가 함의하는 바와, 자청비-정수남의 관계가 함의하는 바에 대한 상징적 접근이 필요하다.

3. 〈세경본풀이〉의 계열적 구조-관계의 불안정성

(1) 문도령과 자청비-소통의 일방성

계열체는 서로 관련된 일련의 기표나 기의들을 의미한다. 문도령, 자청비, 정수남의 관계는 문도령, 자청비, 정수남이 함의하는 바에 따라 하나의 혹은 여러 개의 패러다임 즉, 계열적 관계로 나타난다. 이들을 계층이나 계급 혹은 공간이라는 하나의 기준에 따라 생각해 볼 수도 있다.[22] 그러나 본고에서는 통합적 구조에서 논한 것처럼 문도령-자청

비, 그리고 자청비-정수남의 이원적 패러다임에 따라서 이들의 관계
를 살펴볼 것이다. 문도령-자청비의 관계에 적용되는 패러다임은, 자
청비-정수남의 관계에 적용되는 패러다임과 다를 수 있다.

자청비는 지상적 존재이자 딸로, 문도령은 천상적 존재이자 아들로
태어난다. 문도령은 자청비가 서사의 처음부터 끝까지 추구하는 욕망
의 대상이다. 자청비는 문도령을 만나기 위해 지상과 천상을 오가는
공간의 이동을 감행한다. 남성과 여성을 오가는 성적 정체성의 이동을
감행하기도 한다. 문도령이 자청비를 만나러 오는 것은, 자청비가 천
태산할망의 집에 있을 때가 유일하다. 그때에도 문도령은 손가락이 바
늘에 찔리고 나자 부정하다며 가버리고 만다. 문도령과 자청비의 결연
은, 수많은 난관과 이를 극복하려는 자청비 노력의 결과[23]이다. 관계를
이루거나 지속하는 데 있어 자청비는 적극적, 문도령은 소극적이다.

문도령과 자청비는 상세경과 중세경으로 좌정한다. 상세경과 중세경
의 의미를 알기 위해서는 텍스트를 자세히 살펴볼 필요가 있다. 자청비는
시아버지 문성왕에게 남편 없이 살 도리를 마련해달라고 하여 오곡 씨를
받아 지상으로 내려온다. 자청비는 밭에 씨를 고른다.[24] 문도령은 자청비
를 따라 지상으로 내려온다. 그는 아버지에게 칠곡의 씨를 받기는 하지만
씨앗을 뿌리거나 거두지는 않는다. 대신 그는 하늘에 지내는 제사, 천제
상(天祭床)을 받아먹고 산다. '천제상은 천제, 기우제, 거리도제, 도천제

---

22) 가령 공간의 패러다임으로 볼 때 문도령은 상, 자청비는 중, 정수남은 하에 위치할
　　수도 있고, 문도령은 천상에, 자청비와 정수남은 지상에 위치할 수도 있다.
23) 강진옥, 「무속 여성신화의 농경적 생명원리」, 『구비문학연구』 20집, 한국구비문학
　　회, 2005, 319면.
24) 최원오는 자청비를 곡물 획득의 주체이자 농경 및 그 관리의 주체로 보고 있다. 최원
　　오, 앞의 논문, 378면. 이는 토지의 신으로서 자청비가 가지는 세부적 권한에 관한
　　논의이기도 하다.

(都天祭) 지낼 때 차리는 상'(이달춘 본)이다. 이상을 통해 상세경은 하늘의 신으로, 중세경은 땅의 신으로 볼 수 있다. 이런 역할 분담은 이들이 각각 하늘의 존재, 땅의 존재로 탄생한 것과도 관련이 있다.

통합적 구조에서 본 것처럼 자청비-문도령 재회 혹은 결연은 지속적으로 연기된다. 문도령과 자청비 사이에서 이루어지는 약속이 파기되기 때문이다. 이는 크게 세 가지 서사에서 찾아볼 수 있다. 첫 번째는 문도령-자청비의 1차 이별로, 문도령은 하늘로 올라가면서 "복숭아 꽃이 피면 자청비 상봉 하러 오겠습니다."(이달춘 본)라고 약속하지만 다시 오지 않는다. 두 번째는 문도령의 죽음-재생 및 자청비-문도령의 2차 이별을 야기하는 서사에서 발생한다. 혼인 이후 자청비는 문도령에게 잔치에 가서 술을 먹지 말라고 요청한다. 그러나 문도령은 절름발이가 주는 술은 괜찮을 것이라며 먹고 그 독으로 죽게 된다. 자청비-문도령의 3차 이별을 야기하는 서사에서, 자청비는 문도령에게 선보름은 서천꽃밭의 작은 마누라에게 가서 살고 후보름은 자신과 함께 살라고 제안 혹은 요청한다. 그러나 문도령은 작은 마누라에게 가서 삼 년이 지나도록 오지 않는다. 문도령이 자청비에게 한 약속이나 자청비가 문도령에게 한 제안·요청 등은 결국 이행되지 않으며 그 결과 이들의 완전한 결합은 지연되거나 실패한다.

이들의 서사는 다음과 같이 정리 가능하다.

자청비 : 문도령
땅 : 하늘
여성 : 남성
적극성 : 소극성
땅 신 : 하늘신
계약의 파송자 : 계약의 파기자

　이들의 대화가 제안·요청 등으로 이루어진다는 것은 이들이 서로 대등한 관계에서 의사소통 하고 있다는 의미이기도 하다. 그러나 문도령이 계속 약속을 파기함으로써 이들의 결합을 지연하는 또 다른 시퀀스가 발생한다. 첫 번째 약속이 파기되면서 자청비는 정수남을 죽이게 되고, 두 번째 약속이 파기되면서 문도령 자신이 죽는다. 결국 자청비의 1차, 2차 서천행과 그로 인한 고난은 문도령이 약속을 파기한 결과 발생한 서사들이다. 문도령의 세 번째 약속 파기의 결과 자청비는 더 이상 문도령과 천상에서 사는 것을 포기하고 지상으로 내려온다. 계약의 파기자는 문도령이지만 그 결과를 처리하는 주체는 자청비이다. 자청비가 가지고 있는 적극적 자질과 행동으로 인해 이들의 관계는 일반적 남녀관계보다 대등해 보인다. 그러나 계약의 성립과 이행이라는 측면에서 보자면 이들의 관계는 일방적이다.

(2) 정수남과 자청비–조건적 상호성

　정수남이 서사에 등장하는 것은 문도령과 자청비가 1차 이별을 하고 난 뒤이다. 자청비는 정수남이 더러운 데다 밥만 많이 먹고 게으름을 피우는 것을 보고 일을 시킨다. 정수남은 일하러 가서는 말 아홉 마리, 소 아홉 마리를 잡아먹고 그것을 무마하기 위해 자청비를 속이고 겁간하려 한다. 정수남은 천성적으로 게으르고, 더럽고, 많이 먹으며 성욕이 강하다는 점에서 문명화되지 않은 야생[25]의 특성을 가진다. 반면 자청비는 공부하고, 빨래하고, 바느질 하는 모습으로 자주 형상화된

---

25) 이런 특징은 소천국과 같은 제주도 일부 남성신에게도 나타난다. 모두 소를 농사의 도구로 인식하지 않는 야생과 반문명의 형태를 상징한다. 소천국의 먹성과 야생의 관계에 대해서는 신동흔, 『살아있는 우리신화』, 한겨레출판사, 2004, 188면.

다. 자청비가 정수남을 따라 구미굴산으로 갈 때 둘의 대립적 자질은 더 세부적으로 드러난다. 자청비는 메밀밥을 조금 먹을 뿐이며 물을 가려가며 마신다. 이들 사이에는 부지런함 : 게으름, 깨끗함 : 더러움, 소식 : 대식, 초식 : 육식의 대립이 존재하며 이는 결국 문명과 야생의 대립으로 귀결된다.

자청비와 정수남은 각각 여성과 남성으로 태어난다. 자청비는 정수남의 상전이며 정수남은 자청비의 하인이다. 그러나 정수남은 자청비를 속이고, 겁간하려 한다. 이들은 신분상 위계와 성별상 위계가 다르다. 정수남이 자청비를 겁간하려는 장면은, 이들의 관계가 신분으로 규정될 뿐 아니라 때로는 젠더로 규정될 수도 있다는 것을 보여준다.

자청비와 정수남의 의사소통 양상은 문도령과 자청비의 의사소통 양상과는 다르다. 정수남은 자신의 성욕을 해소하기 위해 자청비를 속인다. 자청비 역시 성적 위협에서 벗어나기 위해 정수남을 속인다. 이들 사이의 속임-속음의 의사소통은 세경신이 된 후에는 다른 양상으로 나타난다. 세경신이 된 자청비는 정수남에게 음식을 얻어오라고 명령하고 정수남이 이를 따른다. 이들의 의사소통은 명령과 복종으로 특징 지어진다.

자청비의 명령은 정수남의 굶주림을 해결하기 위한 것이다. 따라서 의사소통의 성공 여부는 정수남의 명령 이행 여부로 인해 판가름 나는데, 정수남은 자신의 굶주림을 모면하기 위해 자청비의 명령을 이행한다. 이때 정수남의 대식성은 서사의 전반부에서부터 나오는 특징이다. 이는 자청비와의 관계가 변화했는데도 불구하고 변하지 않는 자질이다. 자청비는 정수남에게 소를 끌어 밭을 갈게 한다. 그리고 자신은 그 밭에 씨를 고른다. 이런 역할의 분배로 인해 자청비는 농경신으로,

정수남은 목축신으로 볼 수 있다. 이들의 협업은 농경신이 명령하고 목축신이 그것을 수행하는 방식으로 이루어진다.

자청비 : 정수남
문명 : 야생
여성 : 남성
상 : 하
명령의 파송자 : 명령의 수행자
농경신 : 목축신

시간의 흐름에 따라 자청비와 정수남의 관계는 상하 관계로 진행된다.[26] 자청비와 정수남은 서로 이질적이지만, 하나의 목적을 위해서 협력하기도 한다. 신분 상 위계가 분명하게 작동할 때 이들은 명령하고 복종하며 효율적인 의사소통을 한다. 그러나 이들 관계 역시 불안정한 측면이 있는데 명령과 복종이 정수남의 굶주림을 해소하기 위한 목적을 위해 이루어지기 때문이다. 정수남의 식욕을 채워주어야 이들의 관계가 유지될 수 있다는 점에서 이들은 상호적이지만 조건적 관계에 있다. 이 관계가 안정되기 위해서는 정수남이 가지는 야생의 특징이 효과적으로 제어되어야만 한다.

---

26) 〈세경본풀이〉가 사회상을 반영한다면, 정수남과 자청비 관계의 변화는 농경문화가 목축문화를 흡수하는 역사적 과정이 서사화된 것이라고 볼 수 있다. 이에 대해서는 기존논의 오세정, 앞의 논문, 283면.

4. 〈세경본풀이〉와 제주도 농업관-인위성과 고단함

〈세경본풀이〉를 제주도 농업관과 관련해서 분석하는 작업은, 제주
도라는 사회와 〈세경본풀이〉라는 신화를 관련짓는 작업이다. 신화와
사회의 관계에 대해, 본고는 사회가 신화를 반영하기도 하지만, 신화
가 사회를 구성하기도 한다는 이중적 관점을 견지한다. 즉 한편으로는
〈세경본풀이〉를 제주도 농업관의 모델로 보고, 다른 한편으로는 제주
도 농업관을 위한 모델로 보는 것이다.[27)]

'모델'은 사회의 이상에 부합하며, 사회의 이상을 반영한다. 그러나
모델은 그런 소극적 기능을 수행하는 데에서 끝나지 않는다. 모델은
사회적 이상을 전파하고, 새로운 사회적 이상을 만들어낼 수도 있다.
모델로서의 신화 역시 마찬가지이다. 신화는 사회적 현상과 인식을 그
내부에 반영하고 있는 거울이다. 농경신화인 〈세경본풀이〉가 사회의
모델로 기능한다고 볼 때, 〈세경본풀이〉에는 농경 사회의 모습이 반영
되어 있다. 이 관점에서 농경과 여성의 원리적 유사성을 제시할 수 있
다. 또한 애초의 여성 중심적 농업이 점차 남성 중심적 질서로 편입되
는 흔적을 읽어낼 수도 있다.[28)]

---

27) 기어츠에 의하면 종교는 '사회의 모델models of society'-문화에 대한 특정 거울 이미
지-과 '사회를 위한 모델models for society'-사회가 열망하는 이상적 기준을 가시적
으로 만드는 모델-의 역할을 한다. 신화와 사회의 관계 역시 이 두 가지로 틀로
설명 가능하다. 이에 대해서는 클리포드 기어츠 저, 문옥표 역, 『문화의 해석』, 까
치, 1998.

28) "상세경인 문도령이 곡물의 획득이나 농경 기술의 습득과 관련하여, 그 어떤 것도
보여주고 있지 않지만, 여성 농경신보다 우위에 있는 농경신으로 제시되고 있다는
것은 곡물 및 농경 기술이 갖는 문화적 위상이 남성이나 남성신에게로 집중되고,
그래서 남성 중심사회로 권력화 되어 갔음을 상징적으로 보여준다." 최원오, 「곡물
및 농경 관련 신화에 나타난 성적 우위의 양상과 그 의미」, 『한중인문학연구』 19,

또 다른 한편으로 신화는 사회를 위한 모델이 되기도 한다. 이때 신화를 통해 사회를 구성할 수 있으며, 신화는 소극적 거울의 이미지를 넘어서 실천적인 담론의 힘을 가진다. 〈세경본풀이〉를 통해 농경 사회의 모습이 구성될 수도 있는 것이다. 〈세경본풀이〉는 세계를 반영할 뿐만 아니라 세계를 형성하기도 한다. 〈세경본풀이〉는 단순히 제주도인의 농경에 대한 인식을 반영하고 있는 소극적 텍스트가 아니다. 〈세경본풀이〉는 반복되어 향유되면서 제주도인의 농경에 대한 인식을 새롭게 구성할 수 있다.[29] 그렇다면 〈세경본풀이〉를 통해 구성되는 제주도 농업관은 어떤 것인지에 대해 살펴보도록 하자.

본고는 〈세경본풀이〉의 구조를 통해 세 신의 관계를 도출하였다. 이 세 신들의 관계는 모두 자청비를 매개로 이루어진다. 〈세경본풀이〉에서 자청비-문도령의 관계는 공간적 패러다임에서 볼 수 있다. 이들은 각각 천상-하늘신과 지상-땅의 신이라는 공간적 관점에서 의미를 부여받는다. 자청비-정수남은 공간적 관점에서는 모두 지상에 위치하기에 공간적 패러다임은 이들이 가진 의미를 차별화하지 못한다. 대신 이들은 각각 농경신과 목축신이라는 기능의 관점에서 의미가 부여된

한중인문학회, 2006, 392면. 자청비가 중세경에 좌정하고 문도령이 상세경에 좌정한 데 대해서는, 남성 중심적 지배 이데올로기가 반영된 것으로 보기도 한다. 이수자, 「농경기원신화에 나타난 여성인식의 의미」, 『이화어문논집』, 이화여자대학교 한국어문학연구소, 1990, 160면; 강진옥, 「한국민속에 나타난 여성상의 변모양상」, 『한국민속학』 27집, 민속학회, 1995, 15~16면. 이상의 논의는 모두 신화가 사회를 반영하는 것으로 보고 있다는 점, 즉 신화를 사회의 모델로 보고 있다는 점에서 공통적이다. 기타 중세경의 '중'의 의미에 대해 천상과 지상의 연결고리나 조화의 이념으로 보는 논의도 있다. 이에 대해서는 정인혁, 앞의 논문, 365~368면.

29) 〈세경본풀이〉는 제주도의 농업관을 반영하는 텍스트이자, 제주도의 농업관을 구성하는 텍스트이다. 이런 점에서, 〈세경본풀이〉는 농업관이 말해지는 텍스트이자 동시에 농업관을 말하는 텍스트이다.

다. 자청비가, 문도령과의 관계에서 위상이 정립되는 방식과 정수남과의 관계에서 위상이 정립되는 방식이 다르다. 결국 자청비는 공간적 관점에서도 의미를 부여받고 기능적 관점에서 의미를 부여받는 이중적 위상을 가진다. 이것이 가능한 이유는 자청비가 공간의 패러다임에서는 땅에, 기능의 패러다임에서는 농경에 해당하기 때문이다. 땅은 공간적으로는 하늘과 다른 어떤 장소이지만 기능 상 농사를 짓는 곳이다.

또한 〈세경본풀이〉에 문도령이나 정수남의 탄생 서사는 없지만 자청비의 탄생 서사는 존재한다. 이런 이유로 〈세경본풀이〉의 주인공은 자청비로 볼 수 있으며, 이 인물 형상이 제주도의 현실에서 환기하는 바에 대해서는 특히나 주목을 요한다. 자청비가 농경신이 되는 과정은, 제주도에서 농업이 가지는 관계와 유사하다. 자청비가 농경신이 된 것은 그녀의 태생적 생산성 때문이 아니다. 그녀는 여성 생리의 근원을 마련하기는 하지만 아이를 낳지는 않는다. 농경신으로서 자청비가 가지는 조건은 생산을 위한 최소의 조건이기는 하지만 최적의 조건으로 보이지는 않는다. 자청비에게는 '생산'이 아니라 '재생'의 능력이 두드러진다. 자청비가 농경신이 된 것은 그녀의 타고난 생산성에서 비롯된 것이 아니라 그녀의 후천적 능력에서 비롯된 것이다. 그녀의 능력은 두 번의 죽음-재생 서사에서 드러나는 것처럼, 죽음을 삶으로 만드는 재생의 능력이다. 이는 서천꽃밭의 꽃을 얻어야 가능한 것이기에 외부적이며 상황적이며 결국은 후천적 성격을 가진다.

땅으로서, 농업신으로서 자청비가 가지는 후천적 재생의 특징은 현실의 제주도 토양의 특징과 관련된다. 제주의 땅 자체는 생명의 근원이 아니다. 제주도의 토양은 대부분 화산토로 제주도 사람들은 이 땅을 '뜬땅'이라고 부른다. 척박하여 논농사를 지을 수 없고 밭농사를 지을

수밖에 없는데, 밭농사도, 다량의 거름을 필요로 한다.[30] 〈세경본풀이〉
에서 자청비는 제주도 농업의 현실을 반영하기도 하지만, 제주도 농사
의 조건을 새삼스럽게 환기시키기도 한다. 제주에서 농업은 인간의 지
속적 노력과 투쟁의 산물로 이해된다. 〈세경본풀이〉는 그 서사를 통해
제주도의 특정 농경 상황을 향유자들에게 인식시키고, 그것을 강조하
기도 한다.

〈세경본풀이〉가 제주도의 농업관을 구성한다고 볼 때, 세 신들의 관
계는 우연한 것이 아니다.[31] 자청비-문도령, 자청비-정수남의 이중적
구조를 보면, 세 주체들이 관련되어 있음을 알 수 있다. 한 명의 신이
아니라 세 명의 신이 농사를 담당한다는 것은 제주도에서 농업이 복합
적인 성격을 가지고 있다는 인식과 관련된다. 게다가 이 신들의 관계는
불안정하다. 하늘과 땅의 관계가 불안정한 것은 소통의 일방성 때문이
며, 목축과 농경의 관계가 불안정한 것은 조건적 상호성 때문이다. 결
국 이 세 명의 신들로 인해 제주도의 농업은 복합적이며 까다로운 협업
으로 인식된다.

문도령으로 상징되는 하늘과, 자청비로 상징되는 땅의 관계는 제주
도 농업문화의 구체적 지점들을 반영하기도 하지만 특정 농경 현실을
강조하기도 한다. 자청비와 문도령의 관계는 많은 우여곡절 끝에 결합
을 이루기도하고 결합을 이루지 못하기도 한다. 하늘과 땅이 결합하는
것, 조화를 이루는 것은 어려운 일이며 때로는 불가능한 일이다. 그것
은 이들이 서로 다른 공간에 위치하기 때문은 아니다. (이들은, 특히 문도

---

30) 김정숙, 『자청비, 가믄장아기, 백주또-제주섬, 신화 그리고 여성』, 각, 2002, 29~30면.
31) 이들이 세경신이 된 역사적 과정에만 초점을 맞춘다면, 텍스트에서 주도적인 역할을
하는 자청비가 중세경이 된 것은 텍스트의 내적 구조와는 별개로, 외부적 이데올로
기가 개입한 우연한 결과일 뿐이다.

령은 하늘과 땅을 오가는 능력을 가지고 있다.) 이들이 여성과 남성의 성별을 가진 점도 이유가 되지 않는다. 이들 관계의 불안정성은 문도령의 약속 불이행으로 인해 야기된다. 문도령과 자청비는 하늘신과 땅 신으로 대분(大分)되기에 그 위상에 있어서는 대등하다. 그러나 이들의 소통은 일방적이며 불안정하다.

농업문화에서 하늘은 환경과 기후를 관장하는 상징적 역할을 한다. 문도령이 기우제(祈雨祭) 상을 받는다는 것[32]은 그가 가지는 이러한 상징적 역할을 제의적 차원에서 설명해준다. 제주도의 날씨는 고온다습하며, 농부들은 작물보다 더욱 빨리 성장하는 잡초로 인해 고통을 겪는다. 제주도 농사는 기후의 도움을 받을 수 없으며, 기후는 오히려 농사에 방해가 되는 때가 많다. 제주의 자연 환경은 다양한 재해를 불러오기도 한다.[33] 결과적으로 농부들(주로 여성들)은 무성하게 자란 잡초를 뽑아야 하고, 자연재해와 싸워야 한다. 인간의 무한한 노력과 신의 방치 혹은 방해로 특징지어지는 제주도 농업은 자청비와 문도령의 일방적 소통이 보여주는 것과 유사한 패턴을 가진다. 땅에 대한 하늘의 소원함, 인간에 대한 신의 방기는 제주도 농업의 바꿀 수 없는 조건, 결코 유리하지 못한 조건을 인식시키고 특화한다. 이렇게 〈세경본풀이〉에서 자청비와 문도령의 관계를 통해 구성되는 제주도 농업에 대한 인식은, 농업의 어려움과 곤경에 대한 인식으로 귀결된다.

이 점은 자청비-정수남의 관계가 제주도의 현실에서 환기하는 바에서도 확인된다. 텍스트에 드러나는 자청비와 정수남의 상호관계는, 제

---

32) 문도령은 천제상을 받는다. '천제상은 천제, 기우제, 거리도제, 도천제(都天祭) 지낼 때 차리는 상'(이달춘 본)이다.

33) 김정숙, 앞의 책, 30면.

주도 농업의 특수성 그리고 농업과 목축의 관계를 유사한 패턴으로 읽
어내게 한다. 자청비와 정수남의 관계는 상호적이기는 하지만 '문명'과
'야생'의 이질성에 기반한다. 농업은 목축과 달리 '문명'에 가깝다. 땅
을 보존하고 일구는 기술이 중요하다. 목축은 농업에 비해 '자연'의 상
태 그대로의 땅을 이용한다. 제주도에서 농업은 목축과 긴밀한 협업
관계에 있다. 제주의 뜬땅은 파종 후 밟아주어야 하는데 이때 마소의
힘이 필요하다. 마소는 농업에 반드시 필요한 도구다.[34] 제주도 농업에
서는 목축을 담당하는 미천하지만 힘센 남자신의 도움이 반드시 필요
한 것이다. 농업은 문명의 단계이지만 제주도에서 농업은 자연 혹은
야생의 특징을 함축할 수밖에 없다.

　이런 이유로 제주도에서는 축산 제의가 중요하며, 농업 제의에 축산
제의의 성격이 가미되기도 한다. 제주도 농업 제의 가운데에는 '마불림
제'가 있다. 제주도 중간산 지역 마을의 본향당(本鄕堂)에서 7월에 하는
무속제의이다. 대부분 7월 백중 무렵에 하는데, 마(곰팡이)를 날려 보내
는 제의라는 의미가 있고, 또 농사와 축산의 풍요와 번성을 기원하는
무속적 제사로, 특히 우마(牛馬)의 번성(繁盛)을 위해 축산신(畜産神)인
'정수남'에게 올리는 제의라는 의미를 가지기도 한다. 축산신을 기리는
이런 제의는 다른 지역에서는 찾기 힘들다. 또한 제주의 백중은 다른
지역의 백중과 달리, 목동의 혼을 위로하고 농사와 축산의 풍등과 번성
을 비는 무속제사로 이루어진다. 간혹 축산신인 정수남이에게 제를 올
리며 마소의 번성을 비는 당굿을 하기도 한다.[35]

---

34) 허남춘, 『제주도 본풀이와 주변신화』, 보고사, 2011, 84면.
35) 제주도의 백중에 대해서는 이수자, 「백중의 기원과 성격-농경기원신화 〈세경본풀
　　이〉와의 상관성을 중심으로-」, 『한국민속학』 25집, 한국민속학회, 275면.

이를 통해 제주도에서 목축이 농업을 용이하게 하는 중요한 기제임을 알 수 있다. 그러나 제주도에서 목축은 농업을 압도하는 방향으로 이루어질 수 있다. 농업보다 목축에 유리한 자연 환경을 가지고 있기 때문에 제주의 땅은 말을 기르고자하는 외세에게도, 진상할 말을 기르고자 하는 관리들에게도 천혜의 환경을 제공하였다.[36] 섬이라는 협소하고 고정된 공간에서 목지의 확대는 경작 가능한 농지 면적과 농업의 방식에 영향을 미칠 수밖에 없다. 때문에 제주에서 목축과 농업이 조화롭기 위해서는 반드시 조건이 필요하다. 목축신의 대식성으로 대표되는 비문명성 혹은 야만성이 충족되면서도 그것이 관계를 깨뜨릴 정도로 과도하지는 않아야 한다. 조건적 상호성은 바로 이런 까다로운 상황이 충족될 때 이루어진다. 농업신은 자신의 권위 하에 목축신을 두어야 한다. 이때 목축신의 야생적 탐욕은 불편한 요소이지만 불가피한 요소로 잠재되어 있다.

〈세경본풀이〉는 제주도 농업의 특수성에 대한 담론이기도 하다. 기질적 척박함, 기후조건의 방해, 목축의 번성 가능성 등 현실적 의미들이 활성화되는 것은 〈세경본풀이〉에서 신들의 분리와 신들 관계의 불안정성에서 기인한다. 하늘의 일방성과 목축의 전복 가능성 등 신들 관계의 불안정성은 제주도에서 농사에 대한 문제적 상황을 환기시킨다. 이 상황에서는 일방성을 상호성으로, 전복 가능성을 복속 가능성으로 만들려는 인간의 노력이 지속적으로 필요하다. 이는 하늘과 땅, 목축과 농업의 부조화를 조화롭게 만들려는 인간의 노력이기도 하다.

---

36) 이형상은 제주의 풍토가 말을 기르기에 가장 적합하다고 하면서, 숙종 때 제주목에 34곳의 자목장(字牧場)이 있었다고 하였다. 이형상 저, 이상규·오창규 역, 『남환박물-18세기 제주 박물지』, 푸른역사, 2009, 143면.

그렇다고 두 가지 조화를 위한 노력이 대등한 것은 아니다. 인간의 노력에 대한 생각 역시 텍스트에서는 위계적으로 나타난다. 문도령–자청비의 서사가 〈세경본풀이〉의 전체 틀이 되며, 정수남–자청비의 서사가 거기에 삽입되는 것처럼, 하늘과 땅의 관계가 농업의 기본적 틀이 되며, 거기에 목축과 농업의 관계가 도입된다. 그러기에 하늘과 땅의 관계에서 파생되는 어려움이, 목축과 농업의 관계가 만들어내는 어려움보다 근본적이다. 제주도에서 목축과 농업의 관계를 조화롭게 하는 것보다, 하늘과 땅의 관계를 조화롭게 하는 것이 더 어렵다. 그것은 인간의 노력을 벗어난 영역이기에 더욱 그러하다. 이렇게 〈세경본풀이〉를 통해 구성되는, 제주도에서 농업에 대한 인식에는 농업 환경의 '인위성(人爲性)' 혹은 '작위성(作爲性)'과 그로 인한 농사의 '고단함'이 관여한다.

5. 결론

지금까지 〈세경본풀이〉에 대한 연구는 자청비가 가진 일반 농업신적 면모를 설명하는 데 할애되었다. 그러나 〈세경본풀이〉에는 자청비 외 두 명의 신이 더 있으며 이들의 관계를 체계적으로 볼 필요가 있다. 이를 위해 본고에서는 텍스트의 지엽적 사실이나 모티프보다는 구조에 초점을 두면서, 개별 사건을 전체 속에 위치시키는 통합적 구조와, 인물들의 상징적 의미를 탐구하는 계열적 구조를 살펴보았다. 그 결과 세 명의 신들이 만들어내는 이중적 구조와, 각각의 관계가 함의하는 불안정성에 주목하였으며, 그러한 관계들이 제주도의 농업 현실에서 환기하는 의미를 살펴보았다. 이들은 제주도에서 탄생한 신들이다. 본고는 이들을 통해 제주도의 농업에 관한 어떤 진실을 읽어내려 하였다.

　이것이 가능한 것은 신화가 '진실'에 관한 문제를 다루기 때문이다. 이 '진실'은 특정한 문화와 환경 내의 의미작용/의미/가치를 표현한다. 물론 신화의 지엽적 진실은 일반화될 수도 있다. 지엽적 진실을 넘어서 인간 문화 전체에 관한 의미작용의 문제를 다룰 수 있는 것이다. 그러나 이 진실은 필연적으로 확실하지도 않으며, 그 스토리가 어떤 신화적인 과거로 돌아가서 당시의 상황을 설명한다고 보증하는 것도 아니다. 〈세경본풀이〉가 농업의 기원에 대해 설명하기는 하지만, 그 기원이 이전 혹은 최초의 설명으로써 위상을 가지는 것은 아니다. 〈세경본풀이〉에서 설명되는 농업의 기원은 현재 일어나고 있는 것, 혹은 앞으로 일어날 수 있는 가능성에 대한 것이기도 하다. 〈세경본풀이〉에 나타나는 농업의 기원이 과거에 대한 것이 아니라, 현재적 혹은 미래적으로 유의미할 수 있는 이유는 그것이 농업에 관한, 현재에도 유의미한 인식을 담고 있기 때문이다. 농업환경의 인위성 혹은 작위성, 그로 인한 인간의 고단함이라는 인식은 농사를 하나의 딜레마로 보는 것과 관련이 있다. 〈세경본풀이〉는 어떻게 농사(관)가 시작 되었는가 뿐만 아니라 무엇이 농사의 딜레마인가에 대해서도, 그리고 막연하기는 하지만 그것의 해결방식에 대해서도 시사할 수 있다.[37] 〈세경본풀이〉에서 농사의 딜레마는 신들 관계의 불안정성에서 기인하는 것으로 본다. 문제는 답을 함축한다. 그 딜레마를 해결하는 것 역시나 이들의 관계를 조화롭게

---

37) 신화가 사물들이 어떻게 시작되고 끝났는가 뿐만 아니라 어떻게 모든 종류의 패러독스와 딜레마와 모순들을 해결하는가에 대한 설명이기도 하다는 점에 대해서는 프라이리히Freilich가 이미 언급한 바 있다. Doti, op.cit., p.116.

하는 데 있다.

나아가 본고는 〈세경본풀이〉외 다른 제주도 무속신화를 해석하는
데 있어 제주도라는 특수한 상황을 하나의 맥락으로 적극 고려해야 한
다고 본다. 가령 〈차사본풀이〉에는 한국인의 죽음에 대한 보편적 인식
이 나타나기도 하겠지만 바다와 가까이 살며, 바다에서 생계를 유지해
야 하는 제주도인의 특수한 상황에서 나타나는 죽음에 대한 인식이 있
다. 이는 삶에 대한 불안과 죽음에 대한 친근함이라는 고유의 의미를
양산할 수 있다. 또한 〈문전본풀이〉에는 처와 첩 등 인간관계의 유비로
구성되는 집에 대한 인식 혹은 집에 대한 유비로 구성되는 인간관계에
대한 인식이 드러나기도 하지만, 제주도에서 특수한 남성의 역할과 그
로 야기된 불편한 가족에 대한 인식이 구성되기도 한다. 제주도 무속신
화가 어떻게 또는 어떤 문화적 특수성을 담보하는가에 대한 논의는 앞
으로 계속되어야 할 것이다.

〈바리공주〉와 〈차사본풀이〉의 죽음관

1. 서론

신화는 심오한 물음을 제기한다. 우리는 누구인가? 왜 우리는 여기에 있는가? 우리의 삶과 죽음의 목적은 무엇인가? 이런 물음은 가치와 의미에 관한 중요한 질문들이다. 이는 사실에 관한 논점에 영향을 받기는 하지만 그 자체로 사실적 물음은 아니며, 사실과 현실에 대한 태도를 포함한다. 신화는 현실을 향해 그런 태도를 공표한다. 신화는 우리가 사실을 지각하고 우리 자신과 세계를 이해하는 방식을 구성한다. 우리가 신화를 의식적으로 고수하든 아니든 그것은 곳곳에서 영향을 미친다.[1]

본고에서는 신화가 제기하는 기본적 물음 가운데 죽음의 문제를 다루고자 한다. 이는 텍스트에 명시된 것이라기보다는 텍스트 분석을 통해 추론되는 하나의 세계관이다. 어떤 신화들은 우리가 죽음을 지각하고 이해하는 방식을 구성하며 이는 우리를 의식적이건 무의식적이건

---

[1] William G. Doty, *Mythography : The Study of Myths and Rituals*, second edition, Tuscaloosa and London : The University of Alabama Press, 2001, p.434.

규정한다. 죽음과 관련된 신앙 및 관행들의 여러 현상은 소외, 보상, 투사, 공포, 죄의식, 감정전이 등의 관점에서 설명될 만큼 다양하다.[2] 이는 죽음의 세계가 삶의 세계와 이질적임을 전제하는 가운데 이루어진다. 인간은 죽음이라는 낯선 세계에 진입하는 충격을 완화하기 위해 망자의 혼령을 죽음의 세계로 인도해주는 신에 대해 상상하기도 한다. 한국 무속신화에서 육지의 바리와 제주의 강림이 그런 신이며[3] 이들이 신으로 좌정하기까지의 이야기가 〈바리공주〉와 〈차사본풀이〉이다. 본고에서는 〈바리공주〉와 〈차사본풀이〉를 대상으로 신화를 통해 추론되는 죽음의 문제, 죽음관을 살펴보고자 한다.

　〈바리공주〉는 서울 진오귀굿에서 불리는 무가로, 바리는 죽은 자를 저승으로 천도하는 신이다. 〈바리공주〉가 불리는 〈말미〉는 진오귀굿에서도 가장 중요한 거리이다. 〈차사본풀이〉는 주로 제주도 시왕맞이에서 불리는 무가로, 차사 강림은 죽은 자를 저승으로 잡아가는 하위신이다. 시왕맞이에서는 〈차사본풀이〉 외 여러 본풀이가 구송되지만 시왕맞이의 가장 중요한 본풀이 가운데 하나가 〈차사본풀이〉다. 〈바리공주〉와 〈차사본풀이〉는 텍스트의 구체적 내용이 다르고, 그것이 연행되는 제의 맥락에도 차이가 있다. 그러나 이 두 텍스트는 사람이 갈 수 없는 저승 여행을 통해 죽음을 삶으로 전환시키는 인물이 주인공으로 등장한다는 점에서 유사하다.[4]

---

2) 존 바우커 저, 박규태·유기쁨 역, 『죽음의 의미』, 청년사, 2005, 61면.

3) 권태효, 「인간 그 죽음의 기원, 그 신화적 전개양상」, 『한국민속학』 43집, 한국민속학회, 2006, 48면.

4) 이계 여행과 환생 혹은 재생 모티프는 〈이공본풀이〉, 〈세경본풀이〉, 〈문전본풀이〉 등에도 나타난다. 그러나 이런 무속신화의 주인공들과 달리 바리와 강림은 이승의 혼을 저승으로 데려가는 신으로 좌정한다는 공통점을 가진다.

〈바리공주〉에 대한 기존논의는 이본, 구조, 제재, 모티프, 텍스트성, 세계관, 굿과의 관계를 대상으로, 심리학·여성주의·다문화 등 다양한 시각에서 이루어졌으며 그 성과는 50여 편이 넘는 학위논문과 150편이 넘는 학술논문으로 남아있다.[5] 〈바리공주〉는 무속신화 가운데 가장 많은 연구가 이루어진 텍스트이다. 본고의 논의는 일차적으로 〈바리공주〉 연구사 가운데 여성주의적 연구와 굿과의 관계에 대한 연구에 의존한다.

〈바리공주〉에 대해서는 기존연구 뿐 아니라 이본 채록 역시 다양하게 이루어졌다. 1996년까지 채록된 〈바리공주〉 자료만 해도 40편이 넘는다.[6] 〈바리공주〉 이본은 제주도를 제외한 거의 전국에 분포하며 지역에 따라 조금씩 차이가 있다. 본고에서는 이본 간의 격차가 비교적 적은 서울 지역 〈바리공주〉, 그 가운데에서도 특히 배경재 본을 1차 텍스트로 한다.

지금까지 채록된 〈차사본풀이〉 자료는 9편이다.[7] 본고는 이 가운데 상대적으로 풍부한 내용을 담고 있는 『제주도무속자료사전』의 안사인 본을 주 연구 대상으로 한다. 〈차사본풀이〉와 유사한 몇 가지 텍스트가 육지에 전혀 없는 것은 아니다. 가령 함흥의 무가인 〈짐가제굿〉에는

---

5) 〈바리공주〉의 연구 성과와 연구사에 대해서는 심우장, 「바리공주」에 나타난 숭고의 미학」, 『인문논총』 67집, 서울대학교 인문학연구원, 2012, 149면; 초기 연구사에 대해서는 김진영·홍태한, 『바리공주전집』 1, 민속원, 1997, 54~55면; 최근의 연구사에 대해서는 권유정, 「서사무가 〈바리공주〉의 현대소설로의 수용 양상 및 의미 연구」, 한국교원대학교 석사학위논문, 2011.

6) 이본 간 차이에 대해서는 김진영·홍태한, 위의 책, 12면.

7) 〈차사본풀이〉 각 이본에 대한 논의는 김형근·김헌선, 「제주도 무속신화 〈차사본풀이〉 연구-함흥 〈짐가제굿〉 무가와의 비교를 중심으로」, 『정신문화연구』 112호, 정신문화연구원, 2008, 245~246면.

〈차사본풀이〉와 유사한 내용이 있다. 삼형제의 죽음을 해명하기 위한 일련의 사건이 그것이다. 그러나 〈짐가제굿〉에서 문제 해결자인 손사령은 강림과 달리 이계를 여행하지 않고 다리 밑에서 저승사자를 만난다. 〈차사본풀이〉와 유사한 〈김치홍덕현감설화〉에도 저승으로의 여행은 나타나지 않는다.[8] 저승으로의 여행은 〈차사본풀이〉의 특수한 지점이다. 본고는 〈차사본풀이〉를 제주도 지역에서 특정하게 향유되는 무속신화로 볼 것이다.

〈차사본풀이〉 기존논의는 주로 다른 텍스트와의 비교를 통해 이루어졌다. 〈차사본풀이〉 유형 무가를 저승신화로 전제하고 〈천지왕본풀이〉, 〈바리공주〉, 〈차사본풀이〉를 이계여행형으로, 〈황천혼시〉, 〈맹감본풀이〉, 〈짐가제굿〉을 치성차사형으로 구분한 논의[9], 〈차사본풀이〉를 〈짐가제굿〉 등 유사 설화와 비교한 논의[10], 형성과정이나 근원설화를 밝히기 위해 『해동이적보』 소재 〈김치현감설화〉와 비교한 논의[11], 악인형 여성에 초점을 두고 〈문전본풀이〉의 노일제데귀일의 딸

---

8) 강진옥, 「저승여행담을 통해 본 제주도 무가 〈헤심곡〉과 〈차사본풀이〉의 관계양상」, 『구비문학연구』 39집, 한국구비문학회, 2014, 58면.

9) 최원오, 「〈차사본풀이〉 유형 무가의 구조와 의미」, 『한국민속학』 29집, 한국민속학회, 1997, 223~246면.

10) 김형근·김헌선은 〈차사본풀이〉에 이승왕 김치 이야기가 부가되고, 본풀이의 성격이 강하며, 일부가 실제 굿에서 행위로 드러난다는 점을 들어 〈차사본풀이〉가 제주도의 독자적 무가라고 하였다. 김형근·김헌선, 앞의 논문, 239~271면; 권태효·김윤회는 〈차사본풀이〉가 다른 동계자료에 비해 저승을 직접 여행하는 주인공을 설정하고 죽음과 관련된 상례의 여러 법도를 제시하며 죽음에 대한 인간의 본원적 의문 등을 강조한다는 점에서 독자적이라고 보았다. 권태효·김윤회, 「동계 자료와의 대비를 통해 본 〈차사본풀이〉의 성격과 기능」, 『구비문학연구』 30집, 한국구비문학회, 2010, 228~231면.

11) 강진옥은 〈김치현감설화〉가 대부분 이승을 여행하는 염라대왕을 데려와서 백성의 원정이라는 현실적 문제를 해결하는 데 초점이 있다면, 〈차사본풀이〉는 강림이라는

과 〈차사본풀이〉의 과양생이 처를 비교한 논의[12] 등이 대표적이다. 또한 〈차사본풀이〉의 "인간 죽음의 기원" 대목을 세계 여타 지역의 죽음 기원신화와 비교한 논의도 있다.[13]

지금까지 〈바리공주〉와 〈차사본풀이〉의 유사성과 차이점에 대한 논의는 단편적으로 이루어지기는 했지만 두 신화를 본격적으로 비교한 연구는 없었다. 이들은 각 무속신화가 구연되는 굿에서 모두 망자를 저승으로 데려가는 역할을 한다. 그럼에도 불구하고 각각의 텍스트가 기반하거나 구성해내는 죽음관에는 차이가 있다. 〈바리공주〉는 제주도를 제외한 거의 전역에서 향유되고 있고 〈차사본풀이〉는 제주도에서만 고유하게 향유된다. 이런 향유 지역의 분할이 각기 다른 죽음관의 지형도를 지시하는 것일 수 있지만 중요한 것은 차별적인 죽음관의 내용과 관계를 살피는 것이 아닐까 한다.

본고는 각 텍스트가 변별적으로 구성하는 죽음관을 확인하기 위해 먼저 두 신화 텍스트의 공통 내용인 저승 여행 부분을 중심으로 그곳을 여행하는 인물의 형상화와 저승 시공간의 형상화를 살펴보고자 한다.

인물의 이계여행과 저승차사로 좌정해가는 과정에 초점이 있다고 보았다. 강진옥, 「〈김치 설화〉의 존재양상과 〈차사본풀이〉의 형성 문제」, 『비교민속학』 41집, 비교민속학회, 2010, 355면.

12) 길태숙, 「제주도 신화에 나타난 악인형 여성 캐릭터의 이미지 연구-〈문전본풀이〉와 〈차사본풀이〉를 중심으로」, 『열상고전연구』 29집, 열상고전연구학회, 2009, 328~362면.

13) 권태효는 〈차사본풀이〉에 나타난 죽음의 특징을 다음과 같이 정리한다. 1) 인간에게 죽음이 생긴 까닭보다는 죽음에 순서가 없게 된 까닭에 초점을 두고 있고, 2) 죽음에 이은 재생 관념이 나타나지 않으며, 3) 죽음의 상징적 동물로 까마귀가 설정되어 있으며, 4) 인간 죽음의 기원을 현실적 인식에 기반하여 사고한다. 권태효, 「인간 죽음의 기원, 그 신화적 전개양상」, 『한국민속학』 43집, 한국민속학회, 2006, 43~44면.

2. 젠더화된 죽음관

(1) 여성과 남성이라는 저승 여행자

두 신화에는 모두 저승 여행을 시작하게 된 동기가 있다. 바리는 일곱 번째 공주로 태어나 버려진다. 바리의 어머니와 아버지는 모두 한날한 시에 죽을병이 든다. 꿈속에서 청의동자가 "발인 아기를 차저들여 삼신 산 불사약 무상신 약려수 동해룡왕 비례주 봉래산 가암초 안아산 구루 취를 구해"야 살 수 있다고 말한다. 왕과 왕비의 병이 어떻게 치유될 수 있는가에 대한 답은 꿈을 통해 제공된다. 〈바리공주〉에서 문제는 약수와 약초를 누가, 어떻게 얻는가 하는 것이다. 첫째 공주부터 여섯째 공주까지 "부모 소양 갈여는야"라는 질문이 이어진다. 바리 과업의 전체 틀은 부모의 병→치유로 이루어지며, 이는 가족 서사의 성격을 가진다. 부모를 구하기 위해 바리는 저승의 약수와 약초를 얻어야 한다.

여섯 명의 언니들은 약수와 약초를 얻으러 갈 수 없는 여러 가지 이유를 댄다. 이들은 '뒷동산 후원 안에 꽃 구경 가삿다가 동서남북을 분간치 못하고 대명전을 찾지 못'(문덕순 본)하는 인물들이다. 그러나 궁 밖에서 자란 바리라고 해서 사정이 다르지 않다. 부모, 형제에게 하직하고 궁궐 밖을 나설 때 바리는 '동서를 분간치 못'한다. 약수 얻으러 가는 길은 '육노 삼천리'와 '험노 삼천리'이다. 바리가 약수를 얻으러 떠나는 대목에서 "슬푸다 바리공주"가 반복적으로 나타나기도 한다. 바리가 저승길에서 느끼는 막막함은 여섯 번이나 반복되는, 저승길을 갈 수 없는 이유를 통해 강조된다.

강림은 열여덟 명이나 되는 첩을 거느리고 있는 관원이다. 강림은 이들을 건사하느라 입참을 제대로 할 수 없었다. 김치 원님은 그 죄로,

"이승에서 목숨을 바칠 것이냐, 저승에서 염라왕을 잡아올 것이냐"고 묻는다. 강림은 어쩔 수 없이 저승행을 택한다. 김치 원님은 의문사한 삼형제 죽음의 연유를 알아내라는 소지를 해결해야 하는 입장이다. 강림의 저승길은 염라왕을 잡아와 사인(死因)을 밝혀 소지를 해결하기 위한 것이다. 강림 과업의 전체 틀은 삼형제 죽음의 의문→해명으로 구성되며 이는 공무 집행의 성격을 가진다.

강림 역시 저승으로 가는 길을 걱정한다. "이게 무슨 말이냐? 저승을 어떻게 가며 어디로 가면 좋으냐." 강림은 저승에 가야한다는 생각에 먹고 자지 못한다. 이런 강림의 걱정과 염려는 큰각시에 의해 해소된다. 큰각시는 조왕신의 도움을 받아 강림에게 '저승 입성'과 '저승 본메'를 마련해준다. 강림은 저승길을 떠나기 전에 큰각시라는 조력자를 만나고 그녀의 도움으로 저승길에 필요한 행장과 서류를 구비한다. 강림의 길 떠남에서는 저승에 대한 두려움과 불안보다는 삼형제의 의문사가 어떤 방식으로 해결될 것인가가 중요해진다.

바리는 일곱 째 딸이라는 이유로 버려진다. 바리는 여성이라는 이유로 버려지고, 그로 인해 다시 약수를 얻으러 가는 과업을 수행하게 된다. 강림은 과도한 남성성을 가진 인물이며, 바로 그 이유로 인해 저승 여행을 떠나는 임무를 부여받는다. 바리와 강림의 인물 형상에는 이들이 가진 여성성과 남성성의 특징이 부각되어 나타난다.

바리의 길 떠남에서는 저승에 대한 불안과 두려움이 강조된다. 그녀의 저승 여행길은 뚜렷한 이정표도 없고 조력자도 없는 상황에서 시작된다. 무엇보다도 이 불안과 두려움은 멀고 험한 저승으로 떠나는 인물이 여성이라는 것과 관련이 있다. 바리가 남장을 하고 떠나는 지점은 그녀가 취약점이 무엇인가를 스스로 알고 있음을 방증한다. 바리는 여

행길에서 석가세존을 만난다. 바리는 자신을 "국왕의 세자"라고 소개
한다. 석가세존은 "국왕에 칠공쥬 잇다는 말은 들엇서도 세자대군 잇다
는 말은 금시초문"이고 하면서 바리가 버려졌을 때 구한 인물이 자신임
을 밝히고 바리에게 '라화'(낭화, 낙화)를 준다.

　저승으로 가는 길에 바리와 강림은 모두 저승으로 가지 못해 떠도는
영혼을 만난다. 바리는 가시성 혹은 철성의 지옥에 온갖 죄인들이 갇혀
있는 것을 본다. 바리가 꽃을 흔들어 성을 무너뜨리니 시왕 갈 이 시왕
가고, 극락 갈 이 극락 간다. 바리는 자신이 가진 신물을 이용해서 갇힌
죄인들을 풀어준다. 바리는 이들과 '함께' 나아간다.

　갇힌 영혼을 도와준다는 점에서 바리는 강림과 구분된다. 강림 역시
헹기못 바위에서 '자기 명에 못가 남의 명에 가던 사람, 저승도 못 가고
이승도 못 와서 비새같이 울고' 있는 것을 본다. 강림은 떡을 잘게 부수
어서 뿌린다. 이들이 떡에 정신이 팔린 사이 강림은 헹기못에 빠진다.
강림은 이들을 '헤치고' 나아간다. 지옥에 갇힌 사람들을 풀어주며 도
와준 경험은 바리가 이후 망자를 천도하는 신으로 좌정하는 근거를 제
공한다. 이때 보인 바리의 자질은 실제 제의에서 중요하게 소환된다.

　지옥의 죄인을 풀어주면서 도착한 곳에서 바리는 생명수를 지키는
무장신선(무장승)을 만난다.

　　　석 삼년 아홉 해를 살고 나니 무장신선 하는 말이 "그대가 앞으로 보면
　　여자의 몸이 되어 보이고 뒤로 보면 국왕의 몸이 되어 보이니 그대하고
　　나하고 백년가약을 맺어 일곱 아들 산전 받아주고 가면 어떠하뇨." "그도
　　부모 봉양 할 수 있다면 그리하소이다." 천지로 장막을 삼고 등칙으로 베
　　개 삼고 잔디로 요를 삼고 떼구름으로 차일 삼고 샛별로 등촉을 삼아 초경
　　에 허락하고 이경에 머무시고 삼경에 사경 오경이 근연 맺고 일곱 아들
　　산전 받아 준 연후에

바리의 과업은 생명수를 얻어야 하는 것이다. '얻는다'는 것은 주는 사람을 전제한다. 바리의 과업 수행이 성공할 수 있는가의 여부는 수혜자의 결정에 따라 달라진다. 바리는 수혜자의 요구를 들어주면서 생명수와 약초를 얻는다. 일곱 아들을 낳아 달라는 무장승의 요구를 들어주는 것이다. 바리의 과업은 임신과 출산이라는 여성의 생물학적 능력을 토대로 이루어진다. 바리는 이렇게 얻은 약수와 약초로 부모를 살린다. 출산의 능력은 곧 재생의 능력으로 이어지며 이는 모두 바리의 여성적 특징과 결부된다.

정리하자면 바리의 과업은 다음과 같은 세부 과정을 거친다.

임신과 출산 → 약수와 약초의 획득 → 부모의 회생

이 도식에는 역순의 논리적 전제 관계가 성립한다. 부모의 회생은 약수와 약초의 획득을 전제로 하고 그 획득은 다시 임신과 출산 능력을 전제로 한다. 하나의 과업이 다른 과업을 순차적으로 야기하며 그 가장 핵심에는 바리의 임신과 출산 능력이 자리하는 것이다. 바리는 여성의 생산 능력으로 약수와 약초를 얻고 부모를 재생시킨다.

강림은 염라왕을 잡아와 삼형제의 사인을 해명해야 하는 과업을 수행한다. 강림에 의해 이승에 온 염라왕은 재판을 열어 과양생이 처의 죽은 삼형제가 사실은 그녀가 이전에 재물을 탐내 죽인 삼형제의 환생임을 밝힌다. 염라왕의 재판으로 삼형제의 억울한 죽음이, 사실 과양생이 각시의 악행의 결과였음이 드러난다. 이상의 강림의 과업은 다음과 같은 도식으로 정리 가능하다.

염라왕의 포박 → 염라왕의 재판 → 삼형제의 사인 해명

이 역시 역의 전제 관계를 가진다. 삼형제의 사인을 해명하기 위해서는 염라왕의 의도를 알아야 하며 염라왕이 이승에 제 발로 오지 않으니 잡아올 수밖에 없다. 그리고 이 핵심적 과업 수행은 강림의 물리적 힘을 바탕으로 이루어진다.

> 강님이 한 줌 허였던 몸 천을 봉황 눈을 부릅뜨고 삼각수를 거르고 청동 같은 팔뚝을 걷어 동곳 같은 팔 주먹 내어놓고 우레 같은 소리 벼락같이 지르며 한번을 펄쩍 뛰면서 메어치니 삼만 관속이 사라지고, 두 번을 메어치니 육방하인이 사라지고, 세 번째는 연가마의 채를 잡아서 흔들면서 가마 문을 열어서 보니 염라왕도 양 주먹 주고 앉아 발발 떨고 있습니다. …"강님이야, 강님이야, 밧줄의 한 고만 늦추어 달라, 인정사정 많이 걸어 주마."

강림은 "청동 같은 팔뚝, 동곳 같은 주먹"으로 소리 지르고 메어치면서 관속과 하인을 겁주고 염라왕을 잡는다. 염라왕은 밧줄로 꽁꽁 묶인다. 강림은 강하고 위협적인 모습으로 형상화된다. 염라왕을 잡는 대목에서 그의 육체적 힘은 두드러지게 표상화된다.

바리와 강림의 가장 핵심적 과업 수행은 이들이 가진 여성의 능력과 남성의 능력으로 이루어진다. '얻는다'와 '잡는다'는 과업 자체가 이미 젠더의 틀에서 규정된 것이라고도 할 수 있다. 바리는 약수와 약초를 얻어 부모를 재생시킨 것처럼 망자를 재생시킬 수 있을 것이라고 믿어진다. 이 점은 진오귀굿의 제의 맥락에서 특히 강조되어 나타난다. 강림은 저승차사로 임명되는데, 염라왕을 잡아 온 것처럼 누군가를 잘 잡아올 수 있을 것이라 믿어지기 때문이다. 텍스트 내에서 부여받는 신직은 저승에서 이들이 보여준 여성적 혹은 남성적 능력의 대가이다.

(2) 미분화된 시공간과 정교한 시공간

바리가 가는 저승길은 "육노 삼천리"와 "험노 삼천리"이다. 바리는 주령과 낙화로 험한 길을 평탄하게 만들고 성을 무너뜨리면서 나아간다. "주령을 끌고 가면 험노는 육지 되고 육지는 평지 되며 대해는 물"이 된다. "낙화를 흔드니 칠성이 다 무너져 평지"된다. 약수가 있는 곳은 배도 없는 바다인데 바리는 주령으로 무지개를 만들어 타고 간다. (문덕순 본) 바리가 가는 저승은 순차적으로 설명되지 않는다. 가다보면 육지가 나오고, 바다가 나오기도 한다. 구체적 지명이 나타나지 않으며 일상의 공간과 수평으로 이어진 듯하다. 현세와 저승은 일견 구분되지 않는 듯 보인다.

그러나 실제로 저승길은 바리가 가진 꽃과 주령이 없었다면 갈 수 없는 길이다. 무지개를 건너가는 것은 〈바리공주〉의 저승 공간이 일상과 유사하지만 신비하고 환상적인 방식으로 열리는 공간임을 단적으로 보여준다. 이 꽃과 주령은 석가가 바리에게 준 것이다. 이본에 따라서는 석가와 바리의 문답이 나오기도 한다. "육노 삼천리를 왔거니와 험노 삼천리가 남았는데 웃지 가려느냐." 가다 "개주검하여도 가려 하난이다." "정성이 지극하면 지성이 감천이라 너 말이 기특하옵시니 길을 인도하리라."(문덕순 본) 석가는 바리가 예전에 자신이 구해서 비리공덕 부부에게 맡긴 아기임을 알아보고 지극한 효성에 감동받는다. 바리는 석가와의 이전 인연 혹은 (버려진 아이인데도 가지고 있는) 효심으로 인해 신물을 얻는다. 바리가 무사히 저승으로 인도된 것은 신물이 저승길을 열었기 때문이며[14] 이 신물은 다른 사람이 아닌 바리였기 때문에 가질

---

14) 어비대왕 부부가 한날한시에 죽을 운명이었을 때 청의동자가 버린 아기를 찾아서 약수를 얻게 해야 낫는다고 했던 몽사(夢事)는 이런 연결고리에 대한 선견지명을

수 있었던 것이다. 〈바리공주〉에서 저승길이 열리는 방식은 바리 개인에게 달려 있으며, 신비하면서도 초월적이다.

〈바리공주〉가 저승에서 무장승의 요구를 들어 물 삼년, 불 삼년, 나무 삼년을 하고 일곱 아들을 낳는 동안 저승에서 시간은 흐른다. 이에 대해 "부모 소양 느저 감네."라고 표현될 뿐 구체적 시간의 흐름은 서술되지 않거나 '세월이 여류하여'라고 표현된다. 이본에 따라서는 이보다 구체적으로 시간의 흐름을 서술하기도 한다. 무장승이 바리와 석삼년을 살고 바리가 여자인 것을 알고 일곱 아들을 낳아달라고 한다. 이후 "석 삼년 아홉 해가 다 지나 양전마마 한 날 한 시 승하하시어서"(최명덕본)라는 시간 서술이 나타나는데, 이때 이승의 시간과 저승의 시간은 동일한 것처럼 생각된다. 저승의 시간이 특별히 서술되지 않거나 분명치 않은 이본이 많은 것은, 이승과 저승의 시간을 동질적인 것으로 보았기 때문이다.

〈차사본풀이〉에서 강림이 저승으로 가는 길에는 길에 대한 질문과 답이 나온다. 강림이 길에서 만난 문전 할아버지는 일흔 여덟 갈래 길을 하나하나 보여주고 그 가운데 개미 외뿔만한 길이 저승길임을 알려준다. 그 길에서 "길토래비"를 만날 것이고, 이후에는 다시 "알 도리가 있을 것이라."고 말한다. "개미 외뿔 한 조각만한" 길에서 만난 길토래비는 "헹기못"에 빠져야 한다는 것과 빠지는 방법에 대해서 알려준다. 강림은 헹기못에 풍덩 빠지고 나서 저승 초군문 앞에 도달한다. 〈차사본풀이〉에서 저승 가는 길에 대한 지식은 질문과 대답이 가능한 하나의 지식으로 통용된다.

〈차사본풀이〉의 저승은 죽은 이라 해도 함부로 들어갈 수 없는 곳이

보여준 것이기도 하다.

다. 강림이 저승을 들어갈 때 저승 '본메'가 중요한 역할을 한다. 본메가 없으면 저승에 가서도 돌아올 수가 없다. 이는 이승에서 저승으로, 저승에서 이승으로 이동할 때 모두 통용되는 일종의 통행증이다. 역으로 〈차사본풀이〉의 저승은 본메가 있다면 누구나 들어갈 수 있는 곳이다. 이 본메는 엄격한 형식을 따른다. 처음 강림이 저승 가는 본메로 받은 것을 큰각시 앞에 내 놓았을 때 큰각시는 "우레같이 동헌 마당 원님 앞에 달려들어…강님이 저승으로 염라왕 잡으러 가는데 저승 본메가 어찌 이리 되옵니까? 생인의 소지는 흰 종이에 검은 글이나 저승 글이야 어찌 이리 되옵니까? 붉은 종이에 흰 글을 써 주십시오."라고 한다. 김치 원님이 써 준 본메는 하얀 바탕에 검은 글씨였는데, 강림의 부인은 '붉은 종이에 흰 글'로 쓰인 것이 저승의 본메라고 알려주고 시정하게 한다. 〈차사본풀이〉에서 저승과 이승의 문서는 서로 다르다. 강림은 큰각시의 도움으로 저승의 형식을 갖추고 저승 갈 자격을 얻는다. 강림의 저승은 특수한 법칙이 지배하는 공간이지만 일정한 형식과 자격을 갖추면 누구라도 갈 수 있는 곳이다. 〈바리공주〉의 저승이 반드시 바리여야만 갈 수 있는 환상적이고 초월적인 공간이었던 것과는 다른 방식으로 설정되어 있다.

저승 본메를 가진 강림은 길→ 일흔 여덟 갈래길 → 헹기못 → 연주문 (연추문 혹은 초군문)으로 나아간다. 이 공간들은 이승에서부터 저승으로 순차적으로 진행되며 각각에 대해서는 구체적 이름이 부여된다. 일흔 여덟 갈래길 하나하나에 대해서 유래와 설명이 나온다. 이 길은 "서산대사 들어간 길, 사명당도 들어간 길, 육한대사 들어간 길, 인간도불 할머니 들어간 길" 등, 길은 신화적 인물과 역사적 인물의 내력과 관련된다. 특히 헹기못은 이승과 저승을 연결하는 중간 영역으로, 강림은 이곳을 빠져나가면서 산 자에서 죽은 자로 존재 전환을 이룬다. 연주문은 저승의 초입 문으로 염라왕이 사는 곳이다. 여기에서 강림은 염라왕을 포박한다. 이렇게 〈차사본풀이〉의 저승은, 이승에 이어지는 공간-경계 공간-저승 공간으로 각각의 기능과 역할이 나뉜, 체계화된 곳이다.

〈차사본풀이〉의 저승의 시간은 강림이 돌아와 큰각시와 재회하는 단락에서 세부적으로 서술된다. 큰각시는 강림을 3년이나 기다리다 소식이 없자 강림이 죽은 줄 알고 초제사를 지낸다. 강림이 저승에서 돌아온 것은 바로 이 때이다. "본메본짱으로 저승 갈 때 귀 없는 바늘 한 쌈 꽂은 게 삭아서 오도독 뿌러"질 만큼 오랜 시간이 흐르고 나서이다. 이 귀 없는 바늘 한 쌈을 보고서야 큰각시는 강림이 "설운 낭군님이 적실"하다며 맞아들인다. 강림이 저승 가서 살았던 사흘은 이승의 삼년으로, "저승 하루 이승 일 년 법"이다. 이승과 저승의 시간은 다르게 흐른다.

바흐친은 시간과 공간의 불가분성을 '크로노토프chronotope'라는 용어로 설명한 바 있다. 크로노토프는 희랍어 어원인 '크로노스chronos'와 '토포스topos'의 합성어로, '문학작품 속에 예술적으로 표현된 시간과 공간 사이의 내적 연관'[15]을 의미한다. 〈바리공주〉나 〈차사본풀이〉에서 공간과 시간은 분명한 관련을 가진다. 〈바리공주〉의 저승 공간은 초월적이며 환상적이다. 여기에서 시간의 흐름은 특별히 언급되지 않는다. 이 크로노토프는 미분화된 특성을 가진다. 초월적이며 환상적 방식으로 열리는 이 공간은 순차적이거나 계기적으로 보이지 않으며

---

15) 김욱동, 『대화적 상상력 : 바흐친의 문학 이론』, 문학과 지성사, 1988, 208~218면, 미하일 바흐친, 「소설 속의 시간과 크로노토프의 형식」, 전승희 외 공역, 『장편 소설과 민중 언어』, 창작과 비평사, 1988, 259~468면.

시간의 흐름 역시 구체적으로 표현되지 않는다. 반면 〈차사본풀이〉의 크로노토프는 분화된, 정교한 특성을 가진다. 이 공간은 기능에 따라 분절되어 명명되며 여기에는 이승과 다른 특수한 시간이 적용된다.

(3) 죽음에 대한 두 가지 사유
: 정서와 인식의 문제

각 무속신화에 구현된 저승과 바리·강림의 형상화는 현실에서 망자가 가게 되는 이질적 시공간, 거기에서 그와 동반하게 되는 인물에 대한 상상의 산물이다. 이 두 가지는 서로 관련을 가지기도 한다. 가령 바리가 이동하는 저승의 미분화된 크로노토프는 죽음의 시공간이 바리를 중심으로 재현된 결과물이라고 할 수 있다. 저승의 시공간이 고유한 특성을 가지기보다는 바리의 이동에 초점을 둔 결과, 바리를 중심으로 열리는 환상적 토포스를 가지게 되고, 바리의 노동과 임신·출산의 시간이 곧 저승의 시간으로 환산되는 것이다. 이제 이러한 인물과 시공간이 구성해 내는 죽음관이 무엇인가 살펴보아야 한다.

앞서 언급한 것처럼, 바리의 저승행은 부모 공양, 즉 부모에 대한 마음을 보이는 과정이다. 바리는 불안과 두려움 속에 저승으로 떠나는데 바리가 환기하는 이러한 정서는 그녀가 먼 길을 홀로 가는 여성이라는 점에서 비롯된다. 바리가 저승길을 여행할 때 다음과 같은 정형구가 반복되어 나타난다.

> 우여 슬푸다 션후망의 아모망제
> 썩은 귀 귀 썩은 입에 자세히 들엇다가
> 제보살님께 외오시면
> 발이공쥬 뒤를 딸어

서방정토 극락세계로 가시는 날이로성이다.
우여 슬푸다 선후망의 아모망재
초단에 선행자 밧고 이단에서 잔부정 밧고
삼단에서 사재삼성 바다
쇠설문 대설문 연쥬당 쌍갯새람 밧고
은젼 금젼 밧고 서방정토 극락세계로
염불하고 가는 배로성이다.

이 정형구는 망자의 저승천도와 왕생극락을 기원하는 축원대목이기
도 하다. 배경재 본에는 이 정형구가 7회 반복되며, 10회 이상 반복되
어 나타나는 이본도 있다. 이들은 현실과 신화를 연결하는 가교의 역할
을 한다. 〈바리공주〉의 "우여, 슬푸다"의 정형구는 망자와 유가족의 현
실을 환기한다. 〈바리공주〉 텍스트 내부의 바리의 여정이 망자의 여정
과 동일시되고, 바리의 심정이 망자와 그 가족의 심정과 동일시되며,
결국은 부모를 재생시켜야 했던 바리의 과업은 망자와 망자 가족의 과
업이 된다. 이런 동일시가 구축되는 것은 〈바리공주〉 텍스트 자체에서,
그리고 그것의 향유과정에서 정서가 중요한 축으로 작동하고 있기 때
문이다. 이는 〈바리공주〉가 죽음을 감정과 그 처리의 문제로 사고한
결과가 아닐까 한다.

〈차사본풀이〉가 제기하는 죽음의 문제는 인식적인 것으로 보인다.
강림은 삼형제의 사인을 알기 위해 저승 여행을 한다. 강림은 물리적
힘을 바탕으로 염라왕을 잡아온다. 염라왕은 일종의 재판을 통해 삼형
제 죽음의 의문을 해결한다. 의문이 있고 그것을 해결하는 과정에서
강림의 물리적 힘은 중요한 수단이 된다. 이는 〈차사본풀이〉의 크로노
토프가 저승을 자체의 질서를 가진 정교화된 시공간으로 구성하는 것과

도 관련이 있다. 저승이 하나의 인식 대상으로 자리 잡게 될 때 거기에는 이승과 다른 질서가 부여될 수 있고 그 구성 요소들이 정교하게 분절되고 명명될 수 있다. 이는 죽음을 정서의 문제로 접근한 〈바리공주〉의 크로노토프가 왜 미분화되어 나타나는지를 역으로 추정하게 한다.

〈차사본풀이〉가 죽음을 인지적 차원에서 다루고 있음은 두 가지 에피소드를 통해서도 알 수 있다. 〈차사본풀이〉의 이본 가운데에는 강림이 차사로 임명된 후 까마귀가 적패지를 전달하는 에피소드와 강림이가 동방삭을 잡아오는 에피소드[16]가 이어지는 것들이 있다. 강림은 염라대왕의 분부를 받아, "여자는 칠십, 남자는 팔십 정명으로 차례차례 저승오라."는 적패지를 붙이는 임무를 수행하게 된다. 강림은 인간 세계에 오다가 까마귀를 만나 대신 적패지를 전하게 한다. 까마귀는 중간에 적패지를 잃어버리고 "아이 갈 데 어른 가시오. 어른 갈 데 아이 가시오. 부모 갈 데 자식 가시오. 자손 갈 데 조상 가시오. 조상 갈 데 자손 가시오."라고 한다. 이는 죽음의 무질서함이 일반화된 세계를 보여준다. 다른 한 편으로 이 에피소드는 죽음이 왜 무질서해졌는가에 대한 연유를 설명한다. 죽음의 무질서함은 일반적 현상이며 일정 원인의 결과로 합리화된다. 이런 보편화와 합리화의 과정을 통해 무질서한 죽음은 질서화 된다.

또 다른 강림의 임무는 동방삭을 잡아오는 것이다. 강림은 냇가에서 숯을 씻는다. 동방삭이 왜 숯을 씻느냐고 묻자 "검은 숯을 백일만 씻으면 백 숯이 되어 백가지 약이 된다."고 말한다. 동방삭은 삼천 년을

---

16) 이 두 에피소드는 이본들에서 선택적으로 수용된다. 전자는 고대중, 이영주, 안사인, 김덕삼, 강순선, 이정자 본에 나타난다. 후자는 안사인, 김덕삼, 문창헌 본에 나타난다. 두 가지가 함께 나타나는 것은 안사인, 김덕삼 본이다. 이에 대해서는 김형근·김헌선, 앞의 논문, 249면.

살았어도 그런 말은 들어본 적이 없다고 하고 이에 정체가 탄로 나서 강림에게 잡힌다. 동방삭은 삼천 년이나 살면서 차사들을 농락하고 죽음의 질서를 무너뜨린 인물이지만 끝내 강림에게 잡히고 만다. 강림은 무질서한 죽음을 바로잡아 염라왕에게 능력을 인정받는다. 이 두 편의 에피소드는 무질서한 죽음의 원인과 그것을 바로 잡는 강림의 능력을 보여주면서 계기적으로 해석될 수도 있다. 이상의 서사는 왜 죽음에는 순서가 없는가, 인간은 왜 영원히 살 수는 없는가에 대한 질문과 답을 제공한다. 이런 질문과 답은, 죽음을 인식의 차원에서 사유한 결과이다. 인식적 차원에서 고구된 죽음관이 〈차사본풀이〉에 산포되어 있음은 〈차사본풀이〉의 정형구를 통해서도 확인된다.

> 그때 나온 법으로 우리 인간법도 사람 죽어 명생법 마련되었습니다.
> 그때 나온 법으로 우리 인간법도 인간 사람 죽기 전에 살았을 때 저승 입성을 차려놓는 법입니다.
> 그때 나온 법으로 우리 인간 부부간 법이라 열 아기 낳아도 하나의 보람도 없는 부부간법입니다. 강림이가 저승 갈 땐 신이나 버선이나 신어 갈 땐 좋아도 저승 가고 와서 벗어 버리면 신었던 것 같지 아니한 것이 부부간 법입니다.
> 그때 나온 법으로 집안에 궂은 일이 있으면 문전 조왕 축원 하면 집안에 궂은 일이 멀리 보내게 되는 법입니다.
> 그때 나온 법으로 우리 인간 사람도 죽으면 동심절 전천문 자운문 해야 품기는 법입니다.
> 그때 나온 법으로 우리 인간 사람도 죽어 가면 이 차사가 앞을 서고 이 밧줄로 결박 상송하는 법입니다.
> 그때 나온 법으로 시왕당클 밑에 사젯상을 심어 나깟방석(강림차사가 이 시루떡위에 하강하여 앉는다고 함) 나깟도전(시루떡을 들어 춤추며 올리는

재차)을 치어 올리는 법입니다.

　　그때 나온 법으로 인간사람 죽으면 떡 하여 겨드랑이에 품어주는 법입니다.

　　그때 나온 법으로 칠성(뱀) 죽은 법은 없어 아홉 번 열 번 환생합니다.

　　그때 나온 법으로 이제 지금도 까마귀와 솔개는 만나면 서로 원수지간
이 되어 서로 뜯는 법입니다.

　　그때의 법으로 까마귀는 "갈아 놓은 밭에 걸음걸이"라 아장아장 걷는
법 마련하였습니다.

　"그때 나온 법으로"의 정형구는 다른 본풀이에도 나타나는 것이지만
특히나 〈차사본풀이〉의 정형구는 주로 상장례의 여러 관습의 기원을
설명하는 데 할애된다. 『제주도무가본풀이사전』의 김해춘 본에는 '제
사 명절에 축지방 쓰는 법', '아이 갈 때 어른 가는 법', '부모 형제 상례법'
등이 나타난다. 〈차사본풀이〉에서는 이본과 상관없이 명정, 기일제사
법, 초혼 등의 상장례 기원에 대해 다양하게 언급하고 있다. "그때 나온
법으로"의 정형구는 상장례의 여러 관습이 어디에서 기인하였는가를
설명함으로써 상장례가 이루어지는 현실을 신화 안에 끌어들인다. 〈차
사본풀이〉의 정형구는 죽음을 하나의 질서화된 세계로 구성하고 있음
을 보여준다. 상장례의 기원이 텍스트의 여러 부분에 산포되어 있는
이유 역시 이 세계가 죽음을 하나의 정교화된 절차로 이해하고 있기
때문이다. 〈차사본풀이〉의 죽음관은 규칙과 법칙으로, 인지적으로 구
성된다.[17) 〈바리공주〉가 신화 안에 망자와 그 가족의 정서를 끌어들인

---

17) 같은 맥락에서 권복순은 〈차사본풀이〉가 죽음과 관련되는 세 가지 물음을 제기하고
　　해답하는 해설적 기능을 한다고 본다. 세 가지 질문은 인간의 사주팔자에 대한 것,
　　인간 사후에 관한 것, 인간 생명의 영원성에 대한 것이며, 그 답은 각각 염라왕이
　　주관하고, 죽음은 삶의 연장이라며, 인간은 영원한 존재가 아니라는 것이다. 권복순,
　　〈차사본풀이〉의 해설적 기능과 의미, 『배달말』 49집, 배달말학회, 2011, 325~326면.

다며, 〈차사본풀이〉는 현실의 법과 관습을 끌어들인다.

　〈바리공주〉와 〈차사본풀이〉에서 바리와 차사의 인물 형상과 저승의 크로노토프가 관련되는 방식은 하나의 죽음관을 구성한다. 〈바리공주〉에는 미분화된 공간의 탐색자가 있고, 그 주인공은 여성이다. 바리의 저승 탐색은 불안과 두려움의 정서를 야기한다. 그 가운데 행해지는 여성적 과업은 모두 부모의 병을 구완한다는 가족 서사 틀을 가진다. 가족의 병이나 죽음의 상황은 〈바리공주〉의 수용자들이 공유하는 것이기도 하다. 미분화된 저승-여성 탐색자의 결합은 바리-망자와의 감정적 동일시를 용이하게 하며 그와 관련되는 정형구의 반복을 가능하게 한다. 이는 〈바리공주〉가 죽음으로 자극된 정서의 문제를 보듬는 데 관심을 두며 형성된 텍스트임을 시사한다. 〈바리공주〉는 동일시를 통해 저승으로 떠나는 망자와 가족의 정서를 지속적으로 환기한다.

　〈차사본풀이〉에는 정교하게 분화된 저승이 있고 그 탐색자는 관원이다. 그 주인공 강림의 저승 탐색은 불안과 두려움의 정서를 야기하기보다는 세부적 지식(길의 유래, 저승 행색이나 통용되는 문서의 법칙, 상장례의 유래 등)을 소통하는 데 치중한다. 염라왕을 잡는 과업은 삼형제의 의문사에 대한 소지를 해결한다는 공적인 성격을 가진다. 이는 가족의 병이나 죽음의 상황을 직접 환기하지는 않는다. 과양생이 각시가 자식의 죽음으로 슬퍼하기는 하지만 이는 자신이 행한 악행의 대가이다. 강림의 저승행은 죽음의 이유를 규명하는 데 할애된다. 정교한 저승-남성 공무 수행자의 결합은, 죽음을 질서화된 공간으로의 편입으로 보게 하며, 죽음의 무질서 역시 질서화된 것임을 상기시킨다. 〈차사본풀이〉는 죽음의 문제를 인식의 차원에서 고려한 결과물이라고 할 수 있다.

3. 젠더화된 죽음관의 실천, 기대와 순응

앞서 언급한 것처럼 무속신화 내에서 바리와 차사가 수행했던 과업
은 신이 된 이들이 수행할 과업이 된다. 저승에서의 직능과 상동성 혹
은 유사성을 가진 신직이 인물에게 부여되는 것이다. 이들이 굿에서
담당하게 되는 역할도 무속신화 내에서 표상된 인물 형상과 유사할 것
이라고 추측할 수 있다. 그렇다면 각 텍스트의 죽음관이 제의 맥락에서
어떤 기능을 하는지 살펴보자. 이는 각 지역의 무속을 담당한 향유 집
단이 바리와 강림이라는 신의 역할을 통해 제의에서 어떻게 망자를 애
도하고, 그 가족을 위무하는가를 살펴보는 것이기도 하다.

〈바리공주〉가 구송되는 진오귀굿[18]과 〈차사본풀이〉가 구송되는 시
왕맞이굿은 모두 저승천도굿에 해당한다. 저승천도굿은 지역에 따라
서는 진오귀굿, 오구굿, 새남굿, 다리굿, 시왕굿, 수왕굿, 수망굿, 망묵
이굿, 씻김굿, 질닦음, 시왕맞이 등 다양한 이름으로 불린다.[19] 전술한
것처럼 〈바리공주〉는 진오귀굿 가운데 〈말미〉거리에서 구송된다. 〈바
리공주〉 연행의 전후 맥락을 살피면 굿에서 바리의 역할을 확인해 볼
수 있을 것이다. 〈말미〉 전에 행해지는 〈사재삼성〉은 사자가 저승으로
내려오는 과정을 보여준다.

　　　저 망재님 모시려고 칼등겉이 굽은 길에 화살겉이 곧은 길에 밤이면은

---

18) 진오귀굿은 크게 등급에 따라, 망자의 죽은 시기에 따라 구분이 된다. 경제적으로
　　여유가 있는 대가집에서는 새남굿을 하고, 일반 가정에서는 평진오귀굿을 행한다고
　　한다. 망자가 죽은 지 얼마 되지 않은 경우는 진진오귀, 망자가 죽은 지 오래된 경우
　　는 묵은 진오귀라 한다. 〈진오귀굿〉, 『한국향토문화전자대전』, 한국학중앙연구원,
　　DB.
19) 〈굿〉, 『한국민속신앙사전 : 무속신앙 편』, 국립민속박물관, DB., 2010.

산을 넘고 낮이 되면 들을 건너 손씨 문전 당도하니 지붕 위에 백기 꽂고
대문 안을 썩들어서니 수문장이 산란허다 마당 간데 들어서니 오방지신
문막는다 산간마루 떼굴르니 성주왕신 산란허다

또한 이 거리에서 구송되는 〈만수받이〉에는 저승사자가 망자의 숨
을 거두는 장면이 형상화된다.

방문설주 걸터잡고 오리만큼 다가섰다 십리만큼 물러서서 어서나라 바
삐나라 손씨 망재 허는 말이 그 뉘라고 나를 찾소 날 찾을 이 없건마는
어느 누가 나를 찾나 실낱겉은 목에다가 오라사슬 걸어놓고 쇠뭉치를 움
켜쥐고 한번 호령 나우치니 열손열발 맥이 없네 두 번 호령 나우치니 있든
정신 간 곳 없고 삼세번을 나우치니 혼비백산 가신망재 원명종신 임종시
에 구사당에 하직하고 신사당에 허배하고 마루 끝에 신발 벗고 마당전에
인정쓰고 적삼벗어 손에 들고 대문밖을 썩나서니 혼백불러 명세허니 없던
곡성 낭자허다[20]

진오귀굿 〈사재삼성〉 거리의 사자는 저승에서부터 이승으로 와서
실제로 목숨을 거두는 존재이다. 이 사자는 〈차사본풀이〉에서 강림과
유사하다. 오라로 묶어 호통을 쳐서 물리적인 힘으로 인간의 목숨을
빼앗는다. 사자는 무서운 존재가 아니라 농담을 하고 인정을 얻어내는
희극적 존재이기도 하다. 진오귀굿에서 사자는 무서운 모습과 우스운
모습 두 가지를 가진 것으로 나타난다. 이 두 가지 모습은 모두 바리와
는 차별적이다. 진오귀굿에서 바리와 사자에게는 서로 다른 역할이 할
당되어 있음을 짐작할 수 있다.
〈사재삼성〉 후에 〈바리공주〉가 구송되는 〈말미〉가 이어진다. 〈말

---

20) 김헌선, 『서울진진오기굿 무가자료집』, 보고사, 2007, 403~409면.

미〉에서 무당은 머리에 큰머리를 얹고 공주 복색으로 단장하고 노란 몽두리를 입고 의자에 앉아 장고를 치며, 무가를 읊는다.[21] 무가에서 묘사된 바리의 복색은 〈말미〉거리에서 무당의 복색과 일치한다. 시왕 맞이굿에서 차사가 본풀이로만 구현된다면 진오귀굿에서 바리는 공주의 복장을 한 무당으로, 연극적으로 체현된다.[22]

〈말미〉 다음에 이어지는 〈도령거리〉에서는 무당으로 분장한 바리의 제의적 역할이 잘 나타난다. 여기에는 몇 가지 상징적 행위들이 있다. 나비도령은 바리가 구름을 헤치며 나아가는 형상이며 밖도령 손도령은 바리가 넋을 받쳐 안고 도는 형상이며, 밖도령 부채도령은 바리가 부채로 머리에 망자의 넋을 떠서 왼편으로 돌 때 감싸 돌고, 오른편으로 돌 때는 안아 도는 형상이며, 밖도령 칼도령은 지옥문의 열쇠를 상징하는 대신칼을 가지고 바리가 열두 지옥의 문을 여는 형상이다.[23] 이는 모두 바리가 영혼을 지옥으로 인도하는 역할을 상징화한 것이다. 무당= 바리는 망자의 넋을 안고, 받치고, 돌면서 지옥의 문을 연다. 이때 바리는 망자의 넋을 마치 품안의 아기와 같이 소중하게 다룬다. 무당을 통해 인간으로 육화한 바리는 자비롭고 포용력 있는 신이다.

저승사자에게는 바리처럼 망자를 지옥에서 구하거나 지옥에 빠지지

---

21) 조흥윤, 『서울 진오기굿』, 열화당, 1994, 60면.

22) "바리공주 인도 국왕에 보살이 되어서 만발공양 수륙재 큰머리 단장에 은하몽두리 넓으나 대띠 좁으나 홍띠 수치마 수저고리 수당혜 화하복색 백수한삼 철쇠방울 쉰대 부채 은월도 삼지창, 앞으로 염불배설 뒤로 돌아 시왕배설, 사람 죽어 고혼 되면 극락세계 연화대로 천도나 보내겠습니다." 이상순, 『서울 새남굿 신가집』, 민속원, 2011, 365면. 〈바리공주〉에 형상화된 바리의 복색은 제의에서 무당의 복색이다. 무당이 바리의 역할을 한다는 점에서 진오귀굿에는 연극적 측면이 강하다.

23) 이상순, 위의 책, 374~375면. 진오귀굿 해당 제의 맥락에서 바리공주와 지장보살의 유사한 역할에 대해서는 강진옥, 「바리공주와 지장보살의 제의적 기능과 인물형상 비교」, 『구비문학연구』 35집, 한국구비문학회, 2012, 201~202면.

않도록 하는 구원자로서의 역할이 없다. 바리는 저승에서부터 와서 이승의 목숨을 거두는 사자와 달리 망자를 극락세계 연화대로 인도하여 다시 태어나게 한다. 지옥의 문이 열리고 나면 바리가 예단을 상에 받쳐 들고 대설문 안으로 들어가 연지당 앞에 도착한다. 망자는 연지당 앞에서 바리의 인도로 지장보살을 배알한다. 망자는 여기에서 지장보살에게 자비를 구하기 위해 억울한 사정과 누명을 호소한다.[24] 이렇게 바리공주는 망자가 환생의 기회를 가질 수 있는 길로 인도한다. 〈바리공주〉 신화를 구송하는 〈말미〉의 끝부분에서 새발심지를 태워 그 흔적을 보고 망자가 무엇으로 다시 태어났는가를 확인하는 절차는 바리가 죽은 자를 새롭게 탄생시키는 힘을 가진 존재라는 것을 잘 보여준다.[25]

　시왕맞이굿에서 망자를 위한 청원 대상은 시왕이지만 시왕본풀이는 따로 없다. 시왕맞이에서 가장 중요한 재차 중 하나가 〈차사본풀이〉 거리이며, 이 거리에서 〈차사본풀이〉가 구송된다. 시왕맞이에서 〈차사본풀이〉 구송 전후의 맥락을 살피면 차사의 역할을 알 수 있다. 〈차사본풀이〉가 구송되고 나면 주잔넘김이 이루어진다. 무당은 차사를 부르고 "행(行)이 바쁜 질(路)이 바쁜 처서웨다. 놀신왕 삼처서 아이고 삼백 명 넘은 영혼 안동헌 처서님네 주잔권잔(酒盞勸盞) 드립네다."라고 한다. 본풀이를 통해 소환된 차사는 권위를 가진 접대의 대상이 된다. 차사를 대접하는 이유는 그에게 기원할 것이 있기 때문이다. 무당은 '신의 아이'가 저승에 너무 늦거나 너무 이르게 가더라도 구박하지 말라고 차사에게 당부한다. 〈차사본풀이〉는 '망인을 차사가 구박하지 않고 저승까지

24) 이상순, 앞의 책, 380면.
25) 이용범, 「서울 진오기굿의 종교적 성격과 문화적 위상」, 『한국학연구』 27호, 고려대학교 한국학연구소, 2007, 19~20면.

고이 데려가길 기원하기 위해'[26) 연행 된다. 시왕맞이에서 무당은 차사가 망자를 잘 데려가 주길 기원하는 존재이다. 이때 무당과 차사 사이에는 분명한 위계가 세워진다. 차사, 무당, 망자는 모두 구분되는 존재이며 경우에 따라 차사〉무당〉망자의 관계가 형성되기도 한다.

바리의 역할이 저승까지 갈 때 영혼을 아이처럼 돌보고 보호하는 것이라면 차사의 역할은 저승까지 가는 영혼에게 해를 끼치지 않는 것이다. 바리의 역할이 적극적인 구원을 자처하는 것이라면 차사의 역할은 망자에게 해를 행하지 않는, 소극적인 것이다. 바리가 데려가는 저승길이 도움과 구원이 있는 길이라면, 차사가 데려가는 저승길은 억압과 강압에서 자유로운 길이다.

시왕맞이에서 차사의 복색은 무당의 언어를 통해 표현된다. 차사는 "남방사주(藍紡紗紬)로 된 솜바지, 백방사주(白紡絲紬)로 된 저고리 자주 명주로 된 행전(行纏), 백릉(白綾) 버선, 소매가 좁은 미투리, 쇠털로 된 흑두전립(黑頭戰笠), 한산모시 접두루마기를 입고 홍사(紅絲)를 옆에 차고, 적패지(赤牌旨)를 옷고름에 차고, 삼척오촌(三尺五寸)의 팔찌를 차고, 죄인을 묶을 밧줄을 등에 지고, 앞에는 용자(龍字), 뒤에는 왕자(王字)를 새기고, 봉안을 부릅뜨고" 나타난다.[27) 차사의 복색과 그가 가진 적패지, 오랏줄은 차사가 관의 명령을 수행하는 사람임을 상징한다. 관원으로 형상화된 차사가 망자를 저승으로 이끄는 과정을 〈혜심곡〉에서 찾아볼 수 있다. 〈혜심곡〉은 본풀이 이전에 구송되기도 한다. 이때 저승차사가 죽어가는 영혼을 데려가는 모습은 마치 죄지은 사람을

---

26) 〈차사본풀이〉 거리의 구체적 제차는 들어가는 말미-공선가선-날과 국 섬김-연유 닦음-〈차사본풀이〉-주잔넘김-산받음이다.
27) 현용준, 『제주무속자료사전』, 각, 2007, 216면; 이은봉, 『한국인의 죽음관』, 서울대학교 출판부, 2000, 115면 재인용.

심판대로 끌고 가는 모습과 유사하다. 팔에는 오랏줄을 묶고 발에는
족쇄를 채워서 끌고 간다.[28]

　그렇다면 이렇게 강압적인, 공무를 집행하는 것과 같은 차사의 역할
이 망자의 가족에게 어떤 위무를 줄 수 있을까? 죽음은 무질서한 본성
을 가지며 이는 망자의 가족에게 폭력적으로 경험된다. '부모 갈 데
아이 가고 조상 갈 데 자손 가는' 죽음은 쉽게 받아들이기 어렵다. 이를
받아들이도록 만들기 위해서는 강제하는 인물이 필요하다. 시왕맞이
굿에서 무질서한 죽음을 질서화하는 인물이 바로 차사 강림이다. 차사
는 한편으로 공정해 보이는 관원으로, 다른 한 편으로는 절대적 힘을
가진 인물로 형상화된다. 그는 망자보다도 무당보다도 압도적인 권위
를 가진다. 누구도 그를 거스를 수 없다. 차사는 죽음의 세계를 질서의
세계로 형상화하는 육화된 존재이다. 이런 차사의 존재가 망자의 가족
에게 위무를 제공한다면 그것은 권위에 순응하는 기제를 통해서이다.
차사의 권위에 순응하는 것은 곧 죽음의 법칙에 수긍하는 것이다.

　진오귀굿에서 바리의 기능은 이와 다르다. 바리는 망자를 환생으로
인도한다. 인간으로 죽음을 맞은 망자는 조상신으로 새로 태어나게 된
다. 〈바리공주〉가 제의에서 하는 역할은 신화 내의 역할과 상동성이
있다. 〈바리공주〉에서 출산의 능력은 곧 재생의 능력으로 이어진다.
이는 제의 맥락에서는 망자를 재생시킴으로써 천도를 완수하는 직능으
로 나타난다. 이 과정에서 무당과 동일시되는 바리는 망자와 함께한다.

---

28) 이은봉은 이에 대해 "심판의 관념을 반영하는 것"이라고 본다. 이은봉, 앞의 책, 117
　　면. 그러나 이런 강압성이 단죄라는 윤리적 측면에서만 해석된다면 망자를 위한 천
　　도굿에 차사가 기원의 대상이 되는 이유를 설명할 수 없다. 본고는 차사가 죽음의
　　세계를 질서의 세계로 형상화하는 육화된 존재이며, 그 수행을 통해 망자의 가족이
　　죽음의 법칙에 순응하도록 하는 역할을 한다고 본다.

바리가 망자의 가족에게 위무를 제공한다면 그것은 그녀가 망자와 함께하고, 그들이 환생하도록 도와줄 것이라는 기대를 작동시키고, 그것을 충족시키기 때문이다.

4. 결론

〈차사본풀이〉와 〈바리공주〉는 죽음 관련 제의에서 불리는 무가들이다. 이들에 대한 다양한 기존 연구는 텍스트의 죽음관을 추론하는 것으로 귀결되기도 했다. 죽은 이를 중심으로 영육의 분리 여부와 영육의 위계를 문제 삼기도 하고, 저승과 이승의 관계가 유사성을 가진다고 보거나, 죽은 이의 환생을 통해 저승이 죽음의 공간일 뿐 아니라 삶의 공간임을 드러내기도 했다. 이상의 텍스트를 통해 추론된 것들은 무속 신화의 죽음관 혹은 한국인의 전통적 죽음관으로 확장되기도 한다.[29]

본 연구는 〈바리공주〉와 〈차사본풀이〉를 통해 죽음관이 젠더화되어 있음을 밝혔다. 바리로 대표되는 도움과 구원의 기대가 충족되는 과정을 여성적 천도원리로, 차사 강림으로 대표되는 죽음의 법칙에 순응하는 과정을 남성적 천도원리로 명명할 수 있을 것이다. 천도는 산 자가 죽은 사람의 명복을 빌기 위한 의식이다. 이는 죽음이 궁극적으로는

---

29) 무속에서 죽음이란 이승의 가족에서 저승의 가족으로 이동하는 의미를 지닌다. 그래서 죽음은 외롭지 않으며, 자연스러운 것이다. …무속의 저승은 이승과 다른 공간이지만, 단절된 공간은 아니다. …또한 저승은 죽음을 극복할 수 있는 신화적 생명의 공간이며 이승의 문제를 해결할 수 있는 공간으로 여겨진다. 이런 점에서 한국 무속에서 저승은 항상 관계를 갖고 소통해야 되는 인간 삶의 한 부분을 이룬다. 이용범, 「한국무속의 죽음이해 시론」, 『한국학연구』, 38집, 고려대학교 한국학연구소, 2011, 287~288면.

산 자의 문제에서 비롯되었음을 단적으로 보여준다. 산 자가 계속 살기 위해서는 죽음에 대한 이해가 필수적이다. 산 자는 죽음을 사유함으로써 구원받는다. 이때 바리를 중심으로 하는 여성적 죽음관은 죽은 이를 좋은 곳으로 보냈다는 정서적 위안을 제공함으로써 망자의 가족을 위로한다. 차사를 중심으로 하는 남성적 죽음관은 죽은 이가 당연히 갈 곳으로 갔다는 질서를 강조하면서 위무를 완수한다. 이는 망자의 세계가 현세와 이질적이기는 하지만 현세와 다름없거나 그 이상으로 좋은 곳 혹은 합리적인 곳임을 강조한다. 망자가 좋으면 산자도 좋고 망자가 납득하면 산자도 납득하는 것처럼 보이지만 실제로는 산자가 가진 이상을 망자에게 투사하는 것이다.

젠더화된 죽음관은 영육의 분리 여부와 이승과의 관계성 여부를 통해 죽음관을 설명하려는 기존논의만큼이나 중요하다. 일견 무성적(無性的)으로 생각될 수 있는 죽음에 대한 사유가 여성적-남성적 특질을 기반으로 구성되고 있음을 보여주기 때문이다. 같은 맥락에서 〈바리공주〉에 대한 여성적 읽기의 저변 확대가 가능하다면, 그것은 바리의 노동, 임신, 출산의 경험 뿐 아니라, 그녀가 구현하는 죽음관이 여성적인 것이기 때문이다.

물론 실제 굿 연행에서 여성적 천도원리와 남성적 천도원리는 뒤섞여 나타난다. 그렇다 하더라도 〈바리공주〉가 진오귀굿의 핵심제차이며 〈차사본풀이〉가 시왕풀이의 핵심제차라는 것을 상기한다면 각각의 굿이 정서적 위안과 이성적 위안 중 한 가지에 조금 더 치중하는 메커니즘을 가진다고 해석할 여지가 없는 것은 아니다. 이러한 논의가 공고화되기 위해서는 해당 굿의 전체 절차, 지역적 굿의 차이를 염두에 두는 연행론적 연구가 뒷받침 되어야 할 것이다.

천도굿은 지역별로 다양하지만 〈바리공주〉가 불리는 천도굿이 〈차
사본풀이〉가 불리는 천도굿보다 더 광범하게 나타난다. 진오귀굿에는
제주도 시왕맞이굿의 차사와 같은 역할을 하는 사자가 존재한다. 이때
사자의 역할은 바리의 그것에 비해 덜 중요하며 덜 본질적인 것으로
이해된다. 바리가 구성해내는 죽음관과 차사가 구성해내는 죽음관은
지역적으로 보더라도, 하나의 굿 안에서 보더라도 비대칭적이다. 이런
비대칭성은 무속의 세계에서 여성적 천도원리가 남성적 천도원리를 포
함하고 있음을 보여준다. 무속은 오롯이 여성의, 여성에 의한, 여성의
굿으로 생각될 수 있다. 그러나 그 안에는 여성적 죽음관과 남성적 죽
음관이 모두 발견된다. 그렇다고 이들이 대등한 것은 아니다. 여성적
죽음관은 남성적 죽음관을 포괄하며, 남성적 죽음관을 통합한다. 진오
귀굿과 시왕맞이를 연행하는 것은 이처럼 젠더화된 죽음관을 연행하는
종교적·문화적 실천이기도 하다.

〈성주풀이〉와 〈문전본풀이〉의 가정관

1. 서론

〈성주풀이〉는 성주신과 터주신에 대한 서사이며, 〈문전본풀이〉는 문신, 조왕신, 정낭신, 측신 등에 대한 서사이다. 이들은 모두 집을 지키는 신들이다. 이들 서사는 집지킴이 신의 유래를 통해 집에 대한 전통적 경험을 의미화한다. 집이건 다른 어떤 공간이건 간에, 거기에서 일어나는 경험은 물리적 환경을 지각하거나 감흥을 느끼는 차원에서 끝나지 않는다. 공간적 경험은 인식적 경험으로 전환된다.[1] 서사로 의미화된 집에 대한 경험은 실제 있었던 사건 자체가 아니라, 사건에 대한 관점을 전달한다. 〈성주풀이〉와 〈문전본풀이〉 분석을 통해 우리는 집에 대한 관점을 얻을 수 있다.

그러나 이 두 신화는 우리에게 집에 대한 공간적 인식을 전달하는 데 그치지 않는다. 집은 가정을 이루고 생활하는 공간이다. 가정은 가

---

1) 김형준, 「19세기 근대건축시설의 구축」, 서울대학교 박사학위논문, 2004, 148면.

족이 생활하는 공간을 말하기도 하지만 가까운 혈연관계에 있는 사람들의 생활 공동체를 말하기도 한다. 가정은 방, 주방, 부엌, 화장실 등으로 이루어진 공간이기도 하면서 부부, 부모, 형제 사이에 인간적 상호 작용이 일어나는 곳이기도 하다. 가정이라고 할 때 우리는 가족 관계의 정서적 측면과 공간 경험의 물리적 측면을 각각 지칭하거나 모두 지칭한다. 이 신화들은 집과 가족에 대한 인식을 동시에 보여준다. 본고는 두 신화를 가정 신화로 명명하고자 한다. 이 두 가정 신화를 분석하는 최종적인 목적은 가정이란 무엇인가에 대대한 메타적 인식을 살펴보는 것이다.

〈성주풀이〉와 〈문전본풀이〉의 집에 대한 인식은 가족에 대한 인식과 불가분의 관계를 가진다. 〈성주풀이〉와 〈문전본풀이〉에는 가족 관계에 대한 경험, 즉 정서적·정신적 측면과 집에 대한 경험, 즉 물리적·공간적 측면이 상호 작용하면서 나타난다. 이때 정서적·정신적 측면을 가족관이라고 하고, 물리적·공간적 측면을 가택관이라고 할 수 있다. 이 두 가지는 면밀하게 구분되지는 않으며 복잡하게 상호작용한다. 본고에서는 집에 대한 공간적 인식인 가택관과 가족 관계에 대한 인식인 가족관을 아울러 '가정관'이라고 할 것이다. 이는 실제 일어난 사건에 대한 경험이라기보다는 경험을 전환시킨, 추상화된 인식이다. 본고는 이러한 가정에 대한 인식이 두 신화에서 어떻게 다르게 나타나는지, 차이점을 가로지르는 공통점은 없는지 살펴볼 것이다.

〈성주풀이〉는 경기도 남부 지방에서 전승되며, 재수굿이나 안택에서 자주 구연된다.[2] 본고에서 다루는 황우양씨가 등장하는 〈성주풀이〉

---

2) 〈성주풀이〉는 무가로 전승되는 것과 민요로 전승되는 것이 있다. 본고의 연구대상은 무가로 전승되는 〈성주풀이〉다. 무가 〈성주풀이〉는 황우양 유형(경기도 본)과 안심

는 중부 일부 지역에서 독자적으로 전승되는 텍스트이다. 〈문전본풀이〉는 제주도 큰 굿에서, 구체적으로는 세경놀이와 각도비념 사이에서 구연된다. 관북 지역의 〈살풀이〉와 관서지역의 〈성신굿〉, 충남과 호남 지역의 〈칠성굿〉이나 〈칠성풀이〉에 유사한 모티프가 나타나기는 하지만 세부적 내용은 다르다.[3] 본고에서는 〈성주풀이〉를 경기도 남부 지역에서, 〈문전본풀이〉를 제주도 지역에서 주로 전승되는 텍스트로 보고자 한다. 이 텍스트가 구성해내는 가정관의 통용 범위는 일반적인 것이라기보다는 지역적 한계를 가지는 특수한 것이다.

가정 신화라고 할 만한 텍스트는 〈성주풀이〉와 〈문전본풀이〉 외에도 몇 편 더 있다. 〈칠성풀이〉, 안심국 유형의 〈성주본가〉 등이 그것이다. 이 가운데 〈성주풀이〉와 〈문전본풀이〉에는 성주신, 터주신, 문전신, 조왕신 등 주요 가신들의 유래가 나타나고 있어 가정에 대한 메타적 인식을 읽어내기에 적합하다. 또한 〈성주풀이〉는 경기도 남부 지역, 〈문전본풀이〉는 제주도 지역에서 각각 구연되던 것으로, 이들 신화를 통해 지역에 따라 대별되는 가정관을 읽을 수 있으리라 생각한다. 나아가 각기 다른 지역에서 구성된 각기 다른 가정관의 공통점을 살펴본다면, 두 신화가 공통적으로 기반하고 있는 문화에서 추론 가능한 가정관

국 유형(비경기도 본)이 있다. 이에 대해서는 김난주, 「〈성주풀이〉의 창조신화적 성격 연구」, 『동아시아고대학』 6집, 동아시아고대학회, 2002, 109면. 이 두 유형은 모두 가족의 탄생, 시련, 극복을 다룬다. 그러나 세부적으로 시련의 원인, 극복의 방법, 부인의 역할 등이 다르다. 본고는 무가 〈성주풀이〉 가운데에서도 황우양 유형을 다룬다. 황우양 유형이 경기도권에서 주로 향유되었기 때문에 제주도의 〈문전본풀이〉와 대비적 지점을 고찰하는 데에 적당하다고 본다.

3) 북부지방이나 호남지방의 텍스트와 달리, 제주의 〈문전본풀이〉에서는 어머니의 기능과 역할이 뚜렷하고, 신직이 명확하게 지정된다. 이에 대해서는 김재용, 「〈문전본풀이〉의 무속신화적 성격에 대한 연구」, 『한국문학이론과 비평』 22집, 한국문학이론과 비평학회, 2004, 74~75면.

에 접근할 수도 있을 것이다.

　무가 〈성주풀이〉에 대한 연구는 많지 않다. 그 가운데에는 판소리나 민요와의 관계에 대한 연구, 창조신화로서의 성격에 대한 연구, 〈성주풀이〉에 반영된 민속적 사실에 대한 연구가 있다.[4] 〈문전본풀이〉에 대한 기존논의는 여성 등장인물, 특히 악인형 여성 캐릭터에 주목한 논의가 대부분[5]이지만, 〈문전본풀이〉의 신화소를 중심으로 텍스트의 성격을 규명한 논문[6]도 있다. 또한 본고와 직접 관련이 있는 논의로 〈문전본풀이〉의 가족제도 및 가족관에 관한 논의[7]를 들 수 있다. 정주혜는 〈칠성풀이〉와 비교하면서 〈문전본풀이〉가 가족의 가치를 윤리성에 두고, 부부관계와 모자관계로 이어지는 수평적 연대를 중시한다고 하였

---

4) 서대석, 「〈성주풀이〉와 춘향가의 비교연구」, 『판소리연구』 1집, 판소리학회, 1999, 8~25면; 최자운, 「〈성주풀이〉의 서사민요적 성격」, 『한국민요학』 14집, 한국민요학회, 2004, 285~309면; 김난주, 「〈성주풀이〉의 창조신화적 성격 연구」, 『동아시아고대학』 6집, 동아시아고대학회, 2002, 107~132면; 최원오, 「한국 구비서사시에 나타난 민속적 사실, 그 상상력의 층위와 지향점」, 『구비문학연구』 제19집, 한국구비문학회, 2004, 415~450면.

5) 이지영, 「〈문전본풀이〉에 나타난 악인형 여성의 전형성 연구」, 『한국고전여성문학연구』 12집, 한국고전여성문학회, 2006, 199~233면; 권복순, 「〈문전본풀이〉의 대립적 인물성격 연구」, 『실천민속학연구』 13집, 실천민속학회, 2009, 153~176면; 길태숙, 「제주도 신화에 나타난 악인형 여성 캐릭터의 이미지 연구-〈문전본풀이〉와 〈차사본풀이〉를 중심으로」, 『열상고전연구』 29집, 열상고전연구회, 2009, 327~562면; 정제호, 「〈칠성풀이〉와 〈문전본풀이〉의 여성 지위에 따른 전개 양상 고찰」, 『비교민속학』 45집, 비교민속학회, 2011, 321~347면.

6) 김재용, 「〈문전본풀이〉의 무속신화적 성격에 대한 연구」, 『한국문학이론과 비평』 22집, 한국문학이론과 비평학회, 2004, 73~98면.

7) 장유정, 「〈문전본풀이〉를 통해 본 제주도 가족제도의 한 특징」, 『구비문학연구』 14집, 한국구비문학회, 2002, 319~353면; 정주혜, 「〈칠성풀이〉와 〈문전본풀이〉의 대비 연구 : 가족관을 중심으로」, 서강대학교 석사학위논문, 1997; 성정희, 「〈문전본풀이〉를 통해 본 가족의 문제와 그 해결 방안」, 『겨레어문학』 45집, 겨레어문학회, 2010, 65~84면.

다. 장유정은 〈문전본풀이〉를 아이누의 신화와 비교하면서 제주도의
경우 가족 시련을 극복하는 방식이 모자중심, 말자중심의 의식을 드러
내고 있다고 보았다. 성정희는 가족의 문제와 해결방안이라는 시각으
로 〈문전본풀이〉에 접근하면서 가족의 문제가 책임과 욕망의 충돌에
서 발생하며 두 가지 항목의 중재로 해결될 수 있다고 보았다.

　기존논의 가운데에는 〈성주풀이〉와 〈문전본풀이〉 두 가지 신화를
대상으로 가정관을 연구한 논의는 거의 없다. 〈문전본풀이〉의 가족에
대한 연구도 대부분 서사에 투영된 가족 관계에 초점을 맞추며, 가족의
문제와 해결 방안에 집중하는 경향이 있다. 본 연구는 단편적으로 나타
나는 가족제도나 가족문제가 아니라 종합적으로 인식된 가족관을 살피
고자 한다. 이는 가택관과 가족관, 공간에 대한 인식과 가족에 대한
인식의 상호 작용을 통해 가정에 대한 메타적 인식을 살펴본다는 점에
서 기존 연구의 지평을 넓힐 수 있다고 본다.

　〈문전본풀이〉는 학계에 열 편 정도 보고되었다.[8] 이 가운데 본고에서
는 안사인 본[9]을 주 텍스트로 삼는다. 안사인 본은 서사적 긴밀성이
높으며 신으로 좌정하는 과정이 분명하게 나오고 있어 신화적 성격이
분명하다.[10] 〈성주풀이〉는 현재 여섯 편 정도 채록되었으며 이본 간

---

8) 아카마츠·아키바가 채록한 방복춘 본, 진성기가 채록한 이춘아 본, 신명옥 본, 박
　하남 본, 문무병이 채록한 김연희 본, 현용준이 채록한 안사인 본, 강정식이 채록
　한 이중춘·김윤수 본, 장주근이 채록한 고대중 본, 제주대 대학원에서 채록한 이
　용옥 본이 그것이다. 자세한 이본 현황에 대해서는 정제호, 「〈칠성풀이〉와 〈문전
　본풀이〉의 여성 지위에 따른 전개 양상 고찰」, 『비교민속학』 45집, 비교민속학회,
　2011, 326면.
9) 현용준, 『제주도무속자료사전』, 각, 2007, 335~346면.
10) 이본별 차이에 대해서는 김재용, 앞의 논문, 75~78면; 이지영, 앞의 논문, 204~208
　면. 이춘아 본은 어리석은 아버지가 문전신이 된다고 하고, 신명옥 본은 일곱 형제가
　북두칠성이 된다고 한다. 서사와 신직 배정의 긴밀성이 가장 높은 것은 안사인 본으로

차이는 크지 않다.[11] 본고에서는 세부적 에피소드가 풍부한 심복순 본[12]
을 대상으로 한다. 본고의 목적은 두 신화의 가정관을 읽어내는 것이다.
이는 주로 신화의 구체적 담화보다는 스토리를 통해 진행되며, 개별
이본의 특징보다는 여러 이본의 공통적 문법에 기반하여 진행될 것이다.

먼저 두 서사를 개관하면서 기본 문법을 살펴볼 것이다. 이를 위해
2장에서는 조종-능력-수행-인정[13]의 도식에 따라 서사를 세부적으로
분절할 것이다.

2. 서사 분석

(1) 조종의 국면

양상화로 표현하자면, 조종은 '하게 하는' 것으로 일종의 '설득 행위'
이다. 조종하는 자는 피조종자에게 주어진 서사 프로그램을 실행하게

볼 수 있다. 현용준, 『제주도 신화의 수수께끼』, 집문당, 2005, 134면.

11) 김태곤이 채록한 심복순 본과 김수희 본, 조희웅이 채록한 송기철 본 2가지, 서대
석·박경신이 채록한 송기철 본, 아카마쓰 지조·아키바 다카시가 채록한 배경재 본
이 그것이다. 이에 대해서는 서대석, 『무가문학의 세계』 집문당, 2011, 219면.

12) 김태곤, 『한국무가집』 3권, 집문당, 1992, 185~202면.

13) 이 네 가지 도식은 파리 기호학파에서 연구된 것으로 언어학적 기반을 가진다. 상태
발화인 '이다'와 행위발화인 '하다'가 결합될 때, 즉 어느 하나가 다른 하나를 종속시
키는 결합을 이룰 때 네 가지 양상화가 이루어진다. 이는 다음과 같다.

　　이다 〈 하다 → 이게 하다 : 수행
　　이다 〉 하다 → 할 수 있다 : 능력
　　이다 〈 이다 → 인 상태이다 : 인정
　　하다 〈 하다 → 하게 하다 : 조정

이 서사 도식에는 '역순의 논리적 전제 관계'가 성립한다. 인정은 수행을 전제로 하
고 수행은 능력을 전제로 한다. 박인철, 『파리학파의 기호학』, 민음사, 2003, 204면.

한다. 앞으로 해야 할 서사 프로그램을 제공하는 조종자는 행위항 모델
에서는 파송자에 해당한다.[14)

〈성주풀이〉는 천하국 천사랑씨와 지하국 지탈부인 사이에서 황우양
씨가 태어나 자라는 것으로 시작한다. 황우양씨가 십오 세 되었던 해,
천하궁의 일천난간이 쇠동풍에 쓰러진다. 황우양씨가 궁을 이룩할 적
임자로 추천된다. 이때 하늘에 있는 신적 존재는 파송자로 기능한다.
이 파송자는 황우양씨에게 천하궁을 짓는 행위를 수행하게 한다. 그러
나 황우양씨는 이를 수행하려 하지 않는다.

〈문전본풀이〉의 남선비는 여산부인과 혼인하여 남선고을에 살면서
일곱 아들을 낳는다. 어느 날 여산부인이 남선비에게 말한다. "우리가
이리 해서는 자식들도 많아지고 살 수가 없으니 무곡(곡식)장사 해보는
것이 어떻습니까?" 여산부인은 남편에게 장사를 하게 한다. 남선비는
이를 수락한다. 〈문전본풀이〉에서 남선비가 장사를 하기 위해 떠날 때
여산부인은 파송자로 기능한다.

(2) 능력의 국면

주체가 조종의 파송자로부터 서사 프로그램에 대한 어떤 과업을 부
여 받았다고 하더라도 바로 수행에 성공하는 것은 아니다. 임무를 완수
하기 위해서는 원조자의 도움을 받거나 필요한 지혜나 도구를 얻어야
한다. 수행에 성공하기 위한 조건을 습득하는 이 단계는 주인공이 될
만한 자격을 취득하는 단계이기도 하다.[15) 그러한 자격을 습득하기 전
의 주체와 습득한 이후의 주체는 다르다. 자격을 습득한 이후 주체는

---

14) 박인철, 앞의 책, 223면.
15) 박인철, 앞의 책, 207면.

비로소 주인공다운 주인공으로서, 핵심적 수행을 할 수 있게 된다. 여기에서는 자격을 습득하기 이전의 주체를 잠재적 주체라 하고 습득한 이후의 주체를 실현된 주체라고 하겠다.

〈성주풀이〉에서 황우양씨는 천하궁을 축조할 수 있는 연장이 없어서 과업을 수행하지 못한다. 그는 자신을 데리러 온 차사에게 말미를 청하고 "끝 불어진 송굿 하나 읎어 놓니 무엇으루다가 성주 이룩하오리까 글루다가 근심걱정이 되는구랴."라면서 탄식한다. 황우양씨 부인은 안장을 준비해서 남편이 건물을 지을 수 있는 도구를 만들어준다.[16] 또한 남편에게 "낡은 재목 괄시하지 말고 새 재목 탐내지 말라."고 일러준다. 황우양씨는 부인의 조력으로 비로소 천하궁을 축조할 도구와 지혜를 갖추게 된다. 황우양씨는 잠재적 주체에서 실현된 주체가 되면서 수행의 단계로 진입한다. 이를 가능하게 한 것은 조력자인 부인의 도움이다.

〈문전본풀이〉의 남선비가 장사를 할 지혜나 도구를 갖추는 지점은 서사에 드러나지 않는다. 남선비는 오동고을에 도착해서 노일저대에게 유혹당하고 배와 물건을 빼앗긴다. 남선비의 서사 행로는 일반적 서사 주체의 행로와는 다르다. 그는 능력의 국면에서 지혜나 도구를 갖추지 못한 주체로 드러난다. 남선비는 잠재적 주체였지만 결국 수행을 할 자격 획득에 실패한다. 서사가 계속 진행되기 위해서 또 다른 잠재적 주체가 필요한 상황이 된다.

남선비가 오랜 시간 소식이 없자 여산부인이 남편을 찾아 떠난다. 여산부인 역시 특별한 지혜나 도구를 가진 것으로 서술되지는 않는다.

---

16) 부인은 황우양씨가 자는 사이에 가루쇠, 녹쇠, 편쇠를 열댓 말이나 받아 풀무를 만들고 연장을 마련한다. 이를 기반으로 황우양씨 부인을, 대장장이의 능력을 소유한 신이한 존재로 해석하기도 한다. 조현설, 『우리신화의 수수께끼』, 한겨레출판, 2005, 198면.

노일저대는 여산부인에게 같이 목욕하자고 하면서 강에 부인을 빠뜨려 죽인다. 여산부인은 노일저대에게 속임을 당하고 죽는다. 첫 번째 잠재적 주체인 남선비, 두 번째 잠재적 주체인 여산부인은 실현된 주체가 되지 못한다.

노일저대는 남선비와 여산부인의 과업을 모두 좌절시킨 적대자로 기능한다. 장사를 해서 돈을 벌려했던 남선비도, 남편을 찾아 돌아가고자 했던 여산부인도 모두 노일저대로 인해 성공하지 못한다. 노일저대가 사는 오동고을은 '유혹과 속임수가 난무하는 곳'[17]이다. 오동고을은 남선고을과 달리 위험한 곳으로 그려진다.

여산부인을 죽인 노일저대는 여산부인으로 가장하여 남선비와 함께 남선고을로 간다. 이때 막내아들인 녹디생인은 노일저대가 자신의 어머니가 아니라는 사실을 간파하고 칼선다리를 놓는다. 녹디생인은 노일저대가 집으로 올 때 비로소 다른 형제와는 다른 방식으로 서사화된다. 그는 다른 형제들과 달리 '역력하고 똑똑한 녹디생인'으로, 특징과 이름을 부여받는다. 이로써 막내아들은 서사의 새로운 주체가 될 가능성을 가진다. 녹디생인은 다른 형제와는 달리 어머니가 가짜임을 알아본다.[18] 형제들에게도 어머니의 지위여부를 판별할 수 있는 방법을 알려준다. 가짜 어머니를 알아봄으로써 녹디생인은 지혜를 가진 것으로 입증된다.[19] 이후 〈문전본풀이〉에서는 막내아들을 주체로 하는

---

17) 김재용, 앞의 논문, 79면.

18) 김재용은 녹디생인이 아버지, 그리고 노일저대와 달리 좋은 눈을 가지고 있다는 데 착안하여 잘 보는 것을 샤먼이 가지고 있는 예측력과 관련짓는다. 김재용, 앞의 논문, 83~84면. 이 역시 넓은 범위에서 주체의 능력에 속한다.

19) 일곱 아들은 선창가에 마중 나와 다리를 놓는다. 큰아들 망간 벗어 다리를 놓고, 둘째 아들은 두루마기 벗어 다리를 놓고, 셋째 아들 적삼 벗어 다리를 놓고, 넷째 아들 고의를 벗어 다리를 놓고, 다섯째 아들 행전(行纏) 벗어 다리를 놓고, 여섯

서사가 진행된다. 녹디생인은 최초 과업의 수신자는 아니었으나 잠재적 주체에서 실현된 주체가 되고 이후 서사의 핵심적 임무를 수행한다.

(3) 수행의 국면

수행은 서사 도식의 가장 중심적 단계로, 다른 서사 도식이 이를 위해 진행된다고 할 수 있을 정도이다. 이 단계에서 실현된 주체는 비로소 대상을 획득하는 데 성공한다.[20] 대상을 획득하는 수행의 도식은 주체의 여러 행위로 구성된다.

〈성주풀이〉의 황우양씨는 소진뜰을 지날 때 소진랑을 만난다. 소진랑은 황우양씨에게 말을 붙이고 황우양씨와 옷을 바꾸어 입는다. 소진랑은 황우양씨의 부인을 소진뜰로 데려간다. 황우양씨는 천하궁을 축조하는 데 성공한다. 이로써 황우양씨는 처음 하늘로부터 부여받은 과업을 수행한다. 그러나 그의 수행은 여기에서 끝나지 않는다. 집으로 돌아온 황우양씨는 부인이 소진뜰로 잡혀 갔다는 것을 알게 된다. 황우양씨에게 부인을 찾아야 하는 새로운 과업이 발생한다. 이는 황우양씨 스스로 부여한 임무로, 파송자는 황우양씨 자신이다. 그는 부인이 남긴 글을 보고 소진뜰로 부인을 찾아간다. 황우양씨는 청새, 홍새 몸으로 변하여 소진랑을 잡아 돌함에 가두고 장승을 만든다. 적대자인 소진랑을 징치하고 황우양씨는 두 번째 과업을 성공적으로 수행함으로써 부인을 '획득'한다.

째 아들 버선 벗어 다리를 놓고, 녹디생인은 칼선다리를 놓는다. 형들이 녹디생인에게 왜 그러냐고 물으니 어머니는 우리 어머니를 닮지 않았다고 하면서 집까지 찾아가는 것을 보면 알 수 있다고 말한다.

20) 박인철, 앞의 책, 204면.

〈문전본풀이〉에서 녹디생인의 수행결과는 그가 한 일련의 행위를 통해 추론할 수 있다. 노일저대는 남선비의 아들을 죽이기 위해 중병이 든 것으로 위장한다. 남선비는 노일저대의 속임수에 넘어가 아들들을 죽이고자 한다. 남선비는 노일저대의 욕망을 실현하기 위한 조력자가 된다. 조종 단계에서 잠재적 주체로 생각되었던 남선비는 실현된 주체가 되지 못한다. 오히려 그는 실현된 서사 주체인 녹디생인을 죽이려고 하는 적대자가 된다. 남선비와 노일저대는 모두 녹디생인의 적대자로서 역할을 한다.

아버지가 형제들을 죽이려 한다는 것을 알게 된 녹디생인은 자신이 대신 형제들을 죽이겠다고 한다. 이때 녹디생인의 어머니가 꿈에 나와 노루를 잡아 죽이라고 알려준다. 꿈 속의 어머니는 녹디생인의 조력자로 기능한다. 녹디생인은 노루를 잡아 간을 내어 노일저대에게 가져간다. 그녀는 간을 먹는 척하다가 버린다. 이를 본 녹디생인은 형제들과 힘을 합쳐 노일저대에게 달려든다. 그녀는 형제들을 피해 측간으로 갔다가 목을 매어 죽는다. 녹디생인은 노일저대를 죽이는 데에서 그치지 않는다. 녹디생인은 형제들과 함께 서천꽃밭에서 환생꽃을 얻어다가 어머니를 환생시키는 데에도 성공한다. 녹디생인이 수행한 과업은 계모를 죽이고 어머니를 환생시킨 것이다. 이는 녹디생인 스스로 부여한 과업이다. 녹디생인은 결국 계모를 죽이고 어머니를 '획득'하는 데 성공한다.

(4) 인정의 국면

수행에서 시련을 거친 주인공에게는 보상과 평가가 내려지며, 이는 인정의 국면에서 이루어진다.[21] 인정의 국면에서는 신화로써 특징이 잘 드러난다. 여타 민담과 소설에서 주인공에게 부귀나 수복(壽福) 등으로 보상과 평가가 주어진다면 이 두 서사에서 과업에 대한 인정은 신으로 좌정하는 것으로 나타나기 때문이다.

〈성주풀이〉에서 황우양씨 부부는 황우뜰로 돌아온다. 집은 이미 무너져서 아무것도 없어 이들은 부인의 치맛자락을 풀러놓고 유숙한다. 일점혈육이 없는 것을 걱정하다가 황우양씨는 성주가 되고 부인은 지신이 되어 집집마다 다니면서 부귀공명과 자손번창을 이루어주기로 한다. 〈성주풀이〉의 황우양씨는 스스로 신이 되고 부인에게도 신직을 파송한다. 그는 과업의 수신자였다가, 지혜와 힘을 획득하고, 과업을 수행하고, 스스로 신직의 파송자가 된다.

반면에 〈문전본풀이〉의 남선비는 과업의 파송자였지만 자격을 갖춘 주체가 되지 못한다. 여산부인 역시 마찬가지이다. 〈문전본풀이〉에서 힘과 지혜를 갖춘 주체는 일곱째 아들이다. 그는 다른 형제들과 함께 집안을 지키는 신이 된다. 〈문전본풀이〉에서 어머니는 조왕신, 아버지는 주목과 정살신, 노일저대는 측신, 큰아들은 동방청제장군, 둘째는 서방백제장군, 셋째는 남방적제장군 넷째는 북방흑제장군, 다섯째는 중앙황제장군, 여섯째는 뒷문전, 일곱째인 녹디생인은 일문전으로 좌정한다.[22] 〈문전본풀이〉에서 등장인물은 집의 각 공간을 관할하는 신이 된다.[23]

〈성주풀이〉의 황우양씨 역시 소진랑의 위협으로부터 부인을 구출한다. 이는 〈문전본풀이〉의 녹디생인이 노일저대의 위협에 맞서 형제들을 보호하고 어머니를 되살린 것과 유사하다. 이러한 일들은 각기 다른

---

21) 박인철, 앞의 책, 230면.

22) 〈문전본풀이〉에서 가족이 맡은 신직은 이본마다 차이가 있다. 이에 대해서는 현용준, 『제주도 신화의 수수께끼』, 집문당, 2005, 133면.

23) 〈문전본풀이〉의 오방지신은 집안의 각 방위를 맡는 신들로 보아야 한다.

방식으로 인정된다. 인정은 수행된 과업에 대한 인식이 나타나는 국면
이다. 황우양씨가 성주신이 되고 녹디생인이 문전신이 된 것은 일차적
으로 그들의 수행과 관련이 있다. 이들이 유사한 수행을 한 것으로 보
이기는 하지만 각기 다른 곳에 좌정한 것을 보면 각기 다른 방식으로
그 과업이 인식되었다는 것을 알 수 있다. 황우양씨는 성주신으로 좌정
하고 녹디생인은 문전신으로 좌정한다. 황우양씨의 수행은 성주신으
로 좌정할 만한 것으로 인정되고 녹디생인의 수행은 문전신으로 좌정
할 만한 것으로 인정된 것이다.

황우양씨는 천하궁을 축조하고 소진랑으로부터 부인을 지켜낸다.
성주신은 집을 짓고 집안을 관할하는 신이다.[24] 황우양씨의 수행은 두
가지였지만 모두 성주신의 기능으로 인정된다. 이는 성주신이 한 명이
지만 두 가지 기능을 하는 것과도 상통한다. 그것이 가능한 것은 이
기능들 사이에 공통점이 있기 때문이다. 목수는 집을 이룬다. 이룬다
는 것은 만들고 이룩한다는 뜻이다. 그의 기능은 물리적 집을 만들고
이룩할 뿐 아니라 가족 관계를 만들고 이루는 것으로 추상화 된다. 따
라서 성주신은 집과 가족을 이루는 신이다.

녹디생인은 노일저대를 죽이고 어머니를 되살렸다. 녹디생인은 수행
의 결과 문전신으로 좌정한다. 문전신은 부정과 액살을 물리치는 기능을
한다.[25] 녹디생인의 수행은 적을 막아낸 것으로 인정된 것이다. 황우양씨

---

[24] 집을 짓고 지키며 집안의 모든 일이 잘되도록 관장하는 집안의 최고 신. 집을 짓거나
이사할 때, 대주 사망 후 새로운 대주가 생겨났을 때 탄생하는 등 대주와 운명을
함께한다. 보편적으로 '성주(城主)', '성조(成造)', '성주신' 등으로 불린다. 〈성주(城
主)〉, 『한국민속신앙사전 : 가정신앙 편』, 국립민속박물관, DB., 2011.

[25] 대문에 존재하는 신. 대문으로 들락거릴 수 있는 잡귀나 부정 등 액살(厄煞)을 막아
주거나 복을 들여오는 구실을 한다. 문간신, 문전신, 수문신, 문장군, 문간대감 등으
로도 불린다. 〈문신(門神)〉, 『한국민속신앙사전 : 가정신앙 편』, 국립민속박물관, 국

에게 중시되는 것은 집과 가정을 이루는 행위이다. 녹디생인에게 중시되는 것은 적을 막는다는 행위이다. 이루는 것과 막는 것은 선후 관계에 있는 것이기도 하다. 적을 잘 막아내야 가정을 이룰 수 있다. 혹은 가정을 제대로 이루어야 적을 막아낼 수 있다. 그러나 각 신화의 인정 국면에서는 이 일련의 수행에 다른 강조점을 둔다. 〈성주풀이〉에서 황우양씨가 성주신으로 좌정했다는 데에서는 '이룸'의 행위가 중요한 것으로 인식되었음을 알 수 있다. 반면 〈문전본풀이〉에서 녹디생인이 문전신으로 좌정했다는 데에서는 '막음'의 행위가 중요한 것으로 인식되었음을 알 수 있다. 차이가 있기는 하지만 성주신과 문전신은 이루거나 막아냄으로써 가정을 지키는 역할을 하는 신이라는 공통점이 있다.

3. 생성과 방어의 가정관

(1) 주체와 주 공간-기둥과 문전의 위상

두 가정 신화에서는 가족의 관계적 측면과 집의 공간적 측면이 불가분의 관계를 가진다. 인물의 특성과 공간의 특성은 유사하거나 동일한 것으로 읽히는 것이다. 등장인물이 가지는 가치는 그 공간의 의미와 동일시되기에, 등장인물 관계는 각 공간에 좌정하는 신의 관계를 의미한다. 이들 신화의 등장인물이 가족 구성원이라는 것을 상기하면, 가족 관계가 공간 관계로, 가족 성원의 역할이나 기능은 공간의 역할이나 기능으로 해석 가능하다.

이러한 해석의 방향성이 생산적인 것이 되기 위해서는 가족 관계를

립민속박물관, DB., 2011.

통해 공간 관계를 살펴볼 뿐 아니라 공간 관계를 통해 가족 관계를 되짚어 보는 것이 필요하다. 가족관과 가택관의 상호 교차는 문화적 맥락을 참조하면서 이루어질 수밖에 없다. 두 서사는 모두 민간(가정) 신앙에서 섬기는 신의 유래를 푸는 무속신화 혹은 서사무가에 속한다. 그렇다면 두 신화가 공통으로 기반하고 있는 무속적 맥락 혹은 민간신앙의 맥락을 염두에 두면서 두 신화에 나타나는 가정관을 살펴볼 필요가 있다.

이들 신화에서 정서적·정신적 측면과 공간적·물리적 측면은 서로 다른 위계적 관계에 있다. 앞서 언급한 것처럼 성주신은 집과 가족을 이룩하는 신이다. 그러나 정작 성주신이 되는 황우양씨에게는 집이 없다. 그가 살던 황산뜰은 부인이 소진뜰로 잡혀가면서 황폐화된다. "집을 찾어가니 집은 간 곳이 없구 빈 주춧돌만 여기 뇌구 저기 눴다." 황우양씨는 주춧돌 밑에 있던 부인의 편지를 보고 소진뜰로 가서 부인을 되찾는다. 이들은 부부 관계를 회복했지만 함께 할 집이 없다. '하루 저녁 유색한 곳이 전여 옲어 갈대밭츠루 내려가니 그 그뎅이 저루 매고 저 끄뎅이 이루 매여 부인이 초마 베껴 휘장 치구 소꼿 벗어 깔어놓고 하루 저녁 유색'한다. 그러나 이들이 이로 인해 큰 곤란을 겪는 것처럼 보이지 않는다. 물리적 공간인 집은 황우양씨 부인의 치마를 양면으로 묶어 임시적으로 확보할 수 있다. 물리적 공간이 다른 것으로 임시방편으로나마 마련할 수 있는 것이며 대체할 수 있는 것이라면 부부 관계는 그럴 수 없는 것이다. 이를 통해 보건대, 황우양씨의 두 가지 수행은 위계적으로 해석될 수 있다. 천하궁을 축조한 것보다는 부인을 되찾은 것이 더 중요한 수행이었음을 알 수 있다. 〈성주풀이〉는 가족 관계가 물리적 공간보다 중요하다는 가치를 명시적으로 전달한다. 성주신의 두 가지 직능, 즉 집을 짓는 것과 가족을 만드는 것은 불가분의 관계이다. 그러나 〈성주풀이〉를 통해 보건대 더 중요한 것은 물리적 공간인 집을 이루는 것보다 가족 관계를 이루는 것이다.

〈성주풀이〉의 황우양씨가 부인을 되찾는 것으로 가정을 지켰다면 녹디생인 역시 계모를 죽이고 어머니를 되살리는 것으로 가정을 지킨다. 녹디생인의 수행이 결과적으로는 가정을 지켜내는 것으로 귀결되지만 〈문전본풀이〉 전체에서 가족의 중요성은 크게 부각되지는 않는다. 각 인물이 각 공간에 신으로 좌정함으로써 가족 관계가 공간 관계로 바로 치환되기 때문이다. 이때 문전에 좌정한 막내아들이 가장 중요한 신이 된다. 집안에서 가장 낮은 서열을 차지한 이가 서사의 주체가 되고 가장 높은 가신이 된 것이다. 〈문전본풀이〉는 이런 점에서 바람직한 가족을 위해 가장이 중요하다던가, 어머니가 중요하다던가 하는 윤리적 지향점을 모호하게 한다. 가족의 서열과 신의 서열이 뒤바뀌면서 이상적 가족에 대한 메시지보다는 공간에 대한 인식을 명시하는 셈이다.

〈성주풀이〉는 가족 관계를 지키는 주체로 황우양씨, 즉 가장의 역할을 중시한다. 서사에서 가장 중요한 인물인 황우양씨가 가정의 가장 중요한 인물인 가장이다. 두 주체가 일치하면서 이 서사는 이상적 가정에 대한 규범적 메시지를 전달한다. 이와 달리 〈문전본풀이〉에서 서사의 주체는 계속 바뀌며, 결국은 막내가 서사의 핵심적 문제를 해결한다. 이는 가장 중심의 이상적 가정의 질서보다는 능력 있는 가족 성원을 중시하는 가족관을 보여준다.

〈성주풀이〉와 〈문전본풀이〉는 가족 관계와 공간 관계의 동일성을 전제하기에 정신적 측면과 물리적 측면에서 모두 해석 가능하다. 그러나 이 두 측면의 위계에는 차이가 있다. 〈성주풀이〉는 가족 관계의 중요성을 공간의 중요성보다 더 명시적으로 전달하는 반면, 〈문전본풀이〉는 공간에 대한 경험적 인식을 가족에 대한 인식보다 더 명시적으로 전달한다. 〈성주풀이〉는 가족 관계를 유지할 수 있는 가장의 역할과 기능을 환기하는 반면 〈문전본풀이〉는 가족의 문제를 해결할 수 있는 능력 있는 주체를 상정한다.

〈성주풀이〉를 가정 신화로 읽을 때 가장의 역할을 집에 대한 공간적 경험과 관련하여 생각해볼 수 있다. 이는 성주신을 믿는 향유집단에게 일반적인 것이기도 하다. 서사에서 황우양씨의 역할이 중요하듯, 성주가 좌정하게 되는 공간은 집에서 가장 중요한 곳으로 생각된다. 구체적으로 성주신은 집안의 여러 공간 중에서도 대들보에 그 신체를 모시는 경우가 많다.[26] 이 문화권에서 대들보가 집안의 중심으로 생각되는 것이다. 이는 대들보를 중요하게 생각하는 공간에 대한 체험이 성주신을 모시는 민간신앙에 반영된 것일 수 있지만, 혹은 민간신앙의 영향으로 대들보가 중요하게 생각되는 것일 수도 있다. 정확한 선후 관계는 알 수 없으나 대들보의 의미와 역할은 가장의 의미와 역할로 바로 치환된다.[27] 대들보는 가장의 은유이기도 하다. 대들보와 가장의 동일시는 가장의 역할을 집안의 중심으로, 흔들리지 않는 확고함을 가지는 중요한 성원으로 규정하게 한다. 대들보는 가장 높은 곳에 위치한다. 마찬가지로 가장에게는 다른 가족 구성원과 달리 높은 지위가 부여된다. 이렇게 〈성주풀이〉는 가족 관계로 이루어진 가정을 물리적 공간보다 우선시하면서 가족의 중심이자 윗사람인 가장을 중요하게 생각하

---

26) 〈가신신앙〉, 『한국민족문화대백과』, 한국학중앙연구원, DB., 1991.

27) 실제 무속 의례에서도 남자 주인이 대주(大主)가 되어 성주와 밀접한 관련을 가지게 된다. 성주신은 가신의 대표 신이고 대주는 가족의 대표이다. 이들 두 대표에 의하여 가운(家運)이 기본적으로 영향을 받는다고 믿는다. 〈성주(城主)〉, 『한국민속신앙사전 : 가정신앙 편』, 국립민속박물관, DB., 2011.

는 가정관을 전달한다. 이는 유교 문화에서 남성 : 여성을, 위 : 아래, 하늘 : 땅, 음 : 양으로 보는 상관적 은유의 일부를 실현한 것이기도 하다. 〈성주풀이〉의 가정은 가장을 중심으로 할 뿐만 아니라, 가장이 만들어내는 유교적 가치를 지지하는 공간이기도 하다. 이는 서사의 수행과 인정 국면에서 '이룸'을 중시하는 것으로 나타난다. 본고는 이를 생성의 가정관이라고 명명할 것이다.

〈문전본풀이〉를 공간적 차원에서 해석할 때, 막내아들이 위치하는 문전이 가장 중요한 역할을 한다.[28] 제주도에서는 여러 가내신 중 문전신을 으뜸으로 모신다. 제주도에서는 '문전 모른 공사(公事)가 없다'하여 집안의 모든 일을 문전신에게 알리고 기원한다.[29] 문은 외부로부터 위험을 방어하는 곳이다. 일문전의 중요성은 역설적으로 가정의 질서를 혼란시키는 위험 요인, 가정의 문제를 초래하는 요인이 외부로부터의 침입이라는 생각을 전달한다. 이때 가정은 방어적 역할을 하는 곳이다. 이는 서사에서 '막음'을 중시하는 것으로 나타난다. 본고는 이를 방어의 가정관이라고 명명할 것이다.

〈문전본풀이〉의 가족과 공간에 대한 인식은, 중심과 위가 바로 섰을 때 가정의 질서가 잡힐 수 있다고 보는 〈성주풀이〉의 인식과 다르다. 〈성주풀이〉에서 가정은 이상적 가장의 권위가 실현되는 공간이다. 이 성주신이 부정을 방어하는 역할에는 한계가 있는 것처럼 보인다. 중부 지방에서 성주신은 실제로 부정을 보게 되면 좌정하던 공간을 떠난다

---

28) 제주도에서 막내의 중요성에 대해서는 이수자, 「제주도 큰굿내의 신화에 나타난 가족구성상의 특징과 의의」, 『구비문학연구』 12집, 2001, 242~243면; 장유정, 앞의 논문, 345면. 본고는 〈문전본풀이〉가 말자 중심의 가족관을 전달하기 보다는 가족 내 문제를 해결할 수 있는 능력 있는 가족 성원 중심의 가족관을 전달한다고 본다.

29) 〈문전제〉, 『한국민속신앙사전 : 무속신앙 편』, 국립민속박물관, DB., 2010.

고 한다. 집안에 우환이 생기거나 대주가 사망하여 '성주가 뜨는' 현상
이 보이는 것이다.[30] 제주도 문전신을 통해 추론되는 가정은 위험을
방어하는 곳이다. 가정 신앙이나 민간신앙에서 문간에 부적을 붙이거
나 특정 나무를 걸어 액막이를 한다는 생각은 일반적이다. 특히 문전신
을 비롯한 가내 신들에게 올리는 의례인 문전제에서는 부정을 막는 액
막이가 주요 재차가 되기도 한다.[31]

(2) 가족관계와 공간 관계
－상보적 관계와 대립적 관계

지금까지 두 신화에서 주체의 역할을 통해 집에 대한 인식을 살펴보
고, 다시 집에 대한 인식으로부터 가족의 역할을 추론하였다. 두 신화
에는 주체뿐 아니라 다른 적대자와 보조자들도 등장한다.

〈성주풀이〉의 황우양씨와 그 부인은 각각 성주신과 터주신으로 좌
정한다. 이들은 부부인데, 능력과 수행 국면에서 주체와 조력자 역할
을 하였다. 음과 양의 관계처럼 이들 관계는 한편으로는 보완적이며
한편으로는 위계적이다. 앞서 언급했듯, 성주의 신체(身體)는 대들보에
놓지만 그것이 아니라면 안방 문의 대공에 붙인다.[32] 집안에서 터주의
자리는 예외가 있지만 대개 집 뒤꼍 장독대 주변 장독대이다.[33] 그 신

---

30) 이승범, 「성주신앙의 지역별 양상과 그 의미」, 『지방사와 지방문화』 12권 2호, 역사
　　문화학회, 2009, 41면.
31) 〈문전제〉, 『한국민속신앙사전 : 무속신앙 편』, 국립민속박물관, DB., 2010.
32) 전국적인 사례를 통해 집의 상부에 붙이는 종이신체와 단지에 쌀을 담아 땅에 두는
　　형태가 공존하는 것을 흔히 볼 수 있는데, 집의 상부에 매달린 종이형태가 다른 형태
　　보다 널리 분포한다. 〈성주(城主)〉, 『한국민속신앙사전』, 가정신앙 편, 국립민속박
　　물관, DB., 2011. 〈성주풀이〉가 구연되던 경기도 지방에도 종이성주가 일반적이었
　　던 것으로 보인다.

체는 장독대 옆에 짚으로 만들어 놓는다. 성주와 터주의 공간은 각각
마루(안방)과 뒤꼍으로, 중심과 주변의 관계이다. 집안에서 성주가 중
앙과 위를 차지하며 터주는 상대적으로 아래와 주변을 차지한다. 이들
의 관계는 서로 보완적이다. 중앙이나 위는 아래와 주변이 있어야 가능
한 개념이다. 성주신은 건물을, 터주신은 집터를 지킨다. 집터 없이는
건물이 이루어질 수 없고 건물이 없는 집터는 한갓 땅일 뿐이다.

그러나 이들 관계는 위계적으로 볼 수도 있다. 성주신이 본질적, 중
심적 역할이라면 터주신은 비본질적, 주변적 역할을 한다. 가택에 대
한 관념에서 보자면 건물이 집터보다, 뒤꼍보다 대들보가 중요한 것으
로 보는 시각과 관련이 있다. 성주신은 가장 중요한 가신이다. 집을
짓는 것부터 세간살이를 장만하고 자손을 이어주는 것까지 집안에서
이루어지는 거의 모든 대소사를 주관하는 것이다. 터주신은 성주신에
비해 하위의 신으로 생각된다. 이런 공간과 신의 관계를 통해 볼 때
부부 관계는 상보적이면서도 위계적인 것이다.[34]

〈문전본풀이〉에서 집안의 공간 관계 역시나 위계적이다. 〈문전본풀
이〉에서는 정낭보다는 문전이, 변소보다는 부엌이 더 중요한 것으로
생각된다. 그러나 제주도의 공간 인식은 상보적 측면보다는 대립적 측
면이 강조되어 나타난다.[35] 주되게는 부엌과 변소의 대립적 관계, 그리

33) 김명자, 「경기지역의 터주신앙」, 『역사민속학』 9집, 한국역사민속학회, 1999, 173면.
34) 염원희는 황우양씨 부인이 남편의 내조자로서 여신적 능력을 발휘하지만, 자신의
수난 극복에서는 어떠한 힘도 발휘하지 못한다고 하면서 이에 대해 성주신을 보조하
는 지신의 신격을 반영한 서사라고 하였다. 염원희, 「무속신화의 여신 수난과 신
직능의 상관성 연구」, 『한국무속학』 제20집, 2010, 305~333면.
35) 〈문전본풀이〉에 나타난 공간구성 원리에는 부엌과 변소의 위치를 반대편에 놓으려
고 하였던 점과 마당과 대문의 위치를 직접 맞닿게 하지 않고 긴 올레를 통하여 연결
하려 했던 생각들이 반영되어 있다. 나하영, 「가택신앙을 통한 한국전통주거공간의

고 이보다는 덜 직접적이기는 하지만 문과 정낭의 대립적 관계 역시 존재한다.

이 서사에서 여산부인과 노일저대는 각각 조왕신과 측신으로 좌정한다. 부엌과 변소의 대립은 텍스트 문면에도 명시된다. "그 때 내온 법으로 변소와 조왕이 맞서면 좋지 못한 법이라, 조왕의 것 변소에 못 가고 변소의 것 조왕에 못가는 법입니다."라고 한다. 부엌은 생산의 장소이자 청결한 곳이지만 변소는 배설의 장소이자 오염된 곳이다.[36) 특히 제주도에서는 부엌과 변소를 분명하게 구분한다. 변소의 것을 부엌으로 가져가지 않고 부엌의 것을 변소로 가져가지 않을 뿐 아니라, 변소에서 부엌에 대해 말하지 않고 부엌에서 변소에 대해 말하지 않으려 한다. 서사에서 처와 첩에 대한 적대적 인식은 공간 경험에서 부엌과 조왕에 대한 대립적 인식으로 상호 전환된다.

〈문전본풀이〉에는 아버지와 아들의 대립도 나타난다. 아버지는 아들의 적대자(노일저대)의 조력자로 혹은 아들의 적대자로 기능한다. 인정 국면에서 아버지는 정낭신이 되고 아들은 문전신이 된다. 문전신은 제주도에서 상방의 앞면 문신을 일컫는 말이다.[37) 상방의 앞면 문을 제주도 지방에서는 대문, 즉 큰 문이라고 한다.[38) 상방은 제주도 전통

의미 고찰」, 전남대학교 석사학위논문, 2002, 58면.
36) 기존논자 역시 부엌과 변소를 대립적으로 파악하였다. 성정희는 "식욕과 배설은 인간의 가장 기본적이고 원초적인 욕구이기 때문에 부엌과 변소가 지니고 있는 의미는 다르지만 두 곳 모두 인간에게 중요한 장소"라고 보았다. 성정희, 「〈문전본풀이〉를 통해 본 가족의 문제와 그 해결 방안」, 『겨레어문학』 45집, 겨레어문학회, 2010, 78면. 나하영은 부엌과 변소를 안 : 밖, 선 : 악의 대립으로 보았다. 나하영, 앞의 논문, 58면. 본고는 이런 대립항의 타당성을 인정하며 그 외에도 다양한 대립항이 만들어질 수 있다고 본다. 그 기본적 의미 생성의 토대는 '우리'와 '그들'의 관계이다. 이에 대해서는 4장에서 살펴볼 것이다.
37) 김형주, 앞의 논문, 182면.

집에서 가장 핵심적 생활공간이다. 상방의 대문은 안거리의 주출입구이면서 동시에 주택 전체의 출입구이다. 큰구들, 작은구들, 정지, 고팡은 모두 상방을 통해 출입할 수 있다.[39] 〈문전본풀이〉에서 아버지는 정낭신이 된다. 정낭은 집의 출입로에 대문 대신 가로로 걸쳐놓는 막대이다. 대문이 마당에서 상방으로 들어가는 실질적 문이라면, 정낭은 올레와 맞닿은 곳에 세워 놓는 형식적 문이다. 정낭은 집 안과 밖을 구분하기도 하지만, 주인의 부재 여부를 나타내는 지표로 기능하기도 한다. 집안 내에서 안과 밖의 구분은 문전을 통해 이루어진다. 문전과 정낭의 대립은 완전한 문(실질적 문)과 불완전한 문(형식적 문)의 대립이기도 하다. 이런 공간 관계는 아버지와 아들에 대한 제주도 고유의 생각을 반영한다. 제주도에서 아버지의 가족 내적 역할은 아들의 그것에 비해 불완전하거나 형식적인 것일 수 있다. 제주도에서 실질적 가장은 어머니였다. 어머니 중심의 가정에서 제일 중요한 관계는 '어머니-자식'이다. 아버지-가장은 있어도 없는 형식적인 존재이다.[40] 이렇게 〈문전본풀이〉에는 제주도 가족 관계의 현주소가 드러난다.[41]

---

38) 〈문신(門神)〉, 『한국민족문화대백과』, 한국학중앙연구원, DB., 1991.

39) 김형준, 「〈문전본풀이〉를 통해 본 제주전통주택의 경계공간 연구」, 『대한건축학회 논문집 계획편』, 23권 3호, 대한건축학회, 2007, 184면.

40) 조현설, 앞의 책, 233면.

41) 변소와 정낭은 이중적 위상을 가진다. 이들은 집 밖의 공간과 비교했을 때에는 집안의 공간이지만, 문전이나 부엌과 비교했을 때에는 외부 공간이 될 수 있다. 이런 점에서 변소와 정낭은 유동적이며 상대적인 공간이다.

4. 중간지대와 중재자의 부재

집의 내적 공간은 집 밖의 외적 공간과 구분된다. 마찬가지로 가족은 가족이 아닌 사람을 통해 규정된다. 공간 관계와 가족 관계를 통합적으로 보기 위해서는 이를 함께 지칭할 언어가 필요하다. 로트만은 기호학적 차별화의 메커니즘에 대해 언급하면서 '우리'와 '그들'의 언어적 구분을 1차적인 것으로 보았다. '우리의' 공간은 '교양 있는', '안전한', '조화롭게 조직화된'이다. 대조적으로 '그들의' 공간은 '다른', '적대적인', '위험한', '혼돈된' 공간이다.[42] 이는 공간에만 적용되는 관점은 아니다. 우리와 다른 이를 구분하는 것은 인간관계의 기본적 메커니즘이기도 하기 때문이다. 공간과 인간을 통합적으로 보는 이런 언술을 통해 우리는 두 신화의 공통점에도 주목할 수 있을 것이다.

〈문전본풀이〉와 〈성주풀이〉는 가신의 유래에 대해 말하고 있다. 집의 각 공간을 점유하게 된 신의 이야기는 공간에 대한 인식과, 최종적으로 가정에 대한 인식을 보여준다. 이는 안전하고 조화로운 '우리'에 대한 인식이기도 하다. 우리의 공간과 그들의 공간을 구분하는 것, 우리 편과 그들 편을 구분하는 것은 일반적인 것이지만, 구체적으로 어떤 것을 '우리'로 보는가는 문화에 따라 다르다.

앞서 언급한 것처럼 〈성주풀이〉에서 가장이, 〈문전본풀이〉에서는 막내가 좌정하는 곳은 가정의 정서적 측면이나 공간적 측면에서 가장 중요한 '우리의' 곳이다. 재미있는 것은 이들 신화에서 악한 인물들이 징치되지만 사라지지 않고 우리의 공간에 배치된다는 점이다. 노일저대는 측신이 되며 첩에게 속아 아들들을 죽이려 했던 아버지는 정낭신

---

42) 유리 로트만 저, 유재천 역, 『문화기호학』, 문예출판사, 1998, 197면.

이 된다. 이들은 서사에서 집안의 질서를 위협하는 존재였지만 가신 중 한 명으로 좌정한다. 〈문전본풀이〉가 구성해내는 가택관은 '야만의' '그들의' 공간을 완전히 추방한 것은 아니다. 노일저대는 오동나라의 인물이다. 오동나라와 노일저대로 대표되는 외부 세계와 외부인은 곧 악의 세계이다. 악의 현신인 노일저대는 죽어서도 잘못을 뉘우치지 않는다. 공간의 속성과 인물의 속성이 동일성에 기반 한다고 할 때 노일저대와 측간은 유사성을 가지게 된다. 실제로 제주도에서 측신은 욕심 많고 사납다고 생각된다. 측간은 '우리의' 공간에 속하지만 '그들의', '외부의', '위험한' 성격을 가지게 된다. 〈문전본풀이〉의 가정은 외부 공간을 내부 공간에 받아들임으로써 내부 공간을 구성한다. 측간은 내부 공간이기는 하지만 외부 공간의 특성을 가진 채 내부 공간이 된다. 외부 공간의 일부 성격이 내부 공간에 여전히 남는 것이다.[43]

〈문전본풀이〉에서 남선비는 가족이기는 하지만 노일저대에게 속아 가족을 위험에 처하게 한다. 남선비는 처음에는 '우리'였지만, 노일저대의 조력자나 녹디생인의 적대자가 되면서 '그들'이 된다. 이는 남선비가 좌정하게 되는 정낭의 성격을 시사한다. 올레에서 이어지는 정낭은 명확하게 안이나 밖이라고 하기는 어렵다. 정낭은 '우리의' 공간이면서 '그들의' 공간이기도 하다. 〈문전본풀이〉는 집 안에 '외부의', '그들의', '이질적인 것'을 받아들인다. 한 가정 안에 '그들의' 공간이 있다

---

43) 성정희 역시 부엌과 조왕이 모두 집의 공간을 이룬다는 점에 주목하면서 이에 대해 "책임과 욕망의 중재를 통해 새로운 가족이 재탄생했음을 상징적으로 보여주는 것"이라고 하였다. 성정희, 앞의 논문, 79면. 본고는 부엌신과 측간신, 여산부인과 노일저대가 모두 한 가정을 이룬다는 것에 주목할 필요가 있음에 동의한다. 그러나 이들을 중재적 관계가 아니라 대립적 관계로 본다. 이질적인 것들이 구성하는 하나의 가정이란 불안정하고 불완전할 수밖에 없다.

는 생각은 가정에 대한 불안정한 인식으로 귀결된다. 가까이에 있는 위험은 문전의 중요성을 더욱 부각시킨다. 문전신이 중요한 것은 위험이 없기 때문이 아니라 위험이 가까이 있기 때문이다. 문전신은 위험에서 자유로운 상황이 아니라, 위험에서 자유로울 수 없는 상황을 지속적으로 환기시킨다.

인물의 속성이 공간의 속성으로 치환되면서 불안정한 가정관이 드러나는 것은 〈성주풀이〉에서도 비슷하다. 황우양씨는 소진랑을 돌함에 가두고 장승을 만든다.[44] 소진랑은 황우양씨를 속이고 그 부인을 핍박한 인물로 이 둘의 적대자이다. 소진랑은 가장이 지키는 집에서 추방되지만 서낭신이 됨으로써 영원히 사라지는 것이 아니라 마을의 가장 자리에 좌정한다. 서낭당은 외부의, 위험한 공간으로서의 속성을 가진다. 〈성주풀이〉에서 가장이 지배하고 부인이 보조하는 '안전한', '우리의' 공간 가까이에는 '야만의', '그들의' 공간이 여전히 존재한다. 〈문전본풀이〉가 내부 공간에 외부 공간의 특성을 허용하고 있는 것과는 다르지만 여전히 내부 공간 가까이에 '그들의', '위험한' 공간이 자리하고 있다.

공간에 대한 인식은 중립적이지 않다. 공간은 우리에게 사상과 가치관, 그리고 사회적 정체성을 부여해주는 일종의 의식(儀式)의 역할을

---

44) 서대석은 장승을 일종의 서낭신으로, 마을의 안녕과 평화를 보장하는 수문장 같은 존재이며, 성주신은 가택의 신이면서 한 지역을 관장하는 성황신이나 성지신의 성격을 가진다고 본다. 이때 성지신은 수문신보다 상위의 신격으로 인식되었을 가능성이 있다. 서대석, 앞의 책, 227~228면. 최원오는 서낭신이 〈성주풀이〉에 반드시 등장할 서사적 긴밀성은 없다고 본다. 서낭신앙에 대한 민속적 사실, 즉 신체나 숭배 형태에 대한 사실이 제시됨으로써 그러한 사실이 성주신앙을 강조하는 역할을 한다고 보았다. 최원오, 「한국 구비서사시에 나타난 민속적 사실, 그 상상력의 층위와 지향점」, 『구비문학연구』 제19집, 한국구비문학회, 2004, 431면.

수행하는 곳이다. 가령 캐롤 던컨은 미술관이 단지 미술품을 담아 두는 중립적 공간이 아니라고 본다. 미술관의 장엄한 외관이나 내외부의 장식 등에서 옛 신전이나 왕궁의 모습을 떠 올릴 수 있고, 다른 한편으로는 로마 제국 시대의 전리품을 자랑스럽게 보여주는 승리자의 과시욕을 엿볼 수 있다. 미술관은 남성 중심적인 인식을 보여주는 기관의 전형[45]이기도 하다.

　그렇다면 이제 이 두 신화에 나타난 가정이 어떤 의식을 수행하고 있는지 살펴보자. 이 두 신화에는 우리의 공간과 그들의 공간이 대립적으로 나타난다. 그러나 현실에서 공간은 그렇게 변별되지 않는다. 현실에는 이웃, 거리, 마을 등이 존재한다. 이웃, 거리, 마을은 우리의 공간도 아니지만 그렇다고 그들의 공간도 아닌 중간적 성격을 가진다.[46] 그러나 이들 신화에는 중간 공간이 존재하지 않는다. 〈성주풀이〉에서 황산뜰과 하늘의 경계 공간인 소진뜰은 소진랑이 사는 곳이다. 〈문전본풀이〉에서 이웃 마을인 오동고을은 노일저대가 사는 곳이다. 소진랑이나 노일저대는 모두 잔인하고 이기적인 존재이다. 이들이 사는 들판과 이웃은 모두 '그들의', '야만의' 공간이다. 소진랑과 노일저대가 신으로 좌정한 뒤에도 우리와 그들의 구분은 여전히 유효하다. 소진랑이 좌정한 마을의 어귀는 여전히 위험한 곳이며 변소는 여전히 야만적인 곳이다. 우리의 공간과 그들의 공간을 가로지르는, 우리의

---

45) 하계훈, 「캐롤 던컨, 『공공 미술관에서의 계몽의식(啓蒙儀式)』」, 『서양미술사학회논문집』 제12집, 서양미술사학회, 1999, 153면.

46) 리치Leach는 인간의 공간적 환경을 '집', '농장 혹은 이웃', 그리고 '황야'로 범주화한 바 있다. 이런 범주화는 유사한 구조parallel structure로 반복되어 나타난다. 사람 역시 '가정', '종족/이웃', 그리고 '타인/이방인' 등으로 유사하게 범주화된다. 존 피스크 저, 강태완·김선남 역, 『문화커뮤니케이션론』, 한뜻, 1997, 206면.

공간도 아니지만 그들의 공간도 아닌 곳이 이들 신화에 나타나지 않는다. 두 가정 신화의 세계는 우리와 그들의 공간으로 대분되며, 여기에 중간 지대는 찾아보기 힘들다.

두 서사에 중재 공간이 부재한 것처럼 중재의 역할을 하는 인물도 존재하지 않는다. 이 신화들의 인물 관계를 보면, 주체와 적대자를 제외하고 외부의 조력자를 찾기 어렵다. 서사에 조력자가 없는 것은 아니다. 〈성주풀이〉에서는 능력의 국면에서 황우양씨를 돕는 조력자인 부인이 있다. 〈문전본풀이〉에서는 수행의 국면에서 어머니가 꿈에 나타나 녹디생인을 돕는다. 녹디생인의 다른 형제들 역시 노일저대를 처단하는 데 도움을 준 조력자로 볼 수 있다. 이들은 모두 가족들로, 외부의 조력자가 아니라 내부의 조력자이다.[47] 우리와 그들의 패러다임에서 보자면 '우리'에 속하는 이들이다. 외부의 조력자가 없다는 것은 '그들'이면서 '우리'이기도 한 행위자가 없다는 의미이기도 하다. 이렇게 이들 신화에는 중간 지대뿐 아니라 중간자 혹은 중재자 역시 부재한다. 따라서 이들 신화에 나타난 가정은 가장을 통해 유교적 가치를 생성하는 곳이기도 하고, 능력자를 통해 위험을 방어하는 곳이기도 하지만 모두 고립된 곳이다.

가정에는 가까운 곳이건 먼 곳이건 간에 늘 '위험한', '그들'이, '위험한', '그들의' 공간이 인접하고 있다. 〈성주풀이〉와 〈문전본풀이〉는 서사 내부에 위험의 존재를 각인하고 있다. 안전해야 할 가정 내부나 가정 가까이 '위험한' '야만'이 인접한다. 따라서 가정은 순수하게 안전한 공간은 아니다. 가정은 위험과 야만이 침투하여 문제가 발생할 수 있는

---

47) 이와 달리 민담에서는 가족 외부의 조력자를 다수 찾을 수 있다. 그 대표적 유형으로는 길 떠난 주인공을 도와주는 승려, 도사, 선인 등이 있다.

소지가 있는 곳이다. 그 문제는 선의를 가진 이웃의 중재로, 대피 가능한 제 3의 공간을 통해, 위험을 거를 수 있는 완충 지대를 경유해 해결될 수 있는 것처럼 보이지는 않는다.

이 두 신화가 기반하고 있는 문화적 맥락에서 가정의 문제는 오직 집안에 좌정하고 있는 신에 의해 해결될 수 있다. 규범적 가치의 생성을 위해서건, 외부로부터의 방어를 위해서건 가장 필요한 존재는 신으로 생각된다. 이런 점에서 〈성주풀이〉와 〈문전본풀이〉의 배타적 공간은 신에게만 열려 있다. 공간에 대한 관념으로 보았을 때, 이 두 신화는 그 내부에 이미 신의 존재를 배태하고 있는 것이다. 그 신은 가정의 문제를 해결할 수 있는 존재이지만 그러기위해 가정을 배타적으로 독점할 수 있는 존재이기도 하다.

5. 결론

〈성주풀이〉에서는 서사의 주체가 일관되게 가장으로 나타난다. 그는 과업을 수행하고 문신으로 좌정한다. 〈성주풀이〉의 가정은 가장을 중심으로 하고, 대들보를 중심으로 하는 가치의 생성 공간이다. 이때 다른 가족성원들은 위계적이며 상보적 역할을 하면서 유교적 가치의 생성을 보조한다. 〈문전본풀이〉에서 서사의 잠재적 주체는 여럿인데, 결국 막내아들이 주인공으로서 자격을 획득하고 과업을 수행하고 문전신으로 좌정한다. 〈문전본풀이〉의 가정은 능력 있는 성원을 중심으로 하고, 문을 중심으로 하는 위험의 방어 공간이다. 이때 각 공간의 대립적 관계는 위험의 존재를 환기시킨다. 〈성주풀이〉의 가정관은 〈문전본풀이〉의 가정관보다 이상적인 가족 질서를 중시하는 규범적 성격을, 〈문전본풀이〉의 가정관은 〈성주풀이〉의 가정관보다 물리적인 위험을 염두에 두는 현실적 성격을 가진다. 〈성주풀이〉의 가정관은 생성적이며 규범적이다. 〈문전본풀이〉의 가정관은 방어적이며 실용적이다.

　성주신이나 문전신을 모시는 의례가 방어적 기능과 생성적 기능을 구분하지는 않는다. 대부분의 안택굿이나 문전제는 가족이나 공동체의 평안과 복을 기원한다. 〈성주풀이〉가 구송되는 굿에서 가정의 생성을 더 축원한다거나, 〈문전본풀이〉가 구연되는 굿에서 가정의 방어적 기능을 더 주요하게 여기지는 않는 것이다. 그러나 이 두 신화의 서사에 대한 분석을 통해 가정에 대해 변별적 인식을 읽어낼 수 있다. 생성의 가정관에서 바람직한 가정이란 유교적 가치를 만들어내는 규범적 곳이라면, 방어적 가정관에서 바람직한 가정이란 현실의 위험이 존재하지 않는 안전한 곳이다. 〈성주풀이〉의 가정관이 가족의 규범적 관계라는, 눈에 보이지 않는 가치를 중시한다면 〈문전본풀이〉의 가정관은 안전을 지켜줄 수 있는 공간으로써 가정을 중시한다. 이는 무속 문화나 가정 신앙의 차이보다는 지역적 차이에서 기인하는 것으로 보인다.

　〈성주풀이〉가 보여주는 생성적이며 규범적인 가정관과 〈문전본풀이〉가 보여주는 방어적이며 실용적 가정관은 통시적으로 해석될 수도 있다. 이때 제주의 신화가 경기의 신화보다 더 원시의 상태에서 탄생한 것이라고 추론할 수 있다. 가정이 위험에서부터 방어적인 곳으로서의 성격을 더 강하게 가졌던 역사 시대 산물이 제주도 〈문전본풀이〉이며, 가정에 적극적인 규범적 역할이 부여되던 문화의 산물이 〈성주풀이〉라고 볼 수 있는 것이다. 그러나 이 두 신화의 관계는 지역을 분할하면서 동시에 나타난다는 점에서 공시적인 것이기도 하다.

　두 신화에서 발견되는 생성적이며 규범적인 가정관이나 방어적이며 실용적인 가정관은 모두 "그들의", "외부의" 것과의 관계에서 탄생한다. 이는 '우리의', '안전한', '조화로운 것'과 '그들의', '외부의', '위험한 것'의 구분을 전제한다. 여기에는 중재자나 중간 공간이 없다. 생성적이며 규범적인 가정관을 견지하는 문화이건 방어적이며 실용적인 가정관을 견지하는 문화이건 간에 이들 가정은 중간 지대나 중재자가 없다는 점에서 독립적이며 고립된 곳으로 그려진다는 공통점을 가진다. 이는 이들 두 신화가 공통적으로 기반하고 있는 무속 문화권에서 모셔지는 가정신의 배타적 성격을 시사하는 것처럼 보인다. 이에 대해서는 관련 자료들에 대한 제반 검토와 다방면의 후속 논의가 필요하다고 본다.

〈할망본풀이〉와 〈문전본풀이〉에서
경합하는 가치의 재현

1. 서론

본 논의는 제주도 신화에서 서사의 중간에 비로소 등장하는 주인공에 대한 관심으로 시작한다. 주인공이 지연되어 등장하는 것으로 인해 텍스트에서 어떤 현상이 일어나는지 살펴보고 이러한 등장이 단순히 시간적 선후(先後)나 조만(早晚)으로 치환할 수 있는 우연한 문제가 아니라는 것, 이는 텍스트의 다른 요소들을 적극 소환하는 전반적 해석 과정과 관련이 있으며, 나아가 텍스트가 구성해내는 가치의 재현 방식을 규정하고 있음을 보여주고자 한다.

주인공이 뒤늦게야 출현하는 현상은 설화 문학에서 보편적이지 않다. 설화의 발단부는 대체로 "옛날에(시간화소), 어떤 곳에(공간화소), 한 사람이(인물화소) 살았는데…"로 시작한다. 이러한 발단부는 단순히 시작을 알리는 데서 그치지 않고 뒤따라올 본격적 사건의 주체를 암시한다. 신화와 고전소설의 대표적 서사 문법이라고 할 수 있는 영웅서사의 발단부 역시 유사한 기능을 한다. '고귀한 출생'의 주체가 되는 인물이 이후 고난과 역경을 헤쳐 가는 주인공이 되는 것이다. 그러나 제주도 신화 가운데에는 주인공에 대한 지정이나 소개로 서사를 시작하지 않는 경우가 있다.

그 대표적 신화가 〈문전본풀이〉이다. '문전본풀이'라는 제목은 이 본풀이의 대상신이자 주인공이 문전신임을 지시한다. 〈문전본풀이〉는 문전신이 되는 녹디생인의 아버지, 남선비에 대한 이야기로 시작한다. 고전서사에서는 주인공의 서사 이전에 부모의 서사가 자주 등장한다. 이때 부모의 서사는 기자나 태몽 등을 매개로 자식의 서사가 된다. 그러나 〈문전본풀이〉에서 녹디생인의 서사에는 이러한 모티프가 나오지 않는다. 남선비는 장사하기 위해 오동마을에 갔다가 노일저대에게 속아 재산을 빼앗긴다.[1] 이후 서사에서 남선비의 역할 가운데 가장 중요한 것은 일곱 아들의 간으로 노일저대를 살리고자 하는 것이다.[2] 〈문전본풀이〉는 문전신을 위기에 빠뜨리는 인물에 대한 서사로 시작하는 셈이다.

〈할망본풀이〉에는 두 명의 주요 인물이 등장한다. 저승할망이 되는 동해용궁 아기씨와 이승할망이 되는 명진국 아기씨가 그들인데, 본풀이의 발단부에 나오는 것은 동해용궁 아기씨이지만 이승할망이 되는 것은 명진국 아기씨이다. 〈할망본풀이〉에서 동해용궁 아기씨는 동해

---

1) 각편에 따라 '노일제대귀일의 딸' 등 조금씩 다른 이름으로 나타나는데 여기에서는 간단하게 '노일저대'로 통칭한다. 그 외 '녹디생인', '여산부인' 같은 〈문전본풀이〉 등장인물, '동해용궁 아기씨', '명진국 아기씨' 등 〈할망본풀이〉 등장인물 이름에 대해서도 마찬가지이다.

2) 제주도 본풀이에서는 〈초공본풀이〉나 〈이공본풀이〉처럼 주인공이 아버지의 아들이나 딸로 나타나는 경우가 있다. 아버지 서사가 있고 나서 아들이나 딸의 서사가 시작되기에 이 이야기들은 일견 지연된 주인공의 서사로 보이기도 한다. 본고에서는 이 경우 주인공 서사가 지연된 것으로 보지 않는다. 아버지는 자식의 근원이자 과거이기도 하기 때문이다. 그러나 〈문전본풀이〉의 남선비 서사는 단순히 근원이자 과거로서의 아버지 서사라고 보기 힘들다. 그는 주인공과 대치하기도 한다.

용왕의 딸로 나오지만 명진국 아기씨는 출생이 일정하지 않으며 경우에 따라 출생내역이 없는 각편도 있다. 이 두 명의 인물은 가족 관계나 혈연 관계가 아니다. 이들은 생불신(산육신) 자리를 두고 꽃피우기 내기를 하는 경쟁자이다. 서사에 먼저 등장하는 동해용궁 아기씨는, 나중에 등장하는 명진국 아기씨에게 지고 저승할망으로 물러난다. 〈할망본풀이〉에서는 주인공이 아니라, 그와 경쟁 관계에 있는 인물이 먼저 등장한다.[3]

〈할망본풀이〉 이본 가운데에는 두 할망의 내력을 각기 다른 텍스트로 전승하는 '개별형'이 있다.[4] 가령 〈명진국 할망본〉에서는 명진국 아기씨가, 〈저승 할망본〉에서는 동해용궁 아기씨가 대상신이 되는 것이다. 각각의 본풀이 주인공은 한 명이지만 이 둘을 묶어 '할망본풀이'라 명명한다면 주인공은 두 명이 되는 셈이다. '결합형' 〈할망본풀이〉에는 두 명의 주요 인물이 있지만 한 명을 주인공으로 설정할 수 있다.[5] 심지

---

3) 이에 대해 의문을 제기하는 논의들이 있었다. 가령 이수자는 "출생부터 시작하여 성장과정이 자세하게 길게 나오는 것은 오히려 저승할망신이다. 아기에게 나타나는 질병 현상의 원인을 설명하기 위해 마련된 신인만큼 이 신의 존재도 무시할 수 없는 것인데, 신화 구조만을 중시하면 〈생불할망본풀이〉의 전반부는 오히려 저승할망신에 더 큰 비중"을 차지한다고 하였다. 이수자, 「무속신화 〈생불할망본풀이〉에 나타난 여신상, 여성상」, 『이화어문논집』 제14집, 한국어문학연구소, 1996, 42면. 정제호는 "서사무가 전반부가 해당 신격(혹은 신의 부모)의 출생과 성장 같은 내력을 푸는 내용으로 이루어진 것에 비한다면, 〈삼승할망본풀이〉의 구성은 특이하다 할 수 있다. 이러한 〈삼승할망본풀이〉 구성상의 특이성이 무엇에서 기인하는지 밝히는 것은 중요한 논점이 될 수 있다."고 하였다. 정제호, 「〈삼승할망본풀이〉의 서사 구성과 신화적 의미」, 『한국무속학』 제32집, 한국무속학회, 2016, 178면.
4) 김매옥 본에는 〈멩진국할망본〉과 〈저승할망본〉이 따로 있고, 고순안 본도 〈인간불도할마님본〉과 〈동이용궁할마니본〉이 구분되어 있으며, 이용옥 본도 〈명진국할마님본〉과 〈동이용궁할망본〉이 있다.
5) 안사인 본(현용준, 『제주도무속자료사전』, 각, 2007, 339면), 진부옥 본(문무병, 『제주도 무속신화 열두본풀이 자료집』, 칠머리당굿보존회, 1998), 이정자 본(장주근저

어 '할망본'이라는 이름으로 〈마누라본풀이〉의 내용을 담고 있는 자료
도 있다.[6]

이본에서 대상신이 혼동되는 문제는 〈문전본풀이〉에 있어서도 마찬
가지이다. 〈문전본풀이〉 가운데에는 무능력하고 어리석은 남선비가
문전신이 된다고 하는 이본도 있고(이춘아 본), 녹디생인이 문전신이 아
니라 북두칠성이 된다고 하는 이본도 있다(이춘아 본과 신명옥 본). 『제주
도무속자료사전』과 『제주도 신화』에서는 같은 텍스트를 '문전본풀이'
와 '남선비'라는 상이한 제목으로 소개하면서 동일한 텍스트를 다른 인
물의 관점에서 읽게 한다.

여기에서 주인공, 즉 대상신은 한 명인가, 두 명인가, 만약 두 명이
라면 이들의 관계를 어떻게 보아야 하는가 의문이 제기된다. 〈할망본
풀이〉의 기존논의를 보면, 논자들은 이에 대해 조금씩 다른 태도를 취
하고 있다. "산육신에 관한 신화인 만큼 주인공은 어디까지나 생불신"
이라고 하면서, 명진국 아기씨가 가진 '지혜롭고 똑똑하며 주체적이고
능동적인' 자질[7]을 중요하게 평가하기도 하고, 이승할망과 저승할망이
각각 삶과 죽음을 관장하기에 모두 중요한 신들로 보고 이들을 대등한
관계로 파악하기도 한다.[8] 그런가하면 서사에 등장하는 내기를 근거

작집간행위원회, 『제주도 무속과 서사무가』, 민속원, 2013)이다. 본고에서 〈할망본
　풀이〉는 이 세 이본을 중심으로 살피기로 한다. '개별형', '결합형'의 용어에 대해서
　는 강정식, 「할망본풀이의 전승 양상」, 경기대학교 인문학연구소 발표문, 2003.
6) 고술생 본(진성기, 『제주도무가본풀이사전』, 민속원, 2002, 131-136면)과 김해옥
　본(진성기, 위의 책, 141~146면).
7) 이수자, 「무속신화 〈생불할망본풀이〉에 나타난 여신상, 여성상」, 『이화어문논집』
　제14집, 한국어문학연구소, 1996, 37면.
8) 김은희는 신들의 위계에 대해서 저승할망이 특정한 신의 하위신격이 아니라 이승할
　망과 동급의 신격이라고 보았다. '생'과 '멸'이 대립적 양면성을 가지기 때문이다.
　김은희, 「제주도 〈불도맞이〉와 서울 〈천궁불사맞이〉 비교」, 『한국무속학』 제30집,

로, 이들을 승자와 패자의 수직적 관계로 보는 입장도 있다.[9] 기존논의는 이러한 관계들을 설정하는 데 있어 논의 목적에 따라 선본이나 유기성이 있는 이본을 제시하기도 한다. 본 발표는 이본들의 혼란을 실수나 결점으로 보지 않고 그 자체가 또 다른 것을 지시하는 기호작용일 수 있음을 전제한다.

〈할망본풀이〉와 〈문전본풀이〉에서는 발단부의 등장인물과 과업을 완수하는 인물이 동일인이 아니다. 이들 서사는 주인공의 이름과 주체들의 관계에서 혼동을 야기할 수밖에 없다. 신화에서 주인공이 누구인가 하는 것은 옹호되는 가치가 누구의 것인가, 그 정점으로서의 대상신이 과연 누구인가와 관련해 중요하다. 이는 〈문전본풀이〉에서 가정과 가택의 수호신인 문전신, 〈할망본풀이〉에서 임신과 출산의 수호신인 생불신이 어떤 가치를 가지는가에 대한 질문이기도 하다. 그리고 이러한 신들의 가치가 왜 다른 인물과 관계적 양상으로 드러나는가에 대한 질문이기도 하다.

〈문전본풀이〉의 남선비, 〈할망본풀이〉의 동해용궁 아기씨처럼 처음부터 등장해서 주인공을 위기에 빠뜨리거나 주인공의 적대자가 되는 인물을 어떻게 규정해야 하는가도 문제이다. 가령 러시아 민담 연구에서는 주인공과 유사하지만 주인공이 아닌 이들을 '가짜 주인공'이라 부르기도 한다. 그러나 남선비나 동해용궁 아기씨는 주인공의 공적을 탈취하지 않는다. 그렇다면 이들은 단순히 적대자일까? 이들은 주인공의 과업 실현을 방해하도 하지만 적대자로만 기능하는 것도 아니다. 앞서 언급한 것처럼, 이들의 서사는 주인공보다 먼저 등장한다. 주인공이

한국무속학회, 2015, 73면.
9) 정제호, 앞의 논문, 207면, 각주 20번.

아직 등장하는 않는 상태에서 주인공의 과업 수행을 방해할 수는 없다. 이들은 다른 일반적 적대자들처럼 처단되지 않으며, 서사의 끝에서 또 다른 신으로 좌정한다.[10] 가짜 주인공도, 적대자로 아니라면 이들을 누구로 규정해야 할까?

2. 〈할망본풀이〉와 〈문전본풀이〉의 두 주체

(1) 〈할망본풀이〉, '자연'과 '문화'의 재현

앞서 말했듯, 〈할망본풀이〉와 〈문전본풀이〉에는 주인공이 아니지만 주인공과 유사한 서사 행로를 가는 인물이 등장한다. 본고에서는 이 점에 착안하여 〈할망본풀이〉의 동해용궁 아기씨, 〈문전본풀이〉의 남선비 같은 인물을 '잠재적 주체'라고 할 것이다. 잠재적 주체들은 발단부에서 어떤 결핍 상황에 대면하고 이를 해결하기 위해 일종의 계약을 맺는다('계약'). 계약을 이행하기 위해서 이들은 필요한 능력을 획득해야 한다('능력'). 그러나 잠재적 주체들은 능력을 획득하지 못하거나, 부분적으로만 획득하여 결국 과제를 완수하는 데 실패한다('실패한 수행'). 이들이 실패하면서 또 다른 주체, 주인공으로 판명되는 주체가 등장한

10) 이강엽은 이들을 짝패로 볼 수 있는 새로운 관점을 열어놓기도 하였다. 가령 〈천지왕본풀이〉의 '대별왕/소별왕'의 짝은 그 근원에서 볼 때 '천지왕/수명'의 '선/악' 구도와 '천지왕/서수암'의 '존귀/미천(尊貴/微賤)' 구도를 함께 갖는 짝패라는 것이다. 그에 따르면 짝패는 형제, 쌍둥이, 남매 등으로 설정된다. 이들은 서로 같은 근원에서 출발하지만 서로 다른 의미론적 기능을 드러냄으로써 역설적으로 그 둘이 한데 어우러진 온전한 삶을 추구하도록 하는 역할을 한다. 이강엽, 「설화의 '짝패(double)' 인물 연구」, 『구비문학연구』 제33집, 2011, 46면. 본 논의에서도 두 인물이 대립적 의미를 생산하는 것으로 본다. 동해용궁 아기씨와 명진국 아기씨는 서로 다른 의미론적 기능을 하지만, 하나의 근원을 가진 것은 아니다.

다. 여기에서는 잠재적 주체가 등장하면서 그 출현이 연기된 주인공을 지연된 주인공으로, 그러한 서사를 지연된 주인공 서사로 보고자 한다.

〈할망본풀이〉에서 동해용궁 아기씨는 인간 세상으로 쫓겨나면서, 인간 세상에 아직 생불왕이 없기 때문에 생불왕이 되어 먹고 살도록 명을 받는다('계약'). 그러나 그녀는 실제로 아이를 출산하는 데 필요한 지식을 모두 알지 못하고('부분적 능력') 결국 출산에 성공하지 못한다('실패한 수행'). 이어 등장하는 명진국 아기씨는 지연된 주인공이다. 인간 세상의 임박사 부인이 아이를 낳지 못하고 고통 받자 옥황상제는 명진국 아기씨를 불러 인간 세상의 출산을 담당하게 한다('계약'). 그녀는 출산에 필요한 지식을 모두 전달받고('완전한 능력') 이에 따라 인간 세상에 아이를 탄생시킨다('성공한 수행'). 동해용궁 아기씨는 '계약'과 '능력'의 과정을 일부 거치기는 하나 '수행'에 실패하는 잠재적 주체이다. 뒤에 등장하는 명진국 아기씨처럼 지연된 주인공은, 달리 말하면 '실현된 주체'라고도 할 수 있다. 잠재적 주체와 달리 능력을 온전히 습득하고 수행에 성공하기 때문이다. 〈할망본풀이〉에는 잠재적 주체와 실현된 주체 두 명이 존재한다. 실현된 주체만을 주인공으로 보았을 때 이 서사에는 한 명의 주인공이 존재하는 셈이다. (잠재된 주체까지 주인공으로 포함할 때에는 복수 주인공이 존재한다고 볼 수 있다.)

동해용궁 아기씨는 아버지의 삼각수염을 뜯고 어머니의 젖가슴을 때리는 등 불효와 불화의 죄목으로 버려진다. 이 아기씨의 폭력성과 잔인성은 길들여지지 않은 행위, 사회화되지 않은 행동을 의미한다. 반면 명진국 아기씨는 부모에게 효도하고 일가친척 화목한 존재로 옥황상제에게 천거된다. 명진국 아기씨의 효성과 친목은 길들여진 행위, 사회화된 행위로 볼 수 있다.

이렇듯 잠재적 주체와 실현된 주체는 텍스트에서 상반된 존재로 형 상화된다.[11] 그 모습을 형용할 때에도 변별적 수사가 동원된다. 버려진 동해용궁 아기씨가 임박사에게 발견될 때 '앞이마에는 해님, 뒤 이마에 는 달님, 양면아미에는 별이 오송송' 박힌 모습이었다. 동해용궁 아기 씨는 자연물의 모습으로 형용된다. 명진국 아기씨는 옥황상제에게 행 장을 차려 달라고 요구하거나 스스로 행장을 차려 입는다. 그녀는 '만 산족두리에 남방사주 저고리, 북방사주 솜바지, 대홍대단 홑단치마, 물명주 단속곳'을 입고 인간 세상으로 온다.[12] 인간 세상에서 만들어진 화려한 옷은 명진국 아기씨의 모습에 대한 지표이다. 명진국 아기씨는 인공적 행장을 한 것으로 수사화 된다.

이들이 가지고 있는 능력은 '출산하는 법', '해산하는 법'으로 일종의 지적 성격을 가진다. 동해용궁 아기씨는 어머니로부터 "아방 몸에 흰 피 석 달 열흘, 어멍 몸에 검은 피 석 달 열흘"로 생불 하는 법, 즉 아이를 잉태시키는 법을 배운다. 동해용궁 아기씨 스스로 "아무것도 할 줄 아는 게 없다."고 말하면서도 포태를 주기도 한다(이정자 본). 포태

---

11) 김헌선은 동행용궁 아기씨와 명진국 아기씨의 관계를 다양한 차원에서 비교하고, 그 결과 이들은 앞/뒤, 수평적/수직적, 자연/문화, 바다/하늘 등의 대립적 관계를 가진다고 보았다. 이 가운데 '본질적 대립'은 '토착신과 외래신의 대립'이며, 이런 점에서 〈할망본풀이〉는 '제주도 신들이 겪는 신화적 역사를 기록한 구비문서'라는 것이다. 김헌선, 「〈삼승할망본풀이〉의 여신 투쟁이 지니는 신화적 의미」, 『민속학연 구』 제17집, 2005, 한국민속학회, 188~199면. 본고는 두 신들에 대한 이러한 역사 적·통시적 해석의 가능성을 인정하면서, 임신과 출산 영역에서 이 두 신의 존재가 동시대적 삶과 어떤 관련을 가지는지에 대해 문화적 해석을 시도하고자 한다.

12) 안사인 본 (현용준, 앞의 책, 100면). 이정자 본(장주근, 앞의 책, 127면)과 진부옥 본(문무병, 앞의 책)에서는 행장을 차려 달라고 한다. 서순실 본에서는 동해용궁 아 기씨의 모습만 형용되는데 이때에도 자연물의 모습을 빌어 묘사된다.(허남춘 외, 『서순실 심방 본풀이』, 경인문화사, 2015, 74면). 두 아기씨의 모습·의복의 차이에 대해서 김헌선 역시 언급한 바 있다. 김헌선, 위의 논문, 193면.

는 배우지 않고도 할 수 있는 일, 혹은 어머니에게 전수받은 지식으로 할 수 있는 일이다. 동해용궁 아기씨의 능력은 배움 없이 가능한 지식, 경험적·상식적 지식에서 비롯된 것이다.

> 할망이 앉으면 하루 백 명도 포태는 주었으나, 열 달은 채우지 않고, 댓 달 돼 가면 내워버리고, 일곱 달 여덟 달 된 아긴, 여덟 달 넘어 나면 살고, 여덟 달까지 채우지 못해서 내리워버리고 하니, 어멍 살면 아기 죽고, 아기 살면 어멍 죽고 하여[13]

동해용궁 아기씨가 하루 백 명에게도 포태를 주는 것으로 형상화된 것은 포태가 해산에 비해 저절로 이루어지는 것처럼 보이는 속성, 비교적 용이해 보이는 속성 때문이다. 동해용궁 아기씨가 포태를 준 것은 많으나, 살아서 태어나는 아기는 없다. 동해용궁 아기씨는 쉽게 포태를 주지만 성공적으로 해산을 시키지는 못한다.

명진국 아기씨의 지식은 옥황상제에게서 전수받은 것이다. 그녀는 옥황상제에게 포태하고 해산하는 법을 배운다.

> "야, 똑똑하고 역력하다. 그만하면 인간생불왕으로 들어 살만하구나. 너를 부른 것은 다름이 아니라 인간에 생불왕이 없어지니 생불왕으로 들어서기 어떻겠느냐?"
> 이말 끝에 명진국 따님아기가 말을 하되,
> "옥황상제님아, 아무 철도 때도 모르는 어리고 미욱한 소녀가 어찌 생불을 주고 환생을 줍니까?"
> "아방 몸에 흰 피 석 달 열흘, 어멍 몸에 검은 피 석 달 열흘, 살 살아 석 달, 뼈 살아 석 달, 아홉 달 열 달 준삭 채워 아기 어미 늦은 배를 가깝

---

13) 진부옥 본(문무병, 『제주도 무속신화 열두본풀이 자료집』, 칠머리당굿보존회, 1998).

게 하고, 가까운 배를 늦추어 열두 구에문으로 해복시키라.”

“어서 걸랑 그리하옵소서.”[14]

동해용궁 아기씨와 달리 명진국 아기씨는 똑똑한 것으로 표현된다. 옥황상제는 명진국 아기씨가 똑똑한 것을 알고 나서야 포태와 해산의 방법을 알려준다. 그녀가 완수할 과업을 위해서는 똑똑함의 자질이 필수인 것처럼 보인다. 명진국 아기씨는 옥황상제에게 포태와 해산의 지식 모두를 전달받아 온전한 지식을 갖게 된다.

> 아기 엄마 상가마 살살 열세 번 쓸어 아기 엄마 가슴 쓸어 아기 머리 돌려간다. 그때 아기 엄마 열두 뼈마디 늘어나고 궁문이 열려 가장자리로 아기 코 주둥이 막 건드리니 양수 쏟아져서…그때엔 다시 태반 내와 아기와 엄마 갈라 참실로 배꼽줄 묶어 은가위로 배꼽줄 끊어 아기 몸 목욕 시켜 구분 지어놓으니[15]

각편에 따라서는 명진국 아기씨가 은실, 은붓, 은가위, 은도장 등 도구를 가지고 인간 세상에 내려온다고 말하기도 한다. 그녀는 온전한 지식과 청결한 도구를 사용하여 산모가 아이를 출산하도록 한다.

아이를 갖고 낳기까지의 과정은 연속적이며 분절되지 않는 일련의 사건이다. 그러나 〈할망본풀이〉에서는 이를 임신과 출산 두 단계로 구분한다. 각 순간에 관여하는 지식의 성격은 다르다. 임신은 출산에 비해 특별한 지식 없이도, 저절로 가능한 것처럼 표현된다. 출산은 특수

---

14) 안사인 본(현용준, 『제주도무속자료사전』, 각, 2007, 100면). 진부옥 본에서도 유사한 표현이 나온다.

15) 이정자 본(장주근저작집간행위원회, 『제주도 무속과 서사무가』, 민속원, 2013, 128면). 명진국 아기씨의 지식이 옥황상제로부터 왔다는 점이나 그녀가 도구를 사용한다는 점은 각편마다 대동소이하다.

한 지식과 도구의 도움을 받아야 가능하다. 결국 임신은 동해용궁 아기씨만의 지식으로도 가능한 영역이지만 출산을 위해서는 명진국 아기씨가 가진 정교한 지식이 있어야 한다.

명진국 아기씨와 동해용궁 아기씨는 인간 세상에서 만나 꽃가꾸기 내기를 한다. 이본에 따라서는 이런 경쟁 없이 동해용궁 아기씨가 저승으로 가기도 한다. 이러한 이본은 명진국 아기씨가 가진 지식의 완전성과 전문성만으로 그녀가 이승할망이 되는 데 충분하다고 본 것이다. 꽃가꾸기 내기를 하는 경우, 명진국 아기씨는 "사만 오천 육백 가지마다 송이송이" 꽃을 번성시킨다. 출산은 곧 꽃으로 상징되는, 결과물의 번식을 의미한다. 반면 동해용궁 아기씨의 꽃은 "뿌리만 사만 오천 육백 가지"[16] 번성한다. 동해용궁 아기씨는 생명력이 없는 존재[17]라기보다는 성격이 다른 생명력을 가진 존재이다. 뿌리만 수만 가지 번성시키는 모습은 하루 백 명 수태시키는 모습과 유사하다. 동해용궁 아기씨의 생명력은 무분별하며 통제되지 못한 것이다.

동해용궁 아기씨는 길들여지지 않은 본성을 가지며 해, 달, 별의 모습

---

16) 이정자 본, 128~129면. 진부옥 본에서 꽃피우기 내기 역시 유사하다. 각편에 따라 다르기는 하지만 저승할망은 이승할망 못지않은 생산력을 가지기도 한다. 그녀는 하루에 백 명도 포태시킬 수 있는 존재이다. 이 경우 이 둘의 신직을 가르는 중요한 차이는 생명력의 유무나 정도라기보다는 오히려 생명력의 특징, 즉 통제 가능한가, 아니면 무분별한가의 문제이다. 동해용궁 아기씨가 꽃을 피우지 못하거나 시든 꽃을 피우는 것은 그녀가 출산을 시키지 못하거나 달이 차지 않은 아이를 출산 시키는 것과 유비적이다.

17) 기존논의 대부분은 동해용궁 아기씨가 키운 꽃의 생명력을 문제 삼는다. 이수자 앞의 논문, 39면; 김은희, 앞의 논문, 57면; 김헌선, 앞의 논문, 196면. 조금 다른 것은 정제호의 논의인데, 그는 동해용궁 아기씨가 '한 가지'를 만들어냈다는 데 주목하면서 단 하나의 가지는 특별함과 비범함을 가진 '신'을 의미한다고 보았다. 정제호, 앞의 논문, 212면.

으로 형용되고, 부분적이고 상식적인 지식을 가진 존재이다. 명진국 아기씨는 사회화된 인성을 가지고 있고, 인공의 복식 차림이며, 옥황상 제로부터 완전하고 정교한 지식을 하사받았다. 동해용궁 아기씨가 무분 별한 생명력을 가진 존재라면 명진국 아기씨는 통제 가능한 생명력을 보여주는 존재이다. 길들여지지 않음/길들여짐, 자연물/인공물, 상식 적 지식/정교한 지식, 무분별함/통제가능성은 각각 자연과 문화를 지시 하는 구체적 기호들이다. 동행용궁 아기씨는 자연의 속성을, 명진국 아기씨는 문화의 속성을 가진다.[18] 그녀들이 가진 자질, 모습, 지식의 형상화는 자연과 문화의 약호가 구체화의 논리에 따라 나타난 것이다.

(2) 〈문전본풀이〉, '그들'과 '우리'의 재현

〈문전본풀이〉에는 문전신 외 조왕신, 정낭신, 측신 등 가신으로 좌정 하는 여러 인물이 나온다. 이들의 관계는 다차원적이며, 인물과 공간의 관점에서 다양한 해석이 가능하다. 본고에서는 남선비와 녹디생인을 중심으로 논의를 진행하고자 한다. 〈문전본풀이〉에서 남선비는 주인공 과 유사한 서사 행로를 거치는 잠재적 주체이다. 그는 가난을 타계하고 자 부인과 약속하고('계약') 길을 떠난다. 궁핍은 가정에 닥친, 해결해야 할 결핍된 상황이다. 그러나 남선비는 이에 필요한 능력을 가지고 있지 도, 획득하지도 못한다. 남선고을을 떠난 남선비는 오동고을에 도착하 는데 여기에서 노일저대를 만나 유혹당하여 배와 물건을 빼앗기고 걸인

---

18) 동해용궁 아기씨에게 자연의 속성을, 명진국 아기씨에게 문화의 속성을 부여한 것은 김헌선 역시 마찬가지이다. 김헌선, 앞의 논문, 194면. 여기에서 '자연'과 '문화'의 의미는 본고와 다른데, '자연'은 집단의 속성을 거부하는 것을, '문화'는 집단, 개인, 위계를 중시하는 것을 의미한다.

으로 생활한다. 그는 돈을 벌어 고향으로 돌아가지 못한다('실패한 수행'). 남선비를 찾아 나선 여산부인 역시 노일저대에게 속아 죽는다. 이후 남선비는 노일저대를 여산부인으로 여기며 함께 집으로 돌아온다. 이렇게 〈문전본풀이〉의 발단부는 주로 남선비 서사로 채워진다.

문전신이 되는 녹디생인은 남선비의 실패 뒤, 서사적 행로를 시작하는 지연된 주인공이다. 녹디생인은 남선비가 집을 떠날 때부터 존재하는 인물이다. 그러나 이름이 거론된다고 해서 주인공이 될 수 있는 것은 아니다. 주인공은 역할에 걸맞은 서사 행로를 거쳐야 한다. 녹디생인은 남선비가 실패한 뒤 집안의 문제를 해결하기 위해 일련의 행위를 시작한다.

이때 남선비와 녹디생인의 대립적 자질이 드러난다. 그러한 자질은 노일저대를 매개로 명시화된다. 노일저대는 악한 여성을 상징한다. 그녀는 남선비의 재산을 빼앗고, 찾아온 여산부인을 죽이고, 여산부인인 척 하면서 일곱 형제를 죽이려 한다. 남선비는 그녀가 가진 의도를 알아채지 못한다. 뿐만 아니라 본부인을 죽인 노일저대를 여전히 본부인으로 착각한다.

> 노일제데귀일의 딸, 여산부인 입은 입성 벗겨 입고 남선비 앞에 들어가서, "설운 낭군님아, 노일제데귀일의 딸 행실이 괘씸하기에 주천강 연못에 가서 죽여 두고 왔습니다."
> 남선비가, "하하, 그년 잘 죽였지. 내 원수 갚았구나. 가자 우리 고향으로 돌아가게."[19]

녹디생인은 이와 달리 노일저대를 보는 순간 자신의 어머니가 아님

---

19) 안사인 본(현용준, 『제주도무속자료사전』, 각, 2007, 339면).

을 단번에 알아챈다. 일곱 형제가 있었지만 막내인 녹디생인만 노일저
대가 어머니가 아니라는 사실을 간파한 것이다. 이는 녹디생인이 남선
비와 달리 능력을 가진 존재임을 암시한다.

> 일곱 아들은 선창가에 마중 나와 다리를 놓는다. 큰아들 망간 벗어 다
> 리를 놓고, 둘째 아들 두루마기 벗어 다리를 놓고, 셋째 아들 적삼 벗어
> 다리를 놓고, 넷째 아들 고의를 벗어 다리를 놓고, 다섯째 아들 행전(行纏)
> 벗어 다리를 놓고, 여섯 째 아들 버선 벗어 다리를 놓고, 녹디생인은 칼선
> 다리를 놓는다. 설운 형님들이 말을 하되,
> "어떤 일로 부모님 오시는데 칼선다리를 놓느냐?"
> "설운 형님아, 아버님은 우리 아버님이지만 어머님은 우리 어머님 닮지
> 않았습니다."
> "어찌하여 알았느냐?"
> "어머님이 우리 어머님이 아닌 줄 맞는 줄 알려면, 배 아래 내려 집을
> 찾아가는 것을 보면 알 도리가 있을 것입니다."[20]

아버지와 같이 오는 이가 어머니가 아닐 것이라는 녹디생인의 추측
대로, 노일저대는 집까지 가는 길을 알지 못한다. 노일저대는 '이 골목
면으로도 들어서고 저 골목 면으로도 들어서려' 한다. 집에 들어가서는
'아버님 앞에 가던 상은 자식에게 가고, 자식이 받던 상은 아버님 앞에'
놓는다. 그때서야 다른 형제들은 "우리 어머님이 아니로구나." 한다.
녹디생인와 형제들은 노일저대가 어머니가 아니라는 것을 알지만, 남
선비는 끝까지 노일저대를 부인으로 믿는다. 녹디생인(과 형제들)은 좋
은 눈을, 남선비는 나쁜 눈을 가졌다.
노일저대가 어머니인지 아닌지를 구분하는 것은 가족과 가족 아닌

---

20) 안사인 본(현용준, 앞의 책, 339~340면).

사람을 구분하는 것이다. 노일저대는 오동고을의 인물이며 어머니를 죽인 자이다. 〈문전본풀이〉에서 녹디생인의 '좋은 눈'[21]은 가족과 외부인을, 우리와 그들(나와 적)을 구분하는 안목을 의미한다. 부인을 죽인 노일저대를 여전히 본부인으로 여기면서 아들들의 간을 내어 주려고 하는 남선비는 내부/외부, 우리/그들을 구분하지 못하는 인물이다. 녹디생인은 형제들과 함께 노일저대를 죽이고 어머니를 환생시킨다. 이러한 수행에 성공한 결과 녹디생인은 가정을 보호하는 문전신으로 좌정한다. 문전신은 내부/외부, 우리/그들을 구분하고 '내부'의 '우리'의 것을 지켜낸다.

앞서 언급한 것처럼 남선비는 정낭신이 되고 녹디생인은 문전신이 된다. 제주도 전통 가옥은 여러 구역으로 구분되며 그 폐쇄성이나 개방성 여부는 기준에 따라 다르기는 하지만, 〈문전본풀이〉를 통해 정낭과 문전의 위상을 대립적 관계로 구성해낼 수 있다. 정낭은 마소의 출입을 방어하며 주인의 부재 여부를 나타내는 지표로 기능한다. 집안 내에서 안과 밖의 구분은 문전을 통해 이루어진다. 문전은 주된 생활공간인 상방을 지키는 문이다. 정낭에 비해 문전이 상대적으로 강한 방어적 역할을 하는 것으로 생각되는 것이다. 문전과 정낭의 대립은 실질적 문과 형식적 문의 대립이다.[22] '우리'와 '그들'을 구분하고 '우리'만 안

---

21) 김재용 역시 녹디생인이 좋은 눈을 가지고 있다는 데 주목하였다. 김재용, 「〈문전본풀이〉의 무속신화적 성격에 대한 연구」, 『한국문학이론과 비평』 제18집, 한국문학이론과 비평학회, 2004, 83~84면. 김재용은 잘 보는 것을 샤먼이 가지고 있는 예측력과 관련짓는다. 본고에서 '좋은 눈'은 적과 나를 구분하는 안목을 의미한다고 본다.

22) 이런 공간 관계는 아버지와 아들에 대한 독특한 생각을 반영한다. 제주도에서 아버지의 가족 내적 역할은 아들의 그것에 비해 불완전하거나 형식적인 것일 수 있다. 제주도에서 실질적 가장은 어머니였다. 어머니 중심의 가정에서 제일 중요한 관계는 '어머니-자식'이다. 아버지-가장은 있어도 없는 형식적인 존재이다. 조현설, 『우리신화의

으로 들이는 것이 바로 실질적 문, 문전의 기능이다.

(3) 위험과 안전의 메타약호

〈문전본풀이〉에서 가정과 가택의 문제는 '우리'와 '그들'의 약호로
해석되며, 이러한 약호는 각각 남선비와 문전신의 역할과 기능으로 구
현된다. 마찬가지로 〈할망본풀이〉에서 임신과 출산의 문제는 문화와
자연의 약호로 해석되며, 각각 저승할망과 이승할망의 역할과 기능으
로 구체화된다. 이 두 본풀이는 각기 다른 약호로 읽히기도 하지만 이
들을 통어하는 또 다른 약호의 존재를 설정할 수도 있다. 이를 위해서
는 〈할망본풀이〉에서 각 주체가 표명하는 자연과 문화의 가치, 그리고
〈문전본풀이〉에서 '그들'과 '우리'의 가치가 대등하지 않은, 비대칭적
관계라는 데 주목해야 한다.

앞서 〈할망본풀이〉에서 동해용궁 아기씨가 관여하는 임신과 출산이
무분별하고 통제되지 않은 자연적 속성을 가진다고 하였다. 이러한 임
신과 출산은 위험하다. 하루에 백 명씩 수태된 아이들은 달을 채우지
못하거나 달이 지나도 나오지 못한다. '해복시킬 차례를 몰라서 열두
달이 지나 아기와 어미가 죽을 사경'이 된다. 아직 명진국 아기씨가
도래하지 않은 세상은 위험한 자연의 상태, 자연이 위험을 야기하는
상태이다. 명진국 아기씨는 지식과 도구를 이용하여 아이를 해산시키
는 데 성공한다. 그녀가 가진 온전하고 정교한 지식은 안전한 출산을
가능하게 한다. 이는 임신과 출산의 세계에서 가지게 된 인공적이며
정교한 것에 대한 믿음이기도 하다. 결국 〈할망본풀이〉에서 자연은 위

수수께끼』, 한겨레출판, 2006, 233면.

험을, 문화는 안전을 의미한다.

〈문전본풀이〉 역시 안전과 위험의 메타약호로 해석 가능하다. 오동고을로 대표되는 외부공간은 유혹과 속임수의 공간이다. 이곳에서 남선비는 재산을 잃고, 부인을 잃는다. 외부공간은 경제적으로나 가족의 존속으로 보나 위험하다. 남선비는 노일저대와 함께 고향인 남선마을로 돌아간다. 여기에서 노일저대는 병을 핑계로 아들들의 간을 내어 달라고 하고 남선비는 간을 내기 위해 칼을 간다. 남선비의 귀향은 외부 위험을 내부로 끌어들인 것으로, 그 결과 형제들은 죽음의 위기에 처한다. 그러나 남선고을에서 결국 노일저대의 계획은 실현되지 못한다. 남선비와 노일저대는 녹디생인(을 비롯한 형제들)에게 죽음을 맞는다. 고향으로 표현되는 남선고을은 외부의 위험을 제거하는 곳, 안전한 공간이다. 〈문전본풀이〉에서 '그들'의 '외부' 공간은 위험을, '우리'의 '내부' 공간은 안전을 의미한다.

이 신화들을 통해 보건대 제주도의 출산·양육의 세계에서는 자연=위험=악, 문화=안전=선의 동일시를, 가정과 가택의 세계에서는 외부=그들=악, 내부=안전=선의 동일시를 추론할 수 있다. 이는 특수한 계열체인데 '자연'이나 '외부'가 가치를 부여 받는 텍스트들도 존재하기 때문이다. 두 본풀이는 각기 다른 삶의 영역을 위험과 안전의 약호로 분절하고 있다는 점에서 이질동상이라 할 수 있다.

이 이질동상의 신화들에서 노일저대나 남선비는 완전히 서사에서 사라지지 않는다. 이들은 각각 정낭신과 측신으로, 가신의 구성원이 된다. 마찬가지로 동해용궁 아기씨도 저승할망으로 좌정한다. 신으로의 좌정은 일반적으로 수행에 대한 인정과 보상의 성격을 가진다. 명진국 아기씨가 산육신이 된 것은 그녀가 해산을 성공적으로 수행했기 때문이고, 녹디생인이 문전신이 된 것은 적을 효과적으로 방어했기 때문이다. 〈문전본풀이〉에서 남선비, 〈할망본풀이〉에서 동해용궁 아기씨는 수행에 대한 인정과 보상으로 좌정했다고 보기는 어렵다. 이들은 수행에 실패한 인물들이다. 그렇다면 이들의 좌정은 어떤 의미를 가질까? 이들의 좌정은 수행에 대한 인정이 아니라, (주인공의) 수행에 끼칠 수 있는 위험에 대한 인정의 결과이다. 동해용궁 아기씨의 좌정은 임신과 출산에 관여하는 위험에 대한 인정이며 남선비의 좌정은 가정과 가택에 관여하는 위험에 대한 인정이다. 이러한 위험은 잠재적이지만 엄연히 존재한다는 점에서 그 주체들의 서사적 형상과 닮아있다. 그렇다면 이러한 위험은 안전과 어떤 관련을 가질까.

3. 유동하는 경계, 관리되는 위험

문전신은 정낭신을 포함한 여러 제주의 가신 가운데 가장 중요한 신이다. 제주도에서는 '문전 모르는 공사(公事)가 없다'하여 집안의 모든 일을 문전신에게 알리고 기원한다. 여기에서 문전신은 '앞문전 또는 일문전(一門前)'이라 불리기도 한다. '앞문전'의 '앞' 혹은 '일문전'의 '일'이라는 단어가 알려주는 것처럼 문전신은 최고의 가신이다. 문전신이 좌정한 상방은 제주 전통주택의 가장 신성한 곳이며, 그 위치도 주택과 마당의 중앙을 차지한다.[23] 정낭의 공간적 위치나 정낭신의 위상은 그에 비해 주변적이다.[24]

---

23) 김형준, 「〈문전본풀이〉를 통해 본 제주전통주택의 경계공간 연구」, 『대한건축학회 논문집』 제23집 제3호, 대한건축학회, 2007, 182면.

중심과 주변의 관계는 〈할망본풀이〉에서도 나타난다. 꽃피우기 내기에서 진 동해용궁 아기씨는 저승을, 이긴 명진국 아기씨는 이승을 맡는다. '이승'와 '저승'은 각각 '이'와 '저'라는 지시대명사에 '생(生)'이 결합한 말이다. 인간 세상은 우리가 사는 친숙한 공간이며, 저승은 경험하지 못한 낯선 공간이다. 우리가 살고 있는 '이곳'을 담당하는 명진국 아기씨는 중심적 위상을, '저곳'을 담당하는 동해용궁 아기씨는 주변적 위상을 가진다.

중심 : 주변

문전신 : 정낭신

이승할망 : 저승할망

중심과 주변의 경계는 고정적이지 않다. 〈할망본풀이〉의 꽃피우기 대결에서 명진국 아기씨가 동해용궁 아기씨를 이기기는 하지만 동해용궁 아기씨는 승복하지 않고 명진국 아기씨가 키운 꽃을 꺾어버린다. 동해용궁 아기씨는 시든 꽃가지를 꺾으면서 아이들에게 병을 앓게 하겠다고 한다. 질병과 죽음은 위험이 고조되거나 정점에 이른 상황이다. 주변화된 위험은 중심을 침범할 수 있다.

　나는 저승 가면 붙을 데가 없으니 죽으나 사나 저승가도 할망 뒤에만 따라 다니겠다 할망이 아무리 힘을 써서 어떤 집에 가서 아들을 낳아주던 딸을 낳아주던 나는 악착같이 따라다니며, 할망이 포태를 주며는 난 석

---

24) 문전제를 할 때에도 문전상에 올렸던 제물은 이후 정낭지신, 울담지신, 오방토신 등에게 나누어 던진다. 변소의 신인 측간신에 대해서는 돼지 사육에 우환이 생겼을 때만 심방을 빌어 축원한다. 측간신은 악첩(惡妾)이기 때문에 잘못 건드리면 좋지 않다고 믿는다.

달 전에 물로도 아프게 하고, 귀로도 앓게 하고 열 달 기망(旣望) 차기도 전에 유산도 시켜버리고 난 아기 엄마 젖내에도 달려들어 아기 엄마에게 본병 괴병(怪病) 불러주고 아기엔 급경(急驚) 만경(慢驚) 경풍(驚風) 경세(驚勢) 불러주고 그냥 길 때까지, 역을 때까지, 열다섯 십 오세 전에 할망 아기에만 들어 반 시름을 하겠다.[25]

출산과 육아는 결국 오롯이 명진국 아기씨로 상징되는, 문명화된 안전의 세계가 아니다. 이곳은 언제나 자연화 된 위험이 도래할 수 있는 곳이다. 결국 아들이건, 딸이건, 석 달이건, 열 달이건, 물가에서건, 귓병에서건, 젖 먹을 때건, 아이와 어머니 누구건 위험에 빠질 수 있다. 저승할망에 의해 '꽃의 상가지'가 꺾일 수 있는 것이다. 출산과 임신뿐 아니라 육아의 매 순간은 불안하고 취약하다. 동해용궁 아기씨의 위협에 대해 명진국 아기씨는 아기를 낳으면 동해용궁 아기씨에게 인정을 걸어주겠다고 한다.

> 인간할망이 말을 하되, "그리 말고 우리 좋은 마음먹기 어떻겠느냐? 내가 인간에 내려서서 생불을 주면, 저승걸레 아홉자도 저인정 걸어주마. 걸레삼승 업게삼승 저인정 걸어주마. 아기 엄마 땋은 머리, 땀 든 적삼, 땀 든 치마 저인정 걸어주마."
> "어서 걸랑 그리하자."[26]

이승할망은 저승할망에게 저승걸레 등의 인정을 걸어준다고 하고 저승할망은 그것을 받아들인다. 이들 사이에는 모종의 약속이 성립한

---

25) 진부옥 본(문무병, 앞의 책).
26) 안사인 본(현용준, 앞의 책, 102면). '저승걸레'는 아기 업는 멜빵을 말한다. '걸레삼 승'은 그 멜빵의 수호신이며, '업게삼승'은 업저지의 수호신이다.

다. 이러한 약속을 통해 이승할망은 저승할망의 도래를, 위험화된 주변의 침입을 관리한다. 임신과 출산의 상황은 언제든 불안하고 취약할 수 있지만, 위험에 좌초된 세계는 아니다.

이승할망의 역할은 생불을 담당하는 데에서 끝나지 않는다. 그녀는 아이에게 닥칠 위험을 다룬다. 이승할망은 위험과 안전의 경계를 횡단하는 신이다. 경계의 횡단은 경계의 존재를 전제한다. 이승할망은 경계를 파괴하거나 없애지 않는다. 이승할망은 위험과 관계를 맺고, 위험을 관리한다. 이승할망이 중요하게 모셔지는 이유는, 아이를 안전하게 관리할 것이라는 믿음 때문이기도 하다. 역설적이게도, 저승할망이 있기 때문에 이승할망은 지속적으로 요청되는 존재이다.

〈문전본풀이〉에서 중심과 주변의 관계 역시 단순하지 않다. 남선비는 가족이기는 하지만 노일저대에게 속아 가족을 위험에 처하게 한다. 남선비는 처음에는 '우리'였지만, 노일저대의 조력자나 녹디생인의 적대자가 되면서 '그들'이 된다. 이는 남선비가 좌정하게 되는 정낭의 성격을 보여주기도 한다. 올레에서 이어지는 정낭은 명확하게 안이나 밖이라고 하기는 어렵다. 정낭은 '우리의' 공간이면서 '그들의' 공간이기도 하다. 〈문전본풀이〉는 집 안에 '외부의', '그들의' 낯설고 위험한 것을 받아들인다. 이 점은 노일저대가 측신으로 좌정한다는 것을 고려하면 더 명확해진다. 측간은 '우리의' 공간에 속하지만 '그들의', '외부의' 성격을 가지게 된다.[27] 〈문전본풀이〉의 가정은 외부 공간을 내부 공간에 받아들임으로써 내부 공간을 구성한다. 정낭이나 측간은 내부 공간

---

27) 박하남 본은 아버지가 거리동티로 들어서고, 노일저대는 측간동티로 들어섰다고 한다. 동티는 금기시 된 것을 침범한 결과 받게 된 재앙이다. '동티'는 이 두 인물이 좌정하는 공간에만 한정되어 나오는 표현인데, 그 공간이 가지는 낯설고 위험한 성격을 잘 보여준다. 박하남 본(진성기, 『제주도무가본풀이사전』, 민속원, 1991, 121면).

이기는 하지만 외부 공간의 특성을 가진 채 내부 공간이 된다. 외부 공간의 위험이 내부 공간에 여전히 남아 있는 것이다. 가까운 내부 공간에 위험이 있기 때문에 문전은 더욱 중요해진다. 위험에서 자유로울 수 없는 상황이 문전신을 중요한 존재로 위치시킨다. 주변의 존재로 인해 중심은 중심이 되기도 한다.

이렇듯 〈문전본풀이〉와 〈할망본풀이〉에서 중심과 주변은 구분되어 있지만 주변은 중심을 침범할 수 있다. 중심과 주변의 관계는 유동적이다.[28] 중심은 중심으로서의 신성한 가치를 지니고 있으나 주변으로부터의 도전에 열려있다. 이 경계는 역동적으로 움직이면서, 재편성될 수도 있다. 경우에 따라서는 저승할망이 저승 아이들을 위한 기원의 대상이 되는 또 하나의 신격으로 생각될 수 있다. (다른 경우지만 노일저대는 돼지 사육을 위한 의례의 대상신이 되기도 한다.) 이들의 관계를 우열이나 갑을의 수직적 관계로 보았을 때는 해석할 수 없는 현상이다. 중심과 주변은 상황과 맥락에 따라 그 위상이 달라질 수 있다. 이는 문화의 역동성을 증폭시키고 텍스트의 해석 가능성을 제고한다. 이때 잠재적 주체는 이 역동성의 한 축을 담당한다. 이 주체의 존재는 임신과 출산, 가정과 가택의 세계에 내재한 유동성을 향유자가 인식한 결과이기도 하지만, 또한 그러한 인식을 구축하고 생성해 내는 기제이기도 하다.

잠재적 주체의 좌정은 위험에 대한 인정이자, 나아가 위험이 관리되어야 할 필요에 대한 인정이며 위험이 때로는 일상이 될 수 있음에 대한 무의식적 동의의 징표이다. 문전신은 외부의 위험을 관리함으로써 안전한 내부 공간을 구축할 수 있다. 이승할망은 임신·출산을 관리함으로써

---

28) 이들의 위계적 관계를 표현할 수 있는 여러 방식 가운데 중심과 주변을 선택한 것은 이들 관계가 가지는 유동성을 강조하기 위해서이다.

안전한 임신과 출산을 가능하게 한다. 문전신과 이승할망이 만들어내는 안전은 위험이 없는 상태이다. 이승할망의 도움으로 출산한 아이는 질병에 걸리지 않았다는 점에서 안전하다. 문전신의 도움으로 지켜진 집안은 외부의 적이 침입하지 않았다는 점에서 안전하다. 이들이 구성해 내는 안전은 생성적인 것이라기보다는 방어적 성격을 가진다. 관리된 위험과의 관계가 구성해 내는 안전은 상대적일 수밖에 없다.

4. 결론 : 경합하는 가치를 재현하는 주체들

〈할망본풀이〉의 명진국 아기씨, 〈문전본풀이〉의 녹디생인은 신화적 영웅으로 볼 수 있다. 그러나 이들이 주인공이 되는 이 두 본풀이의 구조는 영웅서사의 전형적 구조와는 다르다. 여기에서는 주인공의 출생과 성장 과정이 나타나지 않는다. 이들은 잠재된 주체가 수행에 실패했을 때 비로소 나타난다. 잠재된 주체들은 가정과 가택, 임신과 출산 영역에서 초래된 문제를 해결하려 하지만 수행에 실패하고 결국 문제를 해결하지 못할 뿐만 아니라 문제를 더욱 심각하게 만든다.

'지연된 주인공'은, 가정과 가택, 임신과 출산의 세계가 위험에 빠진 상태에서 갑자기 출현한다. 앞서 언급한 각 단계들을 영웅서사의 시퀀스로 치환한다면 '실패한 수행'은 위기에, '성공한 수행'은 위기의 극복에 해당한다. 일반적으로 영웅서사가 출생(주인공의 등장)-위기-극복의 시퀀스로 나타난다면, 이들 두 신화는 위기-주인공의 등장-극복의 시퀀스로 구성된다. 일반적 영웅서사에서는 주인공이 이미 출생한 상황에서 위기 상황이 발생한다. 이때 위기는 주인공의 능력이 발현되는 기회로 작용한다. 그러나 〈할망본풀이〉와 〈문전본풀이〉에서는 주인공이 등장하지 않은 상황에서 위기가 나타난다. 이 위기는 순수하고 본질적인 성격을 가진다. 제주도 신화에서 주인공의 지연된 출현은 위기를 더 어려운 것으로 체감하도록 하는 역할을 한다.

위기가 심각한 만큼 지연된 주인공의 수행은 극적인 것이 된다. 명진국 아기씨가 성공시킨 인간의 안전한 출산과, 녹디생인이 이룬 가정에 대한 효과적 방어는 잠재적 주체들의 실패와 대비되며, 그들로 인해 초래된 위기를 역전시키는 행위가 된다. 명진국 아기씨가 가진 정교한 지식, 녹디생인이 가진 '좋은 눈'은 잠재적 주체들이 가지지 않은 능력이다. 지연된 주인공의 수행은 이들이 가진 능력을 대비적으로 부각시킨다. 차별적 능력으로 인해, 각 주체의 수행은 성공과 실패로 변별된다. 그러한 능력과 수행의 결과 주인공은 최고 신직을 차지한다. 잠재적 주체들은 주변적 신직을 차지한다. 각각의 서사 행로를 정리하면 다음과 같다.

> **잠재적 주체** : 결핍 → 불완전 능력(혹은 무능력) → 실패한 수행 → 주변적 신으로 좌정
>
> **실현된 주체** : 위기(실패한 수행의 결과) → 완전한 능력 → 성공한 수행 → 중심적 신으로 좌정

〈할망본풀이〉에서 산육신은 이승할망이다. 이승할망이 주재하는 임신과 출산은 저승할망의 침입이 가능한 영역이다. 산육신은 완전한 능력을 가졌으나 임신과 출산이 완벽하게 안전한 영역은 아니다. 〈문전본풀이〉에서는 문전신이 최고의 가신이지만 남선비 역시 여러 가신 중 한 명인 정낭신으로 좌정한다. 마찬가지로 문전신은 완전한 능력을 가

졌으나 가정과 가택이 완벽하게 안전한 공간은 아니다. 임신과 출산, 가정과 가택의 세계는 완벽한 신들이 다스리는 불완전한 세계이다. 안전과 위험을 담당하는 각 신들은 이 세계의 유동성에 대한 신화적 형상이다. 문화사적 시각에서 보자면, 잠재적 주체와 그로인해 지연된 주인공의 존재는 이 세계에서 지속된 위험의 역사, 위험과 안전의 지난한 공방의 역사를 대변한다.[29]

가정과 가택, 임신과 출산의 세계에서 주변과 중심의 요동치는 유동성은 본풀이 이본을 둘러싼 혼동으로 나타날 수 있다. 앞서 언급한 것처럼, 〈문전본풀이〉와 〈할망본풀이〉에서는 주인공과 대상신의 혼란이 나타난다. 실현된 주체를 주인공으로 하는 것이 일반적이기는 하지만 간혹 잠재된 주체를 주인공으로 하는 경우가 있기 때문에 생겨난 혼동이다. 잠재된 주체들은 위험의 축을 담당하는 또 다른 주체들로, 유동성을 야기하는 존재들이다. 혼동이 있는 것처럼 보이는 이본들은 그들이 이미 중심의 언어를 점유하고 있음을 보여준다. 이 경우, 대상신의 불분명함은 분명하게 밝혀져야 하는 문제라기보다는 잠재적 주체들의

---

29) 기존논의에서 저승할망이 이승할망보다 먼저 나온다는 데 주목한 대표적 논자는 정제호로, 그는 그 이유에 대해 다음과 같이 정리하였다. "〈삼승할망본풀이〉는 인간의 출생을 담당하는 산육신의 기원에 대해 설명하기 위해, 출생의 기원이라 할 수 있는 신의 출생부터 다루고 있으며, 신의 출생에서 인간의 출생으로의 이행이 담겨 있는 신화가 바로 〈삼승할망본풀이〉"라고 본다. 이로 인해 〈삼승할망본풀이〉에는 일반적인 신화 서술 방식과 달리 대상신이 아닌 동해용궁 아기씨의 서사가 초반부에 길게 이어지게 되었다는 것이다. 정제호, 앞의 논문, 213면. 본 논의는 출생의 역사적 이행 과정이 아니라 텍스트와 당대 현실적 삶의 관계를, 텍스트의 이면이 아니라 그 효과를 다루고자 하였다. 가령 결합형 할망본풀이에 대해서도 그것이 여러 신격을 모시면서, 그 신격들의 위상을 조정하는 본풀이로 탄생하게 된 구체적인 역사적 맥락이 있을 것이지만, 본고에서는 통시적 관점이 아니라 공시적 관점에서, 그러한 본풀이들이 공존하는 현상 자체에 대한 해석을 시도하고자 한다.

전복적 힘의 기호라 할 수 있다.

잠재된 주인공과 실현된 주인공, 즉 두 명의 복수 주인공이 존재한다는 것은 텍스트에 경합하는 복수적 가치가 존재한다는 것이다. 각 주인공 혹은 두 주체는 각각의 가치를 표상한다. 이들은 선/악, 존/귀, 남성성/여성성, 빈/부 등 다양한 가치를 재현할 수 있다. 복수 주인공이 이러한 가치를 재현하는 방식은 단수 주인공의 그것과는 다르다. 이러한 가치들이 두 주체들의 위상과 결합하면서 일견 대등한 것처럼 재현되기 때문이다. 주체들의 서사 행로에 따라(특히 수행과 인정의 국면에서) 이러한 가치들이 결국은 위계를 가진 것으로 판명되기는 하지만, 중심과 주변의 관계는 역동적이며 가변적이다. 이 경우 주변적인 것은 열등한 것이 아니라 잠재적인 것이다.

다른 제주도 본풀이나 본토의 신화 역시 위험과 안전의 약호로 읽을 수 있는 가능성이 있다.[30] 위험과 안전의 약호로 읽을 수 있는 신화들에 모두 복수 주인공이 출현하고 있다고 단언할 수는 없다. 분명한 것은 잠재적 주인공과 실현된 주인공이 출현하는 이 두 편의 제주도 본풀이에서는 위험의 상황을 더 위험한 것으로 형상화하고, 위험과 안전의 대치를 더 첨예하게 느끼게 하며, 안전의 도래를 더 극적인 것으로 보여준다는 것, 그 결과 역설적이게도 위험의 존재를 늘 암시한다는 점이다. 여기에서 지연된 주인공은 주변화 되었으나 공존하는 위험을 상기시키는 서사적 효과를 가진다. 그 위험은 주인공을 지연시켜 출현하도록 한 서사적 조건이기 때문이다. 이때 위험과 안전이 역동적 관계를 가지는 것은 중심과 주변의 관계로 배치된 인물 구도가 드러낸 효과로

---

30) 가령 〈마누라본풀이〉에서 별상신과 생불신은, 남성/여성, 관리/생산 등의 변별적 의미를 생산하는데, 이를 다시 위험/안전의 약호로 읽을 수 있다.

볼 수 있다. 다른 한편으로 위험과 안전의 약호는 경합하는 방식으로 구성될 수밖에 없는 어떤 현실의 경험을 상기시키고 있다고 할 수도 있다. 이 경우 안전/위험은, 선/악, 존/귀, 남성성/여성성, 빈/부 보다 자주 경합하는 가치로 재현될 것이며, 이를 재현하는 주체들의 관계는 상대적으로 대등한 것처럼 여겨질 것이다.

이상의 논의는 다른 제주도 본풀이와 비교 연구를 거쳐 보편성과 특수성을 확인받아야 할 것이다. 본풀이의 인물 관계에서 추론되는 의미 항들이 제의와 어떤 관계를 가지는가, 나아가 제주도 문화와 어떤 관련을 가지는가에 대한 후속 논의 역시 필요하다고 본다.

제2부
우습고 무섭고 이상한
옛이야기 해석의 지평

'이항복' 소화(笑話)의 웃음 기제와 효과

1. 서론

백사 이항복(白沙 李恒福; 1556~1618)은 선조와 광해군 초에 외교·국방·행정에 이르기까지 국가의 주요 요직을 맡아서 국난극복에 기여한 인물이다. 이순신처럼 무장은 아니었지만, 병조판서를 맡아 임란과 정유재란을 진두지휘했던 '구국의 영웅'이다.[1] 다른 한편으로 이항복은 한국의 역사적 실존 인물 가운데 가장 많은 우스개를 남긴 인물이기도 하다. 한국에는 시대마다 걸출한 농담꾼이 있었는데, 가장 많은 문헌 자료를 남긴 인물이 이항복이다. 문헌설화 가운데 그의 해학을 기록하고 있는 소화(笑話)는 40편으로 추산된다.[2] 당대에 그는 '부담천자(浮談天子)'라고 불리기도 했다. 그는 한음 이덕형(李德泂, 1561~1613)과 함께

---

[1] 이병찬, 「"오성과 한음"의 교유(交遊) 연구」, 『영주어문학회지』 27, 영주어문학회, 2014, 63~84면.

[2] 이승수, 「이항복(李恒福) 이야기의 전승 동력과 기원 : 해학(諧謔)의 코드를 중심으로」, 『한국어문학연구』 56, 한국어문학연구학회, 2011, 35~71면. 여기에서는 30여 편으로 나오는데 몇 가지 작품을 더 추가할 수 있다. 이에 대해서는 부록 참조.

'오성과 한음(鰲城과 漢陰)'의 주인공이 되기도 했다. 그들의 우정과 장난을 주제로 한 『오성과 한음』이라는 단행본은 100종 넘게 발행되었다.[3]

이항복 관련 연구로는 박사논문은 없고 석사논문과 몇 편의 일반논문이 있는데 대부분 이항복의 문집, 한시, 전기(傳記)에 관한 것이다.[4] 이항복이 등장하는 소화를 연구한 논문은 두 편 정도이다. 이승수[5]는 이항복의 해학과 시를 함께 다루면서, 이항복 해학의 특징을 약자에 대한 배려와 강자에 대한 저항으로, 시의 특징을 자기처지의 대상화와 관조로 정리하고, 그의 삶이 끊임없이 다가오는 죽음과 맞서는 과정이었다고 하면서, 그런 절박함이 있어 그의 해학과 시에 품격과 깊이가 생겼다고 하였다. 문성대[6]는 이항복의 골계가 사회적 모순과 그것의 반성적 모색을 드러내는 것이라고 하면서 그 근본적 이유를 사회와 소통 욕구에서 찾고 있다.

기존논의들은 이항복의 여타 일화와 한시를 전반적으로 다루었다. 본 논문은 이항복에 대한 일화 중 웃음을 야기하는 문헌 자료들인 소화들로 논의 대상을 한정하고자 한다. 본 논문은 이항복 소화를 집중적으로 분석한다는 점에서 한시와 다른 일화를 함께 다룬 기존논의들과 차별적이다. 본고는 이항복 문헌 소화 전체를 대상으로 텍스트를 유형화함으로써 시각과 초점에 따라 그 면모를 재단하는 것이 아니라, 그 특

---

3) 근대적 출판물로는 1920년대 딱지본 『오성과 한음』이, 현대적 출판물로는 유추강, 『오성과 한음』 동문사, 1954.

4) 이만수, 「오성과 한음에 관련된 연구 동향」, 『인문학연구』 3, 대진대학교 인문학연구소, 2007, 199~222면.

5) 이승수, 「이항복(李恒福) 이야기의 전승 동력과 기원 : 해학(諧謔)의 코드를 중심으로」, 『한국어문학연구』 56, 한국어문학연구학회, 2011, 35~71면.

6) 문성대, 「이항복의 골계적 기질과 웃음의 이면」, 『우리어문연구』 36, 우리어문학회, 2010, 121~146면.

징을 포괄적으로 검토하고자 한다.

이항복의 소화는 이항복이 살았던 당대에만 전승된 것이 아니라 현대에도 다수 전승된다. 현대 전승되는 이항복 소화는 동일한 사람의 이야기라기에는 공통점을 찾기 힘들 정도로 다양하고 편차가 크다. 이 논문은 문헌 소화의 유형 구분을 통해 이항복 소화 각편들의 관계를 파악함으로써 현대 전승되는 이항복 설화를 이해할 수 있는 가이드라인을 제공하고자 하는 부차적 의도를 가진다.

기존연구에서는 이항복의 한시나 전기를 이해할 때 웃음의 '이면'과 '기원'을 가지고 보고자 했다. 이는 이항복에게 변하지 않는 본성이 있어 거기에서 웃음이 나온다고 보는 본질주의적·실증주의적 시각이다. 본고는 이항복의 해학을 지지하거나 산출하는 또 다른 토대를 전제하지 않는다. 이항복의 해학을 이항복 정체성의 발현으로 이해하는 것이 아니라, 그 자체로 온전하지만 유동적인 것으로 이해하고자 한다. 이러한 해학을 통해 구성되는 이항복이라는 인물은, 시나 다른 일화로 구성되는 인물과 다를 수 있으며, 결국 이항복의 정체성은 다양하고 분열적이며 중첩적으로 존재할 수 있음을 인정하는 것이다. 본 연구는 소화와 이항복의 관계를 파악하는 데 있어 구성주의적 시각을 견지한다.

2. 골탕 먹이기 유형

(1) 배후의 개성과 인성 드러내기

이항복과 그의 장인인 원수(元帥) 권율(權慄)은 빈정대며 희롱하기를 좋아했다.

더운 여름날 입궐하게 된 이항복이 장인에게 말했다. "오늘은 날씨가

몹시 더워 장인께서 견디시지 못할 것 같습니다. 버선을 벗고 신을 신는
게 좋겠습니다."

권율은 그러겠다고 대답했다. 대궐에 들어가서 한참 있다가 이항복이
왕 앞으로 나오며 아뢰었다. "날씨가 몹시 더워 나이든 재상들이 의관을
갖추고 있기가 어려울 듯하옵니다. 청하옵건대 신을 벗도록 해주시옵소서."

선조는 매우 옳은 말이라고 했다. 그리하여 영의정부터 차례로 신을
벗게 되었다. 권율은 선뜻 신을 벗지 못한 채 이항복을 바라보며 어쩔 줄
모르는 것이었다. 선조는 권율이 임금 앞에서 신을 벗기가 어려워 그러는
것이라 생각하고 내관에게 신을 벗겨 주라고 명했다. 그런데 신을 벗기고
보니 맨발이 드러났다. 권율은 도포 자락으로 발을 가리고 엎드려 아뢰었
다. "이항복에게 속아 이리 되었나이다."

임금은 손뼉을 치며 크게 웃고, 여러 신하들도 배를 움켜쥐었다. [7]

이는 이항복의 유명한 장난practical jokes 중 하나로, 장인 권율을 속
여 조정에서 맨발을 드러내도록 한 이야기이다. 권율은 이항복 장난의
희생자로 자주 등장한다. 『계압만록(鷄鴨漫錄)』에는 이항복이 장인의 흰
말을 훔쳐 먹칠을 한 다음에 장인에게 도로 팔았는데 소나기가 내려
씻겨서 다시 백마가 되었다는 이야기가 있다. 이런 장난의 핵심은 이항
복이 행한 속임수 사건이며 속임수가 발각 되는 장면(조정에서 차례로
신을 벗는 장면, 비가 와서 흑마가 백마가 되는 장면)이 가장 웃음을 유발한다.
이항복은 속임수를 성사시키기 위해 미리 조작을 한다. 장인이 버선을
벗고 입궐하게 하거나 장인 몰래 백마에 검은 칠을 하는 것이다. 이항복
이 남을 골탕 먹이는 소화들에는 이렇게 속임수를 위한 조작과 속임수
가 발각되는 장면이 나타난다. 이 두 장면은 앞서 소화들에서처럼 담화

---

7) 『기문총화(記聞叢話)』 5권, 600화.

상에 순차적으로 나타나기도 하지만 순서가 역전되어 나타나기도 한다.

　　백사와 한음 두 사람이 절에서 공부하는데, 백사가 집에 다니러 가니 한음이 자기 집에 가서 책을 좀 가져오라고 했다. 집에 갔다 온 백사가 한음에게 당신 처와 은밀한 관계가 있으니 이제 친구하기가 어색하게 되었다고 말하는 것이었다. 한음이 캐고 물으니 백사는 "자네 부인 가슴에 붉은 점이 있는 것도 아니, 그것으로 증명이 되지 않느냐."라고 하였다. 이튿날 집에 내려온 한음은 종을 시켜 부인을 친정에 데려다 주라고 했다. 본래 한음 부인은 여장부여서, 소리치면서 무슨 까닭이냐고 따졌다. 한음은 부정을 저질렀으니 잔말 말고 나가라 하고, 부인은 못 나간다고 하고 서로 야단이었다. 뒤를 밟아온 백사가 한음에게, 부인의 윗옷을 벗게 하고 방문 앞에 앉게 하라고 했다. 영문을 모르는 부인이 시키는 대로 하니, 백사는 한음을 이끌고 아래채의 마루에 앉게 한 다음, 쥐구멍으로 안채에 앉아 있는 부인을 보게 했다. 한음이 이끄는 대로 앉아 쥐구멍을 통해 안을 보니, 자기 부인 가슴의 붉은 점이 보였다. 백사가 한음 부탁으로 책을 가지러 아래채 마루에 왔다가 우연히 쥐구멍을 통해, 윗옷을 벗고 이를 잡고 있는 한음 부인 가슴의 붉은 점을 보았던 것이다.[8]

　앞서 언급한 것처럼 이항복과 이덕형의 장난질은 '오성과 한음'으로 전승되는 한국의 대표적 우스개이다. 이 이야기에서 이항복은 이덕형의 부인과 "은밀한 관계"를 했다고 속인다. 이 속임수 사건을 위한 조작은 이항복이 한음의 집에 책을 가지러 가면서 안채를 쥐구멍으로 엿본 것이다. 남의 부인이 생활하는 안채를 몰래 들여다보는 것은 자연스러운 행동이 아니라 의도적인 행동이다. 이항복은 이렇게 알게 된 사실을 성적 관계로 알게 된 사실인 것처럼 말한다. 이덕형이 부인과 갈등을

8) 『계압만록』 209화.

일으키자 이항복은 속임수를 드러내는데 이때 비로소 이항복이 행한 조작이 담화 상에 나타난다.

남을 골탕 먹이는 이항복 이야기는 현실을 조작하여 새로운 맥락을 만들어낸다. 이항복은 감기를 낫게 한다는 핑계로 조위한에게 자신의 가마를 타게 한다거나(『리야기책』) 장모에게 장인이 기생을 가까이 한다는 사실을 고하거나(『계압만록』), 황여일이 총애하는 기생을 남장하게 한 사실을 알고 군관을 시켜 일부러 황여일을 방문하게 하는(『기문총화』) 사건들은 모두 이항복이 꾸며낸 것이다. 이때에 속임수 발각 장면은 희생자에게 부끄러움의 감정을 느끼게 한다.[9] 이를 위해 이항복은 미리 현실을 조작한다. 군관에게 황여일이 첨사(僉使 : 무관 벼슬의 일종)와 안면이 있다고 말을 하거나, 하인들에게 조위한이 말을 탈 때를 대비하여 지시 사항을 내리기도 하고, 장모에게 장인이 가져온 먹을 확인하도록 한다. 이러한 조작의 배치는 담화 상에 속임수 사건보다 먼저 나타나기도 하고 나중에 나타나기도 한다. 순서가 어떻든 간에 이항복은 자신의 희생자들이 속임수 상황에서 느낄만한 것들을 예측하고 행동한다. 이항복이 누군가를 골탕 먹이는 이야기에서 조작은 행위를 동반한다. 골탕 먹이는 유형의 이야기에서는 행위가 웃음을 유발하는 기제가 된다.

이런 장난이 권율과 이덕형을 상대로 자주 이루어진다는 것은 흥미로운 일이다. 이항복은 19세에 혼인한 뒤 장인 권율의 집에 거주하였고 과거시험장에서 이덕형을 만나 일면여구(一面如舊)가 되기도 한다. 이들은 가족과 친우로 이항복과 일상을 함께 한 인물들이다. 이항복은

---

9) 정승도 아닌데 정승의 가마를 탄 채로 벽제를 받아야 한 조위한이나, 기생 이름이라고 생각했던 수양과 매월이 사실은 황해도에서 생산된 유명한 먹 이름이라는 것을 알게 된 장모나, 사랑하는 기녀를 남장시켜 동행하게 했다가 들킨 황여일은 모두 부끄러움을 느낀다.

권율과 한음을 웃음의 대상으로 끌어내린다. 권율은 이항복의 장인이
자 임진왜란을 총지휘한 도원수이지만 이 이야기들에서는 더위에 약하
고, 말에 집착하는 인간일 뿐이다. 이항복은 그의 성적 관계나 배설
행위를 놀리기도 한다. 권율을 조롱의 대상으로 삼는 것은 일종의 전복
적 효과를 가진다. 바흐친의 말대로 웃음이 배후의 것에 관심을 가지게
한다면,[10] 그것은 농담꾼과 그 희생자가 위계적 관계에 있을 때 그러
하다. 한음을 골탕 먹이는 이야기에서 이런 전복성은 약화된다. 이덕
형은 친구에게 속아 부인이 부정을 행했다고 생각한다. 여기에서 성적
사건은 실제로 발생한 게 아니라 이덕형을 속이기 위해 만들어진 것이
기는 하지만 이 소화 전반에는 성적 긴장감이 있다. 전복성의 차이는
있지만, 이들은 모두 '성적 인간' 혹은 '물질적 인간'으로서의 모습을
드러낸다. 여기에서 권율은 도원수의 모습이 아니며 이덕형 역시 공무
를 수행하는 것과는 거리가 멀다. 이렇게 드러나는 희생자의 속성은
비도덕적이거나 부정적이기보다는 독자적 개성이나 보편적 인성의 측
면에서 인간적인 것으로 이해될 수 있다.

이항복의 소화 가운데에는 장난을 통해 이와 다른 성격의 배후를 드
러내는 이야기도 있다.

(2) 배후의 비도덕성 드러내기

선조 때 한 탐욕스런 재상이 있어, 민가의 화초와 괴석(怪石)을 착취하
여 폐해가 많았지만 아무도 막는 이가 없었다. 백사가 그 재상에게 자기
집에 지극히 좋은 괴석 가산(假山)이 있다고 하자, 재상은 크게 욕심을 냈

---

10) Mikhail Bakhtin. *The Dialogic Imaginagion : Four Essays*, Austin : University
of Texas Press, 1984, p.23.

다. 백사는 한번 밀고 당겨 재상을 초조하게 한 뒤, 많은 인력을 데려와서 가져가도 좋다고 했다. 재상이 경강(京江)의 우마(牛馬)와 각 관찰의 노졸 100여 인을 데리고 오자, 백사는 남산을 가리키며 그것이 자기가 말한 괴석이라고 했다. 재상은 속은 걸 알고 크게 부끄러워했다. 그 재상의 이름은 홍여순(洪汝淳)이다.[11]

이 이야기에도 속임수 사건이 나타난다. 홍여순이라는 재상이 이항복에게 받기로 한 괴석이 사실은 남산의 괴석이기 때문이다. 이 속임수를 위해 이항복은 미리 재상에게 자신의 집에 좋은 괴석이 있다고 하고 "한번 밀고 당겨 재상을 초조하게" 포석을 까는 조작을 한다. 이항복에게 속아 홍여순은 탐욕스럽고 부도덕한 배후를 드러낸다.

웃음은 목적성의 유무에 따라 유형화가 가능하다. 모든 유형화가 그렇든 이 역시 경계가 분명한 것은 아니지만 많은 이론가들이 시도한 바 있다.[12] 가령 프로이트는 악의가 있는가 없는가에 따라 농담을 두 가지로 구분한다. 그는 특별한 의도를 가지지 않은 농담을 악의 없는 농담, 특정 목적을 위해 사용되는 농담을 경향성 농담이라고 했다.[13] 악의 없는 농담은 흔히 '유머'로, 경향성 농담은 '풍자'로 불린다. 풍자는 타인에 대한 부정적 감정을 표출하며 공격성을 가지기도 한다. 그런 점에서 에이브럼즈는 풍자를 '무기로서 사용되는 웃음laughter as a weapon'이라고 정의하기도 했다. 홍여순에 대한 풍자에는 백성의 재산을 사사롭게 취한 권력자에 대한 부정적 감정이 표출된다.

11) 『기문총화』 4권. 같은 이야기가 윤신지의 『파수잡기(破睡雜記)』(『현주집』 10권)에도 실려 있다.

12) Victor Raskin, *Semantic Mechanisms of Humor*, Boston : D. Reidel Publishing Company, 1985, p.27~28.

13) 프로이트, 임인주 역, 『농담과 무의식의 관계』, 열린책들, 1997, 122면.

　　이항복의 소화는 이렇게 현실을 조작하는 장난을 포함하기도 한다. 장난의 결과 희생자의 배후가 드러나는데, 그것은 개성의 관점에서 인간의 불완전한 측면을 보여주는 것이기도 하고 도덕적 관점에서 교정되거나 비판받아야 하는 것이기도 하다. 전자는 일반적으로 유머, 후자는 풍자로 대별할 수 있다. 이항복의 소화에서 풍자와 유머는 불균등하게 분포한다. 홍여순 이야기를 제외하고 그의 소화는 대부분 유머의 특질을 가진다. 이항복의 유머 가운데에는 골탕 먹이기 같은 행동을 동반하는 이야기뿐만 아니라 재치 있는 말을 통해 웃음을 전달하는 이야기도 다수 있다.

3. 재치 있는 말 유형

(1) 말할 수 없는 것을 말하게 하기

　　이항복의 이야기에서는 조작된 행동이 아니라 잘한 말이 웃음을 야기하는 포인트가 되기도 한다. 일반적으로 지적 즐거움을 주는 짧은 말을 위트라고 한다. 진정한 위트는, 일차적으로 익숙한 언어 습관이나 약호를 파기하고 이어 새롭게 창조된 의미로 독자에게 지적 즐거움을 준다. 이항복 소화 가운데에는 그의 위트가 빛을 발하는 이야기들이 있다.

　　이들 이야기에는 웃음을 유발할 것으로 기대되는 발화, 펀치라인 punch-line이 있다. 1. 골탕 먹이기 유형의 이야기들이 사전 조작과 속임수의 발각으로 서사가 구성된다면 이 이야기들은 펀치라인을 향해 나아가는 방식으로 서사가 구성된다. 1유형에서 독자는 권율이 맨발을 드러내기 이전, 이덕형이 부인에게 친정으로 가라고 말하기 이전 속임

수가 있음을 알고 웃을 수 있다. 이항복이 조작을 했음을 알거나 짐작
할 수 있기 때문이다. 그러나 이 유형의 소화에서 독자들은 펀치라인을
만나고, 그것이 어떤 의미인지를 생각해보아야 비로소 웃을 수 있다.[14]

> 나라의 법에 삭직당한 이는 비록 대신일지라도 급제(及第)라 칭했다.
> 상국 이덕형이 영의정으로 있다가 삭직해 급제라고 칭해졌는데, 이항복
> 이 좌의정으로 있으면서 당시의 비난을 받게 되자 말했다.
> "나의 동접은 이미 급제했는데, 나는 어느 때에나 급제하려나?"
> 벼슬에서 물러나 동교에 거처하고 있을 때 어떤 백성이 와서 그를 뵙고는,
> "신역(身役) 때문에 살 수가 없습니다."
> 라고 하자, 상공이 말했다.
> "나는 호역(戶役) 때문에 살 수가 없네."
> 그 당시 상국이 호역(護逆)한다는 탄핵을 입었는데, 그 음이 "호역(戶
> 役)"과 같았던 것이다.
> 그가 해학을 잘하는 것이 이와 같았다.[15]

이 소화에는 두 가지 언어유희가 있다. 하나는 '급제'를 이중적 의미
에서 이용한 것이다. '급제'는 과거에 합격하는 것을 지칭하기도 하지
만, 삭직당하는 것을 이르기도 한다. "나는 어느 때나 급제하려나"는
말에는 '언제 과거에 합격할 것인가'와 '언제 삭직당할 것인가'라는 이
중적 의미가 있다. "동접은 이미 급제했는데"라는 이전 발화를 고려하

---

14) 펀치라인은 청중이 기다리는 부분이다. 웃음을 주는 서사체는 펀치라인을 위해 존재한
    다. 짧지만 많은 의미를 담고 있는 펀치라인은 일견하기에 부적절한 듯 하며, 소화의
    다른 부분과 불일치하는 것처럼 보이기도 한다. 그러나 곰곰이 생각해보면 펀치라인
    은 의외로 합리적인 진술이라는 것을 알 수 있다. Victor Raskin, *Semantic
    Mechanisms of Humor*, Boston : D. Reidel Publishing Company, 1985, p.33.
15) 『어우야담』 442화.

면, 일견 이 문장은 과거 급제에 대한 기다림을 표현한 것처럼 보인다. 그러나 이항복은 이미 좌의정이기 때문에 이 경우 '급제'는 삭직을 의미한다. 삭직당하는 것은 부정적 상황이기에 그것을 소망하는 것처럼 말하는 것은 일견 모순처럼 보인다. 그러나 뜻을 같이 한 동료는 이미 벼슬에서 물러났고, 자신에게 비난이 몰아치는 상황에서, 삭직의 처분은 고마운 것, 고대하는 것일 수밖에 없다. 펀치라인이 되는 이 발화는 일견 부정확한 듯하지만, 따져보면 정황과 심리의 복잡함을 잘 드러내는 합리적 진술임을 알 수 있다.

두 번째 이야기에서 '신역'은 나라에서 평민 성인 남성에게 부과하던 군역과 부역을 말한다. 조선시대에는 개인에게 부과하던 신역 외에 집집마다 부과하는 호역이 있었다. 신역 때문에 살 수 없다는 한탄에 대해, 자신은 호역 때문에 살 수 없다는 이항복의 대응은, 일견하기에 집에 부과되는 부역으로 고통스럽다는 의미인 듯하다. 그러나 이항복은 양반이기에 호역을 질 이유가 없다는 것을 고려하면 이는 부적절한 해석이다. 여기에서 '호역'은 동음이의어로 '호역(護逆)', 즉 역적을 비호한다는 뜻을 가진다.

이 두 가지 언어유희는 동일한 역사적 배경에서 탄생했다. 이덕형이 영의정에서 삭직되고 이항복이 동교에 있을 때는 모두 1613년으로, 당시 북인 세력은 선조의 장인이자, 인목대비의 아버지인 김제남과 선조의 적자인 영창대군을 역적으로 몰았다. 이덕형은 이에 반대하다가 북인과 대립하였고 결국 모든 관직이 삭직되었다. 북인에 반대하던 이항복 역시 역모를 저지른 죄인들을 옹호한다는 비난을 받았다. 이런 부조리한 정치적 상황을 고려하면, '삭직'은 과거 급제처럼 영광스러운 일이다. 또한 역적이 아닌데도 역적으로 몰린 이들을 비호하는 '호역'은, 백성의 의무처럼 정당한 것이다. 이렇게 그의 언어유희는 단순한 말장난이 아니라 모순되고 부조리한 정치적 현실을 드러내기도 한다.

언어유희를 이용한 말이 아니라 하더라도 그의 말은 '기담(奇談)'으로 여겨지기도 했다. 1600년 이항복이 호남의 체찰사(體察使)로 부임할 때 선조는 역모를 기찰하라는 명령을 내렸는데, 이항복은 계를 올려 "역모는 조수(鳥獸) 어별(魚鼈)처럼 곳곳에서 나는 물건이 아니기 때문에 기찰하기가 어렵습니다."라고 하였다. 역모를 감찰하는 것은 체찰사를 비롯한 관찰사의 임무로 부여된 것이지만, 사실은 관찰할 수 없는 것을 관찰해야 하는 것이다. 많은 경비가 소요되고 무고한 사람들이 누명을 쓸 수밖에 없다. 이항복은 역모를 조수와 어별처럼 물질적이고 사소한 것과는 다르다고 하면서도 그것들과 비교 선상에 놓는다. 이를 통해 그는 관찰할 수 있는 것과 없는 것의 차이를 분명하게 한다.

또한 이항복의 재치 있는 말들 가운데에는 맥락이 소거된 채 경구(警句)처럼 전승되는 것도 있다. 가령 남구만은 초시(初試)를 설치해 과거 시험을 개선할 방안을 논하면서 하룻밤 안에 4, 5천 장의 시권(試券)을 다 살펴보자면 어둠 속에서 손으로 더듬어 물건을 찾아내는 격이어서 '급제하고 낙방하는 것이 상시관(上試官; 과거를 주관한 우두머리)의 결정에서 나온다.'는 백사의 말처럼 될 것[16]이라고도 했다. 이 글은 이항복 사후 80년이 지난 뒤인 1699년에 쓰인 것이다. 이항복의 말은 세월이 지나도 필요할 때마다 환기되었다. 이 말들은 관찰할 수 없는 것을 관찰하라고 하는 모순, 응시자의 능력이 아니라 상시관의 능력으로 급제가 결정되는 모순을 드러낸다. 그의 재치 있는 말은 모순이 모순임을 말함으로써 현실의 질곡을 새로운 시각에서 볼 수 있도록 한다. 정치와 관습과 제도를 돌아보게 하는 것이다.

---

16) 『약천집(藥泉集)』의 중 〈최여화에게 답함〉.

(2) 답할 수 없는 것에 답하게 하기

이항복의 말은 모순을 드러내고 이해하게 할 뿐 아니라 한 발 더 나아가 모순을 교정하는 실천적 기능을 하기도 한다.

㉠ 선조 기축년(己丑年)에 역옥(逆獄)이 만연하여 몇 개월이 지나도 끝나지 않는지라 추관(推官; 심문관)이 고통스럽게 여기면서 말했다.

"이 옥사가 어느 때나 끝날 수 있을지?"

오성이 말했다.

"이 옥사는 쉽게 끝나지 않을 겁니다."

혹자가 왜 그러냐고 물으니 오성이 웃으면서 말하였다.

"아산의 현감이 연법주(衍法主)를 입량진배(入量進排)하니 옥사가 속히 끝날 수 있겠소?"

한 때 이 이야기는 웃음거리로 전해졌다.

연법주는 이름난 중인데 역적 무리로 지목된 지라 몸을 피하여 숨어 있었다. 이때 아산 원님이 공명과 포상을 바라서, 중의 이름자가 연(衍)자와 동음인 자는 무조건 형틀을 채우고 묶어 서울로 올려 보냈다. 그 수가 전후 여섯 사람에 이르렀기에 이처럼 말했던 것이다.[17]

㉡ 계축옥(癸丑獄)(1613) 때 자산(慈山) 사는 이춘복(李春福)이 수배된 이원복(李元福)과 이름이 비슷하다는 이유 하나만으로 끌려왔다. 국청(鞫廳)에서 심문하고자 하여 뭇 의논이 이미 정해졌는데 확고하여 깨뜨릴 수가 없었다. 이때 이항복(李恒福)이 위관(委官)으로 자리에 있다가, 그 아무 죄 없이 잘못 걸려드는 것을 불쌍히 여겨 말하였다. "내 이름도 저와 비슷하니 소장을 올려 스스로 변명 한 연후에야 면할 수 있겠소." 이에 좌우의 사람들이 서로 웃고 말아 일이 마침내 중지되었다.[18]

17) 『명엽지해』, 〈쉬진연주(倅進衍主)〉.

18) 이준(李埈), 『이문록(異聞錄)』(『창석집(蒼石集)』 권20) 뒤에 『백사집 부록(白沙集 付

ⓒ 하루는 어떤 사람이 실정과 자취가 분명치 않아 억울하게 자백한 것을 보고는 "내 일찍이 소나무 껍질을 빻아 떡을 만드는 것을 보았는데, 지금은 사람을 빻아 역옥을 만드는 것을 보게 되는군."이라고 탄식했다. 그 기상이 매우 너른 데다 해학(諧謔)까지 섞으니, 옥사에 걸린 사람 중에 그에 힘입어 죄를 다시 조사하여 무죄가 되거나 감형이 된 사람이 매우 많았다.[19]

ⓐ~ⓒ의 소화는 모두 기축옥사(己丑獄死)와 관련되어 있다. 기축옥사는 1589년, 정여립(鄭汝立)이 일으킨 모반으로 인해 벌어진 옥사이다. 정여립의 모반은 관찰사에 의해 발각되면서 실패로 끝나고 그는 자살했지만 그 일에 여러 사람이 연루되어 목숨을 잃었다. 그 후 전라도는 '반역지향'(反逆之鄕)으로 낙인이 찍혔고, 그 지방 출신의 인재는 등용되지 않았다.

이 세 가지 소화에도 펀치라인이 있다. ⓐ의 "아산의 현감이 연법주(衍法主)를 입량진배(入量進排)하니 옥사가 속히 끝날 수 있겠소?"나, ⓑ의 "내 이름도 저와 비슷하니 소장을 올려 스스로 변명 한 연후에야 면할 수 있겠소.", ⓒ의 "내 일찍이 소나무 껍질을 빻아 떡을 만드는 것을 보았는데, 지금은 사람을 빻아 역옥을 만드는 것을 보게 되는군." 이 그것이다. 이항복의 발화를 직접 인용한 이들 펀치라인은 각 텍스트에서 가장 우스운 대목이다. ⓐ에서 연법주는 역적죄를 지은 중의 이름이다. 아산의 현감은 공명과 포상에 눈이 멀어 이름에 '연(衍)'자만 들어있으면 아무 중이나 무조건 잡아 서울로 올렸다. '연법주(衍法主)'의 '주

祿)』인 『제공기지(諸公記識)』에 수록되었으며 같은 내용이 『임하필기(林下筆記)』에도 있다.

19) 이준, 『이문록』(『창석집』 권20). 여기에는 앞의 소화와 함께 두 편이 실려 있다.

(主)'는 술을 뜻하는 '주(酒)'와 동음이다. 탁월한 농담꾼 이항복은 짧은 순간 지명 수배되고 있는 승려의 이름이 술의 이름과 비슷하다는 점에 착안해서 승려를 술인 것처럼, 잡아들이는 것을 상납하는 것처럼 말하였다. 이항복의 농담은 무고한 사람들이 반역죄로 엮이던 시대적 문제를 정확하게 포착해서 표현한 것이다.[20]

ⓛ에도 무고한 사람들이 희생되던 시대상이 나타난다. 이춘복이 수배된 이원복과 이름이 비슷하다는 이유로 잡혀와 있었는데 이항복의 농담으로 사람들이 그를 처벌하지 않게 되었다. 이항복은 자신의 이름이 수배된 이원복과 유사하다는 데 착안하여 농담을 한다. ⓒ에서도 이항복은 당대의 옥사가 "사람을 빻아 역옥을 만든다."고 탄식하였다. 이들 펀치라인은, 이항복이 공적 행위를 수행하던 중 발화한 것들이다. 옥사가 언제나 끝날까 물은 추관도, 죄를 결정하던 관리도 그 순간 이항복이 농담을 하리라 기대하지 않았다. 이항복의 이 농담들은 예상치 않은 상황에서 던져진 것이다.

이때 이항복이 야기한 웃음의 효과는 중요하다. 그는 죄인의 처벌이 이미 정해져 번복하기 어려운 상황에서 농담을 한다. 이항복과 함께 죄인을 추국하고 판결하던 사람들은 이름이 같다는 이유로 사람을 벌주는 것을 중지한다. 이항복의 농담은 농담이 아니었으면 하기 힘든 것을 하게 한다. 이 유형의 소화가 특별한 이유는 그가 농담을 통해 실제적 힘을 행사하기 때문이다. 다음 이야기에서도 이항복은 재치 있는 말로 현실을 바꾼다.

　　선조 때에는 대궐 밖에 사는 궁녀와도 간통을 금하는 법이 있었다. 오

---

20) 기축옥사와 그에 대한 이항복의 농담에 대해서는 류정월, 『오래된 웃음의 숲을 노닐다』, 샘터, 2006, 82면.

성 부원군 이항복이 도승지로 있을 때, 그의 집 청지기가 이 법을 어겨 장차 무거운 벌을 받게 되었다. 이항복은 고민을 하였으나 풀어줄 방법이 없었다.

그러던 차에 마침 선조가 그에게 입궐하라는 명을 내렸다. 이항복이 일부러 시간을 끈 뒤에 입궐하니, 선조가 물었다.

"그대는 어찌 그리 더디 오는가?"

"신이 명을 받자옵고 들어오다가 종루가 있는 길거리에 사람들이 빽빽이 둘러서서 시끄럽게 웃고 있는 것을 보았사옵니다. 신은 괴이한 생각이 들어 말을 멈추고 물어보니, 구경하던 사람이 이렇게 대답을 하는 것이었사옵니다."

"모기와 말똥구리라는 벌레가 서로 만났답니다. 말똥구리가 모기에게 '내 배가 팽팽하게 부풀어 올랐는데 쏟아 버릴 구멍이 없네. 자네의 그 뾰족한 주둥이로 구멍 하나를 뚫어주는 게 어때?' 하고 말했지요. 그러자 모기가 '세상에! 이게 무슨 말이야? 요새 듣자니, 이 승지 댁 청지기가 원래 있는 구멍을 뚫었다가 중벌을 면치 못할 거라던데, 만약 본래 있지도 않던 구멍을 억지로 뚫으면, 그 죄가 훨씬 더 무거울 텐데, 내가 그걸 어떡해, 어떻게 하냐구?' 하더랍니다. 신이 그 말을 듣고 한동안 괴이하고 의심쩍어하다가 그만 늦었사옵니다. 황공하옵니다. 죄를 주옵소서."

선조는 이항복이 한나라 때 동방삭처럼 재치가 있는 것으로 여겨 미소를 지으며, 마침내 그 청지기의 죄를 용서했다.[21]

선조가 이항복에게 늦은 이유를 묻자 이항복이 모기와 말똥구리 이야기를 한다. 이는 입궐이 늦은 데 대해 묻고 답하는 일상적 맥락에서 이루어진다. 질문에 대한 답은 선조가 듣기를 기대하고 있던 것과는 전혀 다른 것, 예기치 않았던 것이다. 이 질문과 답은 액자 서사 형식으로

---

21) 『기문총화』 5권 437화.

나타난다. 선조가 늦은 이유를 질문한 것은 바깥 액자를 구성하고, 이항복이 답한 이유는 안의 액자를 구성한다. 바깥 액자에서는 이항복과 선조가, 안의 액자에서는 모기와 말똥구리가 주요 인물로 등장한다. 말똥구리가 모기에게 배가 부풀어 올랐으니 구멍을 뚫어달라고 하는 부탁은 생물학적 약호이다. 모기는 구멍 뚫기를 거부하면서 "원래 있는 구멍을 뚫어도 중벌을 면치 못한다는데 있지도 않던 구멍을 뚫으면 죄가 무겁다."고 말한다. 모기의 언술은 말똥구리의 언술을 성적 약호로 대체한 것이다. 이렇게 액자 내부에서 만들어진 성적 약호는 다시 액자 외부에서 출궁한 궁녀와 청지기 관계를 새롭게 읽는 사회적 약호가 된다.

이항복의 말을 듣는 이들, 즉 추관이나 선조는 이항복의 말에 웃는다. 웃음은 인물 세계에서 나타나는 펀치라인에 대한 반응이다. 이 웃음은 통제되지 않은 육체에서 나오는 무의식적 반응이라는 점에서 일반적 의사소통과 다르다. 그러나 이 웃음은 상황에 대한 하나의 대답이라는 점에서 의사소통이기도 하다.[22] 이름이 유사하다는 이유로 무고한 사람을 벌주는 것, 그리고 이미 출궁하여 일반인과 다를 바 없는 여성과 성관계를 한 남자를 벌주는 것에 대한 통제되지 않은 대답인 것이다. 죄인과 이름이 유사하다고 해서, 남성이 여성과 성관계 했다고 해서 이들을 처벌한다는 데 대해 웃고 난다면, 더 이상 처벌을 강행할 수 없다. 이항복의 농담은 대답할 수 없는 것에 대답하게 한다.

결국 이항복의 소화는 웃음을 통해 올바르거나 정상적인 상황을 간접적으로 드러내는 기능을 한다.[23] 계축옥사에 대해서는 판결의 엄격

---

22) 플레스너Plessner는 웃음이 다른 의사소통 몸짓과는 다르지만 의미 있는 반응으로 이해된다고 하였다. 그에게 웃음은 인간에게 아주 큰 영향력을 행사하는 전염성 있는 강제력을 가지고 있다. 류종영, 『웃음의 미학』, 유로, 2005, 416면.

23) 오닐O'neill 역시 웃음에 대한 거대 이론들을 일별하고 나서 이 이론들이 대조에 기반

함을, 선조에게 한 이야기에서는 출궁한 궁녀 성(性)의 자연스러움을
드러낸다. 올바르고 정상적인 것이라 하더라도 그것이 말해지는 방식
에 따라 그 말은 세계를 바꿀 수도 있고 아닐 수도 있다. 역사에는 올바
르고 정상적인 것을 말하다가 벼슬을 잃거나 목숨을 잃기도 하는 사례
가 얼마든지 있다. 여기에서 이항복은 올바르고 정상적인 것을 드러내
서 교정 하지만 무언가를 잃지 않는다.

4. 이항복 해학의 특수성,
순수한 우스개와 조건부 우스개의 비대칭

　소화가 성공적으로 소통되기 위해서는, 그것을 향유하는 사람들이
지식을 공유할 필요가 있다. 그런 의미에서 테드 코언Ted Cohen은, 모
든 우스개를 '조건적'이라고 말했다.[24] 리터Ritter가 희극적 효과에 대
해 언급한 것도 같은 맥락이다. 인간을 규정하는 삶의 질서가 결정적이

　하고 있다고 결론을 내렸다. 그러나 그가 이 이론들이 공통 기반으로 언급하고 있는
　대조는 올바른 것과 정상적인 것 간의 대조이다. 그의 이론에 따르자면, 이들 이론에
　서 웃는 이들은 올바른 것과 정상적인 것이 무엇인가를 알고 있기에 질서를 대변하는
　이들이라고 할 수 있다. Patrick O'neill, *The Comedy of Entrophy-Humour/*
　Narrative/ Reading, Toronto : University of Toronto Press, 1990, 46~47면. 오닐이
　거대 이론들의 공통 속성으로 대조를 언급한 궁극적 이유는 이 이론들이 모두 기존
　질서를 전제하고 있다는 것을 주장하기 위해서이다.

24) 우스개를 이해하는 데에는 반드시 조건이 필요하다는 점에서 '순수한 우스개'는 이론
　적으로만 가능하다. 우스개는 언어로 되어 있기에, 그것을 읽거나 듣는 사람들은
　적어도 그 언어를 알고 있어야 한다. 테드 코언, 강현석 역, 『농담 따먹기에 대한
　철학적 고찰』, 이소, 2001, 30면. 본고에서는 조건이 비교적 덜 필요한 우스개를
　'순수한 우스개'라고 하였다.

기 때문에, 희극적인 것은 시대의 차이, 민족의 차이, 사회 계층의 차이, 지역적·개인적 삶의 특수성과 함께 변한다는 것이다.25) 희극적인 것을 이해하기 위해서는 시대, 민족, 계층, 지역, 개인 등에 대한 지식이 필요하며 이는 우스개의 조건이 된다.

1. 골탕 먹이기와 2. 재치 있는 말 유형에 속하는 소화에는 각각 그것을 이해하기 위한 조건이 필요하다. 1을 이해하기 위해서는 권율과 이항복의 관계 혹은 이항복과 이덕형의 관계에 대해 알아야 한다. 그러나 장인과 사위라거나 막역지우라는 등의 구체적 관계를 아는 것이 이들 소화를 이해하는 데 반드시 필요한 것은 아니다. 관계를 모른다 하더라도 이들이 장난을 주고받을 수 있는 가까운 사이임이 문맥을 통해 드러나기 때문이다. 그 외에 궁궐에서 조회하는 것이 어떤 것인지, 말을 칠한 먹이 무엇인지 등을 알아야 하지만 이는 한국인에게는 역사적·문화적 상식에 속한다. 1. 골탕 먹이기류의 텍스트를 이해하기 위한 조건은 그다지 복잡하지도 않고, 중요하지도 않다는 점에서 이 유형은 '순수한 우스개'에 가깝다.

이들 소화들을 이해하는 데 별다른 조건이 필요 없다는 것은, 이들을 전달하는 데에도 별다른 조건이 필요 없다는 말이기도 하다. 그래서 1유형의 이야기들은 향유의 폭이 넓다. 이런 이야기들은 다른 인물 이야기로 소통되기도 하고 고유명사가 생략된 채 민담으로도 향유되기도 한다. 권율에게 말을 되판 이야기와 유사한 이야기는 『기문』에도 나오는데, 『기문』에서는 인물의 이름이 나오지 않으며 민담처럼 구성되어 있다.26) 『계압만록』에는 먹의 이름이 기생의 이름과 유사하다는 것을

25) 류종영, 『웃음의 미학』, 유로, 2005, 405면.
26) 김현룡, 『한국문헌설화』 1권, 건국대학교 출판부, 1998, 422~423면.

이용해서 이항복이 장인과 장모를 골탕 먹이는 이야기가 있다. 같은 이야기가 『이순록』에서는 이목(李穆)과 그 조카인 이경의 이야기로 나오고, 『해동기화』에는 박문수와 조카 이태좌의 이야기로 나온다. 『명엽지해』에는 같은 이야기가 고유명사 없이 수록되어 민담처럼 향유된다. 이항복이 탐욕스런 재상에게 남산의 괴석을 가져가라고 하는 이야기 역시 유사한 다른 이야기로 소통된다. 조선후기 이옥이 쓴 〈이홍전(李泓傳)〉에는 이홍이라는 인물이 탐욕스러운 중에게 귀한 놋그릇을 시주한다고 하면서 종각에 있는 인정종(人定宗)을 가져가라고 한 이야기가 있다. 이런 이야기는 구술 전승에서도 쉽게 찾아볼 수 있다.

1. 골탕 먹이기 유형의 이야기들은 사대부 문집에서 활발하게 전승되고, 민담이나 다른 문학 장르로도 소통된다. 이들 이야기는 다양한 장르 혹은 시간의 흐름을 관통하면서 전승되는 것이다. 그 과정에서 주인공은 다른 인물, 혹은 일반인으로 대체된다. 이항복의 이야기이면서도 이항복의 이야기라고 하기 어려운 이야기가 되는 것이다.[27]

반면 2. 재치 있는 말 유형을 이해하기 위해서는 1유형 보다 복잡한 조건이 전제된다. 이 이야기 유형에는 펀치라인이 있다. 이를 제대로 이해하기 위해서는 시대적 특수성을 염두에 두어야 한다. 특수한 사회적 배경에 대한 이해가 부족한 독자들을 위해 이러한 일화에는 배경을 서술하는 주석이 실리기도 한다. 이 농담이 이해되기 위해서는 특수한 지식이 필요함을 방증하는 부분이다. 주지하다시피, 계축옥사와 관련된 농담들은 정치적 배경에서 탄생했다. 영창대군의 역모 사건 역시나 마찬가지이다. 출궁 궁녀에 대한 상식 외 선조 때 출궁한 궁녀에 관한

---

27) 이런 점에서 1유형의 이항복 소화는 실제 있었던 일이라고 단정 짓기 어렵다. 2유형의 이항복 소화는 사실에 근거할 가능성이 상대적으로 높다.

법적 규제를 알아야 소통할 수 있는 농담도 있다. 2유형은 구체적 역사
적 배경이나 규범을 알지 못하면 이해하기 어려운 농담이라는 점에서
'조건부 우스개'이다.[28]

　2유형의 농담들은 특수한 조건으로 인해 주로 사대부 일화라는 한문
학 장르 안에서 전승된다. 사대부 문집에서 문집으로, 기록되고 전사
되고 유통되는 것이다. 이들 이야기는 대부분 하나의 출처를 가진다.
가령 이름이 비슷해 죄를 받을 뻔한 이춘복 이야기는 『이문록』에 실리
고 다시 『임하필기』에도 실리지만 자구(字句)의 변화가 적다. 1. 골탕
먹이기 소화들이 시간과 장르를 가로질러 소통되는 데 반해 이 유형의
이야기들은 상대적으로 적은 수의 사대부 사이에서 소통된다.

　1. 골탕 먹이기 유형의 텍스트를 해석하는 과정에서 성적 약호는 요한
역할을 한다. 권율과 이항복의 사생활과 인간적 약점을 드러내 보이기
도 한다. 이들 약호는 다른 약호를 함축하거나 다른 약호로 대체되지
않는다. 반면 2유형의 소화에서 성적 약호는 그 자체로 중요하기보다는
다른 약호를 환기시키는 기능을 한다. 성적으로 해석되는 이야기들은
장르와 시대를 초월하여 보편적 공감을 얻을 수 있다. 그러나 성적 약호
가 다른 역사·정치·사회적 약호로 대체되거나, 그러한 약호만이 전경
화 되는 이야기는 그것을 이해하기 위해 배경 지식을 확충해야 한다.

　이런 이유로 1유형의 이야기와 2유형의 이야기는 비대칭적으로 전승
된다. 현재 한국에 전승되는 대부분의 이항복 소화는 1유형을 근간으
로 하고 있다. 1유형의 이야기가 현재까지 구전되는 이항복 소화의 중
요한 일부를 구성하는 것이다. '오성과 한음'의 주요한 레퍼토리 역시
1에 기반 한다. 실제로 『한국민족문화백과』에서 오성과 한음의 대표적

28) 테드 코언, 강현석 역, 『농담 따먹기에 대한 철학적 고찰』, 이소, 2001, 37~38면.

설화로 꼽은 것들을 살펴보면 〈오성의 담력〉, 〈오성에게 똥을 먹인 한음 부인〉, 〈오성의 선보기〉, 〈한음의 참을성〉, 〈오성과 대장장이〉, 〈권율과 오성〉 등으로 오성과 한음이, 오성과 권율이 서로 골탕 먹이는 이야기들이다.

1유형의 이야기들은 유머를 통해 희생자의 개성과 인성을 드러내는 이야기들이다. 반면 2유형의 이야기들은 시대와 현실의 질곡을 드러내고, 교정하는 이야기들이다. 이항복의 문헌 자료에서 2유형의 이야기가 차지하는 비중은 1에 비해 결코 적지 않다. 2유형의 이야기가 가지는 의의 또한 1유형에 비해 결코 뒤진다고 할 수 없다.

이항복의 소화는 우스운 사건이나 말에 대한 보고이자 그것을 행한 인물에 대한 보고이다. 이 이야기들은 당대의 웃음에 대한 이야기이자 이항복의 인물됨에 대한 이야기이다. 1유형에는 장난기와 패기가 있는, 생동하는 개성적 인간으로서 이항복1이 존재한다. 2유형에는 임란과 역모의 시대가 제기하는 문제에 대면하고자 한 공동체적 인간으로서 이항복2가 존재한다. 이 두 가지가 모두 한 인간에 대한 일화임을 고려한다면 우리는 두 유형의 인간이 아니라 각 특징이 통합된 한 명의 인물을 그려볼 수 있다. 이항복1과 이항복2 사이의 간극을 해소하는 하나의 방안은 이들을 통시적으로 보는 것이다. 어려서 혹은 젊어서 개성적 인간이었던 이항복이 이후 공동체적 인간으로 변했다는 것이다. 두 인간상이 동전의 앞뒤처럼 연결되어 있지만 상황에 따라 다르게 실현되는 것으로 볼 수도 있다. 그때 이항복은 가족과 친우에게는 장난스러운 모습으로, 역사와 사회 앞에서는 웃음이 아니었다면 하기 어려운 일들을 성취하는 인간으로 그려진다.

1. 골탕 먹이기 유형을 중심으로 하는 현대 전승물에서는 이항복2보

다는 이항복1이 우세하게 나타난다. 개성적 인간으로서 이항복의 면모
가 강조되며, 공동체적 면모는 잘 드러나지 않는다. 따라서 개성적 면
모와 공동체적 면모를 함께 가진 이항복의 인물됨에 대해서도 잘 알기
어렵다. 현대 한국 사회에서 이항복 소화는 반쪽만 소비되고 이항복의
면모 역시 파편적으로 이해된다.

5. 결론 : 사대부 농담과 이항복 농담의 거리

현실에서 풍자와 유머, 위트와 장난은 서로 넘나들며 복잡하게 얽혀
있다. 장난기 섞인 웃음과 풍자적 웃음 사이에서 정확히 어디에 구분선
을 그어야 하는지 알기 어렵다. 이는 이항복의 소화에 있어서도 마찬가
지이다. 분명한 경계를 알 수 없는 이야기들이 있음을 감안하면서, 본
고는 이 이야기들을 유형화 하고자 했다. 이를 위해 먼저 이 논문은
여러 문헌 자료집에 흩어져 있는 이항복 해학 작품 목록을 보완했다.
현재 이항복의 해학이 드러나는 문헌 자료는 40여 편 정도이며 이는
후속 연구를 통해 추가되고 보완되어야 한다. 이항복의 소화는 크게
두 가지, 골탕 먹이기와 재치 있는 말 유형으로 나누어 볼 수 있다.
이는 웃음을 야기하는 것이 행동인가 말인가에 따른 구분이다. 골탕
먹이기에 해당하는 이야기는 현실을 조작하는 행동을 동반한다. 이는
다시 세부적으로 두 가지로 나누어지는데, 조작의 결과 유발되는 웃음
이 공격성이나 의도성을 가지는가 여부에 따른 분류이다. 재치 있는
말로 웃음을 유발하는 유형에는 대부분 펀치라인이 존재한다. 가장 우
스운 이항복의 발화가 펀치라인으로 나타나고, 이야기는 이를 향해 고

조된다. 이 펀치라인은 두 가지 효과를 가지는데 현실의 모순들을 드러내는 것과, 농담을 듣는 사람에게 실제적 변화를 꾀하는 것이다. 이항복의 소화는 웃음의 유발 기제가 행동인가 말인가 따라, 웃음의 효과가 어떠한가에 따라 크게 네 가지 유형으로 구분되는 것이다.

본고는 각 유형을 구분할 뿐만 아니라 이들 간의 비대칭적 관계를 고찰하면서 이항복 해학의 특수성에 접근하였다. 골탕 먹이기 유형 가운데에 유머와 풍자는 서로 비대칭적이다. 이항복이 야기하는 웃음은 누군가의 비도덕성을 겨냥하는 풍자적 웃음이라기보다는 개성이나 인성을 드러내는 유머러스한 웃음인 경우가 많다.

좀 더 중요한 비대칭적 관계는 1. 골탕 먹이기 유형과 2. 재치 있는 말 유형이 전승되면서 초래하게 된 불균형이다. 현재 구비문학에는 2유형보다는 1유형의 이야기가 보편적이다. 이런 불균형이 발생한 이유는 2유형이 1유형보다 더 조건화 되어 있다는 것, 즉 2유형의 소화를 이해하고 전승하기 위해서는 당대의 역사, 정치, 사회에 대한 배경 지식이 반드시 필요하다는 점 때문이다. 2유형의 이야기들을 기억하고 전승시키는 것은 제한적일 수밖에 없다. 이런 이유로 각각의 유형을 통해 구성 가능한 이항복의 정체성에도 차이가 있다.

조선전기 사대부의 말에 대한 기록이라고도 할 수 있는 『필원잡기』를 분석한 이강옥은 농담에 대한 되받아치기 과정에서 웃음이 촉발된다고 보았다.[29] 이는 대부분의 사대부 소화가 행동을 동반하지 않고 말로 이루어진다는 것을 보여준다. 이항복의 소화는 말뿐만 아니라 행동의 조작으로, 즉 장난으로 이루어진다. 또한 그의 재치 있는 말은, 농담을

---

29) 사대부의 농담에 대한 논의는 이강옥,「조선시대 서사 속의 말과 그 문화적 의미」,
   『어문학』 113 한국어문학회, 2011, 216~217면.

되받아치는 과정에서 나온 것이라기보다는 일상과 공적 영역에 불쑥 끼어든 것이다. 그의 웃음은 사대부의 농담처럼 유희의 틀 안에서 규정된 것이 아니라 역사·사회·정치적 삶 안에서 생산된 것이다.

사대부의 웃음은 말로 야기되며, 말에서 끝나는 것이 대부분이다. 사대부들의 농담 역시 기발한 아이디어나 말로 기존 상식이나 통념을 뒤엎는다는 부분이 있음을 간과할 수는 없다. 그러나 사대부의 농담은 심리적, 정서적, 지적 효과를 가질지언정 현실에 실제적 영향을 미치지는 않는다. 이강옥의 분석처럼, 그들의 농담은 기존 사실이나 체제에 대한 진지한 문제제기는 아니다. 사대부들이 유발하는 웃음은 일반적으로 기존 질서나 기존 인간관계를 유지하게 하거나 공고하게 한다.

이항복의 소화는 전형적인 사대부 웃음처럼 유희적인 측면도 있지만 그것에 제한되지 않는다. 재치 있는 말로 현실의 질곡을 드러낼 뿐 아니라 그것을 바꾸는 기능을 한다는 점에서 그러하다. 이항복의 소화는 개성과 특성을 드러내 개인의 관계를 돈독하게 할 뿐만 아니라 관습과 규범을 문제시한다. 그의 농담은 역사·사회·정치적 삶에서 생산되고 다시 그러한 삶을 구성해낸다. 그의 해학은 당대의 현실적 질곡을 드러내고 그것을 교정하게 한다는 점에서 저항적 기능에도 열려있다.

이항복이 유발하는 이러한 웃음은 풍자의 검은 웃음과는 다르다. 검은 웃음은 타자에 대한 자아의 도덕적·지적 우월성을 전제한다. 이는 조선후기 판소리와 탈춤 같은 연행 장르에서 주로 찾아볼 수 있는 웃음이며 이항복 소화에서는 극소수만 나타나는 웃음이다. 이항복이 말할 수 없는 것을 말하게 하고, 답할 수 없는 것에 답하게 하는 과정에서 생산한 웃음에는 타자와의 완벽한 구분과 위계가 전제되지 않는다. 그의 소화에 웃음의 주체와 대상이 따로 있기는 하지만 그들의 신분 상

차이는 부각되지 않는다. 무엇보다도 이들은 '함께' 웃는다. 이 웃음은 희생자의 도덕적 혹은 지적 열등감을 자극하지 않는다. 그렇다고 이 웃음을, 대등한 사람들 사이의 격의 없는 농담에서 파생한, 사대부의 전형적 웃음으로 볼 수도 없다. 검은 웃음도, 흰 웃음도 아닌 이러한 웃음을 회색 웃음이라고 한다면, 회색 웃음은 대상에게 직접적으로 힘을 행사하기보다는 자기도 모르는 새 반응하게 한다는 점에서 위력적이다. 회색 웃음이 현실을 바꾼다면 대상에게 부끄러움을 느끼게 하기보다는 무의식적으로 대답하게 만들기 때문이다. 이항복의 소화는 흰색 웃음/검은 웃음 혹은 쾌감/불쾌감으로 이루어진 웃음의 단적 구분에 회색 지대를 연결해내면서 웃음이 현실을 바꿀 수 있는 실천적 가능성을 보여준다.

[부록-이항복 소화 일람표]

	내용	출전	비고
1	이규보의 시구로 유몽인을 속이다	어우야담	
2	말먹이 콩, 급제, 호역 등 언어유희를 이용한 해학 세 편	어우야담	일부는 기문총화(記聞叢話)월사집(月沙集) 성소부부고(惺所覆瓿藁)
3	이호민, 한준겸과 수명을 자랑하다	어우야담	
4	종이 과거보러 갔다면서 무과의 문란상을 비난	어우야담	
5	벗의 말을 빌려 금강산에 다녀오다	기문총화	권1
6	말똥구리와 모기의 대화에 빗대어 위기에 빠진 겸인을 구해주다	기문총화	권5
7	성균관에서 공자 문답 놀이를 하다	기문총화	권5
8	군관을 시켜 기생을 남장하게 한 황여일(黃汝一)을 놀리다	기문총화	권5, 국당배어(菊堂俳語)
9	승려와 내시의 싸움으로 회의에 늦은 이유를 대다	기문총화	권4, 순오지(旬五志)
10	임진왜란 초 몽진 길에 언어유희를 하다	기문총화	권4
11	괴석을 준다고 하여 재상 홍여순의 탐욕을 경계하다	기문총화	권5, 현주집(玄州集)
12	소양강에서 젊은이와 농을 주고 받고 시를 짓다	기문총화	권5, 지봉유설(芝峯類說), 백사집(白沙集), 임하필기(林下筆記)
13	과거에 낙방하고 시를 짓다	기문총화	권
14	조위한과 여색에 대한 농담을 하다	기문총화	권4
15	어전에서 장인 권율을 골탕먹이다	기문총화	권5
16	빈곤할 적 기자헌의 침실 풍경을 읊다	계산담수	권1
17	대제학을 제수 받고 바로 들어가 사례하다	해동기어	
18	유배 길에 기자헌과 농담을 나누다/ 북청에서 지은 시로 광해군의 마음을 울리다	속잡록	
19	꾸중들은 말을 이용하여 권율을 골탕먹이다	계압만록	권 곤
20	선조 앞에서 이덕형과 부자 놀이를 하다	계압만록	권 곤

21	이덕형과 상전, 하인 놀이를 하다	계압만록	권 곤
22	산사에서 독서하다가 이덕형의 부인과 관계했다고 이덕형을 속이다	계압만록	권 곤
23	이덕형의 아버지를 세 번 연속 속이다	계압만록	권 곤
24	임란초 몽진 길에 허준의 이중성을 조롱하다	동야휘집	권 사
25	싸움에 익숙한 당인들에게 왜구를 막지 않게 하는지 묻다	풍암집화	
26	외모로 경솔하게 사람을 판단한 젊은 선비를 경계하다	매옹한록	
27	권율이 소변보는 것을 보고 악장 운운하며 뺨을 치다	리야기책 (利野耆册)	
28	권율 부부가 정사 때 한 말을 권율에게 되돌리다	리야기책	
29	하인을 속이고 선전관청에 들어가 밥을 먹다	리야기책	
30	조위한과 대문에 낙서하며 희롱하다	리야기책	
31	학질 걸린 조위한에게 자신의 말을 타고 정승 노릇하게 하다	리야기책	
32	역옥 때 이름이 비슷하다는 이유로 끌려온 사람에게 자신의 이름도 비슷하니 조사해야 한다고 말하다	창석집	권 20 이문록(異聞錄) 임하필기
33	병들어 누운 자신의 모습을 희화한 시를 이덕형에게 보내다	기재사초	
34	권율의 집에서 계집종과 사통하다가 권율에게 들키다	명엽지해	
35	사람이 듣기 좋은 소리로 미인의 치마 벗는 소리를 꼽다	명엽지해	
36	산사에서 반찬이 없어 밥 먹을 때 중에게 게장을 외치게 하다	명엽지해	
37	홍진(洪璡)의 화상을 그리는 화공에게 주홍색이 적다고 말하다	명엽지해	
38	계축옥사로 옥에 사람이 많자 아산 현감에 대해 농담을 말하다	명엽지해	
39	색을 멀리 하라는 남궁두(南宮斗)에게 염왕전이라 해도 어찌 여자가 없겠냐고 반문하다	속어면순	
40	기자헌이 피란할 때 처첩과 한 방에서 자는 진풍경을 시로 쓰다	속어면순	

'자린고비'와 과장담(誇張譚)의 기호계

1. 서론 : '자린고비' 설화와 담화 유형

장르는 단순히 텍스트의 미적·형식적 특징을 재현하거나 종합하는 것 이상의 의미를 가진다. 장르는 독자(청중)들에게 '기대지평'으로, 작가들에게 '글쓰기의 모델'로 기능한다. 장르가 하나의 제도로 존재하기 때문이다. 츠베탕 토도로프는 여느 제도와 마찬가지로 장르도 그것이 속해 있는 사회를 구성하는 특징이 있다고 보았다.[1] 장르 연구자들에게 장르와 사회의 연관성은 일반적으로 받아들여지는 가정이기도 하다. 소설이 자본주의 사회의 형식적 요인들과 복잡한 상호교환을 통해 새롭게 구성된 담론이라는 서구의 논의에서부터, 가깝게는 한국의 사상과 장르의 관련을 문제 삼는 논의들 역시 장르와 사회의 관계를 탐구하고자 하는 노력의 소산이다.

본고에서는 인색한 인물의 이야기 가운데 대표적인 '자린고비' 설화

---

1) 츠베탕 토도로프 저, 송덕호·조명원 역, 『담론의 장르』, 예림기획, 2004, 76~77면.

를, 그 담화 유형과의 관계 속에서 탐구하는 것을 목적으로 한다. 한국 설화에는 돈이나 재물을 쓰는 데에 인색한 사람을 지칭하는 '구두쇠'에 관한 이야기가 많이 전해 온다. 그 중 가장 흥미로운 것은 구두쇠의 대명사처럼 불리는 '자린고비'에 관한 이야기이다.[2] '자린고비' 설화는 인물 성격의 관점에서, 그리고 부와 관련된 경제적 관점에서 모두 독해 가능하다. 다른 한편으로 이 설화는 소화(笑話)로, 그 중에서도 과장담 (誇張譚)으로 전승된다.[3] 과장담은 일상생활에서 흔히 있을 법한 일을 극도로 과장하여 이야기하는 설화이다. 과장담은 소화의 한 종류로 '거 짓말 이야기' 혹은 '허풍담'으로 일컬어진다. 인색한 인물의 이야기가 과장담으로 전승된다고 할 때 그것은 웃음을 야기한다는 특징을 자연 스럽게 포함하게 된다.

그러나 자린고비 설화에 대한 기존논의는 그것을 소화나 과장담으로 다루기보다는 '교훈'의 관점에서 다루어왔다.[4] 이들은 '자린고비' 설화 의 어원, 구체적 행동의 유형화, 의식구조와 기능 등에 초점을 맞추고 있으며, 교육학 논문이 아니라 하더라도 대부분 '자린고비' 설화의 교육 적 효용을 언급한다. 최운식은 '자린고비' 설화의 의미와 기능으로 1) 근검·절약의 생활화 2) 부지런하고 적극적인 생활 태도 3) 사려 깊은

---

2) 지독한 구두쇠의 이름은 지방 또는 화자에 따라 '자린고비', '자리꼽재기', '자리껍데 기', '진지꼽재기', '자린꼼쟁이' 등으로 다르게 전해 오기도 한다. 최운식, 「〈자린고 비 설화〉의 전승 양상과 의미」, 『청람어문교육』 36집, 청람어문교육, 2007, 449면. 본고에서는 이를 '자린고비'로 통일하여 사용할 것이다.

3) 〈자린고비〉, 『한국민족문화대백과』, 한국학중앙연구원, DB., 1991.

4) 김수경, 「〈구두쇠〉 설화의 교육적 활용 방안 연구」, 부산교육대학교, 석사학위논문, 2007; 임인빈, 「한국 구두쇠 설화 연구」, 순천향대학교 교육대학원 석사학위논문, 1998; 이신성, 「자린고비 이야기의 의미와 교과서 교재화 방안」, 한국어문교육학회, 2000; 최운식, 위의 논문.

언행을 들고 있다. 이신성은 '자린고비' 설화가 '나눔과 베풂'의 의미를
일깨우는 교육적 가치가 있다는 교과서의 내용을 비판하면서 자린고비
를 긍정적인 인물로 인식하는 데에는 문제가 있음을 지적하였다. 이들
은 '자린고비' 설화를 경제적 대안의 관점에서 독해하였다는 데에서 공
통적 시각을 견지하면서도, 서로 다른 결론에 이른다. 자린고비의 긍정
성/부정성, 이야기의 교훈성 여부에 대해 의견이 갈리는 것이다.

논자들은 '자린고비' 설화의 교훈성 여부를 경제적 대안의 측면에서
파악하고 있는데, 이를 보면 이 설화를 도덕적 관점으로 읽는 것은,
경제적 관점으로 읽는 것과 상통하는 측면이 있음을 짐작할 수 있다.
어떤 이야기가 도덕적 메시지를 전달하는가를 판단하기 위해서는 도덕
적 약호의 도출 가능성을 문제 삼아야 할 것이다. 약호는 기호들의 체계
화를 가능하게 하는 규칙이다. 체계화는 텍스트 해석의 문제이기에 해
석 주체인 독자를 상정하게 된다. 모든 텍스트는 그 안에 청중의 영상
image of the audience이라고 할 만한 것이 포함되어 있는데, 이 영상은
독자를 위해서 텍스트의 요소들을 규범화하는 규약이 되는 것이다.[5]

그렇다면 '자린고비' 설화를 과장담으로 인식하거나, '자린고비' 설
화가 교훈을 생성한다고 생각할 때, 즉 '자린고비' 설화의 담화 유형을
문제 삼게 될 때, 독자들은 텍스트의 어떤 요소들을 규약으로 활성화시
키고 있는지, 그리고 그러한 활성화가 의미하는 바는 무엇인지를 질문
해야 한다. 본고에서는 '자린고비' 설화를 포함하는 인색한 인물 설화
의 의미 세계를 몇 가지로 분류할 것이다. 이는 독자들이 활성화 시킬

---

5) 엘리자베드 프로인드 저, 신명아 역, 『독자로 돌아가기 : 신비평에서 포스트모던 비
   평까지』, 인간사랑, 2005, 135면. 물론 이러한 규약은 텍스트 내에서 추론되는 것이
   지만, 실질적 독자에게도 강한 영향력을 미친다.

수 있는 텍스트 내적 규약의 가능성을 세분화하기 위해서이다. 본고는 각 의미 층위들의 관계에 천착할 것인데, 담화 유형은 의미 층위들의 상호 관계를 통해 최종적으로 확인 가능하다고 보기 때문이다. 이 작업 과정에서 '자린고비' 설화의 해석과 담화 유형 사이의 관계가 도출되면, 그것을 향유하는 사회 집단에 대한 가설, 특히 경제적 측면에 대한 가설을 추론할 수 있을 것이다. 이를 위해 본고는 '자린고비' 설화 이본들의 세부적 차이보다는 그것들의 공통점에 의존하면서 논의를 진행할 것이다.

2. 인색한 인물의 설화와 약호들의 관계

'자린고비' 설화는 인색한 인물 설화 가운데 대표적인 유형이다. 먼저 인색한 인물 설화가 어떠한 의미 층위를 가지는가 살펴보기로 하자. 이는 '자린고비' 설화의 주도적 의미 층위를 살피는 데 도움이 될 것이다.

인색함은 인물의 성격과 관련된 자질이면서, 부정적 가치를 함축하는 자질이다. 인색한 인물이 존재하는 양상은 다양하다. 각편에 따라, 인색한 인물은 실존 인물로 존재하기도 하며 허구적 인물로 존재하기도 한다. 또한 인색한 인물은 도덕적 비판을 야기하기도 하며, 존경을 야기하기도 하며, 웃음을 야기하기도 한다.

웨인 부스는 도덕적 가치를 포함해서 텍스트에서 발견되는 가치를 세 가지 범주로 나누었다.

1) 지적intellectual 또는 인식적cognitive 가치 : 우리는 '사실들', 올바른 해석, 올바른 이유, 올바른 기원, 올바른 동기, 인생 자체에 관한

진리 등에 대해 강력한 지적 호기심을 가지고 있거나 갖게 될 수 있다.

2) 특성적qulitative 가치 : 우리는 어떤 완성된 패턴이나 형식을 보고 싶어하는, 또 어떤 종류의 것이든 그 특성의 발전을 경험하고 싶어하는, 강력한 욕구를 가지고 있거나, 갖게 될 수 있다. 이러한 가치는 심미적aesthetic 가치라고 부를 수 있다.

3) 실제적practical 가치 : 우리는 우리가 사랑하거나 미워하는 사람, 존경하거나 혐오하는 사람들의 성공이나 실패에 대하여 알고 싶어 하는 강력한 욕망을 가지고 있거나, 갖게 될 수 있다. 우리는 이것을 인간적 흥미라고 부를 수 있다.[6]

이 '가치'는 모든 서사를 읽어 나갈 때 독자들이 해석해 낼 수 있는 세 가지 보편적 약호로 볼 수 있다. 그 세 가지는 서로 다른 범주를 가진다.

1) 지적 호기심을 유발하는 것-진(眞)의 영역
2) 심미적 욕구를 충족시키는 것-미(美)의 영역
3) 성공과 실패에 대해 알려는 것-선(善)의 영역

이 약호들은 인색한 인물 설화 외에 다른 많은 설화에서 발견 가능한 보편적 약호들이다. 또한 이들은 서로 확연히 구분되기보다는 경계가 불분명하고 때로는 교차하기도 한다. 인색한 인물 설화를 독서하는 과정에서도 세 가지 약호를 칼로 자르듯 구분하기란 어렵다. 인색한 인물의 설화에서 부에 대해 무언가를 배울 수도 있고(진(眞)의 영역, 인식적

---

6) 웨인 부스, 『소설의 수사학』, 새문사, 1985, 160면.

약호), 인색함이라는 특성이 어떻게 구체적으로 드러나는가 볼 수도 있
으며(미(美)의 영역, 특성적 약호), 그의 행동을 선/악의 관점에서 구분할
수 있다(선(善)의 영역, 도덕적 약호). 이런 문제를 해결하기 위해, 본고에
서 이 약호들을 언급할 때에는 약호들의 유무가 아니라, 이 약호들의
관계를 문제 삼을 것이다. 해당 설화의 특징은 약호들의 분류가 아니
라, 위계를 통해 드러날 수 있다고 보기 때문이다.

다음은 『교수잡사(攪睡雜史)』에 나오는 이야기이다.

> 옛날에 인색한 아버지와 아들이 있었다. 함께 이웃 고을에 갔다가 비가
> 갑자기 내려 냇물이 불었다. 아버지가 먼저 건너가다가 떠내려갔다. 아들
> 이 근처의 월천군(越川軍 : 사람을 업어서 내를 건너는 일을 하는 사람)에게 연
> 락하여 아버지를 구출해 주면 사례하겠다고 했다. 월천군이 돈 석 냥을
> 요구하니, 아들은 너무 비싸다면서 한 냥만 주겠다고 하면서 흥정을 하였
> 다. 냇물에 떠내려가면서 이 흥정을 들은 아버지는 "석 냥은 너무 비싸니
> 절대로 들어주지 말라."고 소리 쳤다. 이러는 동안 아버지는 물에 빠져
> 죽고 말았다.[7]

인색한 아버지는 자신의 목숨을 놓고, 아들은 아버지의 목숨을 놓고
흥정을 하다가 결국 아버지가 물에 빠져 죽고 만다. 여기에 나타나는
돈과 목숨 사이의 위계는 일반적이지 않다. 돈을 아끼다가 목숨을 잃는
다는 서사적 경과에 대해서 선/악 혹은 올바름/그릇됨의 판단이 개입
할 가능성이 크다. 이는 인색함에 대한 부정적 가치를 양산하고 인색한
행동을 교정하려는 교훈적 효과를 야기할 수 있다. 이때 아버지와 아들
의 행동을 보는 독자는 안타까움, 분노 등의 부정적 감정을 느낄 수

---

7) 『교수잡사』 (이가원, 『골계잡록』, 일신사, 1982, 해당 텍스트 요약은 김현룡, 『한국문
   헌설화』, 1권, 건국대학교 출판부, 1998, 235~236면).

있다. 어떤 텍스트가 독자들의 감정을 매우 불편하게 한다면 그 텍스트는 웃음을 야기하지 않을 가능성이 크다.[8]

그러나 경우에 따라서 이 이야기가 야기하는 불쾌한 감정이 웃음을 방해할 만큼 크지 않을 수 있다. 앞서 언급한 것처럼 위기의 상황에 처한 인물들이 적절한 판단을 했는가에 초점을 둘 때에는 도덕적·부정적 가치가 양산되었다. 그러나 이 이야기는 물에 떠내려가면서도 "석냥은 너무 비싸니 들어주지 말라."고 소리치는 아버지의 모습, 어떤 상황에서도 발휘되는 인색함의 특성을 구체적이면서도 실감나게 보여주기도 한다. 이 이야기에서 인색함의 특성적 약호를 읽어내는 것이 불가능한 것은 아니다. 이 경우 특성적 약호는 웃음과 함께 작동한다.

웃음에 관한 이론이나 희극 일반론을 참고할 때 웃음을 야기하는 인물과 사건은 대부분 특성적 가치, 즉 인물의 구체적 형상화 여부와 관계가 있다. 베르그송이 "생명적인 것에 덧붙여진 기계적인 것이 웃음을 야기한다."고 했을 때에 웃음은 생명이 있는 것과 기계적인 것의 '형상화'를 전제한다. 또한 바흐친이 "웃음은 존경스럽고 두려운 것들의 배후를 살피게 해 준다."[9]고 했을 때에도 웃음은 '배후'의 '형상화'를 전제한다. 형상화는 인물의 자질을 눈에 보이도록, 외적으로 드러내는 작업이다. '형상화'를 중심으로 하는 독서는 특성적 약호를 생산한다. 또한 그 형상화가 살아있는 것의 기계적인 면모 혹은 존경스러운 것의

---

8) 베르그송은 악덕이 독자의 마음을 움직여서는 안 되며, 이것이 희극성을 창조하는 데 충분하다고는 할 수 없으나 정말로 필요한 유일한 조건이라고 하였다. 베르그송 저, 이희영 역, 『웃음/창조적 지환/도덕과 종교의 두 원천』, 동서문화사, 2009, 82면.

9) Mikhail Bakhtin, *The Dialogic Imaginagion : Four Essays*, Edited by Holquist, Michael, trans. Emerson, Caryl & Michael Holquist, University of Texas Press, 1984, p.23.

배후를 드러내는 것이라면 웃음을 야기한다. 특성적 약호는 그 세부적 종류에 따라 웃음을 야기할 수 있는 것이다. 이 이야기에서 인색함의 형상화는, 상황에 관계없이 '기계적'인 인색함을 보여준다는 점에서 혹은 부자들의 "배후"를 보여준다는 점에서 웃음을 야기한다.

특성적 약호가 웃음을 야기하는 조건이 되는 데 반해 도덕적 약호와 웃음의 관계는 그다지 긴밀하지 않다. 코리간은 비극과의 관계 속에서 희극의 장르적 특징을 언급하면서 개인의 도덕적 행동의 영향이 상대적으로 중요하지 않다고 하였다.[10] 희극에서 인물들은 도덕적 반성 대신 자신의 어리석음을 반성하는 경향이 있다는 것이다. 이는, 인물의 도덕적 반성이 희극 장르의 주된 경향이 아니라는 점을 시사한다. 그렇다면 희극이나 소화처럼 웃음을 야기하는 텍스트에서 도덕적 약호를 읽어내는 것은, 불가능한 것은 아니지만 장르 자체의 속성은 아니라는 사실을 알 수 있다.

앞의 이야기에는 인색함의 본성이 잘 드러난다. 그러나 그 계기가 되는 사건의 극단적 부정성으로 인해 독자들은 인색함의 구체적 형상화보다는 인색함이 야기하는 부정적 사건에 초점을 맞출 수 있다. 특성적 약호가 보는 사람에 따라 전혀 유표화 되지 않을 수도 있는 것이다. 때문에 이 이야기에서 웃음이 야기될 가능성은 개인마다 다르다. 또한 이 이야기는 웃음을 야기할 수도 있지만 그때에도 여전히 도덕적 약호가 작동하기에 웃음의 강도는 약하다. 이 이야기에서 특성적 약호는 도덕적 약호보다는 하위 약호라고 할 수 있다.

다음은 자린고비의 기원으로 언급되기도 하는 고비(高蜚)의 이야기

---

10) 로버트 코리간 저, 송옥 외 역, 『비극과 희극, 그 의미와 형식』, 고려대학교 출판부, 1995, 206면.

에서 각각의 약호가 어떻게 드러나는지 살펴보자.

고비가 늙은 뒤에 마을 사람이 치부하는 술책을 배우기를 청하자 고비
가 말했다.

"아무 날 성 위에 있는 솔숲 사이에서 나를 기다리시오. 그러면 내 가르
쳐 드리겠소."

마을 사람들이 술과 안주를 준비해 장막을 펼쳐 놓고 그를 기다렸다.
고비가 도착하자 마을 사람들이 줄지어 고비에게 절을 하고 물었다. 고비
가 보니 성 위의 소나무 한 가지가 멀리 성 밖으로 뻗어 있는데, 그 아래는
낭떠러지였다. 마을 사람으로 하여금 그 소나무에 올라가 가지를 붙잡고
몸을 늘어뜨린 다음 한 손은 놓고 한 손만으로 가지를 붙잡게 한 뒤, 좌우
를 물리치고 은밀히 말했다.

"재물 지키기를 그 손이 나뭇가지를 잡고 있는 것 같이 하면 충분할
것일세."

그러고는 한마디 말도 더 하지 않고 가 버렸다.[11]

고비는 부자가 되길 원하는 사람에게 부자가 되는 방법을 알려준다.
그것은 말로 지시되지 않고 낭떠러지에 있는 소나무 가지를 한 손으로
잡는 행동으로 지시된다. 재물 지키는 것과 손이 나뭇가지를 잡는 것
사이의 유사성이 드러나면서 비로소 그 행동의 의미가 드러난다. 이
이야기는 비유를 통해 부자가 되는 방법을 알려준다. 그 메시지(부자가
되는 방법)와 형식(비유) 모두에서 인식적 차원이 강조된다고 할 수 있다.
이 텍스트를 고비라는 인물의 특성적 차원을 중심으로 해석할 수도

---

11) 『어우야담』 (유몽인 저, 신익철 외 역, 『어우야담』, 돌베개, 2006). 이것은 『어우야
담』에 나오는 충주 자린고비에 관한 이야기로, 이 앞에는 그가 출타하면서 처와 첩이
밀가루를 먹지 못하도록 봉하는 이야기가 나온다. 해당 부분은 전체 텍스트의 일부
이지만, 독자적으로 전승되기도 한다.

있다. 그는 재물 지키기를 목숨 줄잡듯이 하는 사람이다. 그러나 이러한 특성은 서사 내에서 '부자란 어떤 사람인가?'라기보다는 '부자가 되기 위한 방법'으로 소통된다. 이 이야기는 '자린고비' 설화 가운데에서도 인식적 층위가 가장 우세하게 작동하는 경우라고 할 수 있다. 이 경우 이야기는 부에 대한 성찰을 전달한다.

인식론적 약호가 생성될 때 고비의 이야기는 경제적 대안으로서 부에 대한 성찰을 전달한다는 의의를 가질 수 있다. 그러나 이야기를 경제적 대안으로 해석하기보다는, 과연 고비의 방식이 도덕적으로 올바른 것인가에 대해 비판적 질문을 제기할 수도 있을 것이다. 이때 고비 이야기는 도덕적 약호를 양산하게 된다. 이 설화를 선/악이라는 도덕적 관점으로 해석하는 것도 가능하다.

인식적 약호와 도덕적 약호는 인색한 인물 설화 안에서 상호작용할 수 있다.

> 한 암행어사가 인색한 자린고비에 대한 소문을 듣고 벌을 주려고 그의 집에 가서 묵었다. 그는 동생이 아내의 해산 준비로 쌀을 꿔달라고 하는데도 꿔주지 않았다. 밤이 되었는데 갑자기 닭의 울음소리가 들려서 나가 보니 삵이 닭을 물고 달아났다. 자린고비는 지금까지 짚 한 단 남을 준 적이 없고, 닭 한 마리 잃어버린 적이 없는데, 이런 일이 생겼다면서 살림이 다 되었다고 한숨을 쉬었다. 그가 자려고 다시 누웠을 때 삵이 닭을 또 물고 갔다. 날이 밝자 그는 큰 소에 쌀 두 가마와 미역을 실어서 동생 집으로 보냈다. 그는 술과 고기를 넉넉하게 준비한 뒤에 온 동네 사람을 불러 잔치를 열었다.[12]

---

12) 한국정신문화연구원, 『한국구비문학대계 7』, 1984, 400~404면.

이는 자린고비가 부자로서의 운이 다했음을 알고 마음을 바꾸어 재물을 나누어주고 잔치를 베푸는 이야기[13]이다. 자린고비는 자신에게 재물이 들어올 때와 나갈 때의 조짐을 알고 있으며 그런 조짐의 변화를 통해 선행을 베풀게 되었다. 등장인물들의 행위를 인식적 층위와 도덕적 층위 모두에서 해석하게 되면 이 이야기에서는 개인의 부(富)는 그것이 가능한 때가 정해져 있다는 인식과 함께 재물을 통해 선행을 이룰수 있다는 도덕적 교훈을 얻을 수도 있다. 이 이야기에서 혈연에게마저 재물을 아끼는 자린고비의 특성적 차원을 볼 수 없는 것은 아니다. 그러나 특성적 약호는 이후 서사 진행에서 달라진 자린고비의 형상을 보여주기 위한 예비적 차원으로 작동하기에 주도적 층위로 보이지는 않는다. 인식적 층위와 도덕적 층위가 주도적으로 작동하는 '자린고비' 설화가 웃음을 야기하기는 어렵다.

이상에서 살펴보았듯이, 특성적 차원이 주도적으로 작동할 때, 인색한 인물 설화는 웃음을 야기할 가능성이 크다. 인색한 인물 설화에서는 도덕적 약호 혹은 인식적 약호가 주되게 작동하면서 웃음보다는 인색함에 관한 비판적 교훈이나 부에 관한 성찰을 제시하였다. 그러나 '자린고비' 설화는 이와 달리, 인식적 약호나 도덕적 약호보다도 특성적 약호가 가장 상위에서 작동하면서 웃음을 야기하는 이야기들이다. 다음 장에서는 '자린고비' 설화를 대상으로 세부적으로, 약호를 살펴보기로 하겠다.

---

13) 최운식은 이러한 유형을 "회심·선행담"으로 분류하였다. 최운식, 앞의 논문, 463면.

3. '자린고비' 설화의 특성적 약호

'자린고비' 설화는 인색한 인물의 형상화를 특징으로 한다는 점에서 특성적 약호가 강하게 작동하는 이야기가 대부분이다. 다음 이야기는 가장 대표적인 '자린고비' 설화 가운데 하나이다.

> 자린고비가 여름에 부채 하나를 얻어서는 여러 아들을 불러 놓고 말하였다.
>
> "이 부채를 몇 해나 가질 수 있겠느냐?"
>
> 둘째가 일 년이라고 하고 셋째도 일 년이라고 하였다. 아버지는 "내 집을 패망하게 할 자들이 너희들이구나."라고 하였다. 큰 아들에게 물으니 "모든 아우가 다 나이가 어려 아끼는 것을 몰라서 그렇습니다. 부채 하나는 이십 년을 가질 수 있습니다."라고 하였다. 칭찬하며 어떻게 그렇게 오래 가질 수 있느냐고 물었다. "펴고 접고 하는 사이에 손상될 것이니 부채를 다 펴서 자루를 흔들지 말고 머리만 끄덕이면 이십 년 뿐이겠습니까?"[14]

이 이야기에는 부채마저도 아끼는 자린고비 가족의 특성이 잘 나타난다. 부채 대신 머리를 움직이는 이 자린고비 아들의 형상화는 웃음을 야기한다. 이 이야기는 인식적으로 독해할 수도 있다. 자린고비는 부채를 아끼는 방법을 묻고 장남이 거기에 대해 적절한 대답을 한다. 부채를 아끼고자 하는 물음이나 그에 대한 대답은 모두 부채를 아끼는 방법이라는 인식적 층위를 구성한다. 이 질문과 대답은 극단적인 인색함의 특성을 드러내기 위해 사용된 형식들이다. 때문에 이 이야기에서 인식적 층위는 특성적 층위를 보조한다고 할 수 있다.

---

14) 〈석일선조대인벽(惜一扇措大吝癖)〉, 『청구야담』 1권 (김동욱·정명기 역, 『청구야담』, 교문사, 1996).

이 이야기에서 자린고비와 아들들이 부채를 아끼는 방법을 이야기한 것처럼, 자린고비의 특성적 형상화는 그들이 아끼는 대상물의 목록을 살펴보면 가장 잘 알 수 있다. 일단 자린고비의 자린고비다움은 다른 사람이 아끼지 않는 것들까지도 아낀다는 데에서 비롯되기 때문이다.

> 청주 자린고비가 충주 자린고비에게 배우고자 하여 소 한 마리, 개 한 마리, 닭 한 마리를 몰고 충주 자린고비의 집에 가서 명함을 들여보내며 만나기를 청하였다.
> 충주 자린고비가 소 한 마리, 개 한 마리, 닭 한 마리를 몰고 온 까닭을 물었다.
> "소는 물건을 실으려 함이오, 개는 남은 똥을 먹게 하려 함이오, 닭은 남은 낟알을 쪼아 먹이려 함이다."
> 충주 자린고비가 말하였다.
> "자린고비의 도를 그대는 이미 다 얻었다. 내가 그대의 자린고비를 배워야지, 그대가 어찌 나를 배우겠는가?"
> 마침내 절을 하고는 이별하는데, 청주 자린고비가 명함 종이를 돌려주기를 청했다. 조금 갔는데, 충주 자린고비가 사람을 보내어 말하였다.
> "명함 위에 우리 집 풀가루가 묻었으니 빨리 떼어서 돌려보내 주시기를 바라노라."[15]

청주 자린고비는 충주 자린고비를 찾아 가는 길에 짐을 싣기 위한 동물로 소를 데려간다. 그러나 그 외에도 소의 똥을 먹을 개, 남은 낟알을 쪼아 먹을 닭을 더 데려간다. 그는 명함을 돌려주었다가 되돌려 받는데 이는 종이를 아끼기 때문이다. 충주 자린고비는 명함에 묻은 풀가루

---

15) 『태평한화골계전』 2권, 147화 (서거정 저, 박경신 역, 『태평한화골계전』, 국학자료원, 1998).

조차 아껴서 떼어간다. 다른 자린고비 설화에 나타나는 아끼는 대상물
들은 매우 다양하다. 생선(조기), 간장(또는 된장), 부채, 짚신, 장도리,
축의금, 절구와 절굿공이 등이 그것이다. 이것은 하나의 집합을 구성할
수 있다. 본고에서는 자린고비가 아끼는 이러한 대상들을 '아낌의 대상
물'이라고 하고, 그 집합을 '아낌의 대상물의 계열체'라고 할 것이다.
  '자린고비' 설화들은 이 아낌의 대상물들을 선택·활용해서 만들어질
수 있다. 자린고비의 인색함을 보여주기 위한 대상물로 어떤 이야기에서
는 조기를, 어떤 이야기에서는 간장을 선택하여 사용한다. 이야기에
따라서는 조기와 간장을, 축의금과 종이와 풀[16]을 결합해서 사용할 수도
있다.[17] 계열체에서 대상물들이 선택되기에 대상물들의 서사내적 관계
는 비교적 느슨하다. '자린고비' 설화는 대상물을 중심으로 에피소드식
으로 연결되기도 한다. 첫 번째 간장을 아끼는 이야기와 두 번째 부채를
아끼는 이야기가 별다른 서사적 관계없이 연결될 수 있으며, 서사적
관계없이 연결이 가능하기에 각각 독립적으로 존재할 수도 있다.

---

16) 다음 이야기가 그 대표적인 예이다. 해주 부자와 개성 부자가 있었는데 모두 구두쇠였
   다. 해주 구두쇠가 딸을 시집보낸다는 서신을 보냈다. 개성 부자가 답신에서 축하금
   은 두 냥인데, 한 냥은 현금이고 한 냥은 외상이라고 했다. 해주 부자가 화가 나서
   이를 되갚을 날을 기다렸다. 몇 년 뒤에 해주 부자는 개성 부자가 아들을 장가보낸다
   는 소식을 들었다. 해주 부자는 종이가 아까워 편지를 쓰지 않고 개성 가는 사람을
   찾아 말을 전하였다. 축의금은 두 냥인데, 한 냥은 전에 외상으로 둔 것으로 하고,
   한 냥은 외상이라고 하였다. 개성 부자는 화가 나서 해주로 달려가 따지면서 저번에
   종이까지 부조했으니 종이를 내놓으라고 하였다. 해주 부자가 그것으로 방문을 발랐
   다고 하자 개성 부자는 종이를 뜯어서 가져갔다. 해주 부자가 달려 나가며 종이에
   붙은 풀을 달라고 했다. 최내옥, 『한국 전래동화집 11』, 창작과 비평사, 1985,
   184~187면.
17) 자린고비 이야기에서 이 계열체의 존재는 중요한데, 그것이 이야기의 다양한 이본들
   을 생성해내는 매트릭스일 수 있기 때문이다.

이 대상물들은 한 편의 이야기에 하나씩만 나오기도 하고 두 가지 이상이 함께 나오기도 한다. 이 텍스트에서는 똥, 낟알, 명함종이, 풀가루 네 가지 대상물이 나타난다. 이 가운데 앞의 세 가지는 청주 자린고비가 아끼는 것이고 뒤의 한 가지는 충주 자린고비가 아끼는 것이다. 그렇다고 해서 청주 자린고비가 더 인색한 자린고비라고 할 수는 없다. 충주 자린고비의 마지막 말은 펀치라인punch-line이다. 가장 우스운 부분을 구성하는 것이다. 똥, 낟알, 명함종이, 풀가루는 모두 사소한 것이다. 그 가운데에서도 명함에 붙은 풀가루를 돌려달라는 충주 자린고비의 말이 펀치라인이 될 수 있는 것은 풀가루가 가장 사소한 것이기 때문이다. 이렇게 '자린고비' 설화에서 두 명 이상의 인물은 서로 다른 아낌의 대상을 가지기도 하는데, 이야기가 진행될수록 그것들은 더욱 사소하고 작은 것으로 나타난다. 가장 사소한 것을 아끼는 인물이 자린고비 중에서도 자린고비가 되며 그것을 확인해주는 텍스트의 끝 대목은 가장 큰 웃음을 야기하게 된다.

두 명의 자린고비가 만나서 인색함을 자랑하는(이본에 따라서는 경쟁을 하는) 텍스트에는 보통 두 개 이상의 대상물이 나타난다. 이것들은 모두 작고 사소한 물건들이다. 사소한 물건들을 매우 아낀다는 점은 웃음을 유발하는 주된 이유 중 하나가 된다는 점에서 중요하다. 자린고비를 자린고비로 만드는 것, 다시 말하면 자린고비의 특성적 약호는 아낌의 대상물을 통해서도 알 수 있지만, 어떻게 아끼는가 하는 아낌의 방법을 통해서도 드러난다.

 자리꼼째기하고 이야꼼째기하고 사돈을 했는데 하루는 서로 만나서 이
 야기를 했다. "사돈은 부채 하나 사면 몇 해를 부칩니까?"하고 자리꼼째기

가 물었다. "부채 한 칸만 펴고 부치면 일 년은 씁니다." "그렇게 해서 절약이 되오? 나는 부채를 펴고 고개를 내둘러서 부치는데 이렇게 하면 삼 대는 부칩니다."

그리고 "사돈은 밥상을 차릴 때 간장을 그릇에 얼마나 담으십니까?" 했다.

"그릇에다 간장을 많이 담으면 쏟아져서 손해라 조금만 담아서 숟가락을 살며시 담갔다가 먹습니다."

"그릇 밑에 간장을 조금만 담그면 떠먹을 때 숟가락 끝이 닳고 그릇 밑구멍도 닳을 게 아니요? 우리 집에서는 그릇에 간장을 많이 담아서 숟가락 끝만 조금 담갔다가 먹습니다."[18]

이렇게 두 명 이상의 자린고비가 하나의 대상물을 어떻게 아끼는가 경합 혹은 토론을 하는 이야기에서는 자주 일정한 기교가 발견되는데 바로 '점층'[19]이다. 첫 번째 자린고비의 행동과 두 번째 자린고비는 부채와 간장을 각각 어떻게 아끼는가에 대해 이야기한다. 어떻게 간장을 아끼는가에 대해 첫 번째 대답과 두 번째 대답(자답) 사이에는 점층이 나타난다. 이러한 점층은 웃음을 야기하는 기교이기도 하다. 더 인색한 자린고비는 두 번째 대답을 한 자린꼽째기이다. 부채를 아끼는 앞의 이야기를 보자. 부채를 한 면 살만 펴서 부치는 것과 부채 대신 머리를 흔들어 바람을 일으킨다는 생각은 모두 과장적인 것이지만 그 정도를 따진다면 후자가 더 과장적이다. 더 과장적인 두 번째 자린고비의 대답이 더욱 웃음의 유발 가능성이 높다. 과장담에서 과장의 정도는 곧 웃

---

18) 임석재, 『한국구전설화 전라북도 편』 Ⅱ, 평민사, 1991, 247면.
19) 과장 행위는 일회로 끝나는 경우가 있지만 대립 내지 점층을 이루는 경우도 있다. 〈과장담〉, 『한국민족문화대백과』, 한국학중앙연구원, DB., 1991.

음을 야기하는 정도이기도 하다.

'자린고비' 설화에서 웃음을 야기할 가능성이 높아질수록 점층은 심화되는 경향이 있다. 생선 주무른 손으로 생선국을 끓이는 '자린고비' 설화도 많이 발견되는 텍스트 중 하나이다. 이웃에서 와서 생선국이 맛있다며 어떻게 끓였는가를 묻는다. 생선 주무른 손을 솥에 씻어서 끓였다고 하자 마을 우물에다 손을 씻었으면 온 마을 사람들이 생선국을 먹었을 거라며 아쉬워한다. 여기에서 두 명의 자린고비는 모두 생선을 아낀다는 데에서는 공통적이다. 그러나 아끼는 방법이 다르다. 아끼는 방법에 따라 아낌의 강도는 달라진다. 아낌의 강도가 높아진다는 것은 솥-우물로 손 씻는 물의 크기가 커지는 것으로 나타난다.

부채를 아낀다는 두 명의 자린고비의 이야기에서도 아끼는 방식은 다르게 나타난다. 첫 번째 자린고비가 인색함은 드러낸다면 그것은 부채의 크기를 줄여서 아끼기 때문이다. 두 번째 자린고비는 부채는 활짝 펴는 대신 고개를 흔든다. 첫 번째 자린고비에게 바람을 일으키는 것은 여전히 부채이며 그는 그 크기만을 줄여서 말한다. 반면 두 번째 자린고비에게서 바람을 일으키는 것은 부채가 아니라 고개이므로 의외성이 더 크다. 의외성이 클수록 더 큰 웃음을 야기할 수 있다. 이렇게 아낌의 강도가 강해질수록 이야기는 과장적이 된다. 이야기가 점층적이 될수록 대상물을 아끼는 방법은 과장된다. 과장이 극에 달한 부분이 가장 핵심적인 웃음의 요소이다.

웃음은, 단순히 아낀다는 인물의 자질이 아니라, 무엇을, 어떻게 아끼는가 하는 인물의 구체적 형상화에서 비롯된다. 자린고비의 특성적 약호는 아낌의 대상과 아낌의 방법을 통해 드러나며 여기에는 점층이 사용된다. 이 '자린고비' 설화가 웃음을 야기하는 것은 지식의 전달,

선/악의 분별보다는 인물 형상화의 구체성과 관련이 있다. 웃음을 야기하는 '자린고비' 설화에는 분명 특성적 약호가 주도적으로 작용한다. 그렇다면 '자린고비' 설화는 도덕적 약호나 인식적 약호와는 아무 상관이 없는 것일까?

4. '자린고비' 설화에서
인식적 약호와 도덕적 약호의 불균형

독자들은 텍스트를 활성화recuperpation시킴으로써 도덕적 메시지나 인식론적 앎을 획득할 수 있다. 이는 독자들이 읽은 것을 아는 세계로 통합시키는 활동이다.[20] 이러한 활성화는 기호들의 체계를 발견하는 과정이기도 하지만, 텍스트에서 발견된 체계를 텍스트 외부로 확장시키는 과정이기도 하다. 특성적 약호를 외부 세계와의 관계에서 활성화시키는 것 역시 가능하다. 텍스트에 등장하는 인물 유형을 현실에서 찾아 그를 '자린고비'라고 규정짓는 것은 특성적 약호를 활성화시키는 한 가지 예이다. 그렇다면 '자린고비' 설화는 도덕적 혹은 인식론적으로 어떻게 활성화될 수 있는 것일까?

앞서 언급한 '자린고비' 설화는 특성적 층위에서 주로 작동하지만 여기에서 도덕적 약호를 읽어낼 수도 있다. 가령 "두 자린고비는 절약하여 많은 재산을 모았다. 두 사람은 이렇게 모은 재산을 좋은 데 쓰기로

---

20) 엘리자베드 프로인드 저, 신명아 역, 앞의 책, 140~141면. 이 활성화는 실제화 natualization, 동기화motivation, 사실화vraisemblablisation 등의 용어로 대체될 수 있다. 프로인드에 따르면, 이런 것들은 모두 낯설고 비정상적인 것을 받아들일 만한 담론적 세계로 환원시키는 진행 과정이며 방법들이다.

하고, 전 재산을 학교 재산에 기부하였다."라는 후일담의 첨부가 얼마
든지 가능하다.[21] 이 경우 '자린고비' 설화의 도덕적 해석이 비교적 쉽
게 이루어진다. 그러나 후일담이 나타나는 텍스트는 많지 않다. 그렇
다면 '자린고비' 설화에서 도덕적 약호는 구성되기 힘든 것일까? 이에
대해 설명하기 위해서는 도덕적 약호가 실제 삶과의 관계에서 구성되
는 것이라는 점에 주목할 필요가 있다. 문제는, 도덕적 약호가 활성화
시키는 텍스트의 요소이다.

먼저, '자린고비' 설화의 각 요소들, 즉 '자린고비' 설화를 '자린고비'
설화답게 만드는 아낌의 대상과 방법이 사실성의 정도에 있어서 다르
다는 점을 지적해야겠다. 활성화는 독자가 읽은 텍스트와 실제의 삶을
연결하는 개념이기 때문에 활성화가 잘 이루어질 수 있는가의 여부는
텍스트 요소의 사실성과 관련될 것이다.

아낌의 대상은 주변에서 흔히 볼 수 있는 작고 사소한 것들이기에
사실적이다. 자린고비들은 똥과 낱알을 아끼려고 소뿐만 아니라 개와
닭을 함께 데려간다거나, 풀가루를 돌려달라고 사람을 보낸다. 이들은
사소한 것을 특별한 방법으로 아낀다. 아끼는 방법을 이야기하게 되면
서사는 한층 과장적이 된다. 소재적 차원에서 등장하는 아낌의 대상이
현실에 존재하는, 사실적 것들인 반면 그것들을 아끼는 방법은 과장적
인 영역에 속한다.

그렇다면 '자린고비' 설화의 도덕적 활성화는 어떻게 이루어질까?
이것은 두 가지 방향으로 가능할 수 있다. 하나는 자린고비를 부정적
모델로 보는 것이고 다른 하나는 긍정적 모델로 보는 것이다. 만약 '자린
고비' 설화를 부정적 모델로 본다면 텍스트를 비판적으로 향유하는 것

21) 박종익, 『한국 구전설화집』 3, 민속원, 2000, 72면.

이 될 텐데, 이 경우 텍스트에 악(惡)이 형상화되어 있다고 보고 그것을 배제하는 방식을 택하게 된다. 그때 이들 대상물의 계열체는 '아끼지 말아야 할 것이지만 아끼는 것'이 된다. 독자가 계열체의 기호 각각에 대해, 아끼지 말아야 할 것들이라고 판단한다면 이 이야기가 야기하는 웃음은 자린고비의 부정적 측면, 저열한 측면을 보고 웃는 비웃음이 된다.

  그러나 과연 '자린고비' 설화를 비판적으로 향유하는 것이 가능할까에 대해서는 더 논의를 진행시킬 필요가 있다. 웃음을 야기하는 결점에 대해서는 경미한 것과 중대한 것의 사이에 한계를 두는 것이 상당히 어렵다. 우리는 결점 자체가 경미하기 때문에 웃는 것이 아니고, 일단 웃고 났기 때문에 그 결점을 경미하다고 느낄 수 있다.[22] '인색함'은 부정적 자질이기는 하지만, 일단 우리가 웃고 나면 '인색함'을 사소한 결점처럼 생각할 수 있다. 독자들이 '자린고비' 설화를 비판적으로 독서할 가능성은 많지 않다.

  그렇다면 '자린고비' 설화의 도덕적 독해는, 자린고비의 행위를 긍정적으로 보고 이야기에서 만들어진 아낌의 대상물의 계열체를 모방적으로, 독자 개인의 삶 속에서 확장시키는 방향으로 이루어질 수 있다. 독자들은 계열체에 연필, 공책, 휴지 등 사소하지만 아껴야 할 또 다른 사물들을 첨부할 수 있다. 아끼는 대상물로 이루어진 계열체의는 비교적 쉽게 확대될 수 있다. 앞서 언급한 것처럼 그 계열체의 기호들은 실제 사물들이기 때문에 다른 사물들로 대체되거나 추가될 수 있는 것이다. '자린고비' 설화가 도덕적 메시지를 전달할 때에는, 아낌의 대상의 계열체가 활성화될 때다. 계열체가 가지는 사실적 성격으로 인해

---

22) 베르그송, 앞의 책, 81면.

도덕적 활성화는 비교적 쉽게 이루어질 수 있다.

 한편 '자린고비' 설화의 인식론적 독해 가능성도 찾아 볼 수 있다. '자린고비' 설화가 부자가 되는 방법에 대한 앎을 전달한다고 볼 수도 있는 것이다. 그러나 이때 문제는 조금 복잡해진다. 일단은 대부분의 '자린고비' 설화는, 자린고비의 특성적 차원을 중심으로 독해할 수는 있지만, 그러한 특성들로 인해 이들이 부자가 되었는지가 명확하지 않은 경우도 있다. 이 관계를 인과론적으로 본다고 하더라도 여전히 인식론적 독해에는 어려운 지점이 있다. 무엇을 아끼는가에 대해서는 쉽게 아낌의 대상물을 활용해서 계열체를 확대할 수 있지만 어떻게 아끼는가에 대해서는 텍스트를 참조해서 실제로 적용할 수 없다. 텍스트에서 '어떻게 아끼는가?', 즉 '아낌의 방법'은 '아낌의 대상'과는 달리, 과장적인 영역이기에, 이 텍스트를 참조한다고 하더라도 현실적 답을 얻기는 힘들다.

 '자린고비' 설화에서는 특성적 차원이 가장 강조되면서 도덕적 차원과 인식적 차원은 부수적으로 작동한다. 도덕적 차원의 독해를 하는가, 인식적 차원의 독해를 하는가에 따라서 아낌의 대상물이 강조될 수 있고, 아낌의 방법이 강조될 수 있다. 그러나 두 독해 모두 텍스트를 참조해서 계열체를 '확충'해야 한다. 앞서 언급했듯이 특성적 차원의 독해역시 현실과 관련을 맺을 수 있다. 특성적 차원이 활성화되는 것은 동일한 유형의 인물군에 대해 '자린고비'로 명명하는 것이라고 할 때, 이는 기호의 생성보다는 유사한 기호의 발견 과정이다. 반면 도덕적 차원이나 인식적 차원의 활성화는 현실의 삶에 텍스트를 적용하는 과정에서 또 다른 기호를 적극적으로 생성해야 하기 때문에 특성적 차원의 독해보다는 유표화된 독해가 될 가능성이 있다.

또한 도덕적 차원과 인식론적 차원 사이에도 일종의 불균형이 발견된다. 도덕적 차원의 독해가 아낌의 대상의 계열체를 쉽게 확충할 수 있는 반면, 인식론적 독해는 아낌의 방식의 계열체를 쉽게 확대할 수 없다는 점 때문이다. 이러한 불균형이 의미하는 바에 대해 고찰하기 위해서는 자린고비 텍스트 외부, 즉 이 텍스트가 생산·향유되는 문화로 시각을 넓혀야 한다.

5. '자린고비' 설화와 과장담의 기호계

'자린고비' 설화의 향유에 별다른 지식이 개입되지 않는다는 사실은, '자린고비' 설화가 일반적으로, 보편적으로 향유되었을 가능성을 제시한다. 특성적 가치가 강조되는 '자린고비' 설화가 가장 많이 향유된 유형 가운데 하나라면 그 이야기를 말하고 듣는 사람들의 집단 즉, '자린고비' 설화의 약호를 소비하는 하나의 기호계semiosphesre[23]를 상상해 볼 수 있을 것이다. 만약 이 기호계에 부에 관한 텍스트로, '자린고비' 설화 한 가지 유형만 있다면 이 기호계는 도덕적 담론과 인식적 담론의 불균형으로 구성되어 있다고 할 것이다. 그러나 이 기호계에는 이미 존재하고 있는 부에 대한 많은 담론들이 있었을 것이고, 이 담론들과의

---

23) 로트만은 문화적 모형을 확장하여 기호계라는 개념을 만들어 내는데, 이는 문화 자체를 공간적으로 보려는 시각이 담겨진 용어이다. 기호계는 인간의 기호학적 행위에 선행하는 기호학적 경험을 가능하게 하는 공간으로, 그에 따르면 기호계는 문화 발전에 있어서 결과이며 조건이다. 이 기호계는 양항성과 비대칭성이라는 규칙의 지배를 받는다. 경계를 통해 구분된 양항 사이의 관계는 통일적이면서도 비대칭적이다. Yuri M. Lotman, *Universe of the Mind : A Semiotic Theory of Culture*, Indiana University Press, 1990, pp.14~15.

영향관계 속에서 '자린고비' 설화 역시 생성되고 해석되었을 것이다.

그렇다면 '자린고비' 설화의 독서가 만들어 내는 기호계가 아니라, '자린고비' 설화를 만들어낸 기호계에 초점을 맞춘다면 어떤 추론을 할 수 있을까? 이에 대해서는, '자린고비' 설화의 도덕적 활성화가 쉬운 반면, 인식론적 활성화가 어려운 이유, 즉 '자린고비' 설화의 각기 다른 활성화를 가능하게 하는 기반에 대해 추론할 수 있어야 한다. 즉, 아낌의 대상보다 아낌의 방법의 계열체 확대가 어려운 것은, 기호계에 관련 담론들이 풍부하지 않기 때문이라고 할 수 있을까? 그렇다면 과장이 작동하는 것은 관련 담론의 부재와 관련이 있는 것일까? 이를 확인하기 위해서 다른 과장담의 경우를 살펴보자.

'자린고비' 설화도 그렇지만, 과장담 텍스트는 주로 인물의 특성과 관련된다. 과장담에 대한 소개가 등장인물을 중심으로 이루어지는 것은 바로 그 단적인 예이다. 과장담에는 '명포수·박치기꾼·재주꾼·먹보·허풍쟁이·거짓말쟁이·구두쇠·고집쟁이·게으름뱅이 및 정신없는 사람·성미 급한 바보 등이 주로 등장한다.'[24] 과장담에서는 인물의 생물학적 차원, 지적 차원, 성격적 차원, 능력적 차원 등이 주로 과장된다는 것을 알 수 있다.

그러나 과장담 가운데에는 사물의 자질이 과장되는 경우도 있다. 낚시꾼이 잡거나 놓친 대어(大魚)에 대한 과장은 현실에서 볼 수 있는 과장담의 대표적인 예이다. 『성수패설(醒睡稗說)』에는 해인사의 가마솥과 석왕사의 뒷간 이야기가 있다. 해인사 중은 석왕사의 뒷간을 구경하러 길을 떠나고, 석왕사 중은 역시 해인사의 가마솥을 구경하러 길을 떠난

24) 〈과장담〉, 『한국민족문화대백과』, 한국학중앙연구원, DB., 1991.

다. 둘은 중간에서 만난다.

석왕사 중이 먼저 물었다.

"귀사의 가마솥이 크기로 유명한데 대체 얼마나 되오?"

"그 크나큰 모양은 과연 말로하기 어렵군요. 지난 해 동짓날에 팥죽을 거기에 끓이지 않았겠소? 상좌께서 작은 배를 태고 죽물에 닻을 저어 바람을 일으켜 가더니 여태까지 돌아오지 않았다오."

이 말을 들은 석왕사 중이 놀란 모양으로 말했다.

"과연 크군요. 이건 동해보다 더 넓구려."

이어서 해인사 중이 석왕사 중에게 물었다.

"귀사의 뒷간이 높기로 유명하다는데, 그 높이가 대체 얼마나 되는지요?"

석왕사 중이 말했다.

"그 높이 역시 형용할 수가 없군요. 소승이 절을 떠날 때에 소승의 스승께서 대변을 보셨는데, 그 덩어리가 아직도 땅에 떨어지질 못했을 것이라 생각되오."

이 말을 들은 해인사 중이 말했다.

"과연 높긴 높구려. 아마 구만 리 장천보다 더 높겠구려."

그리고 둘은 "이제 이야기를 들어 잘 알았으니 꼭 가서 볼 필요가 무엇이 있겠소?"하고는 헤어졌다.

이 설화에서는 '가마솥'과 '해우소'라는 사물들이 과장된다. 이는 아낌의 대상물들처럼 일상적인 소재들이다. 그러나 해인사의 가마솥은 동해(東海)보다 넓고 석왕사의 화장실은 구만리 장천(長天)보다 높다. 해인사의 가마솥과 석왕사의 화장실은 일상적 소재가 아니다. 절의 가마솥과 화장실은 산 속 깊은 곳에 위치해서 아무나 쉽게 가 볼 수 없다. 그 넓이와 높이가 과장될 수 있는 데에는 바로 접근의 어려움 혹은 불가능성이 자리한다.

'자린고비' 설화에서 아낌의 방법 역시 해인사의 가마솥과 석왕사의 해우소처럼 접근이 어렵거나 불가능한 담론 영역이었을 수 있다. 그렇다면 이 설화는, 부자는 존재하고, 그에 대한 도덕적 담론도 만연해 있지만 인식적 담론에 접근하는 것이 어려운 상황에서 생산되었을 것이라고 추정해 볼 수 있다. '자린고비' 설화가 활성화시키는 담론의 성격은 곧 '자린고비' 설화가 생성되는 담론의 성격과 유사하다고 가정하는 것이다. 그렇다면 기호계 안에 존재하는 부자에 대한, 다양한 담론들의 질적·양적 차이 자체가 과장을 가능하게 하였다고 볼 수도 있다. 부자가 이미 많이 존재하며, 그에 대한 도덕적 판단의 잣대도 충분히 마련되어 있지만 어떻게 부자가 되(었)는지에 대해서는 알기 어려운 상황, 즉 부자의 존재, 평가, 그리고 기술(技術) 사이의 불균형이 '자린고비' 설화를 생성한 기반이다. 그 가운데에서도 특히 담론의 양이 적거나 담론의 접근 가능성이 차단된 지점은 설화 내에서 과장으로 나타난다고 볼 수 있다.[25]

'자린고비' 설화가 현상적으로 부자는 있지만 부자의 내막에 대해서는 잘 알려지지 않은 상황에서 유통되었다고 할 때, 이 기호계에 부자의 내막, 즉 부의 원인이나 이유에 대한 담론이 보급된다면 어떤 일이 생길까? 아마도 더 이상 '자린고비' 설화와 같은, 부에 관한 과장담은

---

[25] 부에 대한 또 다른 담화 유형인 '치부담(致富譚)'에도 부자가 된 과정은 잘 나타나지 않는다. 서신혜, 「이규상의 김부자전(金富者傳) 연구」, 『한국고전연구』, 20집, 한국고전연구학회, 2009, 187면. 이는 부자는 있지만, 부자가 된 방법에 대해서는 잘 알려지지 않았던 기호계의 정황을 다시 한 번 설명해준다. 잘 알려지지 않은 부분에 대한 상상이 사실적으로 서사화 될 때에는 치부담이, 과장을 동반하면서 서사화 될 때에는 '자린고비' 설화가 생성되었을 수 있다.

생성되지 않을 것이다. 과학적·합리적 담론이 확장될수록 낯선 것들은 친숙하게 되고 막연했던 것은 구체적 지식이 된다. 관련 담론들 사이의 차이가 더 이상 없다면 과장과 같은 극단적 상상이 전개될 단서가 없어지기 때문이다. 좀 더 심화된 논의를 위해서는, 전래된 과장담 전체를 대상으로 그 독해 방식과 담화 유형 사이의 관계에 대해 세부적 고찰을 진행해야 할 것이다.

각 분야에서 과학적 담론이 풍부하게 생성되고 있는 현대사회에서 과장담의 축소는 필연적이라고 본다. 이에 관한 후속 연구는 여러 차원에서 필요하다. 가령 인터넷에서 소통되는 유머와 전통 소화를 비교하는 등의 연구가 진행된다면 이상의 추론이 뒷받침 될 수 있을 것이다.

〈아랑전설〉의 서사 구성과
인물 형상에 대한 통시적 연구

1. 서론

〈아랑전설〉은 현대 다양한 콘텐츠로 재생산되었다. 드라마 〈전설의 고향-나비의 한〉(1996), 김영하의 소설 〈아랑은 왜〉(2001), 공포영화 〈아랑〉(2006), 드라마 〈아랑사또전〉(2012)이 대표적 예이다. 〈아랑전설〉을 토대로 서사와 영상, 공포와 애정, 추리와 로맨스 등 매체와 장르를 가로지르며 다양한 콘텐츠가 생산되었다는 사실은, 이 설화의 가능성을 대변하기도 한다.

'아랑전설' 혹은 '아랑설화'는 주인공의 이름을 따서 만들어진 설화 유형이다. 이는 억울하게 죽게 된 여성의 원혼이 나타나 관장에게 해원을 요구하는 내용의 설화를 통칭하기도 한다. 이 이야기의 주인공 '아랑'의 이름은, 텍스트에 따라서는 명확하지 않거나 '동욱', '정옥', '윤낭자' 등으로 다르게 나타난다.[1] 학계에서는 이를 '아랑'으로 총칭하며,

---

1) 학계의 관습에 따라 본고에서도 이들을 '아랑'으로 통칭하고자 한다.

이 유형의 설화를 관습적으로 '아랑설화'로 부른다.

구체적으로 보면, 각편마다 주인공의 이름 뿐 아니라 처녀를 겁탈한 사람의 이름이나 그 원한을 해원한 사람의 이름도 조금씩 다르다. '아랑각'을 건립한다거나 '아랑의 제향'을 지낸다는 부분이 존재하는 텍스트가 있는가 하면 아닌 텍스트도 있다. 그렇다면 〈아랑전설〉을 구성하는 주요소는 무엇일까? '아랑'이라는 죽은 여인의 원혼이 등장하고 그녀를 기리는 '아랑각'이 등장할 때 〈아랑전설〉은 분명한 형태로 제시된다. 그러나 원혼이 되는 여인의 이름이 밝혀지지 않으며, 아랑각에 대한 언급도 생략되는 설화들이 다수 있다. '아랑'이라는 고유명사만으로는 〈아랑전설〉을 분별해내기 어렵다.

〈아랑전설〉이 대표적 원혼 설화라는 것을 염두에 둔다면 〈아랑전설〉을 규정하는 중요한 특징은 여성의 원혼이 나타난다는 점이다. 그렇다면 여성 원혼이 나타나는 몇 가지 설화들과 구분되는 지점이 필요한데, 본고에서는 어떤 여자가 누구에게 죽음을 당했는가를 중요한 요소로 보고자 한다. 죽음을 당한 주체와 살인을 저지른 주체를 중심으로 보았을 때, 비슷한 유형들 사이에 차별점이 생긴다. 이들 설화 유형 가운데에는 젊은 여성이 계모에게 죽음을 당하는 경우도 있고 부인이 남편에게 죽음을 당하는 경우도 있다. 누구에게 죽음을 당했는가는 죽음을 당하는 이유와 관련을 가지기 때문에 중요하다. 계모에게 죽음을 당한 경우는 전실 자식에 대한 미움 때문이고,[2] 남편에게 죽음을 당한 경우는 음녀의 질투 때문이다.[3] 이들은 모두 여성의 정절을 문제 삼아

---

2) 〈雪伸冤完山尹檢獄〉『청구야담』 8권은 이 경우에 해당한다.
3) 〈檢巖屍匹婦解冤〉『청구야담』 19권이 이 경우에 해당한다. 같은 내용의 이야기가
   『기문총화』에도 보인다.

모함을 한다. 본고는 이러한 경우에 대해서는, '아랑형 설화'로 볼 수 있으나 '아랑설화'로 보지는 않는다. 〈아랑전설〉에서 아랑은 젊은 남자에게 죽음을 당하는데, 그 이유는 그가 이 여성에게 품은 어떤 마음(욕정이건 아니건 간에) 때문이다. 결혼하지 않은 미혼의 여성이 주인공이라는 점에서 〈아랑전설〉은 남편에게 죽음을 당하는 부인의 이야기와 다르다. 또한 자매가 아니라 혼자 죽는다는 점에서 장화홍련 유형과도 다르다.

본고에서는 〈아랑전설〉을 한 처녀가 젊은 남자에게 억울하게 살해되고 이후 원혼으로 나타나 자신의 죽음을 해원하는 이야기로 본다. 죽은 여성의 존재와 그녀가 죽게 된 이유를 〈아랑전설〉의 중요한 요소로 보는 것이다.[4] 하지만 이 요소들이 〈아랑전설〉의 원형을 확정하는 위상을 가지는 것은 아니다. 죽음의 주체와 살인의 주체는 〈아랑전설〉과 〈아랑전설〉이 아닌 것을 구분하는 느슨한 경계일 뿐이다. 원혼으로 나타나는 여성의 이름이나 신분, 그녀를 죽인 남성의 이름이나 신분 등이 해석 과정에서 의미를 가질 수는 있지만, 〈아랑전설〉을 〈아랑전설〉로 규정하는 주요인은 아니다.

〈아랑전설〉에 대해서 많은 기존논의가 있었다. 이 가운데에는 '원혼 설화' 혹은 '여성 원혼 설화'의 범주로 텍스트를 분류하면서, '원혼' 혹은 '한'의 해석에 주목한 논의들이 많다.[5] 특히 〈아랑전설〉 텍스트에서

---

4) 이와 함께 해원의 주체 역시 중요하다. 그러나 본고에서는 이를 따로 다루지 않을 것인데 첫 번째 이유는 이미 해원의 주체가 가지는 자질이나 특성에 대해서는 충분한 연구가 있었다고 보기 때문이며, 두 번째 이유는 해원의 주체는 사건을 해결하는 보조자로서 부수적 역할을 한다고 보기 때문이다. 본고는 사건 해결의 조력자보다는 사건의 당사자들이 더 중요하다고 본다.

5) 기존논의에 대해서는 황인순, 「〈아랑설화〉 연구 : 신화 생성과 문화적 의미에 관하여」, 서강대학교 석사학위논문, 6~8면; 손영은, 「설화 〈아랑의 설원〉과 드라마 〈아랑사또

원혼의 형상성과 설화 내적 의미의 관련을 심도 있게 다룬 논의,[6] 원혼 혹은 원귀 설화를 문학적 생산물로 보는 데에서 더 나아가 '문화적'으로 해석하는 데에 착목한 연구[7]는 이 분야의 성과라고 할 수 있다.

　기존논의에서는 〈아랑전설〉 단락을 정리하고 유형화하기도 하였다. '어떤 여자의 억울한 죽음 → 원귀의 출현 → 해원자의 개입 → 신원'이라는 기본 줄거리를 지니는 이야기를 〈아랑전설〉로 보는 것이다.[8] 〈아랑전설〉에 이러한 파불라fabula[9]가 드러나기는 하지만 이것은 하나의 가능성일 뿐이며 이와는 다른 방식으로 진행되는 파불라도 있다. 기존논의에서 더 문제적인 것은 이러한 파불라를 통해 〈아랑전설〉의 원형을 찾고자 하는 태도에 있다. 기존논의에서 해결자인 관장의 능력이 강조되는 서사는, 의도적 내용의 변개와 기능적 변화를 거쳤기에, 본래의 〈아랑전설〉과는 거리가 있다고 보기도 하다.[10] 기존논의는 아랑에게 초점을 맞춘 첫 번째 유형과, 원님으로 부임한 선비에게 초점을

전〉의 서사적 차이와 의미-원한과 해원의 의미 분석을 중심으로〉, 『겨레어문학』 51집, 겨레어문학회, 2013, 386~389면.

6) 강진옥, 「원혼 설화에 나타난 원혼의 형상성 연구」, 『구비문학연구』 12집, 한국구비문학회, 1~44면.

7) 최기숙, 「'여성 원귀'의 환상적 서사화 방식을 통해 본 하위 주체의 타자화 과정과 문화적 위치」, 『고소설 연구』 22집, 한국고소설학회, 2006. 이 논문은 원혼 설화에 드러나고 있는 원한을 '개인'의 감정에 따른 것이 아니라 '사회'의 모순에 기반한 것으로 해석하고 있다.

8) 곽정식, 「아랑(형) 전설의 구조적 특질」, 『문화전통논집』 2호, 경성대학교 향토문화연구소, 1994, 43면.

9) 러시아 형식주의자들의 용어로, 파불라는 서사물의 구성 인자로서 서사물에서 바탕이 되는 이야기의 소재, 혹은 서사물에서 담론화의 대상이 되는 사건들 전체를 말한다. 이와 대비되는 수제syuzhet는 소재로서의 사건들을 고리 지으면서 작가의 서술 행위로 인해 텍스트에 나타난 이야기이다. 파불라는 스토리에, 수제는 플롯 개념에 대응한다. 한용환, 『소설학 사전』, 문예출판사, DB., 1999.

10) 곽정식, 위의 논문, 13면.

맞춘 두 번째 유형으로 유사 설화들을 구분하면서, 여성의 억울한 죽음과 그 죽음이 원귀의 출현으로 구체화되는 첫 번째 유형만을 〈아랑전설〉로 보기도 한다.[11] 〈아랑전설〉에서 원형에 대한 연구는 이 설화의 현대적 변용을 연구하는 논문들의 주요한 과제이기도 하다. 현대적 콘텐츠들과 〈아랑전설〉을 비교 분석하기 위한 전단계로 설화의 원형을 확정하고자 했기 때문이다. 이러한 논의들은 다양한 〈아랑전설〉 이본들 가운데 중요한 것과 중요하지 않은 것을 가려내고 위계 짓는다.

이상의 논의에서 아랑 관련 문헌 전승이 일부 다루어지기도 했지만, 이 논의들은 그 성격상 다기성에 집중하기 보다는 공통점을 찾아내는 데 치중하였으며, 문헌설화와 구비설화의 차이를 살피기 위해 문헌설화들을 한 유형으로 묶기도 하였다. 가령 구비설화는 순행적 구성을 보여주지만 문헌설화는 역순행적 구성을 보여주며[12] 문헌자료에서는 '의문의 사건에 대한 해결이 중심'을 이루고 있는 반면, 구비설화에서는 '원혼의 형성과 등장이 주'를 이룬다는 것이다.[13]

그간의 연구에서는 문헌설화 안의 다양한 내용들이 의미화 되지 않거나 간과되는 경향이 있었다. 본고는 문헌으로 전승된 〈아랑전설〉 각 편의 특성과 유형을, 구성 방식과 형상 중심으로 살펴보는 것을 목적으로 한다. 따라서 이 연구는 〈아랑전설〉에 대한 문학적·문화적 해석을

---

11) 김형진, 「아랑 전설 연구」, 계명대학교 석사학위논문, 1997, 23~28면.

12) 김아름, 「〈아랑설화〉의 현대적 변용 연구」, 한국교원대학교 석사학위논문, 2014, 19면.

13) 이수미, 「〈아랑설화〉의 현대적 변용 연구」, 성신여자대학교 석사학위논문, 2007, 31~36면. 여기에서는 구비 자료들 대부분이 아랑의 소개로 시작하는 시간적 구성을 따르면서 억울한 죽음을 당한 여성의 원한과 그것의 해결에 중심을 두고 이야기가 서술된다고 본다. 반면, 문헌으로 전승되는 〈아랑설화〉는 의문의 사건을 중심으로 하는 역시간적 구성으로, 이는 해원자인 남성이 중심이 되는 서사라는 것이다.

적극 수행하기 보다는, 기초 자료들을 검토하고 이것들의 관계를 살피
는 실증적 성격을 가진다. 〈아랑전설〉은 한 세기가 넘는 시간 동안 문
헌 전승된 것으로, 문헌들을 살피다보면 이들 사이의 통시적 관계가
드러날 수 있는데, 시간에 따른 〈아랑전설〉의 변화나 영향 관계를 고찰
하는 것은 이 논문의 또 다른 목적이다.

2. 〈아랑전설〉의 두 가지 구성
: 사건의 전경화와 해결의 전경화

〈아랑전설〉은 19세기 초 중엽부터 오랜 시간 문헌에 기록되었다.[14]
본 연구는 먼저 19세기부터 근대에 이르기까지 문헌에 나타난 〈아랑전
설〉 목록을 제공하고,[15] 서사의 구성과 인물 형상화 차원에서 이들의
특성을 선별하고자 한다.

---

14) 문헌으로 남겨진 가장 오래된 아랑 이야기는 조선후기 편찬된 『청구야담』으로 알려
    져 있지만 여기에 대한 이견도 이미 제시되었다. 홍직필의 『매산집』에 수록된 〈기영
    남루사〉는 1810년 경 지어진 것인데, 그가 부친 임소인 밀양에 가서 마을 노인에게
    들은 이야기라고 한다. 이에 대해서는 하강진, 「밀양 영남루 제영시 연구」, 『지역문
    화연구』 13집, 지역문화연구학회, 2006, 9~72면. 밀양지역에서 찾아볼 수 있는 아
    랑전설에 대한 최고(最古) 기록은 1932년에 밀양 지역의 유학자들이 집필한 저서
    『밀주지(密州誌)』이다. 『밀주지(密州誌)』에는 '영남루, 아랑각(아랑사)'에 대한 상세
    한 설명과 함께 '아랑 이야기'를 다루고 있다. 이에 대해서는 김형진, 「아랑 전설
    연구」, 계명대학교 대학원, 1996, 13~14면.
15) 여기서 제시된 목록이 문헌 전승된 〈아랑전설〉의 최종 목록은 아니다. 이 목록은
    후속 연구를 통해 더 확충되고 보완될 필요가 있다.

〈표〉 문헌에 전승된 〈아랑전설〉 이본들

번호	제목	출처	편찬자	출간 시기
1	逢李上舍雪冤債	『성수패설』(고금소총)	미상	1830년경
2	伸妓冤妖	『명엽지해』(고금소총)	홍만종	미상
3	雪幽冤婦人識朱旗	『청구야담』	미상	19세기 중엽
4	南樓擧朱旀訴冤	『동야휘집』	이원명	1869년
5	冤鬼雪恨	『교수잡사』(고금소총)	미상	미상
6	제목 없음	『금계필담』	서유영	1873년
7	嶺南樓尹娘子	『오백년기담』	최영년	1913년
8	嶺樓貞娘 井邑冤女	『일사유사』	장지연	1916년
9	영남루에서 원정을 호소하다	『조선기담』	안동수	1922년
10	아랑처녀의 전설	『온돌야화』	정인섭	1923년
11	아랑형전설	『조선민족설화의 연구』	손진태	1925년
12	영남루 아래의 아랑각	『조선전설집』	이홍기	1944년

　이들 가운데『온돌야화』,『조선민족설화의 연구』,『조선전설집』등
에 수록된 〈아랑전설〉은 구술의 영향을 더 많이 받은, 구비설화로 보기
도 한다. 이들 세 편의 경우 구연자와 채록지가 명시되어 있어 구연
정황이 분명히 나타나기에 구비설화로 볼 여지가 충분하다. 그러나 당
시의 설화 채록과 전사가 현대와는 다를 수밖에 없던 정황을 고려한다
면, 이들 텍스트의 위상은 재정립된다. 근대 설화의 채록 과정에서는
구연 상황을 녹취할 수 있는 녹음기, 비디오 등의 기기가 없었고, 상당
부분 기억에 의존하여 설화를 전사할 수밖에 없었다. 구연자는 대강의
스토리를 전달하는 역할을 할 뿐이며 구체적 대화와 묘사 등 담화 층위

는 전적으로 기록자의 역량 하에 있었다. 이런 상황이 근대 설화집에만 국한되어 있는 것은 아니다. 『동야휘집』이나 『명엽지해』 같은 전대의 문헌설화들 역시 구연되었던 것을 듣고 기록한 것이다.[16] 구연자를 명시하지 않았을 뿐, 구연된 이야기가 기억을 통해 기술로 정착하게 된 과정은 『온돌야화』를 비롯한 근대의 설화집들과 다르지 않다. 이들 12편의 문헌설화들은 그것을 기술함에 있어 구연자가 아니라 편찬자 혹은 저자의 역할이 클 수밖에 없다는 점에서 모두 기술성을 가진다. 본고에서는 이들 이야기가 기억을 바탕으로 기술된 것임에 초점을 두면서 12편의 〈아랑전설〉을 문헌 전승된 것으로 다루고자 한다.

이 12편 외에 문헌으로 정착된 〈아랑전설〉들이 몇 편 더 있다. 가령 『대동기문』과 『조선여속고』에도 〈아랑전설〉이 있지만 본고에서 이들을 다루지 않는다. 이들은 이전 문헌을 보고 거의 그대로 전사한 것이다. 『대동기문』에 있는 〈아랑전설〉은 『명엽지해』의 〈신귀원요〉를,[17] 『조선여속고』의 것은 『일사유사』의 〈영루정낭 정읍원녀〉를 전사한 것이다.[18]

본격적인 분석에 앞서 한 가지 더 고려해야 하는 것은, 이른 시기에 기록된 것으로 보이는 〈신귀원요〉의 생산 연대이다. 이 텍스트는 동양

---

16) 『명엽지해』 서문에서 홍만종은 "서호(西湖)에 있을 때 마을 사람들의 한담을 듣고 기록"하여 편찬한 것이라고 밝히고 있다. 『동야휘집』 역시 이원명이 『어우야담』, 『기문총화』의 이야기와 함께, "민간에 유전하는 고담도 함께" 채록하여 편찬한 것이다.

17) 『대동기문』에서는 출전을 『명엽지해』나 『고금소총』이 아니라 『조서주집』으로 밝히고 있다.

18) 『조선여속고』에서는 그 출전을 『기문총화』로 기재하고 있는데, 이는 오류로 보인다. 『기문총화』에서도 아랑설화와 유사한 이야기를 찾아볼 수는 있다. 『기문총화』 2권 252화 〈원통하게 죽은 여인의 한을 풀어준 김상공〉이 그것인데, 남편의 모해로 죽은 부인의 원한을 처리한 김상공에 관한 이야기이다. 이것은 또 『청구야담』의 〈檢嚴屍匹婦解寃〉와 유사하다. 둘 다 처녀가 아니라 부인이, 남성의 욕정에 의해서가 아니라 음녀의 질투로 죽는 이야기이다. 본고에서는 이를 〈아랑전설〉로 보지 않는다.

문고 본, 손진태 본, 규장각 본, 성균관대 본『명엽지해』에는 실려 있지
않고 민자 본『고금소총』과 조영암의『고금소총』에 실려 있다. 이 이야
기에는 조광원이라는 사신이 등장하는데, 만약에 이를 실존했던 인물
로 본다면 그는 조선 중기 문신 조광원(曺光遠; 1492-1573)일 것이다.
『연려실기술』11권, 조광원 항에 간략하게 〈신귀원요〉의 내용을 싣고
출전을 '유사(遺事)'라고 밝히고 있는데, 아마도 이는 가승(家乘) '유사'
에 실렸던 것으로 보인다. 이를 고려하면 〈신귀원요〉는 조선후기에 작
품화된 것으로 추정할 수 있다.[19] 그렇다면『청구야담』의 〈설유원부인
식주기〉나『성수패설』의 〈봉이상사설원책〉이 비교적 이른 시기의 〈아
랑전설〉이라 할 수 있다.

　문헌에 기록된 〈아랑전설〉 가운데에는 처녀의 살인사건이 먼저 나
오고 원귀가 출현하기도 하고 원귀가 먼저 나오고 살인사건의 전말이
밝혀지기도 한다. 살인사건이 먼저 나올 경우 이 구성은 살인사건-원
혼의 출현-해원으로 순차적으로 진행된다.『성수패설』,『일사유사』,
『조선전설집』,『온돌야화』에서는 시간 순으로 사건이 발생한다. 반면
원혼의 출현-살인사건의 전말-해원으로 진행되는 경우 원혼 출현의
원인이 된 살인사건이 시간적으로 뒤에 나오기 때문에 시간 역전이 발
생한다. 앞서 언급한 네 편의 텍스트를 제외한 다른 여덟 편의 텍스트
에서는 시간 역전으로 사건이 진행된다.[20]

　문헌설화에서는 시간 순서로 진행되는 〈아랑전설〉보다는 시간 역전
이 발생하는 〈아랑전설〉이 더 많다. 후자의 텍스트가 더 많다고 해서

---

19) 김현룡,『한국문헌설화』5권, 건국대학교 출판부, 1998, 313면.
20) 이상은 기존논의에서 '역순행 구성'과 '순행적 구성' 등으로 언급된 것이기도 하다.
　　김아름,「〈아랑설화〉의 현대적 변용 연구」, 한국교원대학교 석사학위논문, 2014,
　　19면.

이것이 원형이라거나 원형에 더 가깝다고 말할 수는 없다. 그 차이는 기껏해야 몇 편 정도로, 의미 있는 숫자도 아닐 뿐더러, 이렇게 산술적 계산으로 추출해 낸 원형은, 다른 텍스트들이 추가되면 얼마든지 바뀔 수 있다. 오히려 초점을 맞추어야 하는 것은 〈아랑전설〉이 일반적 고전 서사와 차별적 방식으로 구성되는 지점이다. 대부분의 고전서사는 시간 순에 따라 진행되는 반면 〈아랑전설〉은 그렇지 않은 경우가 많다.

〈아랑전설〉의 시간 역전 구성과 시간 순서 구성에서 서로 다른 의문의 약호가 생성된다. 시간 순서대로 진행되는 구성에서 살인사건의 전말은, 원혼이 나타나기 전에 이미 서술된다. 서술자가 관원이 처녀를 영남루로 오게 해서 겁탈한 과정을 요약적으로 제시한다. 때문에 독자는 그렇게 죽은 원통한 처녀가 원혼이 되어 나타났다는 것을 알고 있다. 이 설화를 계속 읽거나 듣도록 하는 긴장감은, 누가, 어떻게 이 원혼의 한을 해결할 것인가 하는 의문에서 비롯된다. 시간 순서로 진행되는 〈아랑전설〉에서는 신원자 혹은 해원자의 역할이 부각된다. 해원자의 신분, 태도, 능력 등의 자질이 중요해지는 것이다. 시간 순서 구성은 해결이 전경화 되는 유형이다.[21]

시간 역전 구성은 그 진행 과정에서 시간 순서 구성과는 다른 궁금증을 유발시킨다. 이런 구성을 취하는 〈아랑전설〉에서는 원혼이 나타나 관장이 죽고, 폐읍이 된 고을에 대해 언급하면서 시작하기도 한다. 용기 있는 관장이 나타나 원혼의 발화를 들어줄 때에야 비로소 사건의 전말이 밝혀지기 때문에, 시간 역전 구성에서는 원혼의 존재 자체가 궁금증

---

21) 시간 순서 구성에서는 해원자나 신원자의 능력이 중요하다. 이들의 자질이나 특질에 주목한 연구는 다수 있다. 대표적인 것으로는 하은하, 「〈아랑설화〉에서 드라마 〈아랑 사또전〉에 이르는 신원 대리자의 특징과 그 의미」, 『고전문학과 교육』 28집, 고전문학과 교육학회, 2014, 321~350면.

을 야기한다. 왜 원혼이 나타나며, 원혼에게 어떤 사연이 있는가 하는
문제가 긴장을 유발하는 것이다. 이때 독자는 원혼이 나타나는 이유인
살인 사건의 전말에 관심을 집중한다. 시간 역전 구성은 사건이 전경화
되는 유형이다. 시간 역전 구성은 사건의 충격성과 의외성을 부각시키
면서, 시간 순서 구성에 비해 반전과 놀라움을 야기하게 된다.

사건 전경화 유형과 해결 전경화 유형은 기존논의에서 말하는 '원혼
형'과 '신원형'의 구분과 겹치기도 한다.[22] 기존논의에서 '원혼형'과 '신
원형'을 가르는 기준은, 아랑이 자신의 해원자를 적극적으로 선택하는
가의 여부에 달려 있으며, 이 가운데 '원혼형'이 〈아랑전설〉의 원형이라
고 보기도 한다. 본고는 이들이 아랑의 의지에 따라 구분된다기보다는
서로 다른 사건의 배치에 따라 구분된다고 보며, 두 가지 유형을 대등한
〈아랑전설〉의 하위 유형으로 보고자 한다. 이들이 시대나 문화에 따라
위계적으로 나타날 수는 있어도 어느 한 가지만 본질적인 〈아랑전설〉의
특성을 가지는 것은 아니다.

대부분의 고전서사가 시간 순으로 진행되는 반면 이 설화에는 유독
시간 역순으로 진행되는 이본이 많은 것을 보면, 〈아랑전설〉에서는 처
녀의 살인 사건에 얽힌 비밀을 풀어가는 과정이 이야기의 핵심이자 개
성적 지점이 될 가능성이 높다는 것을 알 수 있다. 그렇다면 사건의
중심에 있는 두 명의 인물, 죽음의 주체와 살인의 주체가 중요하게 부각
되는 셈이다.

---

22) 신호성, 「문화콘텐츠로서의 〈아랑설화〉」, 고려대학교 석사학위논문, 2007, 14~16면.
　여기에서는 시간 역전 구성 방식의 〈아랑설화〉를 원귀형으로, 시간 순서 구성 방식의
　〈아랑설화〉를 신원형으로 구분하였으며, 〈아랑설화〉를 본질적으로 원귀설화로 규정
　한다.

3. 아랑 형상의 다양성

(1) 기생 아랑과 양반 아랑

〈아랑전설〉은 시간 순이건, 시간 역전의 순이건 간에 죽음의 주체가 살인의 주체를 밝혀내는 이야기이다. 〈아랑전설〉 가운데에는 죽음의 주체가 되는 밀양 부사 딸을 소개하면서 시작하는 각편들이 있다.

> 그 딸을 유모에게서 길렀는데 남부사 슬하에는 단지 이 딸 하나뿐이었다. 부모가 자식을 양육함에 아주 은근하고 귀하게 어루만지며 길렀다. 딸이 자라남에 예쁘고 재주가 뛰어나며 지혜로웠다. 남부사가 그 딸을 사랑함이 손에 쥔 구슬과 같았는데 나이 열다섯에 아직 시집가지 아니하였다. 남부사는 밀양 부사를 제수 받아 식구들을 이끌고 이사하여 왔다. (『동야휘집』)

> 영남루 정랑은 경성 사족 여자이다. 아버진 모가 밀양 부사가 되어 가족을 이끌고 도임할 때 여자 역시 따라왔다. 나이는 이제 성년이고 자태는 아름답고 성품은 정숙하며 자못 소학(小學)과 여사(女史) 여러 편을 잘 깨닫고 있었다. 밀양부의 통인이 엿보고 기뻐하여 (『일사유사』)

이 처녀는 "예쁘고 재주가 뛰어나며 지혜"로우며(『동야휘집』), 여기에 더하여 "정숙"하고 "소학과 여사"에 대한 소양을 갖춘 것(『일사유사』)으로 그려지기도 한다. 아랑은 보편적인 이상적 여성으로 형상화되기도 하고 유교적 미덕을 갖춘 것으로 형상화되기도 한다. 아랑이 유교적 자질을 갖춘 것으로 형상화될 때, 아랑이 죽음으로 자신의 절개를 지킨 행위는 더 의도적이며, 이념적이며, 이데올로기적인 것으로 규정된다. 1916년 출간된 『일사유사』의 아랑은 아랑 가운데 가장 유교적 인물로 묘사된다. 아랑의 자질을 유교적으로 형상화하는 것은 근대 들어서의 일이다. 1958년부터 시작된 아랑제에서 아랑이 열절의 표상으로 소환된다는 점을 참고하면 아랑의 형상은 통시적으로 보았을 때 이상적 여인에서 이념적 여인으로 변모했다고 할 수 있다.[23]

시작부에서 아랑을 소개하는 것이 아니라, 신관마다 죽음을 맞는 고을에 대해 언급하는 이본도 있다. 이때에는 죽은 처녀의 신분이 관기로 설정되는 경우가 많다. 이미 고을이 폐읍으로 변한 사실부터 이야기가 시작되기에, 이 이본들은 모두 시간 역전의 구성을 취한다. 『명엽지해』, 『교수잡사』, 『조선민족설화의 연구』에 수록된 〈아랑전설〉이 그러한 경우이다. 문헌설화에서 아랑의 신분은 수청 기생과 양반의 딸 두 가지로 설정되어 있는 것이다. 아랑의 신분이 수청 기생인 경우 그녀는 잠깐 화장실을 가기 위해 밖으로 나온 사이 그녀에게 정욕을 느낀 관노나 통인을 만나 살해당한다. 밀양부사의 딸로 등장하는 경우에는 유모의 유혹에 넘어가 영남루에 달구경을 나갔다가 변을 당하거나 홀로 후원에 나갔다가 변을 당한다.[24]

신분에 따라 살인을 당하는 구체적 정황은 조금씩 다르지만 이들은 모두 필사적으로 저항하다가 칼에 찔려 죽음을 맞게 된다. 그러나 이후 이들 사체에 대한 처리 방식은 변별적이다. 아랑이 밀양부사의 딸인

---

23) 김영희는 애초에 한시와 설화에 나타난 "원귀 아랑의 귀환 목표는 '열녀되기'가 아니라 성적 폭력으로 인한 상실을 남성 주체가 참여한 공적 영역에서 애도하는 것"이었다고 하였다. 반면 아랑제에 소환된 아랑은 '정절(貞節)'과 '열(烈)'의 이념을 표상하며, 아랑제는 이데올로기적 기념과 교화의 현장이 되고 있다고 하였다. 김영희, 「밀양아랑제(현 아리랑대축제) 전승에 대한 비판적 고찰」, 『구비문학연구』 24집, 한국구비문학회, 2007, 182면.

24) 김영희는 성적 폭력에 희생된 것이 부사의 딸 아랑이 아니라 수청 기생 아랑일 때 그 죽음에 대한 해석이 달라질 수 있다고 보면서 기생 아랑의 죽음은 열절을 실천한 행동이기보다는 성적 폭력에 대한 인간적 항거의 성격을 가진다고 보았다. 김영희, 위의 논문, 201면.

경우 이들은 영남루 대밭에 버려지거나 숨겨진다. 수청 기생으로 죽은 경우, 이들은 동산 아래 돌 아래 눌려서 버려지거나(『명엽지해』) 폐문루 큰북 속에 갇히거나(『교수잡사』) 객사 고목 속에 넣어진다.(『조선민족설화의 연구』). 기생으로 죽음을 당한 여성들은, 객사와 가까운 좁고 어두운 곳에 구겨지듯 밀폐된다.

　이들의 죽음 방식과 원혼 형상은 긴밀하게 관련된다. 『명엽지해』에서 원혼은 "널판을 떼는 듯한 소리와 같더니, 얼마 후에 사람의 사지가 차례로 떨어져 내려오며, 가슴과 배와 머리와 얼굴이 줄이어 떨어져 내려와서 스스로 서로서로 꿰어 연속하며 한 여인을 이루니, 살결이 희어 눈빛과 같고 피 흔적이 붉은 꽃 같은지라. 이미 홀짝 벗은 알몸뚱이가 엷은 비단으로 홑으로 가린 것 같은데, 흐느껴 울면서 잠간 물러갔다 잠간 나왔다."한다. 독자는 원혼이 왜 그런 소리와, 행위와, 모습으로 출현하게 되었는지 의아하게 여길 수 있다. 곧 원혼의 발화로 그 이유가 밝혀진다. 범인이 "큰 돌맹이 있는 곳으로 끌어안고 가서, 첩을 그 돌 아래 넣고 누른 까닭에 사지가 가루처럼 갈리어 이 모양"이 된 것이다. 동산 아래 큰 돌에 눌려 죽음을 당한 원혼은 가루처럼 갈린 사지를 연결하면서, 붉은 꽃 같은 피의 흔적을 온몸에 새긴 끔찍한 모습으로 출현한다. "통인 놈은 나의 목에 칼을 찌른 후 나의 명이 채 다 끊어지지도 아니한 것을 고목 속에 쳐 넣었으므로 나는 지금 산 사람도 못 되고 죽은 사람도 되지 못"(『조선민족설화의 연구』)하며, 죽은 존재도 산 존재도 아닌 이유를 죽음의 정황에서 찾기도 한다. 원혼의 모습은 죽음의 정황을 증명한다. 사지가 떨어져 갈리거나, 살지도 죽지도 않은 끔찍하고 기이한 원혼의 모습은 끔찍하고 기이한 죽음을 지시하는, 육체에 새겨진 폭력의 표지이다.

양반 여성은 칼에 찔린 채 대숲에 버려지며, 원혼으로 출현할 때에 대부분 산발과 흘린 피로 형상화된다. 이 역시 끔찍한 모습이지만, 기생의 몸은 더 잔인하게 다루어지며 그래서 더 끔찍하고 원통한 원혼의 모습으로 나타난다. 이들은 모두 원혼임에도 불구하고 차별적으로 형상화된다. 이는 양반 여성의 몸과 기생 여성의 몸에 서로 다른 상상력이 개입한 결과이기도 하다. 후술하겠지만, 서사 내적으로 보았을 때 이러한 차이는 범인이 대상 여성에게 가지는 욕망의 종류와 관련이 있다. 이들 원혼은 대부분 여성으로 사회적 권력 관계의 약자로서 죽음을 당한다. 그들은 죽음을 통해 사회의 위계적 구도를 드러낸다.[25] 기생의 사체는 약자보다 더 약자의 모습을 보여주면서 타자의 타자성을 증폭시킨다.

(2) 원혼의 몸과 죽음의 정황

아랑이 수청 기생인가 부사의 딸인가에 따라 다른 방식의 죽음과 원혼의 출현이 있기는 하지만, 좀 더 미시적이고 구체적으로 원혼의 출현 장면을 보면, 그 복색, 머리, 기타 모습의 형용이 다양함을 알 수 있다.

여인의 안색이 아름답기 한이 없고, 녹의홍상으로 머리는 풀어 헤쳤는데, 그 머리에 짧은 칼이 하나 꽂혀 있었다. 흐느껴 울면서 천천히 걸어 들어와 책상머리에 앉아서, 사또를 쳐다보거늘, 사또가 모른 척 하며 책만 읽다가 얼마쯤 지난 후에 책을 덮고 소리를 가다듬어 (『교수잡사』)

---

25) 원혼설화의 주인공이 가지는 소외되고 거부된 존재로서의 사회적 위상에 대해서는 강진옥, 「원혼설화의 담론적 성격 연구」, 『고전문학연구』 22집, 한국고전연구학회, 2003, 52면.

한 낭자가 가슴에 칼을 꽂고 유혈이 낭자하여 한 큰 돌덩이를 안고 방안에 들어오니, 진사는 비록 놀라기는 하였으나 조금도 동심치 않고 서서히 물어 가로되 (『성수패설』)

한 처녀가 온 몸에 피를 흘리고 몸을 드러내고 머리 풀고 손에 붉은 기를 들고 섬홀히 방에 들어오니 부인이 놀라지 아니하고 물으니 (『청구야담』)

한 처녀가 온 몸에 피를 흘리고 머리를 풀어 온 몸을 덮고 손에 작은 붉은 기를 들고 방 안으로 들어오니 이상사가 똑바로 앉아 물으니 (『동야휘집』)

한 여자가 온 몸에 피가 묻고 목에 작은 칼이 찔린 채 앞에 와서 절을 했다. 원님이 묻기를 (『금계필담』)

녹의홍상의 어떤 처녀 하나가 머리를 풀어 헤치고 온몸에 피투성이가 되어 가지고 부사 앞에 나타났다. (『조선전설집』)

또 조금 있더니 이번에는 한편 방문이 소리 없이 슬그머니 열리면서 뼈를 찌르는 듯한 찬 기운과 함께 머리를 산발하고 전신에 피를 흘리는 요괴가 눈앞에 우뚝 나타났다. 그는 연해 주문만을 높이 읽었다. 그 요괴는 다시 사라지고 사위는 다시 침묵하였다. 세 번째는 어떤 여인의 소리가 문 밖에서 나며 방안에 있는 사람을 불렀다. 그는 재삼 생각하다가 누구냐고 하였다. 여인은 애원하는 듯한 말소리로 "나는 귀신도 아니요 사람도 아니나 호원할 말이 있으니 문을 열어 주시오." 하였다. 그는 비로소 그 요괴가 원귀임을 알았다. 그리고 몸을 부들부들 떨면서도 대담하게 방문을 열어 주었다. 어떤 소복한 여자가 목에 칼을 꽂은 채 방 안으로 들어와서 그의 앞에 절하였다. (『조선민족설화의 연구』)

원혼들은 피를 흘리고 머리를 푼 상태로 나타난다.[26] 『교수잡사』와

---

26) 여귀들의 산발이 가지는 탈일상적 특징에 대해서는 강진옥, 「원혼설화에 나타난 원

『조선전설집』에서 보는 것처럼 녹의홍상을 입은 원혼의 모습도 있다. 『교수잡사』의 편찬 연대는 정확히 알 수 없으나 19세기 쯤 편찬되었으며, 『조선전설집』은 1944년 출간되었다. 시차가 있지만, 여기에서는 모두 녹의홍상을 입은 원귀가 나타난다. 그렇다고 녹의홍상의 원귀가 원형적이거나 보편적인 원혼의 모습이라고 볼 수는 없다. 아랑의 원혼은 소복 차림일 수도 있고, 몸을 드러낼 때도 있으며, 알몸에 얇은 비단을 거치고 있는 경우도 있다.

조선시대 문헌 자료에서는 이렇게 전형화 되지 않은 다양한 원혼의 모습을 볼 수 있다. 소복한 여귀는 한국 귀신의 전형적 모습은 아니다. 최초의 소복한 여귀에 대한 형상은 『조선민족설화의 연구』에 나타난 〈아랑전설〉이 아닐까 한다. 이것이 1920년대 채록된 설화임을 고려하면, 소복한 여귀는 근대부터 나타나기 시작했음을 알 수 있다. 근대는 소복한 원혼과 녹의홍상의 원혼이 공존하던 때이기도 하다. 소복한 원귀는 공동체적이며 문화적인 상상력의 소산이다.[27] 반면 녹의홍상은 죽음의 정황을 입증하는 서사 내적 개별 증거물이다. 문화사적으로 보았을 때, 조선시대 다양한 원혼의 모습은 점차 소복한 원귀 형상으로 고정되어 갔음을 알 수 있다. 근대 이후 소복한 원귀가 한국의 전형적 원귀인 것처럼 일반화 된 것이다. 이는 죽음의 정황을 증명하는 개별적

혼의 형상성 연구」, 『구비문학연구』 12집, 한국구비문학회, 2001, 11면.

27) 소복한 여귀는 한국 귀신의 전형적 모습으로 생각되지만, 조선시대 문헌 자료에서 찾을 수 있는 형상은 아니다. 백문임은 이러한 관습이 〈전설의 고향〉이라는 TV 드라마에서 형성된 것이 아닐까 추측한다. 백문임, 「미지와의 조우-아랑형 여귀영화」, 『현대문학의 연구』 17집, 한국문학연구학회, 2001, 85면. 그러나 손진태의 자료가 1920년대 채록된 것임을 생각하면 소복한 귀신은 1960년대가 아니라 1920년대부터 나타났음을 알 수 있다. 이러한 형상이 점차 일반화된 것에는 매체의 영향이 농후하기에, 소복한 원귀는 문화적 상상력의 소산이기도 하다.

원혼의 형상이 점차 문화적 상상력에 의해 동화되어 가는 변화의 방향
성을 보여준다.

4. 드러나는 범인의 내면과 근대의 〈아랑전설〉

〈아랑전설〉에서는 죽은 여성의 존재도 중요하지만, 그녀가 누구에
게, 왜 죽게 되었는가 하는, 살인의 주체와 범행도 중요하다. 그 과정
이 원한을 만들어 내고 해원을 요청하기 때문이다. 이 장에서는 아랑
이 누구에게, 왜 죽게 되었는가에 초점을 맞추어 이본들을 분석하고
자 한다.

『청구야담』의 〈아랑전설〉에서 원혼은 원한을 말하지 않는다. 그녀
가 나타나자, 직감적으로 원혼임을 안 해원자가 원수를 갚아주겠다고
말하고, 이 말에 원혼은 "은혜가 백골난망"이라고 하면서 사라진다. 이
해원자는 관장의 부인이었는데, 그녀는 원혼이 가지고 온 붉은 기가
범인을 상징하는 것임을 추론하고, 범인의 이름을 "주기(朱旗)"라고 밝
힌다. 『동야휘집』의 〈아랑전설〉에서 이상사는 범인의 이름을 묻고, 원
혼이 주기를 들어 "이를 보면 아실 것"이라고 답한다. 이와 유사한 이야
기를 전승하고 있는 『오백년기담』에서는 원혼이 붉은 기를 들고 온 것
으로 언급되며, 『조선기담』에서는 범인이 자신의 이름을 스스로 "주
기"로 밝힌다. 이 네 편에서만 범인의 이름이 '주기'로 나타난다. 이들
은 서로 영향 관계에 있는 문헌으로 보이지만 조금씩 차이가 있다. 『청
구야담』에서 붉은 기가 범인을 암시한다는 것 자체를 추론해야 했다
면, 『동야휘집』에서는 붉은 기가 범인의 이름이라는 사실을 추론해야

하고, 『오백년기담』이나 『조선기담』에서는 추론 과정이 약하게 드러
나거나, 범인이 자신의 이름을 말하기에 추론 과정은 생략된다. 이들
은 모두 시간 역전의 구성을 취한다. 이 구성이 사건을 전경화 시키는
기능을 한다면, 이때 사건의 전말은 아랑의 발화뿐만 아니라 해결자의
추론 과정을 통해 밝혀지기도 한다. 특히나 『청구야담』의 〈아랑전설〉
은 원혼의 한을 푸는 과정에 사건을 추론하는 과정을 삽입한다. 『청구
야담』의 〈아랑전설〉이 비교적 이른 시기의 것임을 고려한다면, 〈아랑
전설〉은 원혼에 대한 안타까움과 사건을 추론하는 재미를 모두 느끼도
록 구성되었던 것임을 알 수 있다. 이 점에서 『청구야담』의 〈아랑전설〉
은 공감의 플롯이자 긴장의 플롯이도 하다. 정서적 플롯이자 지적 플롯
이기도 한 것이다.

　범인이 추론되는 정도는 다르지만, 〈아랑전설〉에서 범인이 밝혀지
면 대부분 그는 빠르게 징치된다.

　　형방이 발명하여 낱낱이 고하니, 이에 명하여 박살하고 여인의 부모를
　불러 (『교수잡사』)

　　이방을 잡아들여 장문(杖問)한 즉 낱낱이 자복하거늘, 날이 밝은 후
　에 연못을 뒤지니 과연 그 가운데 안모가 산 것과 같은 시체가 있었다.
　(『성수패설』)

　　아무개의 이름을 지명하여 곧 명하여 묶으라 하고, 이에 많은 사람에게
　돌을 들게 하니 (『명엽지해』)

　　신관은 그날 곧 통인을 고문하여 보았다. 통인은 할 수 없이 시종을
　자백하였다. (『조선민족설화의 연구』)

범인은 자신의 범행을 "낱낱이" 실토한다. 대부분의 〈아랑전설〉에서 범인이 잡히고 자백을 받는 과정은 간단하게 요약적으로 나타난다. 이는 원혼의 발화가 진실임을 입증하는 것으로, "낱낱이" 고하는 내용은 원혼이 말한 내용과 다를 바 없다는 것을 암시한다. 시간 역전 구성에서는 원혼의 발화가 범인의 검거보다 앞서 나타나기 때문에 사건의 전말이 드러나는 것은 범인의 자백이 아니라 원혼의 발화이다. 가령 시간 역전 구성의 대표적인 예인 『동야휘집』에서 범인의 내면이 드러나는 방식을 보자.

> 관아 내 정원에 정자가 있어 여자가 유모와 함께 올라 구경할 때 주씨 놈은 통인으로, 우연히 후원을 지나다가 여자의 웃는 말소리가 담을 넘어 나오는 것을 듣고 엿보다가 고운 모습을 보고 욕심이 생겨 유모에게 뇌물을 후하게 주어 여자를 데리고 밤에 영남루에 이르게 했다. 달구경을 할 때 유모에게 오줌을 누러 잠깐 피해달라고 부탁하고 저놈은 누 아래 숨어 있다가 갑자기 뛰어나와 여자의 허리를 잡고 강제로 욕보이고자 하였다. (『동야휘집』)

여기에서는 사건의 전말이 요약적으로 나타난다. 요약적 제시에서는 요약을 하는 서술자의 존재가 부각된다. 서술자는 범인을 "주씨 놈[朱漢]"이나 "저놈[彼漢]"으로 지칭한다. 범인을 지칭하는 이 언어는 서술자의 것이다. 그러나 여자를 처음 보고 영남루에 꾀어내기까지 발화 내용들은 주기만이 알 수 있는 것으로, 이 장면의 초점자, 즉 지각의 주체는 범인 주기이다. 이 서술은 발화자와 초점자가 불일치한다. 이 때 독자는 서술자의 언어로 범행에 대해 알게 되는데, 이는 범인이 가진 폭력성과 잔인함을 더 강조하는 효과가 있다.

서술자의 요약적 제시가 아니라 범인 스스로의 발화로 범행이 드러나는 경우도 있다.

> "소인은 윤 사또 나리 때 통인으로, 하루는 윤 소저를 슬쩍 보고는 마음
> 이 끌렸는데 그만 병이 되어 어떤 약도 효험이 없었습니다. 사중구생의
> 계책을 감히 내어 천 냥의 돈을 유모에게 뇌물로 주고 소저를 영남루로
> 유인해 내어 백반걸명(百般乞命) 하였으나 고래고래 소리를 지르며 듣지
> 않았습니다. 일이 이 지경에 이르렀으니 어떻게 하든 죽을죄를 지은 것은
> 마찬가지라."(『오백년기담』)

범인은 자신의 범행을 인정하면서 아랑에게 가졌던 감정, 영남루로
그녀를 유인한 정황 등을 설명한다. 『오백년기담』에서처럼 범인의 발
화가 재현되는 경우, 독자는 범인의 시각에서 범인을 보게 된다. 이는
범인이 가졌던 아랑에 대한 감정을 환기시킨다. 이 발화는 죄를 인정하
거나 후회하는 범인의 내면을 보여주기도 한다. 범인의 내면이 드러나
면 이 살인 사건은 정욕만을 채우기 위한 범행이 아닐 가능성이 생긴
다. 범행 상황이 서술자에 의해 요약적으로 제시되는 『동야휘집』과 같
은 이본보다 범인의 발화가 드러나는 이본이 상대적으로 범인의 폭력
성과 잔인함을 완화하는 효과를 야기한다.

『오백년기담』에서는 범인의 발화 뿐 아니라 원혼의 발화로 사건에
대해 전달하기에 이 두 발화가 사건을 구성하는 방식에 대해서도 살필
수 있다.

> "부모님께 알리지도 못하고 유모와 함께 몰래 가서 달구경 꽃구경을
> 할 즈음이었습니다. 간교한 아이놈 하나가 돌연 나타나 겁탈하려고 협박
> 하므로 울부짖으며 거절하였더니, 그 놈이 차고 있던 칼로 저를 찔러 죽여
> 영남루 아래 대숲 속에 몰래 묻어 두었습니다."(『오백년기담』)

이 원혼은 영남루에서 이진사를 만나 자신의 한을 토로한다. 사건의
정황이 그녀의 발화를 통해 요약적으로 전달된다. 이 요약된 경험은
아랑 자신의 것으로, 그녀는 통인의 이름이나 범행의 동기는 말하지
않고 자신이 경험한 사건만을 전달한다. 『오백년기담』에서는 아랑의
지각으로 사건을 보여주는 부분과 범인의 지각으로 사건을 보여주는
부분이 구분되는 것이다. 아랑의 발화는 아랑이 어떻게 죽었는가를 보
여주며, 범인의 발화는 아랑을 왜 죽였는가를 보여준다. 이 두 가지를
종합할 때 사건의 전말이 나온다.

〈아랑전설〉이 시간 순서로 구성되는 경우, 처음부터 범인의 지각으
로 아랑에 대한 관심이 드러나기도 한다.

> 그 고을의 관노 중 한 젊은 사람이 있어, 한번 아랑의 아름다운 얼굴을
> 엿본 뒤로는 마음이 산란해 신분에 맞지 않는 외람한 생각을 가지게 되었
> 다. 그러나 한 면은 관노요 한 면은 부사의 딸이니 그 신분의 차이는 너무
> 나 컸다. 감히 혼인 말 같은 것은 입 밖에라도 내는 날이면 목이 달아날
> 팔이니, 그런 기색은 동료들 사이에도 나타내지 못하고, 혼자 속으로만
> 가슴을 태우고 있었다. 그러나 아무리 생각하여도 무슨 비상수단을 쓰기
> 전에는 도저히 아랑을 자기 것으로 만들 도리가 없다. 그는 얼마를 두고
> 생각하여 보았다. 그러나 아무런 좋은 생각도 나지 않았다. 그런 데다 한
> 번 불타오르는 뜨거운 마음은 끄랠야 꺼지지 않았다. (『조선전설집』)

> 이 아랑의 아버지 밑에서 일을 보고 있던 나이 젊은 관원 하나가 있었는
> 데 그는 백가라 불리었다. 아랑의 아름다움에 빠진 그는 신분이 낮아서
> 직접적으로 그녀에게 말할 수 없었고 그녀와 결혼하는 것도 불가능했기
> 때문에 그녀의 사랑을 얻을 방법을 궁리했다. 그는 아랑의 유모에게 접근
> 하여 그녀에게 그의 비밀을 털어놓았다. (『온돌야화』)

이 두 편의 이본들은 앞서 『오백년기담』과 마찬가지로, 관노 혹은 관원이 아랑의 아름다움을 보고 마음이 산란해 하거나 아랑의 사랑을 얻을 방법을 궁리하는 것으로 그린다. 『온돌야화』의 경우에는 그에게 '백가'라는 이름을 부여한다. 앞서 언급한 것처럼, 〈아랑전설〉에서 가장 자주 등장하는 범인의 이름은 '주기'로, 그 전통은 『청구야담』에서부터 시작되었다. 이 이름은 범인을 추론할 수 있는 정황을 지시하기 위해 작명된 것이다. 〈아랑전설〉 가운데에는 범인의 이름이 밝혀지지 않는 이본도 다수 있다. 반면 『온돌야화』에서 범인에게 부여된 '백가'라는 이름은, 추론을 통해 플롯의 긴장을 유발하는 것과는 다른 기능을 한다. 그에게 인간적 개성이 부여되는 것이다.

이렇게 시간 순서로 구성된 〈아랑전설〉에서는, 밀양 부사의 부임과 그와 함께 온 아름다운 딸, 그 딸을 보는 젊은 관원의 지각이 드러나기도 한다. 『조선전설집』에서는 범인이 "혼인 말 같은 것은" 입 밖에도 내지 못하면서 '불타오르는 뜨거운 마음'을 가진 것으로 서술하고 있으며, 『온돌야화』에서 범인은 아랑의 "사랑을 얻을 방법"을 강구하기도 하며, 아랑에게 사랑한다고 말하기도 한다. 『오백년기담』에서는 범인이 "강상의 죄를 저질렀는데 죽는 것이 늦었습니다."라며 자책감을 표현하기도 한다. 아랑에 대한 범인의 욕망은 욕정 이상의 것으로 나타난다.

『온돌야화』, 『조선전설집』, 『조선기담』, 『오백년기담』에는 범행을 실토하는 범인의 발화나 범인의 지각이 드러나기도 하며, 아랑과 범인의 대화도 구체적으로 묘사된다. 이들은 모두 20세기 초에 생산된 텍스트이다. 흥미로운 것은 근대 출간된 텍스트인데도, 원혼의 신분이 기생인 경우에는 이런 현상이 나타나지 않는다는 점이다. 『조선민족설화의 연구』의 〈아랑전설〉에서는 여성의 신분이 수청 기생으로 설정되어 있다. 이 〈아랑전설〉에서는 사랑을 말하는 범인의 발화나 지각, 범행을 자백하는 범인의 발화나 지각이 모두 나타나지 않는다. 범인의 내면은 드러나지 않으며, 그는 욕정으로 인해 살인을 벌인 것으로 요약적으로 기술된다.

근대 들어 기술된 설화에서는 인물의 내면이 그려지는 경향이 뚜렷하게 나타난다. 〈해와 달〉에서 호랑이와 맞닥뜨린 어머니가 자식에 대한 염려와 걱정을 내비치기도 하고, 〈선녀와 나무꾼〉에서 남편을 속이고자 하는 선녀의 내면이 묘사되기도 한다. 이런 경향은 근대에 기술된 〈아랑전설〉에서도 찾아볼 수 있다. 〈아랑전설〉에서 범인은 아랑에 대한 욕정 이상의 내면을 가진 인물로 그려진다. 아랑이 양반의 딸로 그려지는 경우 시간 순서 구성에서는 범인이 아랑을 만나고 마음에 품는 과정이 나타나기도 한다. 시간 역전 구성에서는 범행이 밝혀질 때 그간 아랑에 대해 가져왔던 그의 마음이 표현되기도 한다. 그러나 이는 근대 들어 기술된 〈아랑전설〉 가운데에서도 여성의 신분이 양반인 경우에만 해당하는 사항이다. 이렇게 〈아랑전설〉의 플롯과 인물 형상화는 긴밀한 관련을 가진다. 내면이 그려진 범인은 서술자에 의해 행위가 요약적으로 제시되는 범인에 비해 덜 잔인하고 폭력적으로 인식되는 효과가 있다. 근대의 〈아랑전설〉은 범인에게 나름의 진실을 발화하게 함으로써 피해자/희생자, 규범/반규범의 확고한 경계에 균열을 가한다.

5. 환원 불가능한 이본들

〈아랑전설〉은 범인을 추론하는 과정을 긴장감 있게 구성한 해결의 플롯이 되기도 하고, 아랑의 원통함에 동감하는 공감의 플롯이 될 수도 있다. 이 아랑은 양반일 수 있고 기생일 수 있다. 녹의홍상을 입은 원혼, 알몸에 비단을 감은 원혼도 있고 조각난 사지를 하나씩 붙이며 등장하거나 돌을 이고 등장하는 원혼도 있다. 아랑이 이러한 원혼이 된 데에는 정욕에 눈이 먼 범인에게 죽음을 당했기 때문일 수도 있고, 자신을 사랑하는 범인에게 죽음을 당했기 때문일 수도 있다. 이렇게 다양하게 드러나는 〈아랑전설〉의 문면을 한 가지 파불라로 정리하기는 힘들다. 각기 다른 이런 구체적 담화를 통해 추론할 수 있는 스토리는 동일한 것이 아니기 때문이다.[28]

앞서 언급한 것처럼, 〈아랑전설〉이 '원혼의 출현–살인사건의 전말–해원'이라는 시간 역전의 구성을 취할 경우, 사건 전말은 원혼의 발화로 밝혀진다. 여성의 신분이 기생일 때에는 모두 시간 역전의 구성을 취하는데, 범인은 욕정으로 인해 수청 기생을 강간하려 한다. 기생의 원혼은 더욱 끔찍하고 잔인한 모습으로 나타나 살인의 현장을 증명한다. 반면 여성이 양반의 신분일 때, 근대 생산된 이본에서는 범인의 발화가 구체적으로 드러나며 범행 동기가 그의 발화를 통해 밝혀지기도 한다. 〈아랑전설〉이 '살인사건의 발생–원혼의 출현–해원'이라는 시간 순서의 구성을 취할 경우, 사건 전말은 이미 서술을 통해 밝혀진 상태이다. 이 경우 만일 아랑이 양반여성이라면, 근대에 출현한 이본에서는 범인이 아랑을 보는 시각이 첨부되기도 하며 범행의 동기가 단

---

28) 이런 점에서 수제나 담화의 재료가 파불라나 스토리라고 말하기는 어렵다. 우리가 확인할 수 있는 것은 이미 원인과 결과가 전략적으로 긴밀하게 배치된 수제 혹은 담화일 뿐이다. 그것을 통해 추론할 수 있는 파불라나 스토리가 있다면 그것은 재료로서의 성격을 가지기보다는 구체적 담화와 파불라를 추상화한 서사로서의 성격을 가진다.

순한 욕정이 아닌 것으로 그려지기도 한다. 이렇게 〈아랑전설〉에서 시간 구성-여성의 신분-범행의 동기는 긴밀한 관련을 가진다.

아랑 형상의 변화와 서사 구성의 변화를 살펴보면서 역사적 변천 과정과 변화의 문법을 확인하는 것은 쉬운 일은 아니다. 본 연구에서는 『동야휘집』(1869) →『오백년기담』(1913) →『조선기담』(1922)의 이본이 영향관계에 있음을 확인할 수 있었다. 이들 이본은 모두 시간 역전의 구성을 취하고, 양반 여성이 원혼으로 등장하며, 주기라는 범인을 설정하고 있다는 점에서 공통적이다. 『동야휘집』과『오백년기담』에서는 붉은 기를 통해 범인의 이름을 추론하고 있고, 『조선기담』에서는 백일장을 열어 범인이 자백하게 만든다. 사건의 전말을 알기 위해 조금씩 다르기는 하지만 범인을 찾는 과정이 주요하게 나타난다는 점에서 이 세 가지는 〈아랑전설〉 가운데 긴장의 플롯과 지적 플롯을 형성하고 있는 계열들이다.[29] 이 세 가지 이본 내에서도 사건 전말에 접근 하는 방식은 조금씩 다르게 나타난다. 〈아랑전설〉의 전체 이본들을 염두에 둘 때, 그 변화의 편폭은 더 크다. 문헌으로 전승된 〈아랑전설〉의 이본들은 각각의 개성을 가지고 있다. 구성 방식, 아랑의 신분이나 원혼의 형상, 범인의 욕망과 살인의 동기 등에 있어 차별적인 것이다. 그 결과, 환원 불가능한 이본이 겹쳐진 것이 문헌으로 전승된 〈아랑전설〉의 특징이다. 그 이본의 종합으로서의 〈아랑전설〉은 긴장/동감, 슬픔/괴기, 증오/연민을 경험하게 한다.

첨언하자면, 이상의 다양한 이본의 존재는, 〈아랑전설〉이 문헌에서

---

29) 『청구야담』의 〈아랑설화〉 역시 이 이본들과 공통되는 특징을 가진다. 그러나 해원자의 신분이 관원이 아니라 관원의 부인인 점, 아랑의 원혼이 사건의 전말을 발화하지 않는 점 등 차이가 있어 직접적 영향 관계를 인정하기는 어렵다.

문헌을 거쳐 전승된 것이 아니라 다른 원천과의 상호 작용을 거쳐 전승된 것임을 시사한다. 그 다른 원천은 구술 전승된 〈아랑전설〉이 아닐까한다. 〈아랑전설〉은 입에서 입으로 전승되던 것을 기록하는 것이 더 일반적이었을 가능성이 크다. 〈아랑전설〉은 감동과 재미를 아우르는 서사 구성으로 다양한 이야기의 가능성을 가지진다. 이는 달리 말하면, 〈아랑전설〉이 활발하게 구연되었을 가능성을 암시하는 것이기도 하다. 구술 전승 〈아랑전설〉과 문헌 전승 〈아랑전설〉을 정밀하게 비교하는 것은 추후의 과제로 남긴다.

본고는 그간 연구사에서 소홀히 다루어졌던 문헌에 전승된 〈아랑전설〉의 다양성을 보여주는 것 외에, 근대에 이르는 시기, 〈아랑전설〉에 나타난 변화 양상을 통해 근대 설화 문학의 방향성을 그 단면이나마 가늠해보려고 하였다. 그 결과 근대의 〈아랑전설〉에서는 범인의 내면이 강조되는 뚜렷한 방향성을 읽어낼 수 있었다. 근대의 아랑은 가장 유교적 모습으로 그려지기도 하고(『일사유사』), 그 범인은 가장 낭만적 모습으로 그려지기도 한다(『온돌야화』). 〈아랑전설〉을 통해 본 근대 설화 문학은 진보적이라거나, 보수적이라고 단적으로 말하기는 어렵지만 어떤 경우에건 '가장'이라는 수사를 동원할 수 있다는 점에서 극단화의 경향을 가진다. 이 역시 〈아랑전설〉이 가지는 다양한 가능성이 실현된 것이다. 다른 근대 설화 문학의 변전(變轉)과 비교했을 때 극단화의 현상이 구체적으로 어떤 위상과 의미를 가지는가에 대해서는 후속 논의가 필요할 것이다.

번호	제목	출처	아랑의 신분(이름)	범인의 신분(이름)
1	伸妓寃妖	명엽지해 (고금소총)	수청 기생	관노
2	雪幽寃婦人識朱旗	청구야담	부사 딸	주기/통인
3	南樓擧朱旂訴寃	동야휘집	부사 딸	주기/아전
4	冤鬼雪恨	교수잡사 (고금소총)	수청 기생	통인(→ 형리)
5	逢李上舍雪冤債	성수패설 (고금소총)	군수 딸	통인(→ 이방)
6	제목 없음	금계필담	부사 딸	아전
7	嶺南樓尹娘子	오백년기담	부사 딸	주기/통인
8	嶺樓貞娘 井邑寃女	일사유사	부사 딸	통인7
9	영남루에서 원정을 호소하다	조선기담	부사 딸	주기/통인
10	아랑처녀의 전설	온돌야화	부사 딸(아랑)	관원(백가)
11	아랑형전설	조선민족설화의 연구	수청 기생	통인
12	영남루 아래의 아랑각	조선전설집	부사 딸	관노

해원자	강간/죽음의 장소	은닉장소	범인의 발화	범인 검거 단서	플롯
조광원	객관 뜰→동산	동산 돌 아래	없음	원혼의 말	시간 역전
자원한 밀양부사의 부인	후원 부용정→죽림	관아 뒷산	없음	붉은 기를 보고 추론	시간 역전
밀양부사의 친구 이상사	영남루	죽림	없음	붉은 기를 보고 추론	시간 역전
자원한 밀양부사	동방	폐문루 큰북	없음	원혼의 말	시간 역전
책실 이진사→사또	영남루 대밭	연못에 던져 돌로 누름	없음	원혼의 말	시간 순서
이상사 자원	부용당	영남루 아래 죽림	없음	원혼의 말	시간 역전
이진사 자원	영남루	영남루 아래 죽림	있음	원혼의 말	시간 역전
이진사	영남루	영남루 아래 죽림	없음	원혼의 말	시간 순서
이진사의 자원	영남루	영남루 아래 죽림	있음	백일장	시간 역전
이상사의 자원	누각	누각 아래 죽림	있음	원혼이 노란 나방이 되어 알려줌	시간 순서
자원한 밀양부사	미상	객사 고목 속	없음	원혼의 말	시간 역전
붓장수 자원	영남루	영남루 죽림	있음	원혼이 흰나비가 되어 알려줌	시간 순서

'두더지 혼인' 설화에서
해석적 코드의 비교문학적 연구

1. 서론

독자들은 완전히 자의적으로 텍스트의 의미를 구하지 않는다. 텍스트에는 독자들을 인도하는 어떤 길이 나 있다. 로트만은 "모든 텍스트(특히 문학 텍스트)는 그 안에 우리가 청중의 영상이라고 부르고 싶은 것이 포함되어 있는데, 이 영상은 독자를 위해서 규범화하는 규약이 됨으로써 실질적인 독자에게 강한 영향력을 미치고 있다."고 하였다.[1] 로트만에 따르면, 텍스트 안에는 독자를 규범화하는 지점이 있으며, 이를 통해 이상적 독자, 텍스트 내 독자와 경험적 독자, 실제 독자를 연결하는 연구가 가능하다. 본고는 텍스트 안에 포함되어 있는 독자를 위한 규약을 "해석적 틀"로 지칭하면서 텍스트 내 독자와 실제 독자의 연결고리에 관심을 가진다.

해석적 틀이 다른 경우 유사한 이야기가 서로 다른 방식으로 해석될

---

1) 엘리자베드 프로인드 저, 신명아 역, 『독자로 돌아가기』, 인간사랑, 2005, 135면.

수도 있다. 본고는 인도와 한국에 공통적으로 존재하는 '두더지 혼인' 설화를 대상으로, 같은 유형의 텍스트를 서로 다르게 의미화 하도록 이끄는 해석의 틀을 연구할 것이다. 본고에서 각 문화마다 다른 해석의 틀을 밝히기는 것은 "해석적 코드",[2] 즉 해석의 규칙을 밝히기 위한 하나의 절차가 된다. 해석적 틀은 텍스트 내에서 독자를 인도하는 하나의 "길"로 기능하면서 독자들이 자의적 해석을 지양하도록 할 것이다. '두더지 혼인'은 다양한 의미를 양산할 수 있다. 그러나 해석적 틀을 고려한다면, '두더지 혼인'의 다양한 해석들이 어떤 패턴을 가지는지 살펴볼 수 있다. 이때 본고에서 중시하는 것은 구체적으로 양산되는 의미 자체보다는 그러한 의미들이 '두더지 혼인'과 어떤 관계를 가지면서 파생되는가 하는 데 있다. '두더지 혼인'을 대상으로 해석적 틀을 연구하는 궁극적 목적은 바로 이 텍스트를 둘러싼 해석적 코드를 밝히는 데 있다.

해석적 코드에 대한 연구는 유사한 텍스트가 다른 방식으로 해석될 수밖에 없는 맥락에서 그 유효성이 극대화될 수 있다. 본고는 텍스트 해석의 맥락으로 문화를 가정할 것이다. 본고에서 해석적 코드에 대한 연구는 서로 다른 문화를 토대로 하여 이루어지는 것이기에 한 편으로는 비교문학적 시각을 전제한다. 이때 비교되는 문화는 한국(조선)이나 인도를 통째로 이르는 것이 아니라, '두더지 혼인'이 소통되던 특정 시

---

2) 코드code는 기호 작용의 규칙을 말한다. 송효섭은 구조적 코드와 해석적 코드를 구분하는데 구조적 코드가 기호와 기호 사이의 관계의 규칙인 데 비해 해석적 코드는 기표와 기의 사이의 관계의 규칙이라는 점에서 차이가 있다. 송효섭, 『인문학, 기호학을 말하다』, 이숲, 2013, 191~192면. '두더지 혼인'이라는 기표는 문화에 따라 다양한 해석을 양산한다. 본고는 다양한 해석 자체보다는 그 규칙을 메타적으로 명명하는 데 관심을 가진다. 이를 위해서는 일반적인 "코드"보다는 "해석적 코드"라는 용어가 더 적합하다고 본다.

기, 특정 향유층이 구성한 문화를 의미한다.

'두더지 혼인' 혹은 '쥐의 혼인'은 동양권에 널리 알려진 설화 가운데 하나이다. 인도에서는 기원전에 형성된『판차탄트라Pa catantra』와 11세기 편찬된『카타사리트사가라Kathāsaritsāgara』등의 문헌에 이야기가 수록되어 있다. 중국에서는 유원경(劉元卿; 1544~1609)의『현혁편(賢奕編)』,「응해록(應諧錄)」을 비롯해서, 20여 편이 넘는 자료가 채록되었다. 일본에서는『사석집(沙石集)』(1283)에 수록된 것을 필두로 30여 가지의 설화가 기록·보고되었다. 우리나라에서도 16세기 문헌인『효빈잡기(效嚬雜記)』,『어우야담(於于野談)』에 해당 설화가 기록되어 있으며, 구전자료가 전국적으로 약 30여 종 채록되었다.

한국에서 〈두더지 혼인〉[3]은 일반적으로 두더지가 딸을 낳아 해(와 달), 구름, 바람, 돌부처에게 혼처를 구하다가 끝내는 동족인 두더지와 혼인시키는 내용이다. 이 설화에 대한 기존 연구는 대부분 비교문학적 관점에서 이루어졌다.[4] 황인덕은 이 설화가 인도에서 시작하여 중국과 한국에 전파된 것임을 재확인하면서, 쥐가 두더지로 변한 현상과 속담 설화로의 사용 등 한국에서의 토착화에 주목한다.[5] 맹상염은 전파론적 관점에서 중국과 한국의 설화를 비교하면서 특히 세부적 서사 단락과 등장인물의 변이 양상에 초점을 두고 차이를 비교한 후 그 현대적인 수용 양상을 살핀다.[6]

___

3) 인도와 한국의 공통 유형을 언급할 때에는 '두더지 혼인'으로, 한국의 유형을 언급할 때는 〈두더지 혼인〉으로, 한국의 속담을 언급할 때는 '두더지 혼인'으로 표기하였다.
4) 그 외 문학치료적 관점에서 "자기 세계에 대한 긍정적 수용"의 필요성을 논한 기존논의가 있다. 김태균,「쥐(두더지) 혼인담'의 서사적 의미와 문학적 치료 활용」,『문학치료연구』28집, 한국문학치료학회, 2013, 29면.
5) 황인덕,「두더지 혼인」설화의 印·中·韓 비교 고찰」,『어문연구』48집, 어문연구학회, 2005, 앞의 논문, 321~323면.

전파론적 관점에서 '두더지 혼인' 설화에 대해 연구할 때 중국은 인도와 한국을 매개하는 중요한 다리 역할을 한다. 중국 설화에는 소녀가 쥐로 변신하는 내용이 포함되어 있는데, 이 유형은 우리나라에서는 보고된 바가 없는 것이다. 전파론적 관점은 우리나라에서 향유되는 〈두더지 혼인〉 설화의 구체적 내용들이 형성된 과정에 대한 단서를 제공한다.[7] 기존논의에서 〈두더지 혼인〉 설화의 연원과 텍스트의 기본적 의미와 세부적 차이들이 밝혀졌다고 본다. 본 논의는 텍스트가 전달하는 메시지가 '무엇'인가가 아니라, 그런 메시지가 '어떻게' 양산되는가 하는 해석의 과정에 초점을 둔다. 따라서 세부적인 의미의 차이를 밝히기보다는 궁극적으로 그런 의미의 차이를 초래하는 메커니즘은 무엇인가에 대해 연구할 것이다. 이를 통해 같은 유형의 설화가 다른 문화의 맥락에서 어떻게 다르게 기능하는가를 살펴볼 것이다.

두 텍스트의 해석적 틀을 고려하는 본 연구는 어떤 텍스트나 문화가 다른 텍스트나 문화보다 본질적이라거나 우월하다는 것을 전제하지 않는, 다문화적 관점에서 이루어질 것이다. 구술 텍스트와 기술 텍스트를 모두 다루어야겠지만 인도의 경우 구술된 텍스트를 다루기 어렵다. 이러한 연구의 한계로 인해 문헌으로 기록된 텍스트에 초점을 두기로 한다.

2. 인도의 〈소녀로 변신한 쥐〉

인도의 『판차탄트라』에는 〈소녀로 변신한 쥐〉 이야기가 있다. 그 서

---

6) 맹상염, 「한·중 '쥐 혼인 설화'의 비교 연구」, 한남대학교 박사학위논문, 2013.
7) 황인덕, 앞의 논문, 316면.

사 단락은 다음과 같다.

1. 매에 채여 가던 암쥐가 성자의 손에 떨어진다.
2. 성자는 생쥐를 어린 소녀로 변신시켜 친자식처럼 키운다.
3. 소녀가 열두 살이 되자 혼처를 구한다.
4. 성자는 기도와 위력으로 태양을 부른다.
5. 소녀는 그의 성격이 지나치게 뜨거워서 부담된다고 한다. 혹은 태양
   이 자신보다 더 강한 것이 있다고 한다.
6. 성자는 태양에게 더 나은 신랑감을 묻고 태양의 추천으로 구름을
   부른다.
7. 소녀는 구름이 너무 검고 차가워서 싫다고 한다. 혹은 구름이 자신보
   다 더 강한 것이 있다고 한다.
8. 성자는 구름에게 더 나은 신랑감을 묻고 구름의 추천으로 바람을
   부른다.
9. 소녀는 바람이 변덕이 심해 싫다고 한다. 혹은 바람이 자신보다 더
   강한 것이 있다고 한다.
10. 성자는 바람에게 더 나은 신랑감을 묻고 바람의 추천으로 산을 부른다.
11. 소녀는 산이 딱딱하고 엉덩이가 무거워 싫다고 한다. 혹은 산이 자
    신보다 더 강한 것이 있다고 한다.
12. 성자는 산에게 더 나은 신랑감을 묻고 산의 추천으로 쥐 대왕을
    부른다.
13. 소녀는 쥐 왕이 천하에 으뜸가는 신랑감이라며, 자신을 쥐로 둔갑
    시켜 달라고 한다. 혹은 쥐가 성자에게 소녀가 어떻게 자신의 굴로
    들어오겠냐고 묻는다.
14. 성자가 소녀를 다시 쥐로 변신시켜서 쥐 대왕과 혼인시킨다.[8]

---

[8] 『판차탄트라』 한국 번역본은 서수인 역, 『판차탄트라』, 태일출판사, 1996. 여기에서는
신랑감에 대한 소녀의 의견이 강하게 나타나지만 영역본에서는 그렇지 않다. 이런
차이가 나타나는 것은 저본으로 삼은 텍스트가 다르기 때문이다. 『판차탄트라』의

제목이 시사하듯, 〈소녀로 변신한 쥐〉에서는 변신이 중요한 모티프
이다. 쥐는 사람으로 변신하고, 성장하지만 혼인을 위해 다시 쥐로 돌아
간다. 두 번의 변신을 통해 이 이야기에는 소녀/쥐, 사람/동물의 대립항
이 만들어진다. 쥐는 소녀로 변해 성자와 오랜 시간을 산다. 성자는
소녀를 변신시킬 수 있고 그녀를 위해 최고의 신랑감에게 구혼할 수
있는 신비한 능력을 가진 인물이다. 게다가 그는 쫓기는 쥐를 살려냈으
며, 소녀를 친딸처럼 여기고, 그녀를 위해 여러 구혼자를 청하는 일을
마다하지 않으며, 다시 아무 조건도 없이 소녀를 쥐로 변신시킨다. 성자
는 신비한 능력과 훌륭한 미덕을 가지고 있다. 쥐는 동물로 태어나지만
인간으로 성장한다. 타고난 본성은 쥐이지만 획득된 개성[9]은 인간이라
고 할 수 있다. 그러나 소녀는 쥐 대왕을 보는 순간 쥐로 돌아가기를
희망한다. 성자는 결국 소녀의 외형을 바꿀 수 있었으나 소녀의 본성을
바꿀 수는 없었다. 이는 원래 가지고 있던 쥐의 본성이 변신으로 획득한
특성보다 강하다는 것을 보여준다.[10] 본성과 개성의 이러한 위계[11]는,

이본 계열도는 매우 복잡하며 이본 간 차이가 크다. 이에 대해서는 강성용, 『판차탄트
라(Pa catantra)』의 전승과 교훈)—도덕(dharma)과 현실(nīti) 사이에 선 삶을 가르
치는 인도 고대의 우화—, 『구비문학연구』 37집, 한국구비문학회, 2003, 193면.
본고에서는 한국 번역본과 영역본 두 가지를 함께 정리한다. 영역본은 Patrick Olive
trans., *The Pacatantra : The Book of India's Folk Wisdom*, Oxford, 1997.
9) 본성과 개성을 대립적 의미로 사용하는 것은 철학적 맥락에서는 일반적이다. 사전적
의미로 '개성'은 '다른 사람과 구별되는 특성'을 의미한다. 본고에서 사용되는 '개성'
은 본성과 대립되는 용어로, 탄생하면서 저절로 가지게 되는 성품과는 달리, 후천적
으로 습득된 행동 패턴이나 능력을 말한다. 소녀는 쥐로 태어나면서 쥐의 동물적
본성을 가진다. 쥐가 소녀가 변신한 것은, 쥐가 인간으로서 개성을 획득했다는 데
대한 우화적 표현으로 해석할 수 있다.
10)『판차탄트라』의 〈소녀로 변신한 쥐〉가 변하지 않는 본성에 대한 메시지를 전달한다
는 데 대해서는 황인덕, 앞의 논문, 308면.
11) 선천적 특징인 본성과 후천적 특징인 개성의 대립은 『판차탄트라』를 해석하는 중요한

성자의 능력과 미덕으로도 바꿀 수 없다. 두 번의 변신은, 본성이 개성보다 강하다는 것을 보여주는 장치이다. 소녀가 결국은 쥐에게 가장 큰 매력을 느껴 혼인하는 것처럼, 외형적 변신이 가능하다고 하더라도 동물이 사람의 내면을 가질 수는 없다. 〈소녀로 변신한 쥐〉는 타고난 본성과 획득된 개성 사이의 대립, 나아가 본성이 개성보다 강하다는 메시지를 생산한다. 본성과 개성의 대립과 개성에 대한 본성의 우위는 이야기의 해석적 틀을 고려하면 훨씬 강력한 것이 된다.

이 이야기는 『판차탄트라』의 3장, "전쟁과 평화"의 열세 번째 이야기이다. 『판차탄트라』의 다른 이야기와 마찬가지로, 여기에도 외곽 이야기 frame story와 부속 이야기가 있다. 3장의 외곽 이야기는 까마귀 왕이 적국인 올빼미 왕국에 재상 스티라지비를 스파이로 파견한다는 설정으로 시작한다. 올빼미 왕은 대신들에게 스티라지비를 쫓아낼까, 받아들일까를 묻는다. 대신들이 각자 자신들의 의견을 말하는 여섯 개의 이야기 (부속 이야기)가 진행된다. 현명한 신하인 락타크샤는 스티라지비의 모략을 알고 그를 내쫓아야 한다고 주장하지만 다른 이들은 이에 반대한다. 올빼미 왕이 다른 대신들의 의견에 따라 결정을 내리자 락타크샤는 다시 올빼미 왕을 설득하기 위해 세 가지 이야기를 더 한다. 그 가운데 하나가 〈소녀로 변신한 쥐〉이다. 락타크샤는 다음과 같은 운문으로 운을 뗀다.

> 남편이 되기를 원했던
> 해, 비, 바람, 산을 마다하고

약호 가운데 하나이다. 좋은 정책은, 미덕(개성)보다는 태생(본성)을 신뢰하는 것임을 보여주는 이야기들이 많다. 이와 관련하여 "육식 동물과 초식 동물 사이에 우정은 불가능하다."는 속담이 자주 인용된다. Patrick Olive trans., *The Pacatantra : The Book of India's Folk Wisdom*, Oxford, 1997. xxxv.

쥐-소녀는 다시 자기 원래 종족으로 돌아갔어.
자신의 족속을 벗어나기가 참 어렵구나.

이 말을 들은 왕이 "그게 무슨 말인가?"라고 묻는다. 그 대답으로
락타크샤는 〈소녀로 변신한 쥐〉 이야기를 한다. 외곽 이야기에서 운문
과 산문, 질문과 대답이 교차하면서 이야기의 메시지는 더욱 분명해진
다. 〈소녀로 변신한 쥐〉는 까마귀 스트라지비를 쫓아내야 한다는 정견
(政見)을 밝히기 위한 근거가 된다. 그러나 이 의견은 받아들여지지 않
고 락타크샤는 친지·가족과 함께 다른 동굴로 떠난다. 그 후 올빼미
왕은 스트라지비로 인해 불타 죽는다. 결국 〈소녀로 변신한 쥐〉의 화자
인 락타크샤가 옳았다는 것이 판명난다. 스트라지비는 올빼미인 척하
지만 까마귀의 본성을 버리지 않았다. 본성은 개성보다 강하다는 것을
간파하지 못했던 올빼미 왕은 죽었으며 그것을 간파하고 있던 락타크
샤는 살았다. 이 외곽 이야기는 부속 이야기의 메시지를 삶과 죽음의
틀 안에서 다시 읽도록 한다. 본성과 개성의 대립은 결국은 본성의 우
위를 인정하는 것으로 끝나야 하며 그렇지 않을 때에는 심각한 위기에
처할 수 있다.

『판차탄트라』의 서두에 나오는 최종 이야기 역시 이 메시지의 중요
성을 재강조 한다. 여기에서는 비슈누샤르만Visnuśarman이라고 하는
학식 있는 브라만이, 지혜도 미덕도 없는 세 명의 왕자를 가르치기 위
해 이야기를 시작한다는 정황이 나타난다. 이는 『판차탄트라』 소재 백
여 가지 외곽 이야기와 부속 이야기기가 속하는 최종적 틀이기도 하다.
여기에는 이야기의 첫 번째 독자(청자)로 상정된 둔한 왕자들이 나온다.
이들은 이야기를 통해 정치와 외교에서 개성보다 본성을 중시하라는
결론에 도달하게 된다. 결국 『판차탄트라』에서 본성과 개성의 문제는

철학적이기보다는 정치적인 것으로 이해된다. 이는 『판차탄트라』의
장 구성에도 그대로 반영된다. 1장, "동맹에서 불화를 야기하는 것"은
가장 긴데 전체의 45% 차지한다. 〈소녀로 변신한 쥐〉가 포함된 3장,
"전쟁과 평화"가 그 다음으로, 전체의 26%를 차지한다.[12] 이러한 장
배치와 각 비중은, 『판차탄트라』가 지향하는 바가 선과 악의 도덕적
판단보다는 동맹을 맺고 전쟁에서 승리하는 처세술을 가르치는 데 있
다는 사실을 재확인 시켜준다.[13] 본성이 개성보다 강하다는 사실은,
승리를 위한 중요한 지침 가운데 하나이다.

　『판차탄트라』의 〈소녀로 변신한 쥐〉는 몇 겹의 해석적 틀에 쌓여
있다. 이야기에 삽입된 운문, 이야기를 액자로 하고 있는 외곽 이야기,
나아가 최종 이야기가 모두 그러한 해석적 틀로 기능한다. 이 틀을 통
해 우화의 메시지에는 삶과 승리의 가치가 부여되고 메시지는 더욱 구
체화되며 강력해진다. 독자들은 이야기의 서두부터 읽어나가면서 『판
차탄트라』의 이야기가 정치와 외교에 관한 지침을 전달할 것임을 기대
하고 여기에 따라 개별 이야기의 의미를 확정짓는다.

　〈소녀로 변신한 쥐〉는 다른 설화집인 『카타사리트사가라』에도 나타
난다. "카타사리트사가라"는 "이야기의 강물이 흘러가는 바다"라는 뜻
을 가지고 있는데, 당대의 설화들을 종합하려는 의도를 가진다. 이 설

---

12) 『판차탄트라』 각 장의 제목은 다음과 같다. 1장은 "동맹에서 불화를 야기하는 것",
　　2장은 "동맹을 확고하게 하는 것", 3장은 "전쟁과 평화", 4장은 "얻은 것을 잃는 것",
　　5장은 "성급한 조치"이다. Patrick Olive trans., *The Pacatantra : The Book of
　　India's Folk Wisdom*, Oxford, 1997, p.14.
13) 인도에서 『판차탄트라』는 처세술을 가르치는 '세상살이의 학문'(nīti-śāstra : 처세
　　학 혹은 현실정치학)으로 자리매김 된다. 강성용, 「『판차탄트라(Pa catantra)』의
　　전승과 교훈—도덕(dharma)과 현실(nīti) 사이에 선 삶을 가르치는 인도 고대의
　　우화—」, 『구비문학연구』 37집, 한국구비문학회, 2003, 189~190면.

화집은 11세기의 카슈미르 시인 소마데바가 편찬한 것으로, 여기에는 크게 두 가지 이야기가 있다. "우다야나왕 행장기(行狀記)"와 "나라바하나 왕자 행장기"가 그것이다. 〈소녀로 변신한 쥐〉는 나라바하나 왕자 행장기에 속한다. 왕자가 약혼녀를 그리워할 때 대신(大臣)이 밤에 왕자를 위로하기 위해 이야기를 해 주는데 그 가운데 〈소녀로 변신한 쥐〉 이야기가 있으며 그 내용은 『판차탄트라』와 거의 유사하다.

　『카타사리트사가라』에서 〈소녀로 변신한 쥐〉를 포함하는 이야기인 '왕자의 모험'은 『판차탄트라』의 최종 이야기인 '왕자의 교육'보다는 유희적이며 형식적인 성격이 강하다. 그러나 여기에도 실질적인 기능을 하는 외곽 이야기가 존재한다. 〈소녀로 변신한 쥐〉는 『판차탄트라』와 마찬가지로 개별적으로 향유되지 않는다. 앞과 뒤에 외곽 이야기가 둘러싸고 있으며 그 외곽 이야기는 〈까마귀와 올빼미의 전쟁〉이다.[14] 까마귀 나라에서 올빼미 나라에 스트라지비를 파견하고 그의 귀속 여부가 문제되는 가운데 〈소녀로 변신한 쥐〉가 구연된다. 마찬가지로, 까마귀 왕은 현명한 신하의 의견을 받아들이지 않고 결국은 죽는다. 『카타사리트사가라』의 〈소녀로 변신한 쥐〉 역시 등장인물의 서로 다른 귀결을 통해 본성이 개성보다 강하다는 것을 하나의 진리로 위치시킨다. 다만 이 메시지는 유희적인 최종 이야기에 속하기 때문에 메시지의 실용성은, 교육적 목적을 가진 『판차탄트라』의 경우보다 덜 한 것처럼 보일 수 있다.

---

14) C. H. Tawney, M.A., *The Kathāsaritsāgara : Ocean of the Stream of Story*, Calcutta : Baptist Mission Press, 1880 (Digitized by the Internet Archive, 2007), V, pp.109~110.

3. 한국의 〈두더지 혼인〉

한국의 〈두더지 혼인〉에는 변신이 나타나지 않는다. 또한 이 설화를
둘러싼 외곽 이야기나 최종 이야기 역시 존재하지 않는다. 한국의 〈두더
지 혼인〉은 독립된 이야기로 읽히며 본성에 관한 이야기로 읽히지 않는
다. 한국에서 〈두더지 혼인〉 설화가 나타나는 문헌들은 고상안(高尙顔;
1553~1623)의 『효빈잡기』, 유몽인(柳夢寅; 1559~1623)의 『어우야담』, 홍
만종(1643~1725)의 『순오지』, 심익운(1734~?)의 『백일집(百一集)』, 작자
미상의 『계압만록(溪鴨漫錄)』, 이우준(李遇駿; 1801~1867)의 『몽유야담(夢
遊野談)』, 작자미상의 『기관(奇觀)』[15]이다.[16] 이들 문헌에 나타난 〈두더
지 혼인〉 설화에는 공통점이 있다. 해(→달)→구름→바람→돌부처
(돌미륵, 석불)→두더지로의 구혼여행 이야기와 함께 논평이 첨부된다
는 점이다.

논평은 담론적 저자가 행한, 이야기에 대한 일차적 독서의 산물이다.
논평을 통해 담론적 저자는 이야기에 대한 주관적 의견을 밝히는데,

---

15) 원전은 다음과 같다.
　　고상안, 『효빈잡기』(김남형 역, 계명대학교 출판부, 2007).
　　유몽인, 『어우야담』(신익철 외 역, 『어우야담』, 돌베개, 2006).
　　저자미상, 『기관』(서울대소장 필사본, 연도미상).
　　저자미상, 『계압만록』(서울대학교 중앙도서관, 연도미상).
　　홍만종, 『순오지』(이민수 역, 을유문화사, 1971).
　　심익운, 『백일집』(서울대학교 규장각, 연도미상).
16) 황인덕은 야담집에서 이러한 '동화류 민담'을 기록하는 것이 드문 예라고 하면서
　　"이 민담이 다행히 한문기록으로 정착되는 기회를 얻었다는 것은 곧 그 당시에도
　　이 설화가 일반인에게 널리 알려져 있었음과 함께, 그것이 지닌 주제의 보편성이
　　누구에게나 공감을 주었음을 뜻하는 것"이라고 하였다. 황인덕, 「'두더지 혼인' 설화
　　의 印·中·韓 비교 고찰」, 『어문연구』 48집, 어문연구학회, 2005, 302면.

이 의견은 이야기의 의미를 제한하거나 강화하는 역할을 한다[17]는 점
에서 『판차탄트라』의 운문이나 외곽 이야기와 유사한 기능을 한다. 특
히나 이 논평들은 우화에 대한 것이기 때문에, 동물 이야기가 인간 이
야기로 읽힐 때 무엇을 의미하는가에 초점을 두어 기술된다. 자연스럽
게 논평은 동물 세계·이야기 세계가, 인간 세계·현실 세계에 어떻게
대응하는지 기술하는 방식을 택한다.

두더지 혼인

옛날에 두더지 한 마리가 딸을 낳았는데 예뻤다. 천하에 둘도 없이 예
쁘다고 생각하고 태양에게 구혼하였다. 태양이 달에게 양보하면서 "나는
낮에는 밝으나 밤에는 빛을 내지 못하니 밤을 밝히는 달보다 못하다."라고
하였다. 이에 달에게 구혼하니 "내가 어두운 밤을 밝힐 수는 있으나, 검은
구름이 나를 가리면 컴컴하여 광채가 없어지니 강한 구름보다 못하다."라
고 하였다. 이에 구름에게 가서 약혼하려하니 구름이 무심하게 말하기를
"내가 온 하늘을 가리어 해·달·별로 하여금 빛을 내지 못하게 할 수는
있으나 바람이 한 면에서 일어나면 만 리 밖으로 날려가서 의지하여 머물
곳이 없으니 힘 있는 바람만 못하다."라고 하였다. 바람에게 가서 약혼하
려 하니 바람이 화를 내며 고함쳐 말하기를 "내가 구름을 날아가게 하고
바닷물을 일렁이게 하며, 나무를 꺾고 모래를 날리나, 돌부처는 뚫을 수
없으니 돌부터가 나보다 낫다."라고 하였다. 곧 돌부처에게 매파를 보내

---

17) 이동근은 독자의 독서 과정을 통제하고 의미를 제한하는 것이 논평의 기능이라고
보았다. 『조선후기 '전(傳)' 문학연구』, 태학사, 1991, 249면. 박희병은 논평에 대해,
"작자가 지금까지의 서술의 의미를 특정한 방향으로 유도하거나 평가한다."고 보았
다. 박희병, 『한국전기소설의 미학』, 돌베개, 1997, 100면. 최진아는 논평을 "'서사
에 대한 서사'인 메타 서사"로 보면서, 그것이 담당하는 역할이 "독자로 하여금 작가
가 의도한 방향으로 독서하게끔 유도하는 것"이라고 하였다. 이를 통해 서사는 한갓
허구가 아닌 진실한 담론의 차원으로 끌어올려진다. 최진아, 「당대 애정류 전기 연
구」, 연세대학교 중어중문학과 박사학위논문, 2002, 188~189면.

니 부처가 마음을 움직이지 않고 말하기를 "내가 땅 위에 자리 잡고 앉아
서 오랜 세월을 지내 왔으나 너희들이 땅을 파서 내가 앉아 있는 한 면을
무너뜨리면 넘어질 수밖에 없으니 네가 나보다 낫다."라고 하였다. 그래
서 끝내 두더지와 혼인하였다고 한다.

이 때문에 세상에서는 딸을 낳아 혼처를 구함에 지나치게 욕심을 내다
가 끝내는 처지가 서로 비슷한 곳으로 시집보내는 경우가 있으면 이를
두고 '두더지 혼인'이라고 한다. (『효빈잡기』)

이것은 처음에는 가장 높은 일을 구하다가 필경엔 같은 동류에게로 돌
아간다는 것을 비유해서 쓰는 말이다. (『순오지』)

무릇 자기 분수를 넘어 일 도모하는 자가 자기 본분으로 돌아오면 세속
에서는 '두더지 혼인'이라고 부른다. (『기관』)

『효빈잡기』와 『기관』에서 논평은 이야기가, 세상에서 말하는 '두더
지 혼인'이라는 관용어와 연관되는 것임을 밝힌다. 『순오지』는 속담에
관한 설화들을 기술하는 가운데, '야서혼(野鼠婚)'이라는 제목 뒤에 설
화를 서술하고, 위의 논평을 첨부한다. 담론적 저자들은 이 관용어가
민간(세상, 세속)에 널리 퍼져 있다는 것을 전제한다. '두더지 혼인'은
혼처를 구하는 특수한 방식으로, 높은 곳에서 구하다 비슷한 곳으로
이동하는 경우를 이른다. 논평에서 이야기를 현실과 연결 짓는 방식을
보면, 텍스트의 등장인물을 사람으로 바꾸는 것을 제외하고는, 대체로
이야기 세계와 현실 세계를 동형으로 본다. '두더지 혼인'으로 지칭되
는 혼사의 형태는 이야기 내에 나타나는 혼사의 형태와 유사하다. 다만
『순오지』와 『기관』에서는 이야기와 현실 세계를 연결 짓는 사건을 '일'
로 설정하고 있어 범주의 확대를 보여준다. 차이가 있기는 하지만 이

논평들은 모두 이야기를, 세간에서 말하는 '두더지 혼인'이라는 관용구
와 관련시킨다. 이때 설화 〈두더지 혼인〉은 '두더지 혼인'이라는 메타
언어를 설명하기 위한 객관적 기의가 된다. 『동언해(東諺解)』[18] 같은 속
담집에서 '두더지 혼인'에 대해, '헛되이 높이 바라다가 본분으로 돌아
가는 것'이라고 사전적 설명을 하는 것과 유사한 방식이다.

　이상의 텍스트에서 이야기 세계와 현실 세계를 연결 짓는 것은 "혼
인"일 수도 있고 그것을 포함하는 "일"일 수도 있지만 〈두더지 혼인〉에
대한 가장 빈번한 논평의 방식은 혼인에 초점을 두는 것이다. 혼인을
통해 세태를 비판하는 논평들도 있다.

> 　예로부터 국혼으로 인해 화가 미친 일은 이루 다 기록할 수가 없다.
> 이는 두더지가 자기 무리와 혼인하는 것보다 못한 일이다. 무슨 말인가?
> 옛적에 두더지가 새끼를 낳아 매우 아꼈는데, 장차 혼인을 구하고자 하였
> 다. [중략] 두더지는 매우 놀라 자신을 되돌아보며 탄식하였다. "천하에
> 둘도 없는 귀한 족속으로 우리 족속만 한 것이 없구나." 그리고 드디어
> 두더지와 혼인시켰다. 대저 사람으로 분수를 알지 못하고 감히 국혼을 하
> 여 사치스러움을 마음껏 누리려 하다가 끝내 재앙이 미치게 되었으니 두
> 더지만도 못한 것이리라. (『어우야담』)

> 　민간에 이런 이야기가 있다. 두더지는 자기보다 나은 사윗감을 얻고
> 싶었다. 하늘에게 청혼을 하였지만 하늘은 "나는 비록 높지만, 해가 없으
> 면 밝게 할 수 없다. 해는 나보다 낫다."라고 하였다. [중략] 두더지는 기
> 쁘게 말하기를 "천하에서 제일 높은 놈은 나다." 그래서 두더지와 혼인을
> 하였다. 이것은 비록 실없이 하는 말이지만, 충분히 놀랄 만하다. 무릇

---

18) 편자 미상의 『공사항용록(公私恒用錄)』에 기록되어 있는 한문속담집으로 총 422수
　의 속담을 수록하고 있다.

혼취(婚娶)하는 것은 혼인할 남녀의 두 집안이 걸맞은 것을 중요시한다. 그러면 빈부를 논하지 않고 떳떳함을 얻을 수 있다. 우리나라에 윤석(胤錫)이라는 사람이 있어, 옛날에 승지(承旨) 이흥종(李興宗)의 손자이다. 높은 벼슬을 가진 혁혁한 명문대가이다. 하지만 그는 부를 위하여 전무현이라는 병사의 사위가 되었다. 전씨는 대대로 무가의 집안이었고, 성도 희귀한 성이었다. 윤석이 이미 본색을 잃었으니, 친지 중 어떤 사람이 시를 지어 기롱하였다. "그대가 전씨 집안을 취하는 것은 그 집안의 밭 때문이다. 전가는 몇 경의 밭을 떼어주겠는가. 밭은 비록 신실하고 아름답지만, 네 땅이 아니다. 마음의 밭을 잃지 말아야 진짜 복전이다." 세상 사람들이 명언이라 하였다. (『몽유야담』)

『어우야담』은 국혼으로 인한 화를 제기하면서 시작한다. 그리고 〈두더지 혼인〉 설화를 기술한 다음 국혼을 탐하다가 재앙을 얻게 되는 경우는 두더지만도 못한 것이라고 끝맺는다. 이 논평은 『효빈잡기』와 마찬가지로 텍스트 구성 요소 가운데 혼인이라는 사건을 중심으로 현실 세계와 텍스트 세계를 동일하게 연결한다. 『몽유야담』의 논평자는 두더지의 혼인은 집안이 걸맞은 혼인이라고 보면서, 당대에 이윤석이 재산을 탐하는 혼인을 하였다고 비판한다. 이들은 현실 세계 인물이 이야기 세계의 두더지보다 못하다는 점에 대해 직접적 혹은 간접적으로 논평한다. 『몽유야담』에서는 두더지가 "천하에서 제일 높은 놈은 나다."라고 하며 두더지와 혼인한다. 이런 표현은 두더지의 귀환이 자신의 존재에 대한 새로운 자각으로 인한 것임을 알려준다. 이야기에서 두더지의 언술은 논평에서 혼인하려는 사람이 '떳떳함'을 얻는 것으로 환언되어 표현된다.

이 논평들에서 두더지의 혼인을 통해 인간의 혼인 세태를 비판할 때, 두더지는 분수를 아는 인물의 기표가 된다. 논평부에서 직접 언급되지는 않지만 두더지는 자신이 제일 낫다는 자부심을 가지고 있기도 하다. 평자들은 두더지조차도 자신의 분수를 아는데 혹은 자신에 대한 자존 감이 있는데, 인간이 그렇지 못한 것은 비난 받을 일이 된다고 본다. 앞서 『효빈잡기』 논평에서는 두더지의 구혼 행위를 '지나치게 욕심'을 부리는 것이라고 하여 부정적으로 보았다. 이렇게 설화에 나타나는 두 더지의 혼인은 논평에 따라 긍정적으로 평가되기도 하고, 부정적으로 평가되기도 한다. 경우에 따라 두더지에 대한 평가도 달라진다. 두더 지는 분수를 알거나 자존감이 있는 이상적 인물의 기표일 수도 있고, 허영심 많은 열등한 인물의 기표일 수도 있다.

이상의 텍스트는 〈두더지 혼인〉 설화를 세간의 '두더지 혼인'이라는 관용구의 기의로 위치시키거나, 설화에 빗대어 세간의 혼인을 비판한 다. 이와는 다른 방식의 논평도 있다. 『백일집』에서는 두더지 혼인의 내용을 설명한 후 다음과 같은 논평을 첨부한다. 이 논평은 매우 길어 심지어는 별개의 서사처럼 보이기도 하지만, 담론적 저자는 〈두더지 혼인〉 설화와의 연결 고리를 치밀하게 구성한다.

나는 어릴 때부터 문장을 배웠는데 천하에 문장보다 더 나아갈 것이 없다고 여겼다. 그런데 생각해 보니 성인이 없으면 문장이 나올 수가 없어 서, 천하에는 성인보다 더 높은 존재가 없었다. 그래서 더 이상 문장으로 나아가지 않고 그 배운 바를 다 버리고 성인의 도를 배웠다. 또 생각하기 를, 성인은 자기의 몸을 수고롭게 하고 자기의 마음을 초조하게 해서 도를 삼을 수 있다고 하였다. 도가 이루어졌는데 몸이 마칠 때까지 등용된 바가 없었다. 중니(仲尼)는 노나라를 강하게 만들 수가 없었고, 맹자는 추나라 를 크게 할 수가 없었다. 누가 말했는가? 성인이 되어가지고서 자기 부모 의 나라도 구하지 못하는데 하물며 남을 구했으랴? 후세는 더 말할 것도 없다. 천하에 사공(事功)보다 현명한 것은 없으니, 마땅히 매년 자기의 기

술을 행해서 후세에 그 이름이 일컬어지게 하자고 생각하여 이에 성인의
도를 이루는 것을 포기하고 사공을 이루는 것을 공부로 삼았다. 또 생각하
기를 사공을 배워 어찌 남에게 베풀 수가 있겠는가? [중략]

무릇 성인은 하늘과 같은데, 하늘은 진실로 더 위로 올라갈 수 없다.
사공은 후세에 드리우고 과거는 지금에 있어서 빛난다. 또한 구름이 눈에
지나가는 것과 바람이 귀에 지나가는 것과 무엇이 다른가? 농사와 누에를
치는 것은 하늘을 기다리는 일이고, 죽을 때까지 애를 쓰고 하는 일은 많
은데 이른 것은 적다. 마치 석불을 밀어도 움직이지 않는 것과 같다. 다만
스스로 수고로울 따름이다. 내가 문장을 하는 것은 마치 두더지가 땅을
파가지고 그 속에서 다니는 것과 같다. 비록 작은 재주여서 배우는 데 부
족할지라도, 그 이치가 깊고 오묘하여 스스로 묘리에 정진하지 않으면 애
써 배워도 되지 않는다. 두더지가 땅을 파가지고 그 속에서 행하는 것은
다른 쥐가 못하는 일이다. 자기 천성으로 좋아하지 않으면 즐겨 행할 수가
없다. 그 일로서 서로 같은 것이라서 기재한 것이다. (『백일집』)

여기에서는 현실 세계와 이야기 세계를 정치하게 연결하고자 한다.
성인과 해, 구름과 사공, 과거(科擧)와 바람, 농사·누에와 석불, 문장과
두더지의 공통점을 언급한다. 기존 논평이 혼인이나 일 등의 몇 가지
기호에 대해서만 초점을 맞추고 있는 것과는 달리, 이 논평은 이야기의
기호 모두를 현실의 기의와 관련시킨다. 가령 '나'가 문장을 하는 것과
두더지가 땅을 파는 것은 천성적으로 좋아하기 때문에 즐겨 한다는 공
통점을 가진다. 이것들은 주체에게 자족감을 느끼게 하는 행위이다.

『백일집』에서 〈두더지 혼인〉 설화는 새롭게 이해된다. 다른 논평이
자기 분수를 아는 것이나 모르는 것과 관련지어 〈두더지 혼인〉 설화를
해석했다면 여기에서는 천성적으로 좋고 만족스러운 것을 발견하는 과
정으로 설화를 해석한다. 『백일집』의 이 논평은, 두더지의 혼인 과정

을 자신의 학문 과정과 동일시하면서 자족감(혹은 자존감)이 중요하다는 메시지를 전달한다. 이는『몽유야담』의 평자가 혼인에서 '떳떳함'을 얻는 것이 중요하다고 본 것과 유사하다.

지금까지 살펴본 〈두더지 혼인〉의 논평은 두 가지 양상을 가진다. 첫 번째는 대부분 혼인과 관련하여 '두더지 혼인'이라는 기호를 해석한다는 것이다. 〈두더지 혼인〉의 향유자들에게는 혼인의 어떤 측면을 설명하거나 비판하기 위해 텍스트를 사용하는 것이 가장 일반적인 것처럼 보인다. 두 번째로, 〈두더지 혼인〉은 "분수"나 "자족"이라는 기의 혹은 해석소를 양산한다. 이 두 가지 해석소는 모두 〈두더지 혼인〉이라는 텍스트를 해석한 결과이지만 서로 이질적이다. '분수'를 아는 것은 사회적 질서 속에 자신을 위치시키는 것이다. 그러나 '자족'한다는 것은 외부의 질서보다 자신의 심리적 만족을 중시할 때 느껴지는 감각이다. 이렇게 〈두더지 혼인〉의 해석은 사회적 관계를 중시하는가 개인의 심리를 중시하는가에 따라 달라지기도 한다.

4. 인도와 한국의 해석적 코드

(1) 확산의 코드

『판차탄트라』에는 의미를 제한하는 겹겹의 틀이 있다. 이야기의 의미는 삽입된 운문, 외곽 이야기, 최종 이야기 등 그 틀들을 통과하면서 고정된다. 인도에서 〈소녀로 변신한 쥐〉의 해석적 틀은 본성과 개성의 대립을 넘어서서, "본성이 개성보다 강하다."라는 가치의 위계화를 심화하는 강력한 틀이다. 이야기를 귀담아 듣지 않은 올빼미 왕이 죽는다는 외곽 이야기와, 그러한 외곽 이야기를 통해 승리의 지혜를 터득해가는 왕자들의 최종 이야기는 〈소녀로 변신한 쥐〉의 해석 여지를 제한하며 메시지를 강력하게 만든다. 뒤에 언급하겠지만 〈두더지 혼인〉의 논평은 그렇게 강력한 해석적 틀이 아니다.

　〈소녀로 변신한 쥐〉는 혼인이라는 사건을 통해 본성이 변하지 않는다는 메시지를 전달한다. 그 외곽 이야기에는 다른 나라 신하의 본성에 대한 논쟁이 나타나며, 이는 왕자를 교육시키기 위한 최종 이야기를 구성한다. 부속 이야기는 혼인의 문제를, 외곽 이야기는 정치의 문제를, 최종 이야기는 교육의 문제를 다룬다. 이야기와 해석적 틀에서 등장인물뿐 아니라 문제적 상황이 모두 다르다. 텍스트 층위가 다양하기에 현실에서 이야기가 수행되는 층위 역시 다양할 수 있다.

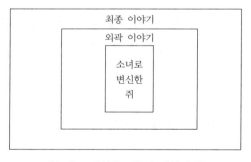

〈소녀로 변신한 쥐〉의 해석적 틀

　이를 통해 〈소녀로 변신한 쥐〉가 우화로 기능하는 방식을 알 수 있다. 우화는 표현된 의미 이면의 의미를 중시한다. 감춰진 의미, 비유가 지향하는 의미tenor가 표면적 의미, 기술된 의미보다 우위에 서게 된다. 이것은 장자(莊子)가, 말이라는 것은 물고기(의미)를 잡는 통발과 같은 것이라서 물고기가 잡히면 통발은 필요 없게 되는 것이라고 말한 것을 떠올리게 한다.[19] 인도에서 〈소녀로 변신한 쥐〉는 통발과 유사해서, "본성이 개성보다 강하다."라는 물고기를 잡는 하나의 도구로써의 성격이 강하다.

　인도에서 〈소녀로 변신한 쥐〉는 '설득'과 '훈육'을 위해 이야기된다. 올빼미 왕을 설득시키기 위해 대신이 〈소녀로 변신한 쥐〉를 이야기 하고, 이는 왕자를 교육시키기 위한 최종 이야기의 일부를 구성한다. 이야기를 통해 왕자들은 지혜와 미덕을 갖출 것으로 기대된다. 이는 다른 일반 독자들에게 기대되는 효과이기도 하다. 〈소녀로 변신한 쥐〉는 텍스트 외부에서 독자의 현실 세계를 교정하려는 실천적 의도를 가진다는 점에서 수행적the performative[20]이다. 현실에서 본질이 변하지 않는다는 것이 상기되어야 하는 상황은 여러 가지이다. 〈소녀로 변신한 쥐〉의 메시지는 현실의 다양한 층위에 적용 가능하다. 다른 사람, 다른 가문, 다른 지역, 다른 나라와의 관계가, 사적으로 혹은 공적으로 문제시 되는 모든 상황에서 환기 가능하다. 이 메시지는 자아와 타자가 만나는 구체적 상황에서 타자를 판단하고 평가하는 것에 대한 지침을 제

---

19) 데이비드 롤스톤 저, 조관희 역, 『중국 고대소설과 소설 평점 : 행간 읽기와 쓰기』, 소명출판, 2009, 146~147면.

20) 이는 오스틴Austin의 용어이다. 그는 모든 종류의 언표 혹은 발화 행위를 진술적인 것과 수행적인 것으로 나누었다. 진술적인 것은 사물의 존재 방식에 대한 진술, 즉 명백한 사실에 대한 진술이다. 수행적인 것은 어떤 말을 한다는 것뿐 아니라, 그 말을 함으로써 무언가를 행할 때를 가리킨다. 수행적 발언의 예는 약속, 협박, 기도, 자백, 덕담, 험담, 도전장, 내기, 사랑 고백이나 선전포고, 종교재판이나 성전 선포 등등을 들 수 있다. 그러나 이러한 구분들은 이후 데리다에 의해 비판과 해체의 과정을 거쳤다. 예를 들어 '고양이가 매트 위에 있다.'는 진술문이지만 '고양이가 매트 위에 있다(고 나는 단언한다).'에서 괄호 안의 말이 생략된 것으로 볼 수 있기 때문이다. 니콜러스 로일 저, 오문석 역, 『자크 데리다의 유령들』, 앨피, 2003, 72~74면; 임옥희, 『젠더의 조롱과 우울의 철학, 주디스 버틀러 읽기』, 여이연, 2006, 54~56면.

공하며, 이를 통해 올바른 선택과 행동을 이끌고자 한다. 이런 수행적 지점은, 이야기가 "본성이 개성보다 강하다."라는 사실 혹은 진실에 대한 진술을 구체적이고 반복적으로 행한 데에서 기인하기에 이 이야기는 진술적the constative이기도 하다.

이상에서 〈소녀로 변신한 쥐〉의 해석 과정을 살펴보면 다음과 같다.

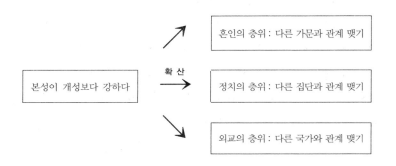

해석 과정에서 "본성이 개성보다 강하다."라는 메시지는 혼인, 정치, 외교 등 다른 층위로 전이된다. 이 텍스트의 해석 틀은 바로 이러한 층위의 이동을 용이하게 한다. 외곽 이야기와 최종 이야기에서 상이한 상황을 거치면서 메시지는 분명하게 고정된다. 〈소녀로 변신한 쥐〉가 다양한 의미를 가지는 것처럼 여겨지는 것은 다양한 층위로 메시지가 확산되기 때문이다. 이때 각각의 상황에 있게 되는 주체들은 이 메시지를 다른 방식으로 활용하면서 타자를 판단하고 평가하며, 나아가 적절하게 선택하고 행동할 수 있다. 〈소녀로 변신한 쥐〉의 해석 층위를 연결하고, 그것을 통해 구체적인 결과물을 끌어내는 데에는 모두 메시지의 '확산'이라는 해석적 코드가 메타적으로 작동한다. 이 텍스트의 해석의 지평은 '확산'을 통해 다양한 층위들로 퍼져가는 방식으로 나타난다. 위 도표는 세 가지 혼인, 정치, 외교의 층위에서 "본성이 개성보다

강하다."라는 메시지가 확산될 수 있음을 보여준다. 이 메시지가 확산
될 수 있는 층위는 이 외에도 지역, 교육, 사회 집단 등 자아와 타자가
만나는 모든 상황이 될 수 있다. 이를 고려하면 〈소녀로 변신한 쥐〉의
해석의 지평은 부채꼴 모양으로 넓어진다고 볼 수 있다.

(2) 진동의 코드

〈두더지 혼인〉의 논평 자체는 이야기를 다양한 방식으로 이해하고
있음을 보여준다. 여행의 시작에 초점을 두면서 두더지의 지나친 욕심
을 지적하기도 하고, 시작보다는 분수를 자각하는 과정에 초점을 두면
서 두더지를 긍정적으로 보기도 한다. 논평에서 두더지의 여행이 가지
는 의미에 대해서도 이견(異見)이 제시된다. 사회적 질서를 자각하는
과정으로 보기도 하고 심리적 만족감을 찾아가는 과정으로 보기도 한
다. 〈두더지 혼인〉의 의미나 가치는 불분명하게 유통된다. 논평은 그
흔적이며, 때로는 그러한 경향을 강화하기도 한다. 인도에서 이야기의
의미가 틀을 통과하면서 더욱 고정되는 것과 달리 한국에서 이야기의
의미는 논평을 통해 다양해질 뿐만 아니라 논평과 별개로 형성될 수도
있다. 〈두더지 혼인〉의 논평은 이야기 일부에 초점을 맞추기에 의미를
총괄하지는 못한다. 이 논평들은 〈두더지 혼인〉의 해석 가능성을 제한
하지만 텍스트 일부 기호에 초점을 맞추기에 어떤 기호는 논평을 통과
해 나가서 의미를 양산할 수 있다. 가령 『순오지』는 〈야서혼〉의 이야기
끝 부분과 논평을 다음과 같이 기술한다.

"천하에서 제일 높은 놈은 나다. 나보다 더 높은 놈이 있거든 나와 봐
라."하면서 그 짧은 꼬리와 날카로운 입부리가 나의 가장 존귀한 모습이라

하고, 드디어 두더지끼리 혼인을 했다는 이야기이다. 이것은 처음에는 가장 높은 일을 구하다가 필경엔 같은 동류에게로 돌아간다는 것을 비유해서 쓰는 말이다.

앞서 본 것처럼 위의 논평은 처음에 가장 높은 일을 구하다가 같은 동류에게로 돌아간다는 두더지의 회귀 자체에 초점을 두고 그것이 세간의 비유에 대한 기의임을 밝힐 뿐, 회귀가 어떤 의미를 가지는 것인지에 대해서는 해석하지 않는다. 두더지가 자신의 장점을 깨달아서 회귀했다는 것인지, 아니면 오만해져서 회귀했다는 것인지, 두더지가 작지만 존경할만한 존재라는 것인지, 종족적 편협함을 가진 희극적 존재라는 것인지 불분명하다. 논평이 초점을 두지 않는 텍스트 기호는 논평의 틀을 벗어나 독자에게 의미의 다양성 혹은 모호성을 증가시킬 수 있다. 이 논평은 독자의 관점에서 보자면 텍스트를 해석하는 하나의 길이기는 하지만 잘 보이지 않거나 따라 가지 않아도 되는 길이다. 〈소녀로 변신한 쥐〉가 해석적 틀을 거치면서 "본성이 개성보다 강하다."라는 메시지를 고정하는 것과는 차이가 있다. 따라서 〈두더지 혼인〉의 해석적 틀은 다음과 같이 실선이 아닌 점선으로 그려진다.

〈두더지 혼인〉의 해석적 틀

　〈두더지 혼인〉은 "혼인"이라는 이야기의 사건을 통해 현실 세계를 연관 짓는다. 드러난 의미도 혼인에 관한 것이고 감추어진 의미 가운데 가장 일반적인 것도 혼인에 관한 것이다. 〈두더지 혼인〉이 우화라는 점을 고려하면 여기에는 특수한 해석적 방식이 존재한다. 논평을 보면, 우화가 가지는 일차적 의미가 완전히 소거되지 않고 그 위에 다른 의미(학문의 과정이나 학문적 성찰 등)가 부여되는 것을 알 수 있다. 일반적으로 '두더지 혼인'이라는 관용구를 이해하기 위해서는 〈두더지 혼인〉 설화에서 혼인이 중요한 사건이 된다는 것을 망각해서는 안 된다. 이는 〈소녀로 변신한 쥐〉에서 변신 자체는, 메시지를 효과적으로 전달한다면 더 이상 환기되지 않을 수 있는 것과 다르다. 〈두더지 혼인〉에서 혼인의 방식은 현실의 혼인의 방식을 평가하기 위해서 계속해서 환기된다. 이 우화에서는 감추어진 의미와 기술된 의미가 크게 변별되지 않는다. 이는 〈두더지 혼인〉의 감추어진 의미가 명확하지 않다는 것과도 관련이 있다.

　〈두더지 혼인〉에서 논평은 경우에 따라서는 텍스트의 감추어진 의미를 "분수"나 "자족" 등을 중심으로 해석하기도 한다. 이러한 해석은 서로 통일되어 있지 않으며 이질적이다. 〈두더지 혼인〉을 기술된 텍스트로 접한 독자가, 현실의 어떤 혼인 상황을 '두더지 혼인'이라고 지칭한다고 하더라도, 그것이 분수를 알라는 말인지 스스로 만족하라는 말인지 모호하다. 논평이 〈두더지 혼인〉의 해석을 고정하지 않을 뿐만 아니라 오히려 확대하는 경향이 있기 때문이다.

　〈두더지 혼인〉이 향유되던 문화에서 이 텍스트가 어떤 해석의 과정을 거쳤는가를 살펴보면 다음과 같다.

〈두더지 혼인〉의 문화 내 해석 과정은 서로 다른 두 가지 해석소 사이를 왕래하면서 이루어진다. '두더지의 혼인'은 보는 사람에게 '분수'와 '자족'이라는 이질적 의미를 양산할 수 있다. 이 기의는 "본성이 개성보다 강하다."처럼 고정적인 것은 아니다. 논평의 해석틀은 의미를 총괄하기보다는 이야기의 일부 기표가 가지는 기의를 언급하는 방식으로 이루어진다. 논평을 벗어나 이야기는 또 다른 방식으로 해석될 수 있다. 따라서 사회적 층위의 '분수'와 개인적 층위의 '자족'이라는 해석소는 실선이 아니라 점선으로 표현된다. 이는 주관적인 해석소라고 볼 수 있으며 〈소녀로 변신한 쥐〉의 "본성이 개성보다 강하다."가 차지하는 위상과는 달리 불분명하며 개인적인 것으로 생각된다.

〈두더지 혼인〉의 다양한 해석은 이 두 가지, 즉 사회적 층위에서 생산되는 의미와, 개인적 층위에서 생산되는 의미 사이에 위치할 수 있다. 〈두더지 혼인〉을 사회적 층위로 해석할 때 두더지는 분수를 알거나 모르는 인물의 기표가 될 것이며 개인적 층위로 해석할 때 두더지는 자존감이 있거나 없는 인물의 기표가 될 것이다. 분수를 안다거나 자존감이 있는 인물의 기표가 될 때 두더지에게 긍정적 가치가 부여된다. 반대로 분수를 모르거나 자존감이 없는 인물의 기표가 될 때 두더지에게 부정적 가치가 부여된다.

'두더지 혼인'이라는 말은 혼인과 관련한 상황에서 사용된다는 합의가 있다. 그러나 이야기 자체는 두 가지 대별되는 해석소를 산출하고 있으며 이 해석소는 공적이거나 객관적인 위상을 가지지 않는다. 따라서 사회적 층위와 개인적 층위를 오가며 그 사이에서 더 많은 개별 의미 산출이 가능하다. 이런 과정을 고려하면 〈두더지 혼인〉의 해석적 코드는 사회적 층위와 개인적 층위 사이의 '진동'이라고 할 수 있다. 〈두더지 혼인〉의 해석 지평은, 혼인 이외 다른 상황으로 전이될 수 있기는 하지만, 무엇보다도 혼인이라는 콘텍스트에 대해서 다각적인 의미 산출을 가능하게 하는 방식으로 열릴 것이다.

〈두더지 혼인〉는 '두더지 혼인'이라는 혼사(일)의 형태를 명명하는 진술적 의도를 강하게 가진다. '두더지 혼인'이라는 말을 어떤 경우에 사용하는지에 대해 객관적으로 기술하기 위해 설화가 사용되기 때문이다. 그러나 여기에도 실천적·수행적 측면이 있다. 이야기와 속담의 객관적 관련성을 인식하거나, 그 위에서 혼인 관련 행태를 비판하는 것이 바로 수행적 양상이다. 〈두더지 혼인〉은 독자가 가진 정보의 확장을 꾀하거나 세태에 대한 비판을 야기한다는 점에서 수행적 효과를 가진다. 그러나 이는 〈소녀로 변신한 쥐〉가 독자의 구체적 행동과 판단에 영향을 미치는 것보다는 덜 역동적일 것이라고 짐작할 수 있다. 〈소녀로 변신한 쥐〉는 이야기의 진술을 통해 구체적 행동의 수행을 목적으로 한다는 점에서 진술성보다는 수행성이 강하다. 반면 〈두더지 혼인〉에서는 혼인의 어떤 현상을 진술할 수 있어야 비판이나 교정이라는 구체적 수행이 가능하다는 점에서 진술성이 수행성보다 중요하게 작동한다.

5. 남은 문제들

텍스트는 서로 다른 맥락에서 서로 다르게 사용된다. 어떤 텍스트도 그것의 효과가 무엇이 될 것이지, 텍스트 자체로 보증하기는 어렵다. 특정 텍스트가 어떻게 해석되고, 사용되고, 기능하는가는 모두 텍스트와 세계의 의미를 구하고자 하는, 독자의 끊임없는 투쟁의 산물이다. 본고는 인도와 한국의 '두더지 혼인' 설화를 대상으로, 같은 유형의 텍스트를 서로 다르게 의미화 하도록 이끄는 해석적 틀과 해석적 코드를 고려하면서 비교문학적 연구를 진행하였다.

〈소녀로 변신한 쥐〉의 메시지는 외곽 이야기, 최종 이야기를 통과하면서 고정된다. 외곽 이야기라는 틀이 있다고 해서 모든 해석이 강화되는 것은 아니다. 『판차탄트라』에 수록된 개별 이야기들은 최종 이야기는 동일하지만 외곽 이야기는 다를 수 있다. 여기에 수록된 다른 이야기 가운데에는 외곽 이야기의 의도와 본 이야기의 의미가 일치하지 않아 이야기의 해석이 어려운 경우도 존재한다. 그러나 〈소녀로 변신한 쥐〉는 외곽 이야기의 의도와 본 이야기의 의미가 일치하면서 메시지가 강화된다. 나아가 왕자를 교육한다는 최종 이야기 역시 메시지의 강화에 한 몫 한다. 그 결과 "본성이 개성보다 강하다."라는 메시지는 문화 내에서 혼인, 정치, 외교 등 다양한 층위로 전이되면서 확장될 수 있다. 〈소녀로 변신한 쥐〉와 이것이 적용되는 다양한 층위의 관계를 본고에서는 '확산'이라는 해석적 코드로 명명하였다.

반면 〈두더지 혼인〉의 해석적 틀인 논평은 〈소녀로 변신한 쥐〉의 외곽 이야기나 최종 이야기처럼 강력한 틀로 기능하지 못한다. 모든 논평이 그러한 방식을 가지는 것인지에 대해서는 별개의 논의가 필요하다. 그러나 적어도 〈두더지 혼인〉의 논평은 이야기 기호 가운데 몇 가지에 초점을 두어 기의를 확인하는 방식으로 이루어진다. 세속의 '두더지 혼인'라는 현상을 강조하거나, 분에 맞지 않는 혼인을 비판한다. 논평에서 양산되는 의미는 '분수'라는 사회적 층위와 '자족'이라는 개인적 층위로 대별될 수 있다. 이는 분명하게 제시되기보다는 암시되거나 추론된다. 〈두더지 혼인〉의 해석은 이야기의 대한 또 다른 해석 가능성을 열어 놓는 해석적 틀의 존재로 인해 더욱 다양하게 양산될 수 있으며 그 결과는 사회적 층위와 개인적 층위 사이의 어딘가에 위치할 가능성이 크다. 어떤 하나의 층위에 더 가까울 수도 있으며, 그 두 가지 모두를 아우를 수도 있으며, 두 가지의 충돌을 통해 규정될 수도 있을 것이다. 본고에서는 이런 다양한 해석의 가능성을 '진동'이라는 해석적 약호로 명명하였다. 〈소녀로 변신한 쥐〉가 확산을 통해 고정된 메시지를 수평적으로 확대하는 데 비해 〈두더지 혼인〉은 진동을 통해 혼인의 다양한 의미를 깊이 있게 양산한다.

텍스트의 활용 혹은 사용usage 측면에서 볼 때, 인도는 메시지의 고정성과 콘텍스트의 다양성, 한국은 콘텍스트의 고정성과 메시지의 다양성 혹은 모호성으로 대별된다. 이것들은 상호 교차하면서 최종적인 의미를 만들어가기에 어떤 문화에서 이야기의 해석적 지평이 더 풍부한가에 대해서는 단정하기 힘들다.

인도의 문화적 맥락에서는 고정된 메시지와 다양한 콘텍스트가 만나서 의미를 생산하며, 다양한 맥락을 통해 텍스트 사용이 궁극적으로는 다양화되는 방식으로 나아간다. 이때 메시지 자체가 분명하다는 점에서 해석의 여지는 적은 것처럼 보일 수 있다. 그러나 그것이 사용되는 다양한 콘텍스트가 있기에 결국 텍스트의 메시지는 조금씩 다르게 사용된다. 혼인의 콘텍스트에서 본성에 해당하는 것은 카스트이지만 외교의 콘텍스트에서 본성에 해당하는 것은 역사일 수 있다. "본성이 개성보다 강하다."라는 메시지는, 때로는 "카스트가 성격보다 중요하다.", "상대국과의 역사가 현재보다 중요하다." 등이 될 수 있다. 이는 메시지의 변용으로 생각될 수도 있지만, 원래 이야기의 메시지가 가지고 있던 잠재성이 콘텍스트에서 실현된 것으로 볼 수도 있다.

한국에서는 고정적 콘텍스트에 대해 다양한 해석소가 생성되는 방식으로 텍스트 사용이 이루어진다. 이때 이야기 해석소가 다양하기에 어떤 상황에 대해서 '두더지 혼인'이라고 하는 것은 다양한 해석소를 적용하는 것이 된다. 인도에서 고정된 메시지가 다양한 콘텍스트에서 적용되거나 실현되는 것과 달리, 한국에서는 〈두더지 혼인〉 설화가 적용되는 콘텍스트 자체에 대한 일반적 합의가 있다. 그러나 현실의 어떤 상황이 '두더지 혼인'이라고 명명될 수 있다는 것을 제외하고는 그러한 상황이 긍정적인 것인지 부정적인 것인지, 지향해야 하는 것인지 피해야 하는 것인지는 모호하다.

이렇게 〈두더지 혼인〉의 기의는 고정되지 않은 채 소통된다. 따라서 어떤 상황에 이것이 적용되더라도 미묘하게 차이가 나기 때문에 이야기 해석에 따라 '두더지 혼인'을 비웃을 수도 있고, 칭찬할 수도 있다. '두더지 혼인'이라는 말이 민간에서 널리 사용되기는 하지만 〈두더지 혼인〉에 대한 해석적 차이로 인해 정확하게 같은 용법으로도 사용되기는 힘들 뿐만 아니라 상당히 다른 용법으로 사용될 수 있다.

한국에는 '두더지 혼인'이라는 속담이 널리 퍼져있고 설화의 콘텍스트에 대한 일반적 합의가 있기는 하지만, 그 위에 특수한 의미들을 덧붙이는 것도 가능하다. 이때 〈두더지 혼인〉의 사용은 일반적이고 집단적인 것과 특수하고 개인적인 것으로 분할된다고 할 수도 있다. 『백일집』에서 본 것처럼, 학문을 하는 데 있어, 높은 것을 욕심내다 처음에 마음먹은 바로 돌아오는 과정에 대해 '두더지 혼인'의 비유를 사용할 수 있다. 그러나 이러한 용법은 또 다른 반성적 사유와 지적 통찰을 동반하는 것이기에 특수한 독자들에게 가능하다. 주지하다시피 인도에서 이 이야기는 덜 떨어진 왕자들의 단기 교육을 위해 구술되고, 대상자에 따른 교육의 효과를 위해 이해가능하고 명료하게 유통된다. 인도에서 〈소녀로 변신한 쥐〉가 대중적 교육과 대중적 소통을 전제하는 것과 달리 조선시대에는 지식인에 의한 특수한 설화 사용의 가능성이 열려있다. 이런 사용이 특수한 경우이기는 하지만 비정상적이거나 비상식적인 것으로 이해되지는 않는다. 이 역시 메시지 자체의 의미가 고정되지 않기 때문에 가능해진 하나의 효과이다.

　모든 서사는 그 자체로 혼종적 경향을 가진다. 하나의 서사가 사적이며 공적인 생명력을 얻기 위해서는 끊임없는 변용을 거쳐야하기 때문이다. 이 변용이 토착적인 것과 외래적인 것의 뒤섞임을 전제로 할 때 서사의 혼종성은 극대화된다. 한국의 〈두더지 혼인〉은 혼종성을 가진 대표적인 서사 가운데 하나이다. 벽이 돌미륵으로, 쥐가 두더지로 바뀌는 '풍토화'의 과정은 이 설화의 혼종성을 설명하는 하나의 방식이다.[21] 본고는 이야기의 풍토화가 이루어진 지점들을 발견하는 것도 중요하지만, 그러한 지점을 포함해서 이야기가 어떻게 다르게 의미화 되고, 사용되는가가 더욱 중요하다고 본다. 본고는 의미를 만들어내는 해석적 틀로 논평에, 그 결과로 '진동'이라는 해석적 코드에 주목하였

---

21) 설화가 한 지방에서 다른 지방으로 전파될 때 그 지방에 잘 알려진 사물로 이야기 요소가 대체되는 것을 말한다. 인도『판차탄트라』의 〈원숭이와 자라〉가 한국에서 〈토끼와 거북〉으로 바뀐 현상이 대표적이다. 성기열, 「진화론」, 김열규 외, 『민담학 개론』, 일조각, 1982, 95면.

다. 한국에서 이 서사는 혼인이라는 사건을 매개로 긍정과 부정, 주관
과 객관, 자존적 존재의 확인과 사회적 질서의 확인 사이를 진동하는
다층적 의미의 양산을 가능하게 했다고 본다. 이는 〈두더지 혼인〉이
한국 문화에서 다원적 세계를 서사화 하는 데 성공적인 역할을 수행했
다는 사실을 반영하는 것이기도 하다.

　이제 남은 몇 가지 문제를 언급하는 것으로 결론을 대신하고자 한다.
한국의 경우 구술로 전승되는 '두더지 혼인'이 30여 편 있다. 이것이
앞서 언급한 기술된 텍스트와 다른 어떤 해석의 틀을 가지고 있는가,
구술된 텍스트와 기술된 텍스트를 통합하여 전체적으로 어떤 해석의
코드를 추론할 수 있는가 하는 문제는 또 다른 장에서 연구되어야 할
것이다. 또한 중국과 일본에서 '두더지 혼인' 설화에 대한 비교문학적
논의가 보충되어야 할 것이다.[22] 앞으로 이루어져야 할 비교문학적 연
구에서 해석적 틀과 해석적 약호가 중요한 기준이 되어야 한다고 본다.
기존의 비교문학적 연구는 대부분 의미의 차이를 부각시키고 그러한
차이가 만들어지게 된 배경에 치중하면서 이루어졌다. 해석적 틀과 해
석적 약호를 염두에 둘 때 비교문학적 연구는 의미의 차이를 밝히는
데에서 나아가 의미 생산 메커니즘의 차이를 고려하는 방향으로 생산
적인 선회를 할 수 있을 것이다.

---

22) 중국의 '두더지 혼인'을 일별하자면 몇 가지 특징이 보인다. 앞서 언급한 것처럼,
하나는 쥐가 소녀로, 다시 쥐로 변신하는 부분이 있는 이본과 없는 이본이 있다는
것이다. 다른 하나는 쥐와 혼인하는 데에서 끝나는 것이 아니라 고양이가 가장 세다
고 생각하여 고양이에게 갔다가 모두 잡혀먹는 것으로 끝나는 이본의 존재이다. 중
국의 이야기들은 모티프와 구조에 있어 매우 특이하다. 뿐만 아니라 "쥐 혼인 날"이
라는 민속의 유래를 이야기하는 이본도 있어 주의를 요한다. 현재 연구가 진행된
대부분의 중국 텍스트는 1980년대 이후에 기록된 것들이다. 이야기가 활발하게 향
유되던 당시의 문화적 맥락을 염두에 두고 논의를 진행하기 위해서는 문헌 텍스트
확보가 중요하다.

구술과 기술,
근대와 전통의 만남과 『조선기담』

1. 서론

본 연구 대상은 그 원제목이 『반만년간죠션긔담』(이하 『조선기담』으로 표기)으로, 한글 활자본으로 되어 있다. 1922년에 조선도서주식회사에서 발행하였으며, 발행자는 안동수(安東洙)다. 『조선기담』은 총 104편의 이야기를 수록하고 있다. 이 104편의 이야기들은 매우 다양해서 『조선기담』은 일견 혼종적이며 잡다해 보이기도 한다. 『조선기담』에는 한문으로 된 전대 야담을 재수록한 내용도 있으나, 구전된 설화도 있다. 『조선기담』은 '구활자본 야담'으로 분류되기도 하고[1], '구전 설화집'[2]으로 분류되기도 한다. 『조선기담』 가운데에는 전대 야담과 명확한 영향

---

1) 이윤석·정명기, 『구활자본 야담의 변이 양상 연구-구활자본 고소설의 변이양상과 비교하여』, 박이정, 2001; 김준형, 「19세기 말~20세기 초 야담의 전개 양상」, 『구비문학연구』 21집, 한국구비문학회, 2005; 김준형, 「근대전환기 야담의 전대 야담 수용 태도」, 『한국한문학연구』 41집, 한국한문학회, 2008; 김준형, 「근대전환기 패설의 존재양상 : 1910~1920년대 패설집을 중심으로」, 한국문학논총 제41집, 2005.
2) 최인학, 「해제 『죠션긔담(朝鮮奇譚)』에 대하여」, 「조선조말 구전설화집」, 박이정, 1999, Ⅴ.

관계에 있는 작품들이 있다. 그러나 여기에는 전대 야담집에서 볼 수 없었던 신화류 이야기들도 수록되어 있으며, 〈구술과 고양이와 개〉, 〈머슴살이 한 왕자〉와 같은 구전 설화의 모티프를 차용한 이야기도 있다. 갈래 구분이 명확하지 않는 것 자체가 『조선기담』의 특징이기도 하다. 본고는 신화와 민담, 야담과 설화가 절묘하게 혼합되어 있는 점을 『조선기담』의 텍스트적 특징이라고 본다. 본고의 논의는 『조선기담』의 혼종성이 어떤 과정에서 생성된 것인지, 이런 이질적 양식들의 관계를 어떻게 보아야 하는지에 대한 문제제기에서 시작한다.

　『조선기담』의 가장 큰 특징은 한글로 쓰였다는 것이다. 당시 출간된 야담들은 대부분 국한문혼용체였다. 『오백년기담』(1913), 『실사총담』(1918), 『기인기사록』(1921), 『박안경기』(1921), 『대동기문』(1926) 등 『조선기담』 전에 출간된 대부분의 야담집, 『조선기담』 이후 출간된 야담집 역시 마찬가지이다. 『조선기담』이 한글로 출간된 것은 유표적인 일이다.[3] 이는 단지 한글을 읽을 수 있는 대중들을 위한 상업적 선택이었는지 아니면 여기에 또 다른 맥락이 관여한 것인지 알기 어렵다. 이를 위해서는 『조선기담』의 발행자에 대해 간단하게나마 살펴보아야 할 것이다.

　안동수에 대해서는 알려진 바가 없다. 『조선기담』에는 저술 배경이나 의도를 알 수 있는 서문이 없다. 1923년 〈동아일보〉에 두 번에 걸쳐

---

3) 『조선기담』은 한글로 되어있으나 띄어쓰기가 되어 있지는 않다. 최초의 한글 띄어쓰기는 1877년 영국 목사 존 로스(John Ross)가 펴낸 '조선어 첫걸음'(Corean Primer)인 것으로 알려졌다. 한글 띄어쓰기를 본격화·대중화시킨 것은 1916 〈독립신문〉이다. 독립신문 이후 출간된 많은 한글 텍스트들이 띄어쓰기를 하지 않았다. 〈한글모죽보기〉 역시 한글이기는 하되 띄어쓰기는 하지 않았다. 국한문혼용체가 함께 있던 시대에는 한글을 띄어쓰기 하지 않아도 읽기가 어렵지 않았을 것이다. 1933년 조선어학회는 띄어쓰기를 한글 맞춤법 통일안에 반영하였다. 띄어쓰기는 이때부터 공식화된다.

『조선기담』 광고[4]가 실렸다. 이때에도 『조선기담』이 유사 이래 오천년에 달하는 역사를 담고 있다는 것을 부각시킬 뿐, 저자에 대해서는 거론하지 않는다. 안동수가 책 판매에 영향을 미칠 만큼의 지명도를 가진 인물은 아니라고 추측할 수 있다.

1923년 〈동아일보〉에 실린 『조선기담』 광고

　1920년대 활동한 '안동수(安東洙)'에 대한 자료는 단편적으로 존재하며 세 가지 유형으로 추려진다. 하나는 교원 안동수로, 1910~20년까지

경기도 교동보통학교 교사, 1921~22년까지 경성여자고등학교 교원, 23년~31년까지 이리농림학교 교원을 지낸 인물에 대한 것이다. 이 교육 경력을 가지는 안동수라는 인물이 한 명인지, 아니면 동명이인들이 여럿 있었던 것인지는 알 수 없다. 다만 재직 기간이 중복되지 않고, 그 관등이 7급에서부터 6급, 5급, 4급으로 점차 상승하고 있는 것을 보면 한 사람의 경력일 가능성이 크다.

또 다른 안동수에 대한 자료는 1936년 「환각의 거리」 등으로 문단활동을 시작한 문인 안동수에 대한 것이다. 그에 대해서는 작품 활동 외에는 알려진 바가 거의 없다. 생몰연대도 명확하지 않다. 그러나 『조선기담』을 쓴 안동수와 소설가 안동수를 같은 인물이라고 보기 힘들다. 『조선기담』이 1922년 편찬된 것을 고려하면 1936년 소설가로 활동하기까지의 공백이 잘 설명되지 않는다. 1930년대 소설가 안동수와 1922년 『조선기담』을 쓴 안동수는 다른 인물로 보아야 한다.

마지막 자료는 조선어문회의 활동이 담긴 〈한글모죽보기〉이다. 여기에는 1907년부터 1917년 사이에 이루어진 조선어문회의 활동을 연혁, 회록(會錄) 등 8가지로 구분해서 기록하였는데, 주시경이 양성한 후진들 명단도 포함되어 있다. 이 550여 명의 명단[5] 가운데에서 안동수를 찾을 수 있다.

이 세 번째 자료의 주인공은 첫 번째 교육자 안동수와 동일인일 수 있고 두 번째 소설가 안동수와 동일인일 수 있으며 전혀 다른 제 3의 인물일 수도 있다. 그러나 소설가 안동수와 조선어문회의 안동수가 동

---

5) 대표적인 인물로 최현배(崔鉉培)·신명균(申明均)·김두봉(金枓奉)·권덕규(權悳奎)·정열모(鄭烈模)·이규영(李奎榮)·장지영(張志暎)·정국채(鄭國采)·김원우(金元祐) 등이 있다.

일인물이라고 생각하기는 어렵다. 활동시기에 있어 적어도 20년의 차이가 나기 때문이다. 그렇다면 조선어문회 안동수와 교육자 안동수는 같은 인물일까? 이 역시 추정만 가능할 뿐이다. 안동수의 교원경력이 시작되었던 시점을 고려하면, 이 둘은 활동시기가 겹친다. 주시경 역시 교원으로 조선어문회 활동을 했다. 교원으로 한글 운동을 편 인물들이 그 외 다수 있었다.[6] 이 두 집단 사이의 친연성을 생각하면 세 번째 자료와 첫 번째 자료는 동일인에 대한 것이 아닐까 한다.

교육자 안동수가 조선어문회의 안동수와 동일인이라 해도 그가 『조선기담』을 쓴 안동수가 아닐 가능성도 있다. 그러나 현재까지 확인된 자료들을 검토하면서 내릴 수 있는 것은 『조선기담』의 발행자가 교육자이거나 조선어문회 활동을 했을 지도 모른다는 것이다. 확실하고 구체적인 논의에 대해서는 후속 연구를 기대할 수밖에 없다. 그러나 『조선기담』을 쓴 안동수가 교육자이고 조선어문회 경력을 가지고 있다면 『조선기담』이 한글로 출간된 것은 상업적 선택이라기보다는 민족의 얼이 깃든 언어를 사용하고자 했던 선택으로 볼 수 있다. 이 역시 안동수의 생애가 밝혀지지 않은 이상 추정으로 남겨질 수밖에 없다.

발행자 안동수에 대해서도 알려진 바가 없을 뿐 아니라, 『조선기담』에 대한 기존 연구도 찾아보기 힘들다. 『조선기담』만 단독으로 연구한 논문은 아직 없으며, 이 역시 구활자본에 대한 일반적 연구나 전대 문헌설화와 근대 야담의 차이를 밝히는 연구의 일환이었다.[7] 이는 『조선

---

6) 1926년 『조선동화대집』을 쓴 심의린(沈宜麟;1894~1951) 역시 한성고등보통학교 사범부를 졸업하고 교원생활을 하면서 한글 연구에 매진하였다.

7) 이윤석·정명기, 『구활자본 야담의 변이 양상 연구-구활자본 고소설의 변이양상과 비교하여』, 박이정, 2001; 김준형, 「근대전환기 야담의 전대 야담 수용 태도」, 『한국한문학연구』 41집, 한국한문학회, 2008, 624~625면. 『조선기담』의 연구는, 새로운

기담』이 연구할 가치가 없는 텍스트이기 때문이 아니라, 근대로 설화 연구의 지평이 넓혀진 것이 얼마 되지 않기 때문이다. 본 연구는 그 동안 연구사에서 누락되었던 『조선기담』에 관한 기초적 사실을 확인하면서, 『조선기담』의 특징을 혼종성으로 보고, 이러한 혼종성이 어떤 복합적 형성 과정을 통해 생성 되었는가 추론하기로 한다.

2. 『조선기담』의 전통성과 근대성의 위계적 관계

『조선기담』에는 일관된 질서를 읽어내기 어려울 만큼 다양한 이야기들이 혼재되어 있다.[8] 『조선기담』의 혼종성은 그 형식적 부분에서부터 전경화된다. 도입부를 보면 다음과 같은 방식으로 시작하는 이야기들이 있다.

     경상도 진주군 상봉리에 사는 정관수가 같은 군 최씨녀로 더불어 부부

활판인쇄 기술로 간행된 야담과 고소설을 대상으로 그 원천을 탐색하고, 원천과의 변이 양상을 밝히는 일련의 작업 가운데 극히 일부를 차지한다. 이는 야담과 고소설 이라는 전통시대의 문학이 근대적 문물을 받아들이는 시기에 어떤 변이를 보이는가 에 대한 선행연구로서 의의를 가진다. 『조선기담』의 변이 양상에 대해 오락성과 교훈성, 재미와 교육적 효과를 동시에 노린 것이라는 의미를 부여하는 논의도 있기는 하지만, 이 두 가지 약호는 너무나 일반적이어서 『조선기담』의 양상을 설명하기에 위해서는 다른 방식이 필요하다.

8) 김준형 역시 이에 대해 언급하면서 『조선기담』에 "수록된 이야기들에서 어떤 일관된 질서를 읽어낼 수 없을 만큼 다양한 이야기들이 혼재" 되어 있다고 본다. "효자 이야기, 질투가 심한 부인 이야기, 약밥의 유래, 열녀 이야기에 기독교적인 요소를 첨가한 이야기 등 그 성향이 다단하다. 이러한 점에서 『조선기담』은 흥미로움을 전제로 한 잡박한 내용을 혼재한 작품"이라는 것이다. 김준형, 「근대전환기 야담의 전대 야담 수용 태도」, 『한국한문학연구』 41집, 한국한문학회, 2008, 624~625면.

가 되어 금슬이 화락하더니, 지금부터 몇 해 전에 정씨가 우연히 병이 들
어 (25화)

　　한 시골 노인이 여러 해 만에 서울 왔다가 모동 사는 전일 친구를 찾고
자 하여 그 동리에 이른즉 골목이 모두 변하고 (50화)

　　거금 수년 전에 전라남도 강진군 칠량면 사는 박규춘의 무남독녀 옥사
는 방년 십칠 세에 화용 월태가 옛문자의 침어낙인이라도 도저히 그 아름
다움을 기록키 어려울 미인으로 (87화)

　　25화 〈살을 베어 남편의 병을 구하다〉에는 "지금부터 몇 해 전"이라
는 시간적 표지가 있어서 이 이야기가 당대의 것임을 알 수 있다. 뿐만
아니라 죽을병에 걸린 것을 "악마의 병"이라고 하고, 부인이 해결책을
모색할 때 "하늘로부터 복음이 내림" 같은 표현들이 있어 전대 야담을
전사한 이야기가 아니라 들은 내용을 전달하고 있음을 알 수 있다. 50
화 〈얼개화의 폐단이라〉에서는 "청년학생"과 같은 단어가 등장한다.
한 시골 노인이 버릇없는 청년학생을 만나 욕을 들었는데 그 청년이
찾고 있던 친구의 손자였다는 것이다. 여기에서는 청년학생의 신분을
"어느 초등과 졸업생으로 중등과 일년급"이라고 설명한다. 이런 근대
교육 제도의 표지들을 보면 이 이야기가 당대의 것임을 알 수 있다.
87화 〈미인이 뱀과 결혼하다〉는 "거금 수년 전"에 라는 시간적 표지가
있어 당대 이야기임을 암시한다. 시작부에서는 인물과 시간보다는 공
간의 표지가 더 구체적으로 드러난다. 이 이야기들에서는 "경상도 진주
군 상봉리", "전라남도 강진군 칠량면" 등 지명이 도, 군, 리에 이르기
까지 자세하게 나타난다. 지명을 구체화함으로써 인물을 구체화한 것
이다. 또한 당대 이야기를 기술할 때에는 논평이 첨부되기도 하다.

　전대 야담에서 찾아보기 힘든 새로운 이야기를 시작할 때 『조선기담』
은 인물의 이름 대신 지명을 구체적으로 밝히고 때로는 논평을 첨부하
기도 한다. 인물이 사는 곳을 통해 인물을 설명하는 방식은 『용재총화』
와 같은 초기 문헌설화집에서 민담류 이야기를 전승할 때부터 나타난
다. 공간을 활용하는 이러한 방식은, 『조선기담』에서는 특히 당대의
이야기를 전승할 때, 이야기의 객관성이나 실재성을 담보하기 위한 최
소 조건으로 생각된다.

　　문곡 김수항의 부인 나씨는 명촌 나양좌의 누이라 (96화)

　　역관 홍순언이 만력 병술년 간에 사신을 따라 북경에 들어가니 그때
　　마침 신설된 청루 하나 있으되 문 위에 현판을 걸고 크게 쓰기를 은자
　　천 냥이 아니면 들어오지 못한다 하였는지라. (6화)

　　고려 원수 이방실은 공민왕 때 명장이라. 소시에 용력이 절륜하더니
　　일찍 서해도에 놀다가 노상에서 한 남자를 만난즉 (23화)

　　양승지 희수가 유람하는 벽이 있어 한 필 말과 한 사람 종으로 멀리
　　북관에 놀다가 돌아오는 길에 영변 땅에 이르러 주막에서 쉬고자 하더
　　니 (38화)

　　정동계 온이 소시에 동중 선배 두어 사람과 더불어 회시 보러 서울로
　　올라갈 때 도중에 한 소교가 있어 (52화)

　이 이야기의 주인공이 양반인 경우 인물의 호와 성명, 관직 등이 제
시된다. 배경이 되는 지명이 나타나기는 하지만 북경, 서해도, 북관
등으로 대략적으로 언급된다. 이렇게 『조선기담』에는 시작부에서 구
체적 공간을 통해 인물을 기술하는 경우가 있고, 구체적 호, 성명, 관직

명으로 인물을 제시하는 경우가 있다. 이는 주로 전통 야담을 전사한 이야기들에서 발견되는 특징이다. 전통 야담을 전사한 이야기들이 대략적 인물명만 밝히면서 시작할 때도 있다. 그럴 때에도 이들 이야기는 도, 군, 리의 구체적 지명을 제시하지는 않는다. 당대의 이야기를 기록할 때 공간적 배경을 대략적으로 밝히는 경우도 있다. 그러나 당대의 이야기들에서 인물의 호, 관직명이 명확하게 기술되지는 않는다.

이는 『조선기담』의 원천이 단일한 것이 아님을 암시한다. 『조선기담』은 당대의 구전 이야기를 기록하는 방식과 전대의 야담을 재기록하는 두 가지 방식으로 생산되었다고 할 수 있다. 『조선기담』은 구전과 전사라는 두 가지 원천을 가지고 있다. 『조선기담』에는 전통 야담을 참조하면서 전사한 이야기들이 당대 구전된 이야기보다 월등히 많다. 앞서 제시한 각 편 외, 당대 구전된 이야기들은 거의 없다. 이런 점에서 『조선기담』은 설화집이라기보다는 야담집의 성격을 가진다. 이제 『조선기담』이 참조한 전대 야담에 대해 살펴보자.

3. 『조선기담』과 전대 야담의 관계

(1) 『청구야담』 등 전대 야담의 전사

『조선기담』이 전사한 대표적인 야담집은 무엇일까? 이를 밝힐 수 있는 단서가 몇 가지 있다.

『조선기담』 63화 〈경을 읽어 호환을 면케 하다〉는 화담의 제자가 호환의 위기에서 처녀를 구한 이야기로 일종의 호랑이 퇴치담이다. 문헌으로 전승되는 서화담 이야기 가운데 대표적인 것으로 여우 퇴치 이야기와 호랑이 퇴치 이야기가 있다. 여우 퇴치 이야기는『동패』,『파수록』,『청야담수』에 실려 있다. 호랑이 퇴치 이야기는『계서야담』,『청구총화』,『청구야담』,『동야휘집』,『아동기문』,『쇄어』에 실려 있다. 유일하게『동패락송』에는 두 가지 유형의 서화담 이야기가 모두 수록되어 있다.『조선기담』은 호랑이 퇴치 이야기를 수록한 야담 계열을 따르고 있다고 볼 수 있다.『동패락송』,『계서야담』,『청구야담』,『동야휘집』등에서『조선기담』에 수록된 이본과 유사한 이본을 찾아볼 수 있다.

다른 화담의 이야기를 고려하면『조선기담』이『동패락송』을 계승한다고 보기 어렵다.『조선기담』에는 호랑이를 퇴치하는 서화담 이야기 외에 또 다른 서화담 이야기를 90화 〈사발물에서 용을 낚다〉에 수록하고 있다. 여기에는 두 가지 서화담 일화가 나온다. 첫 번째는 아우와 낚시 내기를 하는 것인데, 아우는 물 한 사발에서 금붕어를 잡아내고 화담은 황룡을 낚는다. 두 번째는 중과 잠 안 자기 내기를 하는 것인데, 중은 십오 일을 견디고 화담은 그 뒤로도 수십 일을 더 견딘다.

『청구야담』,『계서야담』,『기문총화』에는 호랑이 퇴치담만 있을 뿐 서화담의 다른 일화는 나타나지 않는다.『조선기담』과 같은 방식으로, 두 가지 일화를 하나의 설화로 구성한 야담을 찾아보기는 힘들다.[9] 다만『동패락송』은 두 가지 일화를 하나의 설화로 구성하기는 하되,『조선기담』과는 전혀 다른 일화들을 수록하고 있다.『조선기담』의 발행자가『동패락송』을 직접 전사했다면 화담의 일화를 이런 식으로 전혀 다르게 구성하지는 않았을 것이다.『동패락송』과『조선기담』은 직접적

---

9) 근대 구활자본 야담『실사총담』3화에 화담과 중의 잠 쫓기 시합이 수록되어 있는 것을 확인할 수 있다.『조선기담』이 전대 야담뿐 아니라 당대의 야담에도 영향을 받았음을 보여주는 대목이다. 이에 대해서는 후술한다.

관계가 적어 보인다.[10]

『조선기담』16화 〈아내 덕에 공신이 된다〉는 인종반정 때 아내의 혜안으로 공신이 된 이기축의 이야기이다. 전대 야담을 참조하면 이 이야기는 크게 두 가지 유형으로 나뉜다. 아내의 신분이 기생인 경우와 주막집 딸인 경우이다.『청구야담』은 전자를,『계서야담』과『기문총화』는 후자를 따른다.『조선기담』은『청구야담』처럼 이기축의 처를 기생으로 그린다. 그 외에 다른 세부적 내용 역시 상이하다.『조선기담』과『청구야담』에서는 여성의 신분이 기생인데『계서야담』과『기문총화』에서는 주막집 딸이며,『조선기담』과『청구야담』에서는 이기축이 김정언에게 가지고 간 책이『통감』인데『계서야담』과『기문총화』에서는『사략』이며,『조선기담』과『청구야담』에 나오는, 김정언이 화를 내는 대목이『계서야담』과『기문총화』에는 없다.『조선기담』이『기문총화』와『계서야담』보다는『청구야담』의 영향권에 있음을 알 수 있다.

이는 텍스트의 문면을 비교하면 더 확실히 알 수 있다.『조선기담』6화 〈천금을 버려 효녀를 구하다〉를 보면『조선기담』이 어떤 작품의 영향을 받았는지 알 수 있다.

---

10)『기문총화』,『계서야담』,『청구야담』에서 화담에 대해 일반적 기술을 하면서 일화를 시작하는 것은『조선기담』과 공통점이다. 여기에는 화담 서경덕이 박학다문 하여 천문지리와 술수지학에 밝았다거나 화담이라는 물가에 살아서 그것으로 호를 삼았다는 언술이 있고 나서 제자를 시켜 호랑이를 퇴치한 이야기가 나온다.『조선기담』은 90화에서 화담에 대한 두 가지 일화를 하나로 묶어 소개하면서 화담이 유불선에 통하고 술법을 알지 못하는 게 없었다는 등의 일반적 기술을 한다. 만약 이 발행자가 다른 야담집을 그대로 전사했다면 화담에 대한 일반적 설명은 63화에 나타나야 한다. 그러나 저자는 90화에서 화담에 대한 일반적 기술을 한다. 또한 63화에서 호랑이를 퇴치한 것은 서화담이 아닌 그 제자이지만 90화에서 술법의 주인공은 서화담이다. 서화담에 관한 일반적 언술을 뒤로 이동시켜 적절한 곳에 배치한 것을 보면『조선기담』의 발행자는 단순한 전사 이상의 것을 수행하고 있다고 볼 수 있다.

『조선기담』: 역관 홍순언이 만력 병술년 간에 사신을 따라 북경에 들어가니 그때 마침 신설된 청루 하나 있으되 문 위에 현판을 걸고 크게 쓰기를 은자 천냥이 아니면 들어오지 못한다 하였는지라. (6화)

『청구야담』: 역관 홍순언이 만력 병술년 간에 사신을 따라 황성에 들어가니 그때 마침 새로 생긴 청루 하나 있어 현판에 은 천 냥이 아니면 들어오지 못한다 하였다. (譯官洪純彦 當萬曆丙戌年間 隨節使 行入皇京 時有新起一靑樓 而門楣上 懸一牌書 以非銀千兩 不許擅入, 114화)

『계서야담』: 홍순언은 젊어서부터 뜻이 크고 의기가 있었다. 일찍이 연경에 가다가 통주에 이르러, 밤에 청루에서 놀다가 한 여자를 보았는데, 극히 뛰어난 미색이 있었으므로 마음속으로 기뻐하면서 주인 노파에게 교환(交歡)하기를 청하였다. (洪純彦少落拓有意氣 嘗赴燕到通州 夜遊靑樓 見一女子 極有殊色 意悅之 托主嫗要歡, 59화)

『기문총화』: 광국공신 당릉군 홍순언이 젊은 시절에 통역관으로 중국의 북경에 들어가 통주에 이르렀다. 그 곳 술집의 주인 할미에게 중국에서 으뜸가는 미인을 보고 싶다고 하니, 할미가 흰 명주옷을 입은 부인 한 사람을 데려왔는데 온 얼굴에 수심이 가득하였다. (光國功臣唐城[陵]君洪彦純[純彦] 少時以譯官入京到通州 謂主嫗願見中原一色 嫗引一又鬟 縞衣草草 愁色滿面, 573화)

이 이야기는 홍순언이 중국의 미인을 만나는 것으로 시작한다. 그 미녀는 창기가 아니라 사랑의 여자로, 몸을 팔아 부친을 구하고자 한다는 것을 알고 홍순언이 수 천금을 모아 여자에게 주고 관계 하지 않고 떠난다는 내용이다. 『조선기담』과 『청구야담』은 시작부가 동일하다. 홍순언의 신분은 역관으로, 사신을 따라간 해는 병술년으로 나타난다.

"천금을 버려 효녀를 구하다"라는 『조선기담』의 제목 역시 『청구야담』
의 제목, "捐千金洪象胥意氣"와 유사하다. 반면 『계서야담』과 『기문총
화』에는 홍순언의 신분이 표기되지 않거나 다르게 나타나면, 시간적
배경 역시 "일찍이", "젊은 시절에" 등으로 대략적으로 나타난다. 공간
적 배경도 북경이 아니라 통주로 되어 있다. 『계서야담』과 『기문총화』
에는 제목이 없다는 점도 『조선기담』, 『청구야담』과는 다른 점이다.

『조선기담』 27화 〈매를 맞고 칼을 면하다〉도 마찬가지로 『계서야담』
이나 『기문총화』가 아니라 『청구야담』과 영향 관계가 있다. 『청구야담』
의 제목은 "洪尙書受挺免刀"인데, 『조선기담』의 제목부터가 『청구야담』
과 유사하다.

> 『조선기담』: 홍판서 우원이 과거하기 전에 동협 길을 가다가 한 곳에
> 이르러 해는 이미 저물고 주점은 멀리 있는지라, 잘 곳이 없어 방황하더니
> 길가에 마침 두어 집 되는 마을이 있거늘 그 사정을 말하고 유숙하기를
> 청하니 주인이 허락하더라. (27화)

> 『청구야담』: 홍상서 우원이 과거하기 전에 동협 길을 가다가 해는 이미
> 저물고 주점은 멀리 있는지라, 잘 곳이 없어 우두커니 서 있더니 길가에
> 마침 몇 집 되는 마을이 있거늘 사정을 말하고 유숙하기를 청하니 주인이
> 허락하였다. (洪尙書宇遠 於未第時 作東峽之行 日勢已晩 而店舍稍遠 無以遭程
> 及站 路傍偶有數家村 言其事情 而請留宿焉 主人許之 206화)

> 『기문총화』: 홍우원이 젊었을 적 고향 가는 길에 한 주막집에 들렀다.
> 남자 주인은 없고 다만 여주인만 있었는데, 나이는 이십 여세 가량으로
> 용모가 제법 아름다웠으나 음탕하고 더러운 자태가 얼굴에 넘쳐 났다. (洪
> 宇遠少時作鄕行 住一店幕 無男子主人 而只有女主人 年可二十餘 容貌頗美 其淫
> 穢之態 溢於面目, 3권, 291화)

『계서야담』: 홍우원이 젊었을 적 고향 가는 길에 한 주막에 들렀다. 남자 주인은 없고 다만 여주인만 있었는데, 나이는 이십 여세 가량으로 용모가 제법 아름다웠으나 음탕하고 더러운 자태가 얼굴에 넘쳐 났다. (洪宇遠少時作鄕行 入一店幕 無男子主人 而只有女主人 年可二十餘 容貌頗美 其淫穢之態 溢於面目, 78화)

『계서야담』과 『기문총화』에서는 인물의 이름만 제시하는데, 『청구야담』과 『조선기담』에서는 관직과 인물을 함께 제시한다. 『청구야담』과 『조선기담』에서 공간적 배경은 강원도의 '동협'으로 두 작품에서 동일하게 나타난다. 이렇게 관직과 지명을 나타내는 고유명사가 일치하는 것을 보면 『조선기담』이 기억을 통해 전대 야담을 기록한 것은 아님을 알 수 있다. 반면 『기문총화』와 『계서야담』에는 주막이 위치한 지명이 나타나지 않는다. 『청구야담』과 『조선기담』에서는 홍우원이 사정을 말하고 유숙하기를 청하는 대목이 있지만 『기문총화』와 『계서야담』에서는 홍우원의 사정은 생략되고, 우연히 들린 주점에서 만난 음녀를 묘사하는 데 치중한다. 『기문총화』와 『계서야담』은 서로 비슷하지만 이 두 텍스트는 『조선기담』과 『청구야담』과는 다르다.

첨언하자면, 『조선기담』은 『청구야담』 가운데에서도 한글본이 아니라 한문본을 번역·전사하였을 가능성이 높다. 『조선기담』 27화를 보면, 홍우원이 유숙하기를 청하고 나서 "주인이 허락하였는데"라거나 "계집이 마음을 시험코자 하여", "얼굴이 붉어지며 마지못하여 나아가"라는 부분은 나온다. 이는 모두 한글본 『청구야담』에는 없으며 한문본에만 나타나는 구절이다. 『조선기담』에서는 홍우원이 여자의 유혹에 넘어가지 않자, 음녀가 "연소한 남자와 여자가 한 방에 있어 일점 정욕이 없으니 고자가 아니거든 어찌 그리 풍취도 없는고."라고 말한다.

한글본『청구야담』에서는 이 부분이 "소년 남아가 어찌 이렇듯 무미하뇨?"라 축약되어 나타나는데 비해 한문본『청구야담』은『조선기담』과 그 문면이 같다.

(2) 당대 구활자본 야담과의 관계

『조선기담』은 전대 야담 가운데『청구야담』의 영향을 가장 많이 받았다. 그러나『조선기담』에 수록된 작품 가운데에서는『청구야담』에 수록되지 않는 각편도 있다. 57화 〈여승은 바라는 바〉는 김효성의 여색과 재치 있는 말에 대한 이야기이다. 김효성이 여색에 탐닉하자 그 부인이 승려가 되겠다고 말한다. 김효성은 자신이 많은 여자들과 상관했으나 아직 여승은 상관한 적이 없으니 부인이 여승이 된다면 바라던 바라고 한다. 이 이야기는『청구야담』에는 없는 것으로, 그 원전은『청파극담』이다.『청파극담』에는 제목이 없다.『조선기담』의 찬자가『청파극담』이나, 이를 수재하고 있는『대동야승』을 직접 참조했다고 보기는 어렵다. 이 57화와 같은 이야기는 1913년 출간된 구활자본 야담『오백년기담』에 보인다. 이 두 텍스트는 문면이 거의 유사하다.『오백년기담』에서 이 각편의 제목은 〈이승고소원(尼僧固所願)〉(179화)이다.『조선기담』의 제목은 이를 한글로 풀어 쓴 것이다.『조선기담』의 일부 이야기들은 이렇게 당대 유통되던 구활자본 야담의 영향을 받았다.『청파극담』혹은『대동야승』과 동일한 이야기가『조선기담』에 수재될 수 있었던 것은 이 이야기가『오백년기담』과 같은 당대의 구활자본에 수록되었기 때문이다.[11] 여러 편의 구활자본 야담 중『오백년기담』과『조선기담』의 관계는 특히

---

11)『오백년기담』에 이러한 잡록들이 수록될 수 있었던 연유에 대해서는 또 다른 지면을 할애해서 살펴보아야 할 것이다.

긴밀하다. 80화 〈함흥차사〉, 46화 〈형을 불러 적장을 베다〉(계월향 이야기),[12] 47화 〈적장을 안고 물에 던지다〉, 14화 〈아내 덕으로 공신이 되다〉, 9화 〈상민의 딸이 재상의 부인이 되다〉, 60화 〈자라를 살리고 아들 팔형제를 두다〉, 52화 〈시비가 상전의 원수를 갚다〉 등은 모두 『오백년기담』과의 영향관계를 보여주는 각편이다. '조선기담'이라는 제목자체가 『오백년기담』과의 관계를 암시한다.

〈아랑설화〉를 보면 『오백년기담』이 『조선기담』에 미친 영향력을 더 확실히 알 수 있다. 『조선기담』의 아랑설화는 『오백년기담』과 가장 유사하다. 그렇다고 『조선기담』이 『오백년기담』을 수동적으로 전사하기만 한 것은 아니다. 이 두 텍스트는 후반부 범인 검거 지점이 다르다. 『오백년기담』에서는 범인에 대한 단서가 나오지 않는다. 『조선기담』에서는 백일장(시제 : 영남루 달밤에 이상사를 만나서 전생의 원통한 빚을 말한다)을 봐서 범인이 스스로 죄를 실토하도록 한다.

『조선기담』을 포함, 문헌에 기재된 아랑설화는 열 편 남짓이다. 『조선기담』에서 '아랑'은 밀양 부사 윤후의 딸로 나오고, 설원자는 이상사이며 살인자는 주기로 나온다. 특이한 것은 설원자인 이상사가 아직 과거 급제 하지 않은 상태에서 명산대천을 유람하다가 영남루에서 원귀를 만나 하소연을 듣는다는 것이다. 이상사는 원귀의 도움으로 장원급제하여 밀양 부사를 자원한다. 그리고 백일장을 여는데 이때 낭자의 혼이 접한 범인이 낭자를 유인하여 죽이던 전말을 스스로 적게 된다. 그의 이름은 통인으로 있던 주기였다.

『조선기담』의 아랑설화와 일치하는 전대 문헌은 『오백년기담』이다.

---

12) 계월향 이야기는 〈평양지〉나 〈임진록〉에 일부 보이지만 『조선기담』과 가장 유사한 것은 역시 『오백년기담』이 아닐까 한다.

『오백년기담』의 아랑설화는 『동야휘집』의 영향을 받았다. 『조선기담』
은 급제하지 않은 선비인 이상사가 등장하여 아랑의 설원을 돕는다는
점에서 이들과 유사하다. 『동야휘집』에서 이상사는 영남루에서 귀신을
만나 원통한 사정을 듣게 된다. 이때 원혼은 '붉은 기(朱旗)'를 들고 나타
났다. 이상사는 김부사에게 귀신의 사연을 전해서 '주기'라는 자를 찾아
자백을 받는다. 그 뒤에 이상사는 급제하여 이름을 떨친다. 『조선기담』
은 『동야휘집』에서 간접적 설원자의 역할을 하던 이상사를 직접적 설원
자로 변개하였다. 직접적 설원자가 되기 위해서는 설원을 할 자격을
갖추어야 한다. 『조선기담』에서 이상사는 원귀를 만나고 급제를 한 후
설원을 하는 것으로 그려진다. 『조선기담』은 설원의 주체로 이상사를
등장시켰다는 점에서 『동야휘집』과 유사하지만 설원의 시점을 급제 이
후로 설정하였다는 점에서 차이를 보인다. 이러한 설정은 문헌설화 가
운데 『오백년기담』과 『조선기담』에서만 나타난다. 이는 『조선기담』의
아랑설화가 『동야휘집』을 직접 참조하였기보다는, 『동야휘집』을 참조
하면서 만들어진 『오백년기담』의 영향을 받았기 때문이다.

『조선기담』은 『오백년기담』을 참고하면서 범인이 밝혀지는 과정의
개연성을 높이고자 하였다.

『조선기담』에서 범인의 이름은 주기로 설정된 것 역시 다른 야담을
참고한 결과이다. 『청구야담』에서는 원귀가 붉은 기를 들고 온 것에
서 암시를 받아 주기라는 이름을 가진 자를 찾아낸다. 아랑설화에서
범인 이름이 주기로 설정되는 경우는 『청구야담』, 『동야휘집』, 『오백
년기담』, 『조선기담』이다. 이들 야담에서 범인의 이름은 『청구야담』
에서 기인한 것이다. 『청구야담』에서 붉은 기를 가지고 온 것에 착안
하여 이름을 추론하는 것이었다면 다른 야담에서는 범인이나 아랑이

범인의 이름을 직접 밝힌다. 『조선기담』은 『오백년기담』의 영향권에 있기는 하지만 이를 그대로 전사하지 않았다. 『조선기담』의 아랑설화는 『오백년기담』을 토대로 하면서 전대 야담들을 비교하여 재구성한 작품이다.[13]

앞서 언급한 『조선기담』 14화 〈아내 덕으로 공신이 되다〉 역시 『청구야담』의 영향권에 있으나 당대 다른 야담을 참조하면서 변화를 꾀한 지점이 있다. 『조선기담』의 제목, "아내 덕으로 공신이 되다"는, 『청구야담』의 해당 작품 제목 "책훈명양처명감(策勳名良妻明鑑)"과 유사하다. 『오백년기담』의 제목은 "생년작명(生年作名)"으로 '기축'이 태어난 해를 따서 지은 이름이라는 데 초점을 두고 있기에 제목과 전체적 내용에 있어서 『조선기담』은 『청구야담』을 따른다고 할 수 있다. 『조선기담』이 『청구야담』과 다른 지점은 바로 공신이 된 남성의 이름이다. 『조선기담』에서 이 인물은 '이기축'이라고 나오지만 『청구야담』에서는 '박기축'이라고 나오며 『오백년기담』에서는 성 없이 그냥 '기축'으로 나온다. 인물의 이름이 '이기축'이라고 나오는 것은 『계서야담』, 『기문총화』이며, 이들의 영향권에 있다고 판단되는 『실사총담』이다. 이를 보면 『조선기담』은 『청구야담』을 전사하면서 다른 전대 야담이나 당대 야담집을 참조, 정보를 교정하였을 것으로 추측할 수 있다.

14화의 경우가 시사하듯, 『조선기담』이 참조하고 있는 당대 야담이 『오백년기담』 한 권만은 아니다. 10화 〈신부 없는 방에 신랑이 홀로 자다〉는 질투 심한 홍언필 부인 송씨 이야기이다. 이는 『금계필담』과 『동상기찬』에 나오며 『청구야담』에는 없는 작품이다. 『조선기담』에서

---

13) 이러한 변개가 모두 『조선기담』의 독창적 설정인지는 의문이다. 『조선기담』에 영향을 미친 또 다른 구활자본 야담이 존재할 가능성이 있기 때문이다. 이는 근대 구활자본 야담에 대한 연구가 총체적으로 진행되어야 밝힐 수 있는 대목이다.

는 『금계필담』이 아니라 『동상기찬』을 전사한다. 『금계필담』과 『동상기찬』은 모두 손이 잘린 여종 이야기로 시작한다. 『금계필담』에서는 동네 사람이 질투심 강한 부인을 경계하기 위해 부인의 손을 자른다. 『동상기찬』에서는 송질 어머니가 남편을 질투해 여종의 손을 자른다. 『조선기담』의 내용은 『동상기찬』과 유사하다.

나아가 『조선기담』이 근대 야담 자료들을 참고하면서 수록할 레퍼토리를 정하였을 것이라는 추정도 가능하다. 가령 『오백년기담』과 『실사총담』에는 황희 이야기가 공통적으로 수록되어 있다. 『오백년기담』에는 황희 이야기 가운데 "네 말도 옳다."는 일화만 수재되어 있고, 『실사총담』에는 '누렁소와 검은 소' 이야기만 수재되어 있다. 『조선기담』에서는 '누렁소와 검은 소' 이야기를 먼저 수재하고 바로 "네 말도 옳다."를 수재하였다. 『조선기담』은 『오백년기담』이나 『실사총담』 등 당대 야담을 참조하여 이야기의 레퍼토리를 정하고 관련 이야기를 모은 것이 아닐까 한다. 이렇게 『조선기담』은 전대 야담 뿐 아니라 동시대 구활자본 야담을 여러 편 차용하면서 변개하고 있다.

『조선기담』은 『오백년기담』과 같은 당대 야담의 영향을 받고 있지만 이들과는 전혀 다른 의도를 표면에 드러낸다. 이들은 역사전승과 역사의식에 있어서 차이가 난다. 가령 『오백년기담』이나 『실사총담』은 조선시대의 역사를 중심으로 실제 사실을 전달하고자 한다.[14] 『조선기담』은 단군에서부터 시작되는 반만년 역사를 서술한다. 이런 점을 고려하면서 다음 장에서는 『조선기담』에서 다루는 역사의 범위와 역사

---

14) 『오백년기담』에서는 문익점을 제외하면 대부분 조선조 인물들을 수록하고 있으며, 『실사총담』에서는 김유신, 소지왕, 김부식, 정지상, 정유경, 강감찬, 김대운 등의 경우를 제외하면 모두 조선조의 인물들을 수록하고 있다. 〈실사총담〉『국어국문학 자료사전』, 한국사전연구사, DB., 1998.

에 대한 인식을 살펴보려 한다.

4. 『조선기담』의 역사 전승과 역사의식

(1) 기억을 토대로 한
구전 신화와 고대 역사의 기록

『조선기담』 21화 〈곰이 변하여 사람이 되다〉는 『삼국유사』의 〈단군
신화〉와 많은 차이를 보인다. 세부적으로 보자면 〈곰이 변하여 사람이
되다〉는 환웅이 데리고 온 무리에 대해서 풍백, 우사, 운사 등을 언급
하지 않고 "그 무리 삼천과 더불어"라고만 한다. 또한 여기에서는 환웅
이 곰과 범에게 쑥과 마늘이 아니라 "선약 이십 매씩"을 주는 것으로
되어 있다. 곰과 호랑이가 동굴에 사는 것으로 명시되지도 않는다. 후
반부 역시 다른데 『조선기담』에서는 "나라 이름을 조선이라 하고, 평양
에 도읍을 정하사 군신 부자 남녀의 구별을 정하며, 의복 음식 궁실의
제도를 가르쳐 나라가 크게 다스리니, 그 자손이 서로 전하여 역년이
일천십칠 년"에 이르렀다고 한다. 『삼국유사』에서 단군이 나라를 다스
린 것이 1500년간이고 아사달로 돌아와 산신이 되는 때의 나이가 1908
세로 나오는 것과도 큰 차이가 있다. 『조선기담』에서는 〈단군신화〉 뿐
아니라 〈혁거세 신화〉, 〈김알지 신화〉 등을 수록하고 있다.

이를 통해 보건대 『조선기담』은 『청구야담』 등의 전대 야담과 『오백
년기담』 등의 당대 야담을 근간으로 하면서, 구전되는 신화와 전설을
더하였다는 것을 알 수 있다. 야담의 영향권에 있는 이야기들은 인물,
시대, 장소 등을 전사한 것이기에 고유명사가 대부분 일치한다.[15] 반면

〈단군신화〉, 〈혁거세 신화〉 등은 전사한 것이 아니라 기억을 토대로 재구성한 것이기에 문헌과 큰 차이를 보인다. 『조선기담』에서 주몽, 박혁거세, 김알지 등 신화적 인물의 서사를 다루는 방식은 독특하다.

『조선기담』 71화 〈알 속에서 아이가 나오다 (1)〉는 박혁거세 이야기이다. 『삼국유사』 〈기이편〉 혁거세왕조에는 여섯 개의 부족과 촌장의 이름을 하나하나 기술하고 있는데 『조선기담』에는 생략되어 있다. 다만 여섯 마을의 하나로 돌산 고허촌이 있고 그 촌장을 소벌공이라고 기술하고 있다. 그가 수풀 사이에 말 한 필이 꿇어앉아 있는 것을 보고 달려가 보니 큰 알이 한 개 있었는데 알이 깨지고 그 안에서 어린 아이가 나왔다는 것이다. 『조선기담』에는 알영과의 혼인담은 나오지 않는다.

72화 〈알 속에서 아이가 나오다 (2)〉는 주몽 이야기이다. 『삼국유사』 〈기이편〉 고구려조와는 달리 부여 국왕 금와가 하백의 딸 유화를 얻어 부인을 삼았는데 일광으로 잉태하여 알을 낳은 것으로 되어 있다. 해모수는 등장하지 않는다.

73화 〈알 속에서 아이가 나오다 (3)〉는 석탈해 이야기이다. 『삼국유사』 〈기이편〉 탈해왕조는 계림 동면 아진포의 노파가 떠내려 온 배 안에 궤가 있는 것을 보고 열어보니 사내아이가 있었다는 것으로 시작한다. 그리고 아이가 자신이 궤 안에 넣어져 신라까지 오게 된 사연을 말한다. 아이의 이야기─함달파와 그 왕비가 알을 낳고 불길하다고 해서 궤 안에 넣어 버려진 것─ 가 시간적으로 먼저 오는 사건인 셈이다. 여기에는 시간의 역전이 나타난다. 『조선기담』은 다파나국 왕이 여국

---

15) 『청구야담』과의 관계가 있지만 고유명사가 다르게 설정된 경우도 있다. 『청구야담』에서는 "어떤 재상"으로만 언급된 인물을 『조선기담』에서는 "정태화"로 환치시키기도 한다. 이에 대해서는 김준형, 「근대전환기 야담의 전대 야담 수용 태도」, 『한국한문학연구』 41집, 한국한문학회, 2008, 624~625면.

왕의 딸에게 장가간 것으로 시작, 그 이후 알을 낳고 궤 속에 넣어 버리
는 것으로, 순차적으로 기술하고 있다. 『삼국유사』에 있던 탈해와 호
공의 대결이나 물을 먼저 마신 심부름꾼을 혼 낸 일화, 탈해의 뼈를
동악에 봉안한 이야기 등은 나타나지 않는다.

74화 〈궤 속에 작은 아이가 있다〉는 김알지 이야기이다. 『조선기담』
은 김알지를, 김연지(방언으로 작은 아기라는 뜻)로 변형해서 기록한다.
이후에 그가 태자로 책봉되었으나 왕위에 오르지 않았다거나 신라의
김씨가 알지에서 시작되었다는 언술은 생략되어 있다.

71화~74화는 모두 간단하게 축약되어 있다. 알이나 궤 속에서 아이
가 나타난 사건만을 중심으로 기술하고 있으며 그 이후 혼인 관계, 자
손, 죽음 등은 생략되어 있다. 또한 알의 부모가 누구인지에 대해서도
『삼국유사』와는 다르게 서술된 경우도 있다. 석탈해의 아버지 이름이
다르게 나오고 있고, 주몽 역시 해모수의 자식으로 서술되지는 않는다.
또한 『조선기담』은 거의 시간적 순서에 의한 기술 방식을 선택하고 있
다. 『삼국유사』에서 직접 화법으로 기술한 부분이 『조선기담』에서는
대부분 생략되거나 요약되어 있다. 이는 『조선기담』의 저자가 신화를
기술할 때에는 문헌을 참조한 것이 아니라 기억을 참조하고 있음을 보
여준다. 이 이야기들에는 〈알 속에서 아이가 나오다〉라는 동일한 제목
이 잇따라 붙어 있다. 이를 보건대 『조선기담』의 발행자는 이 이야기들
을 '난생'이라는 모티프의 차원에서 유사한 것으로 파악하고 있음을 알
수 있다. 앞 뒤 이야기들을 보면 이들 이야기를 신화라는 장르적 특성
으로 연결하고 있었는지도 의문이다.

이 뒤에는 75화 〈사슴의 덕으로 대대 재상이 되다〉라는 이야기가
이어진다. 고려 태조 때 서신일이라는 사람의 이야기로, 그는 나이 팔

십에 혈육이 없었는데 사냥꾼에게 쫓기는 사슴을 구해준다. 그 날 밤 꿈에 신인이 나타나 자신의 아들을 구해준 데 대해 감사하고 자손으로 대대 재상이 되게 하겠다고 말한다. 과연 신일에게 아들(서희)이 생기고 대대로 재상을 한다. 74화가 김알지 이야기로 신라 시대의 사건이라면 75화는 고려 태조 때의 사건이라는 점에서 이 두 이야기는 시간 순으로 읽을 수 있다. 74화, 75화는 아들이 없던 이에게 아들이 생기는 이야기라는 점에서 유사하다.

　71화부터 시간적 순서에 따라 각편이 배치된다. 70화 〈산중에서 홀로 병법을 배우다〉는 김유신이 말을 베어버리고 병법을 익히는 이야기이다. 그러고 나서 71화부터 신라 시조들의 탄생에 대해 기술한다. 김유신의 이야기가 신라 시조의 이야기를 기억하고 서술하게 하는 신호탄이 되지 않았을까 한다. 그 전까지 이야기는 시간 순서에 상관없이 효자, 열녀, 충신 등 인물의 행적을 중심으로 서술된다. 그러나 71화부터 순차적으로, 사건 순에 따라 서술되는 셈이다.

　『조선기담』에서 〈단군신화〉는 21화에 배치되어 있다. 다른 신화들이 71화부터 서술되기 시작하는 것을 보면 신라 시조들의 이야기와 〈단군신화〉는 위상이 다르거나 장르가 다른 이야기로 인식되고 있음을 알 수 있다. 71화에서 74화까지, 난생 이야기 뒤에는 고려와 조선왕조의 역사적 사건들이 나타난다. 『조선기담』의 저자에게 난생을 모티프로 하는 고대의 서사는 신화로 생각되기보다는 역사로 생각되었다. 『조선기담』에서 난생은 아들이 생기는 과정으로, 즉 고대 왕조를 시작하는 역사의 한 부분으로 이해된다.

(2) 시대에 따른 이중적 기술 방식

조선 건국의 역사는 77화부터 시작된다. 77화 〈황룡을 위하여 백룡을 쏘다〉는 이성계의 고조부이야기로 꿈에 노인이 와서 백룡을 죽이기를 부탁하고 꿈이 깬 후 백룡을 쏘아 떨어뜨리니 다시 꿈에 황룡이 와 사례하면서 은혜를 갚겠다고 한 이야기이다. 그 후 태조가 났다는 것이다. 78화는 태조가 나무귀신에게 제사를 잘 지내어 귀신들의 환심을 사게 된 이야기이다. 79화는 태조가 부친상을 당하고 길지를 얻으려 할 때 나옹대사와 무학대사를 만나 잘 대접하고 왕후가 태어날 터를 얻었다는 이야기이다. 81화는 태조가 꿈에 고려 태조를 만나 왕씨를 멸하면 앙갚음을 하겠다는 말을 듣고 왕씨를 죽이지 않았다는 내용이다.

이들 이야기는 대부분 시간 순으로 연결되어 있으며, 태조가 건국하기까지의 기이한 일들을 강조한다. 이 기이한 일들은 귀신의 감응, 풍수의 발현, 현몽의 예시 등과 관련된다. 건국은 태조의 개인적 의지가 아니라 초월적 의지이자 예정이었음을 보여준다.

82화는 이후 나오는 단편적 이야기를 연결하는 역할을 한다. 태조가 정도전의 말을 듣고 국도를 정하니 무학이 오 년이 지나지 못해 찬탈지화가 생기고 이백 년을 지나 판탕지란(板蕩之亂)이 생길 것이라고 예언한다. 순차적으로 배치된 이들 이야기에서 "찬탈지화"에 대해서는 다루지 않는다. 여기에서 말한 "찬탈지화"는 두 차례의 왕자의 난을 말하는 것이지만 문면에 나타나지 않는다. 『조선기담』의 역사적 사건들은 바로 계유정란 직후로 이어진다. 83화 〈능에서 밤에 곡성이 나오다〉는 단종의 어머니인 현덕왕후가 세조의 꿈에 나타나 세조의 아들을 죽이겠다고 한다. 그리고 나서 바로 세자가 죽는다. 이후 세조는 분노하여 현덕왕후의 능을 파낸다. 82화에서 말한, 이백 년 뒤 나라가 망할 만한

"판탕지란"은 임진왜란을 암시하는 것이지만 역시 『조선기담』에서는 다루지 않는다.

84화 〈오십세 신랑과 십오 세 신부〉는 정효준의 이야기로, 그는 자신의 조상 외에 단종, 현덕왕후, 단종왕후 세 명의 신주를 집에 모셨다. 그는 사십 칠 세에 상처를 세 번이나 하고 아들이 없었는데 단종이 네 번째 신부의 부모 꿈에 나타나 정효준에게 딸을 주기를 종용한다. 85화 〈사불범정이라〉는 이항복이 병든 동네 친구의 침소에서 악귀를 물리치고 친구를 연명시킨 이야기이다. 86화 〈남편은 살리고 자기는 죽다〉는 송도의 한 상인이 병자호란 때 마장군에게 잡혀가 총첩이 된 아내를 찾아 간 이야기이다.

이로 보건대 71화부터 86화까지는 고대에서 병자호란까지의 일을 시대 순에 따라 나열했음을 알 수 있다. 특히 『조선기담』은 태조와 태종, 세조, 단종, 병자호란 등 조선초기와 중기 이야기에 지면을 많이 할애한다.

"반만년간죠선긔담"이라는 책의 원제목을 염두에 둘 때 이 발행자가 조선시대까지 전승된 이야기들을 종합하는 것이 주요한 목적이었으며, 그 가운데에는 시조의 탄생과 국가의 재건과 흥망성쇠에 얽힌 이야기를 전달하는 것이 하나의 축을 이루고 있었음을 알 수 있다. 『조선기담』은 고대에 대해서는 공식적이며 거시적인 역사적 사건을 전달한다. 근세 역사의 서술 방식은 이와 다르다. 근세의 역사, 가령 왕자의 난이나 임진왜란 혹은 병자호란 등에 대해서는 독자가 이미 안다는 것을 전제하면서 서술이 진행된다. 『조선기담』에서 추구하는 역사는 고대의 공식적이며 거시적인 역사이며, 근세의 비공식적이며 미시적인 역사이다. 고대 역사는 초월적 의지에 의한 환상적 사건을 중심으로 서술된다.

근세의 역사는 죽은 자의 원한 관계에 의한 것이기도 하고, 풍수에 의해 예정된 것이기도 한다. 이들은 현실에서 일어나기 힘든 이야기라는 점에서 "기담"이다. 또한 현실에서 일어날 법하지만 일상과 상식을 뛰어넘는다는 점에서 "기담"이기도 하다.

『조선기담』은 일견 파편적으로 보이는 일화들을 역사적 흐름 속에 배치한다. 『조선기담』은 역사를 인과관계에 따라 본다는 점에서 유기적인 것으로 인식한다. 그러한 인과성과 유기성은 초월적 의지, 죽은 자의 원한, 풍수의 예정 등의 연결고리를 가지면서 진행된다. 유기적이기는 하되 비합리적인 것이라고 할 수 있다. 여기에는 이성계, 논개, 계월향, 이항복 등 영웅이 등장하기도 하지만 이들은 세계를 움직이는 또 다른 초월적 의지나 예정에 따라 행동함으로써 긍정적 결과를 얻을 뿐이다. 『조선기담』의 역사서술에서 인간은 신적 의지와 예정에 따라 움직이는 것처럼 보인다.

5. 『조선기담』의 혼종성과 위계

『조선기담』은 전통 서사 가운데 의미가 있거나 재미가 있다고 생각되는 것들을, 갈래에 상관없이 선택하여 출간하였다. 이는 읽을거리의 다양화와 종합화를 추구한 것으로 보인다. 『조선기담』은 다양한 세부 장르의 이야기들을 한 권의 이야기집에 담고 있다. 일반적으로 구활자본 야담들은 수록하고 있는 이야기 편수가 많다. 이는 동시대 출판된 다른 설화집 혹은 전래동화집과 비교되는 지점이다. 가령 이시이 미나미의 『조선설화집』이 81편, 조선총독부의 『조선동화집』이

25편, 심의린의 『조선동화대집』이 83편, 한충의 『우리동무』가 30편, 정인섭의 『온돌야화』가 99편의 텍스트를 수록하고 있다. 반면 『조선기담』은 104편, 『오백년기담』은 180편, 『실사총담』은 166편를 수록하고 있다. 구활자본 야담에 수록된 이야기 편수가 양적으로 많은 이유는 이들 야담들이 전대 야담을 전사하는 부분이 있어서 이야기 한 편을 쓰는 데 공이 덜 들기 때문일 수 있다.[16] 또 다른 이유는 구활자본 야담이 역사를 아우른다는 서술 의식을 가지고 있기 때문이다. 그 범위가 오백년이건, 오천년이건 간에, 이들 야담은 오랜 시간동안 일어난 일들 가운데 기록할 만한 일들을 종합하려고 시도하기 때문에 이야기 편수가 많아질 수밖에 없다.

　이 과정에서 『조선기담』은 기억에 의존하여 당대의 이야기들을 수집하기도 하지만, 전대 야담과 당대 야담을 통해 과거의 이야기를 수집한다. 야담이라는 전근대적 장르의 영향은 당대 이야기를 기술하는 데에도 나타난다. 『조선기담』 25화에는 열녀에 대한 이야기가 수록되어 있다. 그 열녀는 이웃사람에게 사람의 고기를 먹으면 낫는다는 말을 듣고 "미신이나 최씨 귀에는 복음" 같이 들렸다고 기술한다. 이 악마의 병을 낫게 하기 위해 최씨는 "하느님 앞에 기도"하고 허벅다리를 자른다. 열녀가 남편의 병을 구완하기 위해 살을 베는 고통을 감수하는 것은 조선시대 내내 전해진 전통적 이야기이다. 이처럼 『조선기담』은 유교적·전통적 이야기를, 근대적·기독교적 언어로 표현한다.

　『조선기담』은 당대의 이야기를 기술할 때 "지나"(중국)나, 제대로 개

---

16) 저작권이 있는 특별한 이야기로 재구성하는가 아니면 기존의 것을 전사하는가는 이들의 위상을 규정하는 역할을 한다. 따라서 설화집의 편찬자는 "저자"로 명명되지만 안동수는 "발행자"로 명명된다.

화하지 못한 "얼개화군" 같은 동시대의 언중이 주로 사용하던 언어들을 이용한다. 그러나 기술된 텍스트를 번역·전사하는 경향이 높기에 지인지감, 산진해찬, 애자지정, 해연(駭然), 복색인마, 고성대호, 기품진종(奇品珍種) 등 한자어의 빈도가 높다. 『조선기담』에 나타나는 당대 언중의 구술적 언어들은 기술적 언어에 비해 제한되어 있다.

앞서 언급한 것처럼 『조선기담』은 당대 이야기를 기술 할 때 논평을 첨부하기도 한다. 가령 50화 〈얼개화의 폐단이라〉에서 잘못 개화된 사람들에 대해 "지금 세상에 이와 같이 되지 못할 얼개화군이 약간 있어 풍기문란한 말을 혹시 주창하니 이른바 한 고기가 물을 흐름이라. 어찌 개탄할 바가 아니리오."라며 비판한다거나 33화 〈서로 사양하다가 물건을 버리다〉에서 "이와 같은 사람은 과연 정직한 인물이로다. 지금 세상에 간상배가 낮은 물건으로 남을 속여 비리의 재물을 취하는 자들이 이 말을 들으면 그 마음이 겸연치 아니할는지."라고 논평하는 식이다. 이런 논평들은 논평자가 당대의 풍속들에 비판적 거리를 유지하면서 전통적 미덕을 강조하는 보수적 태도를 가지고 있음을 보여준다. 당대 이야기를 전승하는 과정에서도 전통적 미토스mythos, 전통적 언어, 전통적 시각이 여전히 작동하고 있음을 알 수 있다.

야사를 중심으로 하는 대부분의 야담들은 역사를 전승한다는 의식을 기저에 깔고 있다. 그러나 『조선기담』과 관련해서는 이 지점이 특히 강조된다. 『조선기담』이 구전 신화들을 역사로 수렴하면서 조선의 역사가 아니라 반만년간의 역사를 일관되게 보고자 하기 때문이다. 『조선기담』은 고대와 근세와 당대를 종합하려는 역사적 시도를 표면에 드러낸다.

『조선기담』의 역사성은 『조선기담』이 저본으로 삼고 있는 텍스트

가운데 하나인『오백년기담』과의 비교를 통해 잘 드러난다.『오백년기담』역시 시대 순으로 180여 편의 이야기를 수록하고 있다. 조선 태조부터 12대 숙종 조에 걸친 역사적 인물들의 단편적 전기를 다루는 것이다.『조선기담』은 여기에 고대의 역사를 추가하였다.『조선기담』은 오백년간의 역사가 아니라 반만년간의 역사를 고려한다. 그렇다면『조선기담』은 이렇게 폭 넓은 역사를 어떤 식으로 다루고 있을까?

　『조선기담』에는 여성 관련 이야기가 다수 있다.[17] 평양성에서 적장을 죽인 계월향, 촉석루에서 적장과 죽은 논개 같은 의기(義妓)들 외에도, 살을 베어 남편을 구하는 열녀, 정조를 유린당하고 자살한 열녀, 귀신을 물리친 신부, 투기 심한 홍언필 부인, 투기 심한 조태억 부인, 앉아서 천리를 보는 김천일 부인, 삼 일 안에 남편을 제어하기로 약속한 자매, 재상 부인으로 베치마를 입은 이정구 부인 등 많은 여성의 이야기가 있다. 반면『오백년기담』에는 계월향, 논개와 같은 의기 이야기와, 상민의 딸로 재상의 부인이 된 이장곤 부인, 아내 덕으로 공신이 된 이기축 이야기를 수록하고 있다. 이장곤 부인 이야기는 중종반정과 관련이 있고, 이기축 이야기는 인조반정과 관련되는 이야기이다.『오백년기담』은 크고 작은 공식 역사, 그 중 정치사를 중심으로 관련 인물들에 대한 이야기를 배치하고 있다. 반면『조선기담』은 정치적 사건과 관련이 없는 인물들이라 하더라도 개성이 분명하다면 그들에 대해 기록한다. 열녀와 투부(妬婦)에 대한 기록이 그 대표적인 예이다.『오백년기담』이

---

17) 최인학은 이야기를 내용별로 다음과 같이 분류하였다. Ⅰ. 효·열녀 8화, Ⅱ. 여인의 지혜 10화, Ⅲ. 동물(귀신)퇴치 5화, Ⅳ. 동물의 은혜 5화, Ⅴ. 해몽(解夢) 3화, Ⅵ. 말의 재치(名裁判) 9화, Ⅶ. 주술시합 4화, Ⅷ. 구제(救濟) 5화, Ⅸ. 신화·역사적 사건 17화, Ⅹ. 기타 38화. 이 가운데 Ⅰ. 효·열녀 와 Ⅱ. 여인의 지혜에는 여성 관련 이야기가 주를 이룬다.

정치적 사건을 중심으로 역사를 기록하고자 한다면『조선기담』은 그러한 정치사를 일부 포함하면서, 인물을 기록함으로써 역사를 재구성하려고 한다. 이런 지점은 〈동아일보〉의『조선기담』광고에서도 잘 드러나듯, 충신, 열사, 효자, 절부의 이야기로 구성된 역사로 드러난다.

주지하다시피,『조선기담』은 국문으로 편찬되었다. 그것이 상업적 선택이건, 민족적 선택이건 간에 이는 일차적으로 야담 독자의 확대에 영향을 미쳤을 것이다.『조선기담』은 구 야담의 독자층을 아우르면서 새로운 독자층을 겨냥할 수 있었다. 이 독자들은 역사적 시기의 확대와 함께 일상을 통해 역사를 경험할 것으로 기대된다. 이들에게 역사란 광대한 시간과 미시적 영역에 존재하는 것으로 인식될 수 있다. 시간과 영역을 넘어서서 확대된 역사에 대한 강조는 역으로『조선기담』에서 충신, 열사, 효자, 절부가 아닌 이들의 이야기마저 그런 방식으로 읽는 것이 가능하도록 한다. 투부나 여색에 대한 이야기가 광고의 문구처럼 '소설식 역사'로 소통될 수 있는 것이다.

텍스트와 문화의 관계가 그러하듯,『조선기담』역시 당시 문화의 제반 조건 하에서 탄생했다.『조선기담』에는 근대성과 전통성이, 구술성과 기술성이 뒤섞여 있다.『조선기담』은 이질적 문화들의 교차로처럼 보인다.『조선기담』의 이런 혼종성은 당대의 문화와 닮아있다. 이는 텍스트가 문화를 반영하기 때문이기도 하고, 우리가 텍스트를 통해 문화에 접근할 수밖에 없기 때문이기도 하다. 이렇게 볼 때『조선기담』에 대한 연구는 개별 텍스트에 대한 연구이면서도 그것을 산출한 구술과 기술 문화, 전통과 근대의 상호 관계를 보여주는 사례이기도 하다. 기술과 구술, 전통과 근대가 교차된 것은 텍스트 뿐 아니라 당대 문화의 특징이기도 한 것이다.『조선기담』에서는 근대성보다는 전통성이, 구술성보다는 기술성이 우위에 있다. 이는 이러한 텍스트가 생산되고 향유되었던 문화 내에도 그러한 위계가 작동하고 있었음을 추측하게 한다. 『조선기담』을 분석함으로써 우리는 근대라는 시공간 속에서 여전히 강력한 영향력을 가지면 존재하는 전통성, 역사성, 기술성의 우위를 읽어낼 수 있었다. 『조선기담』은 근대와 전통의 교차로, 그리고 상상과 역사의 교차로에 서서 그러한 과거의 지표들을 종합하고 명시하는 텍스트이다.

근대 설화집의 여성 형상화와
설화집 편찬자의 존재 방식

1. 서론

옛이야기는 구술될 수도 있고 기술될 수도 있다. 근대에는 조선의 옛이야기를 기술한 자료집이 다수 출간되었다.[1] 일제 강점기 3대 동화집이라 지칭되는 조선총독부의 『조선동화집』, 심의린의 『조선동화대집』, 박영만의 『조선전래동화집』이 발간되었으며, 다카하시 도루(高橋亨)의 『조선물어집』, 정인섭의 『온돌야화』, 손진태의 『조선민담집』, 최상수의 『조선전설집』, 나카무라 료헤이(中村亮平)의 『조선동화집』, 미와 다마키(三輪環)의 『전설의 조선』, 다카기 도시오(高木敏雄)의 『조선동

---

[1] 설화의 채록 전통은 멀리 고려시대의 『삼국유사』나 『수이전』 등으로 거슬러 올라간다. 고려시대 시화(詩畵)나 조선전기 필기와 잡록의 일부, 그리고 조선후기 일부 야담들은 채록의 수순을 밟은 것들이다. 송혁기, 「설화 채록의 전통과 그 근대적 변모-일제강점기 대중잡지 수록 설화를 중심으로」, 단국대학교 동양학연구소, 『한국 구비문학과 민간신앙의 지속과 변용』, 단국대학교 출판부, 2007. 송혁기는 개화기에서 1910년 사이, 우리 설화가 서구인과 일본인에 의해 먼저 채록되고 소개되었다고 하면서 이런 타자에 의한 설화 채록에 자극을 받아 그에 대응으로 근대 우리 설화가 다수 채록되었다고 보고 있다.

화집』 등이 근대 경성과 동경에서 출간되었다.

여기에서 주 논의 대상으로 하는 자료집은 1920년대에서 30년대 초 출간된 세 편의 설화집이다. 당시는 일본에 의해 정초된 설화 채록과 설화 연구에 대한 반성적·민족적 인식이 싹트고 성장하던 때이기도 하다. 본고는 1920년대에서 30년대 초 출간된 정인섭[2]의 『온돌야화』[3], 손진태[4]의 『조선민담집』과 『조선민족설화의 연구』[5], 심의린[6]의 『조선

---

2) 정인섭(鄭寅燮; 1905~1983)은 울산에서 태어나 일본 와세다대학교에 유학해 영문학을 전공했다. 대학 졸업 후 귀국해 연희전문학교에 교수로 임용되었다. 이후 영문학자로, 또 문학평론가, 시인, 수필가, 번역문학가, 아동문학가로 활동하였다. 조선어학회에서 활동하면서 한글과 관련해 많은 강연 활동을 했고, 한글사전 편찬에도 참여했다. 그는 1938년부터 친일행적을 보이기도 했다. 그의 전기에 대해서는 박중훈, 「일제강점기 정인섭의 친일활동과 성격」, 『역사와 경계』 89집, 경남사학회, 2013, 117~215면.

3) 정인섭은 『온돌야화』를 근간으로 하여, 화자를 보완하고 설화를 보충하여 총 99화를 수록한 영문판 Folk Tales from Korea를 1952년 영국에서 출판하였다. 정인섭의 『온돌야화』는 동명의 재담집인 다지마 야스히데(田島泰秀)의 『온돌야화』(京城 : 敎育普成, 1923)와는 무관하다.

4) 손진태(孫晉泰; 1900~?)는 부산에서 태어나 1927년 일본 와세다대학(早稻田大學) 문학부 사학과를 졸업하였다. 1932년 송석하(宋錫夏)·정인섭과 조선민속학회(朝鮮民俗學會)를 창설하고 1933년에 우리나라 최초의 민속학회지인 『조선민속』을 창간하였다. 문헌에만 의존하지 않고 현장 답사를 통해 자료를 축적하여 민속학 연구방법의 차원을 높인 학자로 평가받는다. 〈손진태〉, 『한국민족문화대백과』, 한국학중앙연구원, DB., 1991.

5) 손진태는 1927년부터 잡지 『신민〈손진태〉』(29~48호)에 〈조선민간설화의 연구〉를 게재하였고 이를 모아 『조선민족설화의 연구』를 편찬했다. 이것을 재판한 것이 『한국민족설화의 연구』이다. 주로 설화 발생의 유래와 전파를 다루었다.

6) 심의린(沈宜麟; 1894~1951)은 서울 출생으로 1917년 한성고등보통학교 사범부를 졸업하고 교원생활을 하면서 한글 연구에 매진하였으며 1925년 대표적 저서인 『보통학교조선어사전』을 발간하였다. 경성여자사범학교 교사로 재직 중 중학교의 문법 교과서로 검정된 『중등학교조선어문법』을 썼다. 그의 전기에 대해서는 김경희, 「심의린의 『조선동화대집』의 성격과 의의」, 『겨레어문학』 41집, 겨레어문학회, 2008, 214~215면; 권혁래, 「1920년대 민담의 동화화(童話化)와 심의린의 『조선동화대집』」, 『민족문학사

동화대집』을 대상으로 이들 설화집에서 여성 인물이 어떻게 다르게 형
상화되는가를 살피고자 한다.[7] 필요한 경우, 같은 시기 구술 채록본인
『한국구전설화(임석재전집)』를 참조하였다.

제목	저자	연도	출판사항	언어	설화편수
朝鮮童話大集	심의린	1926	경성 : 한성도서주식회사	한국어	66편
溫突夜話	정인섭	1927	東京 : 日本書院	일본어	43편
조선민족설화의 연구	손진태	1947 (1927)	서울 : 을유문화사	한국어	
朝鮮民譚集	손진태	1930	東京 : 鄕土硏究社	일본어	154편

이 자료집들은 근대적 교육을 받은 남성이 비슷한 시기에 편찬했다
는 점과, 구술되어오던 옛이야기를 전한다는 편찬 의도를 가지고 있다.
『온돌야화』와 『조선민담집』에는 채록자 정보와 채록된 시기 등이 있어
여기에 수록된 텍스트가 구전되던 것임을 단적으로 알 수 있다. 『조선
동화대집』 역시 "조선에 구전되던" 이야기들을 모아 선별한 것이다.
그렇다 하더라도 『온돌야화』와 『조선민담집』은 구술된 이야기의 전사
에, 『조선동화대집』은 재화와 각색에 좀 더 치중하는 것처럼 보인다.
이러한 차이는 "민담집"이나 "동화집"이라는 제목에도 나타난다. 그러

연구』 제39호, 민족문학사연구소, 2009, 94~95면; 『조선동화대집』 이전의 출판활동
에 대해서는 김광식, 「심의린의 이력과 『조선동화대집』 발간에 대한 재검토 : 1926년까
지 간행된 한글 설화집을 중심으로」, 『열상고전연구』 42집, 2014, 443~471면.
7) 본고의 1차 자료의 출전은 다음과 같다. 정인섭, 『온돌야화』(최인학·강재철 역편,
『한국의 설화』, 단국대학교 출판부, 2007); 심의린, 『조선동화대집』(최인학 번안,
『조선동화대집』, 민속원, 2009); 손진태, 『조선민담집』(최인학 역편, 『조선설화집』,
민속원, 2009); 손진태, 『조선민족설화의 연구』(『한국민족설화의 연구』, 을유문화
사, 5판, 1991).

나 1920년대에는 설화의 하위분류가 명확하지 않았고, 민담과 동화의 개념이 넘나들기도 했다.[8] 본고는 이 자료집들이 민담과 동화이기 전에 설화를 기술한 텍스트라는, 교집합을 가진다고 본다. (이들을 총칭할 때 편의상 "설화집"으로 한다.)

이들 설화집은 수적으로 많지는 않지만 동일한 유형의 이야기를 포함하고 있어 비교가 용이하다. 이들 설화집에 공통으로 수록된 이야기는 네 편이다. 공통되는 네 편 가운에 여성이 등장하는 것은 '해와 달이 된 오누이'와 '선녀와 나무꾼'이다.[9] '아랑설화'는 정인섭의 『온돌야화』와 손진태의 『조선민족설화의 연구』에 수록되었지만 여기에서 함께 다루고자 한다.

이 세 텍스트는 1920년대에도 활발하게 전승되고 향유되었던 설화들

---

8) '동화'라는 장르가 처음 등장한 것은 1920년대 초의 일이지만 20년대에 동화의 장르 정체성이 확립된 것은 아니다. 정인섭의 『온돌야화』에는 신화, 동화, 전설, 기담(奇談), 고대소설 등 43화가 실려 있는데 여기서 '동화'는 '민담'을 의미한다. 손진태는 『조선민담집』에서 '민담'의 하위 항목으로 신화, 전설, 민속·신앙 관련 설화, 우화·돈지설화·소화를 다루고 있어 민담을 설화와 동의어로 사용하고 있다. 심의린은 비교적 동화에 대한 진척된 이해를 가지고 있었던 것으로 보이지만 역시 '훈화'와 '동화'를 구분 없이 사용하고 있고, 자신의 동화집을 '이야깃거리'라고 하는 등 명확한 장르인식을 보이지는 않는다. 심의린의 동화에 대한 인식은 권혁래, 앞의 논문, 2009, 96면. '전래동화'라는 용어를 처음 사용한 것은 박영만으로 1940년 조선일보사가 간행한 월간 아동잡지 『소년』에 처음 나타난다. 이에 대해서는 이재복, 『우리 동화 바로 읽기』, 한길사, 1995, 60면.

9) '선녀와 나무꾼', '해와 달이 된 오누이' 외 '호랑이와 포수', '호랑이와 토끼' 이야기가 공통적이다. 이들 설화집에 공통으로 등장하는 여성 인물의 설화가 적다고 해서 이들 설화집에 여성 관련 이야기가 적게 수록되어 있는 것은 아니다. 정인섭의 『온돌야화』는 43편인데, 이 가운데 〈단군신화〉, 〈해와 달〉, 〈구미호와 여의주〉, 〈선녀와 나무꾼〉, 〈우렁각시〉, 〈장자못〉, 〈하얀 귀를 가진 호랑이〉〈호랑이 아가씨〉, 〈호랑이 스님〉, 〈꿩과 종소리〉, 〈지네각시〉, 〈아랑처녀의 전설〉, 〈한 양반의 이야기〉, 〈머리 아홉인 거인〉, 〈여우누이〉, 〈두꺼비 신랑〉 등에서 여성인물은 주 인물, 혹은 주요한 등장 인물로 나타난다. 다른 설화집에 나타나는 여성 관련 설화 역시 상당수이다.

이다. '해와 달이 된 오누이'는 최초의 근대 설화집인『조선동화집』(조선
총독부, 1924)에서부터 당시 설화집에 거의 빠지지 않고 수록되어 있다.
주요섭은 서구 동화가 아니라 우리 옛이야기를 동화화 해야겠다는 의
도 하에 〈해와 달〉을『개벽』[10]에 발표하기도 하였으며 이는 한국 동화
문학의 출발점이 되기도 했다.[11] '해와 달이 된 오누이'는 근대 민담으
로도, 동화로도 전승되었으며 구술로도, 기술로도 전승되었다. '선녀와
나무꾼'은 1898년 가린 미하일로프스키의『조선 설화』[12]에 처음 수록되
었으며, 역시 오랜 시간 전승되던 옛이야기이다. '아랑설화'는 19세기
초·중엽 처음 기록되기 시작한 이후 여러 문헌으로, 구술 전승으로 전
해진 이야기이다.[13]

　이들 설화들이 대표적 설화들이라면 여기 등장하는 어머니, 선녀,
원귀 역시 반복해서 형상화된 인물임을 알 수 있다. 이들은 구술로 회
자되는 인물이면서 기술로 정착된 인물이며, 여성이면서 남성에 의해
재현된 인물이다. 근대 설화집의 여성 형상에 대한 연구는 이 설화집
기술의 맥락들을 드러내는 데에도, 당시 설화집의 다양한 스펙트럼을
드러내는 데에도 유용할 것이다.

　이들 설화집에 대한 기존논의는 국문으로 쓰인 최초 동화집인『조선

---

10) 주요섭, 「해와 달」, 『개벽』, 1922, 10월, 22~28면.

11) 김용희, 「한국창작동화의 형성과정과 구성원리 연구」, 경희대학교 박사학위논문,
　　2008, 87면.

12) 『조선 설화』의 '선녀와 나무꾼'은 천상에 올라간 나무꾼이 과제를 해결하고 행복하게
　　사는 천상시련극복형이다. 이에 대해서는 김환희, 「〈나무꾼과 선녀〉와 일본 〈날개
　　옷〉설화의 비교연구가 안고 있는 문제점과 가능성」, 『열상고전연구』 26집, 열상고전
　　연구학회, 2007, 89~90면.

13) 이에 대해서는 류정월, 「문헌 전승 〈아랑설화〉 연구—서사 구성과 인물 형상을 중심
　　으로」, 『인문학연구』 24집, 인천대학교 인문학연구소, 2016.

동화대집』에 집중되어 있다. 이에 대해서는 심의린에 대한 전기적 사실을 밝히고, 작품집의 내용과 특징을 개관하거나 유형을 분류한 논의[14]가 있다. 그 외 동화 다시쓰기 과정에서 나타난 문체적 측면에 대한 연구,[15] 조선총독부의 『조선동화집』과 비교하면서 저항담론으로서 성격을 논한 연구,[16] 3대 동화집을 비교하면서 『조선동화대집』의 설화 유형과 수사적 측면을 논한 연구[17]도 있다. 손진태의 『조선민담집』에 대해서는 자료를 개관한 논문[18]이 있고, 정인섭의 『온돌야화』에 대한 논의는 거의 없다. 기존논의는 『조선동화대집』에 치중되어 있으며, 이 역시 내용적·문체적 측면을 중심으로 한 논의가 주를 이룬다. 무엇보다도 기존논의는 일제/조선의 민족적 관점에 함몰된 경향이 있어 이 시대 설화집에 대한 균형 잡힌 논의가 필요한 상황이다.

---

14) 김경희, 「심의린의 『조선동화대집』의 성격과 의의」, 『겨레어문학』 41집, 겨레어문학회, 2008, 214~246면; 신원기, 「『조선동화대집』의 내용과 문학교육적 가치에 대한 고찰」, 한국초등국어교육 제38집, 한국초등국어교육학회, 2008, 241~284면; 권혁래, 「1920년대 민담의 동화화(童話化)와 심의린의 『조선동화대집』」, 『민족문학사연구』 제39호, 민족문학사연구소, 2009, 90~121면.
15) 권혁래는 이 작품의 창작수법을 판소리계 소설 기법 활용, 해학적 묘사, 현재적 소재의 차용 등에서 찾고 있다. 권혁래, 「해방 이전 3대 전래동화집의 창작수법 비교」, 『아동문학평론』 34-2, 아동문학평론사, 2009, 138~154면.
16) 김미영, 「심의린 『조선동화대집』의 특징과 문학사적 위상」, 『한민족어문학』 제58호, 2011; 최윤정, 「우리 옛이야기, 그 탈주─담론의 심층사회학」, 『한국문학이론가 비평』 25집, 한국문학이론과 비평학회, 2013. 김광식은 심의린이 조선어 연구자였다는 점에 초점을 두면서 이와 같은 비판적 관점에 조심스럽게 접근해야 한다고 본다. 김광식, 「심의린의 이력과 『조선동화대집』 발간에 대한 재검토 : 1926년까지 간행된 한글 설화집을 중심으로」, 『열상고전연구』 42집, 열상고전연구학회, 2014, 443~471면.
17) 백민정, 「일제강점기 3대 전래동화집 연구」, 충남대학교 박사학위논문, 2013, 1~160면. 이에 따르면 『조선동화대집』에는 소화류의 비중이 높으며, 어린이들이 듣기 좋은 문체, 즉 구술성이 우세하다.
18) 권혁래, 「손진태 『조선민담집』 연구 : 설화의 성격과 분류체계를 중심으로」, 『한국문학논총』 63집, 한국문학회, 2013, 27~57면.

　　본고는 이들 설화집의 여성 형상화 방식을 연구하면서 텍스트에 대한 미시적·다층적 분석을 진행하려 한다. 구술과 기술 즉 말하는 것과 글 쓰는 것의 차이는 물리적, 신체적 차이의 문제일 뿐만 아니라, 심리적 차이의 문제이다. 말하는 상황과 글 쓰는 상황 혹은 말을 듣는 상황과 글을 읽는 상황에서 인간은 각기 다른 인지적이고 심리적인 체험을 한다. 문제는 이러한 것들이 구조화되거나 추상화되기 쉽지 않다는 데 있다. 무엇보다도 담화에서 드러나는 구술성과 기술성은 이들 중 어느 하나로 환원시킬 수 없는 복합성을 갖고 있어, 이를 기술하기 위한 방법론적 모색이 필요하다.[19] ‘구술/기술’이 담화적으로 실현되는 양상을 살피기 위해서는 담화 층위에 대한 이해가 선행되어야 한다. 담화에는 ‘구술/기술’이 가장 예민하게 드러나는 층위가 있는가 하면, 그것과 거의 무관하게 존재하는 층위도 있기 때문이다.[20]

　　본고는 이들 설화집의 기술적 특성이 가장 잘 드러날 수 있는 층위에 대해 분석하고자 한다. ‘내용’은 구술과 기술을 넘나들면서 많이 변화하지 않는 층위이지만 ‘표현’은 매체의 이동에 민감하게 반응하는 층위이다. 본고는 근대 기술된 설화들이 구술된 텍스트들과 다른 심리적 차이를 가진다는 것을 전제하면서, 기술된 설화의 특성이 잘 드러나는 표현 층위의 서술방식에 초점을 맞추어 분석을 진행하고자 한다.

　　서술방식은 서사에서 ‘누가 이야기하느냐’와 ‘누가 보느냐’ 등 언어와 시각의 문제를 포함한다. 이 두 가지는 구분되어야 한다.[21] 이때

---

19) 송효섭, 「‘구술/기술’의 패러다임과 그 담화적 실현」, 『구비문학연구』 38집, 한국구비문학회, 2014, 8~9면.

20) 송효섭, 위의 논문, 10면.

21) 가령 디킨스의 『위대한 유산』 서두 부분에 등장하는 어린아이 핍은 초점자이지만, 이야기의 서술자는 성인 핍이다. 이런 경우 1인칭 시점이라는 기존의 시점 분류를

서술자는 '누가 이야기하느냐', 초점화는 '누가 보느냐'와 결부된다. 초점화는 서술 대상이 되는 내용이 누구의 인지, 느낌, 감정인가를 파악하도록 한다. 서술자가 목소리의 주체라면 초점자는 인식의 주체이다. 초점자의 존재는, 서술이 중립적일 수 없다는 것을 보여준다.[22] 대상을 보고 말하는 행위는, 항상 어떤 태도와 관점으로, 어떤 상황과 이해관계 속에서 보고 말하는 것이기 때문이다.[23] 결국 인물의 형상화란 이러한 서술자와 초점자의 역할이 초래한 담화 효과이다. 본고에서는 근대 출판된 설화집의 서술방식을 통해 서술자의 존재와 초점화의 유형 등 기술적 약호를 분석하고, 이를 통해 여성 형상화 양상을 살펴볼 것이다. 이상의 논의는 수록된 레퍼토리나 텍스트의 스토리 차이가 아니라 공통적으로 수록한 이야기의 담화를 통해 설화집 특징을 살펴보는 것으로, 부분에 대한 이해가 전체에 대한 통찰을 가능하게 한다는 전제에서 출발한다.

가지고는 말하기 어렵다. 제라르 주네트는 작중 상황에 대한 시각의 문제를 좁은 의미의 '시점' 또는 '초점화' 차원으로, 작중 상황을 전달하는 목소리의 문제를 '서술' 차원으로 분할하여 다룰 것을 제안하였다. 이후 미케 발을 비롯한 서사학에서도 주네트의 제안은 부분적인 수정은 있었지만 그 근간은 유지되었다. 〈시점(視點)〉, 『문학비평용어사전』, 국학자료원, DB., 2006.

22) 초점화에는 두 가지 종류가 있다. (1) 외적 초점화는 이야기의 외부에 위치한 익명의 주체가 초점자의 기능을 수행하는 경우를 말한다. 이야기의 바깥에서 이야기 서술을 담당하는 화자 또는 서술자와 같기 때문에 서술자 초점자narrator-focalizer라고도 한다. 서술자 초점자는 외부적으로 관찰 가능한 것에만 서술 범위가 제한된다. (2) 내적 초점화는 초점화 위치가 이야기 내부에 있는 경우이다. 특정 인물의 눈을 통해 보이는 것을 이야기하기 때문에 초점자가 등장인물과 일치하며 인물 초점자character-focalizer라고도 한다. 이때 독자들은 특정 인물의 시각과 의지를 통해 이야기의 상황을 보게 되므로 그 인물이 제시하는 시각을 수용하게 된다. 스티븐 코핸·린다 샤이어스 저, 임병권·이호 역, 『이야기하기의 이론』, 한나래, 1996, 139면.

23) 최시한, 『소설, 어떻게 읽을 것인가』, 문학과 지성사, 2010, 45면.

2. 기술된 설화에서 어머니, 선녀, 원혼의 형상화

(1) '해와 달이 된 오누이'의 어머니

이 시기 기술된 '해와 달이 된 오누이'의 특징을 살펴보기 위해서 먼저
비슷한 시기의 구술 채록본과 『온돌야화』의 〈해와 달〉을 비교해보자.

〈해와 달〉[24]

그 호랑이는 그녀의 길을 막고 커다란 빨간 입을 드러내며 말했다. "할
멈, 할멈! 머리에 이고 가는 것이 무엇이냐?" 늙은 여인은 두려움에 떨며
대답했다. "이것 말인가요, 호랑이님? 이것은 오늘 부잣집에서 품삯으로
받은 메밀범벅이어요." 그러자 호랑이는 말했다. "할멈, 나에게 그것 하나
를 주면 너를 안 잡아먹지." 그래서 그녀는 호랑이에게 메밀범벅 하나를
주고 그 언덕을 통과할 수 있었다.

그녀가 다음 언덕에 도착했을 때 호랑이가 다시 나타나서 같은 질문을
했다. "할멈, 할멈! 머리에 이고 가는 것이 무엇이냐?" 아까와는 다른 호랑
이라고 생각하며 그녀는 같은 대답을 했다. "이것은 오늘 일한 부잣집에서
받은 메밀범벅이어요." 그 호랑이는 같은 방법으로 메밀범벅을 요구했다.
그녀는 함지박에서 범벅 한 덩이를 꺼내어 주었다. 그러나 호랑이는 숲
속으로 사라졌다.

여러 번 같은 요구를 하며 호랑이가 나타났기에 그 여인은 함지박에
범벅이 없어질 때까지 호랑이에게 모두 주어버렸다. 결국, 그녀는 빈 함지
박을 머리에 이고 옆구리에 팔을 흔들며 걸어갔다. 그 후 다시 호랑이가
나타나서 범벅을 요구하자, 그녀는 말하기를 "당신 친구들이 모든 메밀

---

24) 이 이야기는 정인섭의 『온돌야화』에 실렸는데 이후 1952년 *Folk Tales from Korea*,
London Univ., 1952.에 재수록 되었다. 『온돌야화』에는 자료의 출처가 명시되지
않았다. 처음에는 어디에서 언제 누구로부터 채득한 것인지, 제보자의 연령과 직업
을 말미에 적었지만, 전체적으로 통일시킬 수 없기 때문에 모두 삭제했다고 서문에
밝히고 있다. 여기에 명기된 출처는 1952년 이본에서 복원된 것이다.

범벅을 먹었기 때문에 내 함지박에는 남아있는 것이 없어요."라고 말하고 는 함지박을 내다버렸다. 호랑이는 "네 옆에 흔들리는 것들이 무엇이냐?" 고 물었다. 그녀는 "이것은 내 왼팔과 오른팔이에요."라고 말했다. 호랑이 는 "만일 네가 팔 중에 하나를 내게 주지 않으면, 너를 잡아먹겠다."고 으르렁거리며 말했다. 그래서 그녀는 팔 하나를 주었지만 오래지 않아 호 랑이가 다시 그녀 앞에 나타나서 위협을 반복하여 그녀는 다른 한쪽 팔을 주고 말았다. …"네 몸 아래 움직이는 그것은 무엇이냐?" "물론 제 다리지 요."라고 여인이 대답했다. 호랑이는 다소 야릇한 어조로 말했다. "오! 그 러면 네 다리 하나를 내게 줘, 그렇지 않으면 널 잡아먹겠다." 그 여인은 매우 화가 나서 불평하며 말했다. "탐욕스런 짐승아! 네 친구들이 내 모든 범벅과 내 양 팔 또한 먹었어. 이제 네가 내 다리를 원한다면 어떻게 내 집으로 돌아갈 수 있겠는가?" 하지만 호랑이는 그녀의 말을 듣지 않으려 했고 자신의 요구만 고집했다. "만일 내게 네 왼 다리를 준다면, 너는 아직 네 오른 다리로 껑충 뛸 수 있다. 그렇지 않나?" 그래서 그녀는 한 면 다리 를 잘라서 호랑이에게 던졌다. 그리고 그녀는 집을 향하여 한 면 다리로 뛰면서 갔다.

…그녀는 화가 나서 소리쳤다. "이 악마야! 너는 내 모든 범벅과 양쪽 팔과 내 한쪽 다리를 먹었어. 그런데 만일 내 오른쪽 다리마저 잃어버린다면 내가 집에 갈 수 있겠나?" 호랑이는 "너는 굴러갈 수 있다, 그렇지 않나?"라 고 대답했다. 그래서 그녀는 오른쪽 다리마저 잘라서 호랑이에게 주었다. 그녀는 계속해서 길을 따라 굴러가기 시작했다. 그 호랑이는 그녀의 뒤를 바짝 쫓아와서 한 입에 그녀를 꿀떡 삼켜버렸다. (정인섭, 『온돌야화』)

〈해와 달이 된 남매〉
하루는 산 넘어 부자집에 가서 방아품을 팔고 개떡을 얻어가지고 밤늦 게서야 집이로 돌아오드랬넌데 고개 하나를 넘으니까 범 한 마리가 길을 막고 앉어서 그 떡을 주면 안 잡어먹지 했다. 그래서 이 여자는 그 떡을 주었더니 범은 그 떡을 먹고 갔다. 이 여자는 고개를 또하나 넘어가니까 아까 그 범이 길을 막고 앉아서 저구리를 벗어주면 안 잡어 먹지 했다.
여자는 할수없이 저구리를 벗어 주었더니 범은 그것을 가지고 갔다. …고
개를 또 넘어가니까 그 범이 길을 막고 있다가 이 여자를 잡아먹었다."
(임석재, 『한국구전설화』[25])

 구술 상황을 채록한 〈해와 달이 된 남매〉에서는 어머니와 호랑이의
만남, 호랑이가 어머니에게 음식, 의복, 신체 등을 요구하는 상황이
요약과 생략[26]으로 이루어지는 반면, 『온돌야화』에서는 장면제시로 나
타난다. 요약과 생략은 설화의 일반적 서술방식이다.[27] 이 구술된 이본은
요약과 생략을 통해 음식물(떡), 의복(저고리 → 치마 → 속곳), 신체(팔 →
다리)가 어머니에서 범에게로 이동하는 과정을 차례로 보여준다. 〈해와
달〉에서는 어머니가 옷을 빼앗기는 과정이 없다.
 그럼에도 불구하고 〈해와 달〉은 〈해와 달이 된 남매〉보다 길다. 이는
〈해와 달〉이 장면제시로 어머니의 발화와 호랑이의 발화를 번갈아 가며

---

25) 1927년 2월 평창부 황인섭 구연. 임석재, 『한국구전설화』4, 평민사, 1989, 166면.
26) 서사물을 해독할 때 걸리는 시간(담화 시간)과 이야기 자체가 지속되는 시간(스토
 리 시간)의 관계는 다음과 같이 다섯 가지로 유형화 가능하다. 이때 요약과 생략
 은 말하기telling로, 장면제시, 연장, 휴지는 보여주기showing로 볼 수 있다. (1)
 요약-담화 시간이 이야기 시간보다 짧다. (2) 생략 : 담화 시간이 제로인 상태로
 1)과 같다. (3) 장면제시 : 담화 시간과 이야기 시간이 동일하다. (4) 연장 : 담화
 시간이 이야기 시간보다 길다 (5) 휴지 : 이야기 시간이 제로인 상태로, 4)와 같다.
 이에 대해서는 시모어 채트먼 저, 김경수 역, 『영화와 소설의 서사구조』, 민음사,
 1995, 2장.
27) 설화와 소설은 서술내용의 차이가 아니라 서술방식의 차이에서 기인한다고 볼 수
 있다. 이에 대해서는 신동흔, 「설화와 소설의 장르적 본질 및 문학사적 위상」, 『국어
 국문학』 제138호, 국어국문학회, 2004, 235~276면. 여기에서는 설화와 소설의 차
 이점을 갈등구조와 주제 같은 '서사의 질'에 있다기보다 서사내용을 구체적으로 형
 상화하는 방식에 있다고 보면서 설화가 스토리에 충실한 형상화를 지향하는 데 비해
 소설은 장면의 자족적 확장으로 '서사를 넘어서는 서사'를 지향한다고 보았다.

인용하기 때문이다. 서술자의 말과 인물의 말을 구분하는 부호는 기술
적 약호 중 하나이다. 구술 상황에서 인물의 말이 인용되어야 할 때
화자는 음성 변화 등 준언어적 행위를 통해 설명과 대화를 구분한다.
기술 문학에서 인물의 발화를 인용하는 것은, 근대에 구어체의 일종으
로 생각되었다. 역설적이게도 구어체는 기술성의 산물이다.[28] 구술 상
황에서는 구어를 흉내 낼 필요가 없기 때문이다. 인물의 발화를 직접
인용할 때 문장을 기술하는 사람은 말을 행하는 사람의 입장을 취해서
그의 입장에서 사물을 인식하고 표현한다. 직접 인용은 인물의 인식이
드러나는 인물 초점화의 순간이다. 『온돌야화』에는 직접 인용된 발화로
인물이 스스로를 드러낸다. 결과적으로 이 기술된 설화에서는 행동보다
는 말이, 상황보다는 심리가 부각된다. 빈도와 정도의 차이는 있으나
인물의 직접 발화가 자주 포함되는 것, 그로 인한 장면제시가 비교적
자주 나타나는 것은 근대 기술된 이 설화의 특징 중 하나이다.

　〈해와 달〉에서는 메밀범벅이 떨어지는 과정과 어머니의 팔, 다리가
떨어지는 과정이 모두 서술된다. 음식이 떨어지는 것은 요약으로 제시
되지만 신체가 떨어지는 것은 장면제시로 나타난다. 장면제시에서는
서술자의 매개 없이 인물들이 스스로를 드러내는 것처럼 보인다. 음식
보다는 신체가 없어지는 부분이 더 사실적으로 서술되는 셈이다. 이
과정에서 호랑이의 발화를 제외한 부분은 거의 어머니 인물 초점화로
이루어지면서 어머니의 상황(호랑이를 만났다, 다음 언덕에 도착했다), 느낌

---

28) 1913년~15년 번안된 〈장한몽〉과 1919년 김동인의 〈약한 자의 슬픔〉에서 인물의 말
　　을 나타내기 위해 「」'부호가 사용되고 있음을 볼 수 있다. 구어체 사용은 1908년
　　최남선의 새로운 문체 운동에서부터 시발되었다. 이에 대해서는 이정찬, 「근대적
　　구두법이 읽기와 쓰기에 미친 영향-근대 전환기를 중심으로-」, 『작문연구』 7집,
　　작문연구학회, 2008, 265~268면.

(두려움과 분노), 행위(음식을 주다, 신체를 주다), 심지어는 착각(아까와 다른 호랑이가 나타나 음식을 요구한다)까지, 모두 드러난다.

〈해와 달〉에서는 어머니와 호랑이의 발화가 번갈아 인용된다. (인물을 이동하면서 초점화가 사용되고, 외적 초점화는 마지막 문장에서 제한적으로 나타난다.) 호랑이의 인용된 발화는 호랑이의 집요함을, 어머니의 인용된 발화는 호랑이에 대한 적대적 분노를 보여준다. 호랑이가 집요할수록 어머니는 더 크게 화를 내며 어머니와 호랑이의 갈등이 증폭된다. 어머니의 분노는 집에 갈 수 없는 것에 대한 분노이다. 어머니의 분노는 아이들이 있는 집으로 돌아가고자 하는 모성에서 나온 것이며 그 모성의 형상화는 호랑이에 대한 악과, 스스로 신체를 자르고도 집을 향해 뛰는 생명력으로 나타난다.

〈악독한 범〉

범은 이 떡을 다 주워 먹고 입맛을 쌱쌱 다시며 "에그, 나쁘다. 얘, 너의 오른팔 하나만 먹자." 하였습니다. 과부 생각에 팔 한쪽을 줄지라도 사는 게 다행이지 여겨서 "그러면 이 팔을 먹고 나를 살려주오."하며 오른팔을 내밀었습니다. 범은 대번에 호박 따듯 뚝 떼어먹고 또 입을 쌱쌱 하더니 "그래도 나쁜걸, 왼팔 하나마저 먹어야 하겠다."하였습니다.

과부는 악이 나서 "두 팔이 없더라도 다리로 걸어가서 아이들이나 보리라."하고 이를 악물고 왼팔을 마저 내밀었습니다. 악독한 범은 여전히 입을 벌려 뚝 떼어먹더니 그래도 염치가 없이 "얘, 이번에는 너의 오른 다리 하나만 또 먹자."하였습니다. 과부가 생각하니 다리마저 떨어지면 조금도 움직일 수가 없고, 다시 어린 것 남매를 만나볼 도리가 없으므로 이쯤 되면 천지가 무너지는 것 같으며 오장이 끊어지는 듯하여 슬피 통곡을 하다 정신을 잃어버렸습니다.

이 무정하고 악독한 범은 달려들어서 모조리 온몸을 다 먹고 그래도

마음에 만족하지 못하였던지 그 남매 아이까지 잡아먹으려고 한 번 재주
를 넘어서 변화를 부리더니 사람의 모양으로 되었습니다.

(심의린, 『조선동화대집』)

〈해와 달〉에서 호랑이가 여러 번 나타났다면 〈악독한 범〉에서는 범
이 한 번만 나타나 음식을 빼앗아먹고 어머니('과부')를 잡아먹는다. 차
이가 있기는 하지만 〈악독한 범〉도 〈해와 달〉처럼 어머니와 범의 발화
를 번갈아가며 직접 인용한다. 어머니는 분노보다는 절망과 슬픔("슬피
통곡하다 정신을 잃어버렸다.")을 보여주며 이는 외적 초점화, 즉 서술자
초점화로 드러난다. 범이 어머니의 몸을 먹는 부분("이 무정하고 악독한
범은 달려들어서 모조리 온몸을 다 먹고 그래도 ~ 되었습니다.")은 요약적으로
제시된다. 요약적 제시에는 요약을 하는 서술자의 존재가 부각된다.
〈해와 달〉과 비교했을 때 〈악독한 범〉에서는 어머니 인물 초점화가 있
기는 하지만 약화되어 나타나며, 서술자가 어머니의 심리와 행위를 직
접 제시하기도 한다.

〈일월전설〉29)
옛날 어머니가 등 넘어 어떤 장자 집에 방아품을 팔러 갔다가(혹은 딸
네 집에 갔다가) 묵(혹은 떡)을 얻어 가지고 밤에 집으로 돌아왔다. 도중
산 腹에서 범을 맛났다. "묵 좀 주면 안 잡아먹지."하기에 한 개를 주었다.
조금 있다 또 나와서 여전한 요구를 하였다. 그것이 누차 반복됨을 따라

29) 손진태는 1923년 함경남도 함흥에서 기록한 〈해와 달과 별〉을 『조선민담집』에 실었
다. 여기에서는 어머니가 호랑이에게 자기 대신 자신의 아이들을 잡아먹으라고 권하
는데, 이는 '해와 달이 된 오누이'에서 찾아볼 수 없는 내용이다. 그는 『조선민족설화
의 연구』에 좀 더 일반적인 〈일월전설〉을 소개하고 있어서 본고에서는 이를 살펴보
고자 한다.

가졌던 묵은 다 없어졌다. 이번에는 "옷 벗어 주면 안 잡아먹지." 하므로
치마를 주었다. 이어서 저고리 바지 속적삼 속옷까지 다 주고 나신이 되었
으므로 가랑잎사귀를 따서 음부를 가리고 갔다. 범은 계속하여 나왔다.
팔과 다리를 요구하고 최후에는 몸뚱이까지를 요구하였으므로 어머니는
필경 범에게 먹혔다. 범은 어머니의 옷을 입고 어머니의 집으로 갔다.

(손진태, 『조선민족설화의 연구』)

이야기를 시작하기 전에 손진태는 이 설화가 "광포되어 있는 유명한
설화"라고 하면서 "각 지방에 의하여 다소의 차이는 있으나 다음의 기
회에 상술할 셈치고 지금은 극히 대강만을 약술하겠다."고 한다. 〈일월
전설〉에는 어머니의 인용된 발화가 한 번도 나타나지 않는다. 이는 이
텍스트가 이야기를 "약술"하기 때문인 듯하다. 요약은 위계적 서술방
식인데, 서사에서 중요하지 않은 부분과 중요한 부분을 나누고, 중요
한 부분을 중심으로 서술을 진행하기 때문이다. 이 텍스트에도 요약된
부분과 요약되지 않는 부분이 있다. 범의 말, "묵 좀 주면 안 잡아먹
지.", "옷 벗어 주면 안 잡아먹지."는 직접 인용된다. 반면 이런 요구에
대응하는 어머니의 행동은 생략되거나 요약적으로만 나타난다. 앞서
어머니의 발화가 〈해와 달〉에서 풍부하게, 〈악독한 범〉에서 제한적으
로 인용되었던 것과는 다르다. 〈일월전설〉에서는 범을 만나 음식을 빼
앗기고 옷을 빼앗기고 몸까지 잡아먹히는 상황에서, 어머니 심리가 거
의 나타나지 않는다. 요약적 제시와 어머니 초점화의 부재로 인해 이
상황은 다양한 방식으로 해석 가능하다. 가령 범이 어머니에게 요구한
것은 물리적 신체만이 아닐 수 있다. "저고리 바지 속적삼 속옷까지
다 주고 나신이 되었으므로 가랑잎사귀를 따서 음부를 가리고 갔다."는
서술은 당시의 구전설화에서 찾아볼 수 없는 부분[30]이지만 "약술"을 표

방하는 〈일월전설〉에서는 생략되지 않는다. 어머니의 내면이 제시되지 않는 상태에서, 호랑이의 요구에 말없이 부응하는 어머니의 몸은 성적으로 이미지화 될 수 있다.

이 세 텍스트 가운데 서술자의 존재가 가장 두드러지는 것이 〈일월전설〉이며 서술자의 개입이나 매개가 가장 적은 것처럼 보이는 것이 〈해와 달〉이다. 〈해와 달〉은 인물 초점화로 어머니를 형상화하며 〈악독한 범〉은 이와 함께 외적 초점화를 이용하지만 〈일월전설〉은 어머니의 발화가 직접 인용되지 않고, 대부분 외적 초점화로 어머니가 형상화된다. 그 결과 〈해와 달〉과 〈악독한 범〉에서 드러나는 어머니의 내면, '모성'〈일월전설〉에서는 거의 드러나지 않는다. 〈해와 달〉과 〈악독한 범〉은 어머니의 모성을 드러낸다는 데 공통점이 있지만 전자는 분노로, 후자는 슬픔으로 모성을 표현한다.

(2) '선녀와 나무꾼'의 선녀

'선녀와 나무꾼'의 이본은 몇 가지 유형이 있다. 이 가운데 『조선동화대집』의 이야기는 선녀가 승천하는 것으로 끝나는 '선녀 승천형'이다. 『온돌야화』와 『조선민담집』의 이야기는 선녀를 따라 천상으로 올라간 나무꾼이 어머니가 그리워 지상에 왔다가 금기를 어겨 수탉이 되어 버리는 '수탉 유래형'이다. 이 두 가지 유형들은 모두 근대부터 전승되었던 것임을 알 수 있다. 중요한 차이는 유형의 출현 선후에 있다기보다는 이들을 기술하는 구체적 방식에서 나타난다.

---

30) 염희경, 「〈해와 달이 된 오누이〉에 나타난 호랑이상-설화와 전래동화 비교를 중심으로」, 『동화와 번역』 5집, 동화와 번역학회, 2003, 20면.

〈선녀와 나무꾼〉

  처음에 선녀는 세상의 관습에 매우 혼란스러워했다. 그러나 그녀는 곧
살림살이를 잘하게 되었다. 행복한 세월이 지나 그녀는 아들을 낳았다.
그녀의 젊은 남편은 너무 기뻐했고 진심으로 그녀를 사랑했다. 그리고 그의
어머니 또한 기뻐했다. 선녀부인은 매우 만족해 보였고 가족들과 화목하게
살았다. 그들의 둘째 아이가 태어났을 때 그들은 어느 때보다 행복했다.
어느 날 아내가 선녀 옷을 돌려달라고 남편에게 요구했다. "나는 두 아이를
낳아 주었어요. 지금도 나를 믿을 수 없나요?" 하지만 그녀의 남편은 아내가
각각 한 팔씩 아이들을 껴안고 떠날까봐 두려워 거절했다. 부부가 셋째
아이를 낳았을 때 그녀는 다시 선녀 옷을 달라고 강력하게 요청하였다.
그녀는 맛있는 음식과 술로 그의 의심을 누그러뜨리려 했다. "나의 사랑하
는 남편! 나에게는 지금 세 아이가 있어요. 제발 나의 선녀 옷을 보여주세요.
나는 도저히 당신을 배반할 수 없어요. 나는 어떻게 할까요?" 나무꾼은
아내에게 동정심이 생겨 오랫동안 숨겨왔던 선녀 옷을 보여주었다.

  그러나 아아, 불쌍한지고! 그녀가 옷들을 입자 다시 신비한 힘을 얻어
각각의 두 팔과 다리 사이에 하나씩 아이들을 끼고 하늘로 날아가 버렸다.
(정인섭, 『온돌야화』)

  여기는 '만족', '행복', '화목' 등 부부의 긍정적 정서와 관계를 나타내
는 단어들이 자주 서술된다. "선녀 부인은 매우 만족해 보였고"라는
서술에 나타난 언어("선녀 부인")는 제3자의 것이다. 그렇다면 선녀의 만
족을 인식하는 초점자는 누구일까? 선녀는 옷을 돌려받길 원하고 끝내
는 하늘로 돌아간다는 점을 상기하면, 이 초점자는 외부 초점자이거나
남편 인물 초점자이다. 선녀의 만족이 선녀가 아닌 제3자나 남편의 관
점에서 서술되는 셈이다. 선녀의 초점화가 없는 것은 아니다. 직접 인
용된 선녀의 발화도 있고, "그녀는 맛있는 음식과 술로 그의 의심을

누그러뜨리려 했다."처럼 선녀 초점화로 보이는 부분도 있다. 그러나 선녀의 본심은 숨겨진다. 선녀의 승천에 이어 나오는 "아아, 불쌍한지고!"라는 서술자의 논평은 서술자가 남편의 시각과 감정에 동화되어 있음을 보여준다.

〈김득선의 후회〉

득선은 마음이 대단히 기뻐서 선녀를 맞아들여 곧 부부가 되어서 재미있고 화락하게 지내게 되었습니다. 선녀의 살림살이하는 법이 매우 숙달하여 정구지역(井臼之役)이며 침선방적(針線紡績)이 보통 사람에게 비할 바 아니었습니다. 그리하여 농사를 하든지 육축을 하든지, 성적이 양호하여 가세가 점점 늘어가게 되었습니다. 집안이 늘뿐더러 어언 간에 옥동 같은 첫아들까지 낳게 되어 부부는 매일 희희낙락으로 세월을 보냈습니다.

그러나 선녀는 항상 소원이 잃은 의복을 달라는 것밖에 없습니다. 득선은 이 말을 들을 적마다 대답이 "염려 마시오. 삼형제만 낳고 보면 반드시 드릴 테니 그리 알고 안심하시오."하고 달랬습니다. 광음은 유수와 같아서 어느덧 사오년이 지나고 또 아들 하나를 낳으니 기골이 비범하여 아들 형제가 다 준수하고 영걸스러움으로 득선은 더욱더욱 향락으로 지냅니다.

선녀가 하루는 또 간청하되 "인제는 우리 부부가 아들을 둘이나 낳고 앞에 두고 의식에도 걱정이 없으니 무엇이 그리울 것이 있겠습니까. 평생을 종신할 테니 염려 마시고 그 의복을 주시면 다시 한 번 입어보고 두겠습니다."하고 애걸 애걸하였습니다. 득선은 부부 간에 의도 좋고 또 형제 아들이 있으므로 지금에야 관계없을 줄 알고 인정에 차마 거절하기가 어려워서 천상 의복을 내주었습니다.

선녀는 대단히 기뻐하며 목욕을 정하게 하고 그 의복을 입은 후에 뜰 아래로 내려와서 천상을 향하여 사배를 하더니 득선을 보고 "안녕히 계십시오. 나는 갑니다." 하고, 두 아들은 좌우 겨드랑이에 껴안고 오색구름을 내며 그만 공중으로 올라가더니 차차 보이지 않게 되었습니다. 득선은 멀

리 쳐다만 보고 아내와 아들 형제를 순식간에 잃어버렸습니다. 그 동안의
향락도 차후부터는 허사가 되어버렸습니다. (심의린, 『조선동화대집』)

앞서 〈선녀와 나무꾼〉에 긍정적 정서를 보여주는 서술들이 있었다
면 여기에는 경제적 여유를 보여주는 서술들이 부가된다. "살림살이하
는 법이 매우 숙달하여", "정구지역(井臼之役)이며 침선방적(針線紡績)",
"가세가 점점 늘어", "더욱더욱 향락으로", "의식에도 걱정이 없다."는
등 노동과 경제적 풍요로움을 표현하는 언어가 빈번하게 나타난다.

"정구지역(井臼之役)이며 침선방적(針線紡績)" 등 살림살이 하는 선녀
를 포착하는 시선은 나무꾼의 것이다. 다음 문장에서 선녀의 소원이
의복을 되찾는 것밖에 없었다는 서술을 염두에 둔다면 "희희낙락으로
세월을 보내는" 것 역시 나무꾼 초점화라고 할 수 있다. 〈선녀와 나무
꾼〉에서와 마찬가지로 직접 인용된 선녀의 발화는 나무꾼에게 옷에 대
한 간청을 알려주는 기능을 하지만 여전히 그녀의 본심은 인용되지 않
는다. 〈선녀와 나무꾼〉과 〈김득선의 후회〉에 이들의 행복한 삶 혹은
풍족한 삶이 나타나지만, 이것은 남편 초점화로 진행되는 것이며, 선
녀의 내면은 제한되어 나타난다. 이 설화의 제목 〈김득선의 후회〉는
나무꾼의 행복과 상실감을 '김득선'이라는 구체적 주인공을 통해 보여
주면서 남성의 시각을 따라 텍스트를 읽게 한다.

〈수탉의 전설〉
그들 사이에는 벌써 세 아이가 생겼다. 장남은 경성에 과거를 보고 급
제를 했다. 나무꾼 부부는 금슬 좋게 살았고 그간 선녀는 한 번도 옷에
대해서 말한 적이 없었다. 남편은 이제 안심이 되어 선녀의 옷 같은 것은
잊고 있었다. 그러던 어느 날, 선녀는 그의 남편에게 술을 권하며 "우리
사이에는 이제 세 아이가 생겼습니다. 처음에는 하늘로 올라가고 싶어 견

딜 수 없었습니다. 지금은 이 생활이 즐거울 뿐입니다. 그때 저의 옷은
어찌 된 것입니까? 잠시 보여줄 수는 없는지요. 다만 옛 생각으로 한번
보기만 하겠습니다." 선녀가 넌지시 말하자 나무꾼은 술이 얼근히 취한
터라 아내가 말한 것을 믿었기 때문에 의심 없이 마침내 내보이고 말았다.
그러나 선녀는 그것을 입자 순간 두 아이를 양팔에 하나씩 끼고, 막내는
다리 사이에 끼워 천정을 뚫고 공중으로 날아갔다. (손진태, 『조선민담집』)

앞서 〈선녀와 나무꾼〉에서는 두 번이나 옷에 대해 말하는 선녀의 요
구가 나타나고, 〈김득선의 후회〉에서도 의복 돌려받기를 원하는 선녀
의 소원이 선녀 초점화로 나타난다. 그러나 이 텍스트에서는 선녀의
요구와 소원이 나타나지 않으며 상대적으로 외적 초점화가 우세한 것
처럼 보인다. 인물 세계에서 나무꾼은 선녀의 소원과 간청을 전혀 짐작
할 수 없다. 〈수탉의 전설〉에서 선녀의 인용된 발화는 한 번 나온다.
처음에는 하늘로 올라가고 싶었으나 지금은 이 생활이 즐거울 뿐이라
는 이 말은, 남편을 속이기 위한 것이다. 완벽한 심리의 차단과 거짓된
발화의 서술로 인해 선녀는 일부러 왜곡된 내면을 보여주는 인물로 형
상화된다.

30년대에 구술 채록본 〈선녀와 나무꾼〉을 보면, 이들의 지상에서의
삶이 요약과 생략으로 나타나 있음을 알 수 있다. 여기에서는 선녀가
총각하고 살기로 한다→아이 셋을 낳는다→옷을 내어 준다는 식으로
서술이 간략하게 진행된다.[31] 이와 달리 이들 세 텍스트는 선녀와 나
무꾼의 지상에서의 삶을 비교적 상세하게 보여준다. 이때 옷을 둘러싼
둘의 대화가 장면제시로 나타나는데, 이러한 서술에는 두 가지 모순되

---

31) 임석재, 『한국구전설화(평안북도편)』 1, 평민사, 2011(2판), 57~75면에 수록된 다섯
 편의 〈나무꾼과 선녀〉는 이 점에서 유사하다.

는 임무가 부여된다. 부부의 삶을 보여주면서도 선녀의 승천 욕망은 숨겨야 한다는 것이다. 선녀가 아닌 나무꾼을 초점자로 선택한 것은 이어지는 승천이라는 사건의 예측 불가능성을 높인다는 점에서 서사의 긴장감을 고조시키는 전략이라고 할 수 있다.

(3) '아랑설화'의 원혼

'아랑설화'는 『온돌야화』와 『조선민족설화의 연구』에 나타난다. 특히 1927년 『온돌야화』에 수록된 '아랑설화'는 '아랑'이 등장하는 최초의 근대 작품이다. 심의린은 '아랑설화'를 알지 못했을 수도 있고 이 이야기들이 어린이들에게 적합하지 않다고 생각하여 『조선동화대집』에서 제외했을 수도 있다. '아랑설화'는 '해와 달이 된 오누이'나 '선녀와 나무꾼'과 달리 전대 문헌에도 수록되어 있다. 여기에서는 기술된 '아랑설화'를 분석하면서 전대 문헌과 비교하기로 한다.

> 〈아랑처녀의 전설〉
> 이 신임 부사는 도착한 날 밤에 가능한 많은 초를 구해서 촛불을 사방에 환하게 켜놓고 그 가운데 앉아서 큰 목소리로 책을 읽기 시작했다. 갑자기 강한 바람이 일어나 문이 열리더니 머리카락을 흩날리고 한 면 팔과 한 면 가슴이 잘리고 목에는 단검을 꽂은 처녀귀신이 나타났다.
> 끔찍한 망령에도 전혀 놀라지 않은 이 부사는 대담하게 소리쳤다. "귀신이냐 살아있는 사람이냐?" 귀신이 대답했다. "소녀는 아직 원한을 풀지 못했기에 이승을 떠나지 못하는 아랑의 혼령입니다. 신임 부사가 올 때마다 첫날밤에 모두들 저의 모습에 소스라치게 놀라 죽었는데 당신은 제가 보았던 부사들과 달리 매우 용감하군요. 나를 살해한 자는 매일 당신의 관가에 갑니다. 지금으로부터 3일 뒤 점호 때에 노란 나방이 그의 곁에

휠휠 날 것입니다. 그 표시에 당신은 그를 알아채고 저를 대신해 그를 벌하여 주십시오."(정인섭, 『온돌야화』)

신임 부사가 처녀 귀신을 만나기 전까지 서술은 요약으로 제시된다. 갑자기 강한 바람이 불고 아랑이 나타나면서 서술은 점차 장면제시로 바뀐다. 부사의 심리(전혀 놀라지 않음)가 서술되면서 부사 인물 초점화로 아랑의 출현이 포착된다. 그의 눈에 보인 아랑은 '머리카락을 흩날리고 한쪽 팔과 한쪽 가슴이 잘리고 목에는 단검을 꽂은', '끔찍한' 모습이다. 후술하겠지만, 전대 문헌에 형상화된 원혼과 비교하면, 여기에서 원혼이 서술된 방식과 원혼의 모습은 모두 유표적임을 알 수 있다.

〈아랑형전설〉
그는 방안에 촛불을 찢어지게 수없이 밝히고 밤들기를 기다렸다. 밤중이 되었을 때 별안간 찬 기운이 방에 돌더니 일진광풍이 일어나며 굳게 닫힌 문이 화닥닥 열리고 촛불을 꺼질락 말락 하였다. 상당히 담대한 그도 잠간은 기절한번 하였다. 하나 그는 다시 정신을 차려서 급히 주역을 읽기 시작하였다. 그는 높은 소리로 축문을 읽었다. 방은 조금 동안 깊은 정적을 계속하였다. 또 조금 있더니 이번에는 한편 방문이 소리 없이 슬그머니 열리면서 뼈를 찌르는 듯한 찬 기운과 함께 머리를 산발하고 전신에 피를 흘리는 요괴가 눈앞에 우뚝 나타났다. 그는 연해 주문만을 높이 읽었다. 그 요괴는 다시 사라지고 사위는 다시 침묵하였다. 세 번째는 어떤 여인의 소리가 문 밖에서 나며 방안에 있는 사람을 불렀다. 그는 재삼 생각하다가 누구이냐고 대답하였다. 여인은 애원하는 듯한 말소리로 "나는 귀신도 아니요 사람도 아니나 호원할 말이 있느니 문을 열어 주시오." 하였다. 그는 비로소 그 요괴가 원귀임을 알았다. 그리고 몸을 부들부들 떨면서도 대담하게 방문을 열어 주었다. 어떤 소복한 미녀가 목에 칼을 꽂은 채 방안으로 들어와서 그의 앞에 절하였다. 그는 여인의 태도에 겨우 마음을 놓고 무슨 호원이 있느냐고 물었다. 여인의 호소는 이러하였다.

　나는 원래 이 고을의 수청 하는 기생이러니 통인 모자가 저의 요구를
듣지 아니한다고 이렇게 나를 목 찔러 죽이고 나의 시체를 객사 뒤 고목
속에 거꾸로 집어넣었으므로… (손진태, 『조선민족설화의 연구』)

　군수가 청사에서 혼자 밤을 지새우는 서술은 장면제시로 이루어지며,
대부분 군수 인물 초점화로 진행된다. 이 텍스트는 전대 문헌들과 비교
할 때 아랑이 등장하기 전 서사가 길게 장면화 되어 있다는 특징을 가진
다. 군수는 세 번의 이상 현상(초불이 꺼짐, 한기와 요괴의 출현, 여인의 애원
성)을 겪고, '비로소 그 요괴가 원귀임' 알게 된다. 군수가 인지의 주체가
되면서 그가 느끼는 시각, 청각, 촉각적 감각이 서술된다.[32] 이런 방식
은 정체를 알 수 없는 존재에 대한 공포감을 배가하는 데 효과적이다.

　이때 아랑은 소복한 형상으로 나온다. 소복한 여귀의 형상은 이 시기
에 처음 나타난다. 그녀는 또 '미녀'로 묘사되는데 이 역시 군수 인물
초점화의 결과이다. 소복한 미녀 원귀는 자신을 관원 앞에서 "나"라고
지칭하며 "문을 열어 주시오."라고 한다. '하오체'는 아랑의 목소리에
서술자의 언어가 개입한 결과이다. 이어서 원귀가 자신의 사연을 말하
는 발화는 인용부호 없이 나타난다. 이는 일종의 '서술된 대화'로 아랑
의 말을 서술자가 간접적으로 진술한 것처럼 보인다. 이런 경우 발화의
원천이 아랑이라는 것은 알 수 있지만 아랑의 언어가 인용되지는 않는
다. 이 텍스트에서 아랑은 군수의 초점화로 지각되며 온전히 자신의
언어로 발화하지 못한다.

---

32) 이런 이미지들이 이야기를 듣는 사람들의 정서를 환기시켜 구술 상황이 현재적 사건
　인 것처럼 느껴지게 한다. 강진옥, 「원혼설화에 나타난 원혼의 형상성 연구」, 『구비
　문학연구』 12집, 한국구비문학회, 2001, 23면.

이 두 텍스트에서는 남성 관원이 초점자가 되어 아랑을 '끔찍한 망령', '소복한 미녀'로 인식하고 있는데, 전대 문헌에서 아랑형 원귀의 형상화는 남성 관원의 초점화를 반드시 동반하지도, 이렇게 잔인한 모습으로 형상화 되지도 않는다.

　⊙ 드디어 초불을 밝히고 홀로 앉았더니 삼경에 이르러 홀연 일진음풍이 어디에선가 이르러 촛불 그림자가 명멸하고 찬 기운이 뼈에 사무치더니 이윽고 방문이 스스로 열리며 한 처녀가 온몸에 피를 흘리고 알몸으로 머리를 풀고 손에 붉은 기를 들고 홀연히 방에 들어오니, 부인이 당황하거나 놀라지 아니하고 말하였다. "네가 반드시 풀지 못한 원한이 있어 호소하려고 온 것인즉 내 마땅히 너를 위하여 원수를 갚으리니 모름지기 고요히 처하고 다시 나타나지 말라."(『청구야담』, 〈雪幽冤夫人識朱旗〉)

　⊙ 문든 마당에서부터 여자의 슬피 우는 소리가 점점 가까이 들리더니 마루를 올라 방문을 열고 들어왔다. 원님은 조금도 엿보지 않고 주역 읽기를 그치지 않았다. 그녀의 모습은 매우 아름다웠는데 녹의홍상(綠衣紅裳)에 머리는 다 흐트러졌고 머리에 짧은 칼이 꽂혀 있었다. 흐느껴 울면서 느릿느릿 걸어 들어와 책상머리에 앉아서 면전에서 쳐다보았다.
(『교수잡사』, 〈冤鬼雪恨〉)

　⊙ 그가 부임한 날 밤에 촛불을 밝히고 홀로 앉아 기다리고 있으려니, 밤이 깊었을 때 한 여자가 온 몸에 피가 묻고 목에 작은 칼이 찔린 채 앞에 와서 절을 했다. (서유영, 『금계필담』 114화)

　⊙ 경성 동촌에 사는 이진사 모가 나이 사십이 되도록 초사도 못하고 죽장망혜로 명산대천에 유람 다니다가 영람루에 이르러서 깊은 밤 달 밝은데 난간에 의지하여 홀로 섰더니 홀연 음풍이 일어나며 한 처녀가 전신에 피를 흘리고 앞에 들어와 애소하되 (안동수, 『반만년간죠선긔담』) 65화)

　㉠은 19세기 편찬된 『청구야담』이다. 여기에서는 관원이 아니라 부인이 원혼을 만난다. 부인의 인물 초점화로 원혼이 나타나기 전의 분위기와 원혼의 모습이 서술된다. 원혼이 자신의 사연을 말하기 전 부인이 미리 사연을 짐작하는 것이 특징이다. ㉡은 『교수잡사』로, 원혼은 녹의홍상을 입은 아름다운 모습으로 나타난다. 원님은 '조금도 엿보지' 않고 있기에 원혼의 모습을 인식할 수 없는 상황이다. 이것은 원님의 인물 초점화가 아니라 외적 초점화로, 원귀가 아름답다고 인식하는 것은 제3자이다. (그러나 "면전에서 쳐다보았다."를 보면 초점화는 곧 인물 초점화로 이동함을 알 수 있다.) ㉢은 1873년에 서유영이 저술한 『금계필담』이며 ㉣은 1922년 안동수가 편찬한 『반만년간죠선긔담』[33]이다. 이 두 텍스트에는 사건이 요약적으로 서술 되어 있으며, 남성 관원이 포착한 원귀의 모습도 간단하게 나타난다. 이들 문헌에서 원귀는 전관의 딸로 나타나기도 하고 관기[34]로 나타나기도 하는 등 신분에 있어 차이를 보인다. 그러나 피를 흘리거나 산발[35]을 하고 칼이 꽂힌 모습으로, 대부분 소략하게 표현된다.

　전대 문헌과 비교해보면, 〈아랑처녀의 전설〉에서 남성 관원의 눈에 보이는 원귀는 잔인하고 처참한 모습으로 유형화 되며 〈아랑형전설〉에서는 원귀가 나타나기 전 공포 분위기가 장면제시로 자세히 묘사된

---

33) 『반만년간죠선긔담』은 1922년 간행되었지만 본고에서 다루는 설화집들과 성격이 다르다. 이는 구전설화보다는 문헌설화를, 재화하지 않고 전사했다는 점에서 전대 야담집에 가깝다.

34) 『교수잡사』에서 원혼의 신분은 전관의 딸이 아닌 관기이다. 이는 손진태의 〈아랑형전설〉에서도 마찬가지이다. 그리고 이 두 텍스트에서 원혼은 아름다운 모습으로 형상화된다. '기생'과 '아름다움'이 관습적으로 혹은 성적으로 연결되는 것을 볼 수 있다.

35) 여귀의 '산발'이 가지는 탈일상적 특징에 대해서는 강진옥, 「원혼설화에 나타난 원혼의 형상성 연구」, 『구비문학연구』 12집, 한국구비문학회, 2001, 11면.

다는 것을 알 수 있다. 이는 '아랑설화'가 이 시기 들어 더 자극적이고
오락적인 것으로 변모하고 있음을 보여준다.

3. 장면제시로 드러나는
   전통적-반(비)전통적 여성의 내면

'해와 달이 된 오누이'에서는 호랑이와 어머니가, '선녀와 나무꾼'에서
는 선녀와 나무꾼이, '아랑설화'에서는 관원과 원귀가 등장한다. 스토리
를 염두에 두면서 서술방식이 어떤 여성 형상을 구현해냈으며 담화에
어떤 영향을 미쳤는가를 살펴보자. 이는 앞서 언급한 설화들의 개별적
특성 가운데에서 이 시대에 두드러진 특성을 살펴보는 것이기도 하다.

(1) 어머니와 호랑이는 인간 : 동물, 희생자 : 포식자로 대별된다.
이후 스토리에서 어머니는 호랑이에게 잡아 먹혀 등장하지 않는다. 〈해
와 달〉과 〈악독한 범〉에서 초점화는 희생된 인간의 내면을 드러내는
데 기여한다. 앞서 언급했듯, 구술 전승은 내용, 즉 사건 전개를 위주로
전달되는 경향이 강하다. 구술 설화는 인간의 개성과 내면보다는 상황
과 행위를 전달하는 데 치중한다. 당시 구술 전승본에서도 어머니의
내면이 잘 드러나지 않지만 이 시기 설화집에는 어머니가 가진 분노와
슬픔이 전달된다. 이로 인해 호랑이의 포식은, 단순히 배를 채우는 행위
가 아니라 목소리와 개성을 가진 한 인간을 희생시킨 행위가 된다.『조
선동화대집』의 〈악독한 범〉이라는 제목은 어머니의 희생과 함께 포식
자 범에 대한 부정적 심상을 강화한다.『조선민담집』의 〈일월전설〉에
서 어머니의 형상에는 성적 이미지가 부수적으로 드러나는데 이때 호랑

이는 동물-포식자가 아니라 남성-포식자로서의 성격을 가진다.

(2) 선녀와 나무꾼은 여성 : 남성, 천상 : 지상의 가치를 가지는 존재이다. 여기에서 분석한 세 텍스트에서는 부부의 지상 생활이 구체적으로 드러나며 인물의 발화가 장면제시로 나타난다. 함께 생활할 때의 정서적 만족감이나 경제적 풍요가 서술되기도 한다. 세 텍스트에서 이런 긍정적 기호의 인식 주체는 남편이다. 천상적 존재인 여성의 내면은 소원과 간청의 형식으로 때때로 초점화 되기도 하지만, 그녀가 가진 천상으로 회귀하고 싶은 본심은 초점화 되지 않는다. 선녀의 내면이 불투명하고 왜곡되게 그려진 것은 후속 사건에 대한 긴장감을 상승시키기 위한 전략일 수도 있다. 이 과정에서 서술자는 인물 초점자와 동일시되면서 선녀의 승천 후 남은 남편의 불쌍함을 강조하기도 한다. 남편 초점화로 서술되었던 만족감이나 풍요로움이 결국은 선녀에게는 중요한 것이 아니었음을 알 수 있다. 선녀는 정서적 만족이나 경제적 풍요라는 지상적 가치에 전혀 흔들리지 않는 존재가 된다. 선녀가 아이들을 데리고 승천하는 것은 선녀가 인간적 (혹은 지상적) 가치에 일부 동조한 것으로 볼 수 있으나, 이러한 요소들은 강조되지 않는다. 결국 나무꾼의 시각에서 텍스트가 서술될 때 선녀에 대한 정보는 숨겨질 수밖에 없고 그러한 서술 효과로 인해 선녀는 내면을 종잡을 수 없거나 거짓을 말하는 낯선 존재로 그려진다. 이는 이들의 지상에서의 삶이 요약과 생략으로 처리되었던 구술 채록본에서는 야기되지 않던 문제이다.

(3) '아랑설화'에서 관원과 원귀는 남성 : 여성, 산자 : 죽은 자, 해원의 주체 : 대상으로 구분되는 존재이다. 공직에 있는 남성은 죽은 여성의 원한을 풀어주어야 한다. 죽은 여성이 남성의 초점화로 등장할 때 〈아랑처녀의 전설〉은 "한쪽 팔과 한쪽 가슴이 잘리고 목에는 단검이"

꽂힌, 잔인하고 끔찍한 모습으로 드러난다. 〈아랑처녀의 전설〉에서 아랑의 죽음은 아랑의 원혼이 나타나기 전, 시간 순서에 의해 이미 서술되었다. "백가는 단검을 들고 위협했다. 마지막까지 저항하자 그는 아랑을 찔렀고 그녀는 누각에서 떨어져 죽었다." 따라서 아랑의 원혼이 나타난 지점에서, 그 죽음의 원인은 이미 미스터리가 아니다. 아랑의 원혼 형상은 죽음의 이유가 아니라 죽음의 정황만을 집중적으로 상상하게 한다. 전대 문헌에서 아랑 형상에 대한 서술 역시 그러한 상상을 가능하게 한다. 아랑의 형상은 자신이 당한 일의 '증거물'이기 때문이다. 〈아랑처녀의 전설〉의 서술은 그 어떤 문헌에서보다 구체적이면서 잔인한 상상을 가능하게 한다. 이 아랑의 신체에는 성폭력의 순간순간이 새겨져 있다.[36]

장면제시와 인물의 인용된 발화는 1920년대 설화가 삶을 모방하기 시작했다는 것을 시사한다. 전통적으로 설화는 삶을 모방하는 텍스트는 아니다. 설화의 세계관이나 가치관은 현실과 밀접한 관련을 가지지만 설화는 현실을 단순화하거나, 현실을 대체함으로써 메시지를 전달한다. 설화에서 인물은 단순하게 설정되며, 이야기에 직접적으로 영향을 미치는 성격(게으르다, 부지런하다, 악하다, 선하다 등)만 간단하게 언급된다. 그러나 이 시기 설화는 장면제시와 인물 초점화로 인물의 내면과 사연을 그려낸다. '해와 달이 된 오누이'의 어머니, '선녀와 나무꾼'의 선녀, '아랑설화'의 원혼은 구술 설화의 전형적 인물들이지만 이 시기에 구술된 이본과는 다른 방식으로 형상화된다. 어머니는 분노나 슬픔

---

36) 원귀를 묘사하는 산발, 소복, 피흘림 등의 외형은 죽음을 당했던 당시의 처참한 정황 전반을 한눈에 드러내는 기능을 한다. 이는 외부세계가 그에게 가한 폭력적 상황을 보여주고, 그것을 현실에 폭로한다. 강진옥, 앞의 논문, 24면, 26면. 아랑 뿐 아니라 괴기담의 여귀들은 죽었을 당시의 외형 그대로 사람들 앞에 나타난다.

의 모성을, 천상의 여성은 불투명한 속을 가지며, 처녀 원귀는 잔인한 죽음의 순간을 육체에 새기고 있다. 근대 설화집의 여성 형상은 요약적으로 제시되었던 인물이 초점화 되면서 목소리와 모습이 구체적으로 드러나게 된 결과이다.

이 시기 설화집에서 어머니, 선녀, 원혼은 서로 다른 힘들에 견인된다. 모성을 가진 어머니는 전통적 이미지에 가깝게 느껴지지만 속을 알 수 없는 선녀와 가슴이 잘린 원귀는 전통적 이미지와 괴리가 느껴진다. 어머니를 더 어머니답게 그려내려는 이 어머니 형상에는 전통이 구심력으로 작용하는 듯하다. 그렇다면 선녀나 원귀 이미지를 견인한 힘은 어디에서 오는 것일까? '나무꾼과 선녀'에서 지상적 가치는 남성의 초점화로 그려지면서 남성적 가치가 된다는 것을 상기하면, 선녀의 형상을 견인한 것은 젠더적 관점과 관련이 있어 보인다. (이 힘은 〈일월설화〉에서 본 것처럼 어머니 형상을 견인하기도 한다.) 끔찍한 원혼의 형상을 견인한 힘은 이와는 또 다른 오락적 지향을 보인다. (이 힘은 '선녀와 나무꾼'에서 새로운 선녀를 만들어내기도 한다.) 어머니, 선녀, 원혼의 형상을 이끈 힘이 전통이건, 젠더이건, 대중이건 간에, 이 시기 기술된 설화에서 확인할 수 있는 것은 설화의 전형적 형상들이 서로 다른 힘에 의해 변화할 수 있는 가능성이다. 첨언하자면, '해와 달이 된 오누이'의 어머니 형상이 모성을 가진 것으로 그려진다고 해서 즉, 전통적 가치를 드러내는 방식으로 표현된다고 해서 친근하지는 않다는 점이다. 역설적이게도 '해와 달의 어머니'는 모성을 말하고 있어서 낯설다.

4. 근대 설화 전달자의 세 가지 존재 방식

지금까지 각 설화들의 서술방식을 분석하고, 그들의 공통점과 차이점을 살펴보았다. 앞서 전통적으로 혹은 반(비)전통적으로 형상화된 여성들의 모습은 서술자의 역할과 초점자의 기능이 구축해낸 구성물이다. 그렇다면 그러한 서술자와 초점자를 만들어낸 또 다른 주체, 담론적 저자에 대해 살펴보아야 한다. 이는 설화 각편들이 수록된 해당 설화집의 특징을 고구하기 위해서도 필요하다. 담론적 저자들은 이 설화집에서 또 다른 모습으로 자신을 드러낸다. 구술된 것과 달리 기술된 설화집에는 출판을 위한 서문이 있고 여기에서 담론적 저자는 설화집을 편찬하는 의도와 목적을 명시한다.

정인섭[37]은 1952년 출판본 서문에서 『온돌야화』가 쓰인 당시의 상황에 대해 설명한다. 그는 가족(어머니, 다섯 누이)과 누이의 친구, 자신의 친구, 아버지의 '복습방'에 오가던 학동, 일꾼들에게 옛이야기를 들었고, 이 이야기들은 이후 와세다 대학에서 영문학을 연구할 때 새로운 문학적 자각을 일으키는 동력이 되었다고 한다. 그 결과 그는 '색동회'에 합류해서 옛이야기를 보급하는 활동을 한다. 일본에서 1927년 출간된 『온돌야화』는 그러한 노력의 산물이다. 『온돌야화』의 서문에는 한국문화 전반에 걸친 이웃나라의 인식부족을 개탄하고 올바르게 한국을 인식해주기 바라는 뜻에서 일어로 출판하는 것이라고 그 동기와 목적

---

37) 본고에서 "정인섭", "손진태", "심의린"으로 명명하는 작가는 담론적 저자로, 전기적 작가와는 달리 텍스트를 통해 구성되는 인물이다. 서술자는 플롯을 통해 재구성되는 과정에서 존재하지만, 담론적 저자는 이러한 플롯의 바깥에 존재한다. 담론적 저자는 담론 안에 존재하지만, 서술자보다는 현실의 맥락에 더욱 가까이 있다. 다시 말해 실제 인물로서 저자 형상을 더 강하게 반영하는 존재이다. 송효섭, 『초월의 기호학』, 소나무, 2002, 290면.

을 밝힌다.

심의린은 어렸을 때 어른과 동료에게 들은 옛이야기들이 성인이 된 뒤로도 여전히 남아있다고 하면서 이런 이야기들이 효용을 가지고 있다는 점에 주목한다. 그는 '생활에 적합한 사상과 감정을 수양하여 상식을 풍부하게 하며 문장을 감상하여 문예의 취미를 얻게' 하는 데 설화가 도움이 된다고 본다. 그는 '소년 시대에 얻어들은 것과 읽어 본 것 중에서 본래부터 우리 조선에 구전하여 오던 동화로 적당할 듯한 자료'를 모아 편집한다.

손진태는 어렸을 적 빈한한 환경에서 자라 이야기를 많이 듣지 못했으나 동경에 가서 인류학과 민속학에 관한 서적을 읽기 시작하면서 옛이야기에 대한 관심을 가지게 되었다고 한다. 그는 '조선의 민담이 날로 쇠멸의 길로 접어'드는 것을 안타까워하면서 그것을 집대성하고자 한다. 정인섭, 심의린, 손진태는 옛이야기를 과거에서 현재로, 조선에서 일본으로, 성인에서 아동으로 시간, 공간, 세대를 초월하여 전달하고자 하는 의도에서 설화집을 편찬하였다. 이들은 조선 설화의 '전달자'이며 이런 역할은 설화를 '기술'함으로써 가능해진 것이다.

정인섭과 심의린의 텍스트에서는 서술자가 제한적으로 개입하고 있고 인물 초점화가 자주 사용된다. 앞서 언급했듯이, 구술 전승된 텍스트에서 요약적으로 제시된 어머니와 범의 만남이나, 선녀와 나무꾼의 지상 생활이 장면제시로 나타나는 것은 이 시대 설화 기술의 특징이다. 그 결과 어머니와 선녀는 스스로를 드러내는 것처럼 서술된다. 여성 인물 초점화는 여성의 인지와 정서를 설화 텍스트에 끌어들일 수 있는 가능성을 보여준다. 『온돌야화』의 〈해와 달〉에서 어머니는 호랑이를 향해 분노를 터뜨리고 스스로 팔과 다리를 자르고도 한쪽 다리로 뛰어간다. 모성 자체는 새로운 것이 아니지만 분노와 생명력을 통해 모성을 보여주는 것은 새로운 측면이다. 〈선녀와 나무꾼〉에서 선녀는 둘째가 태어났을 때 자신의 요구를 말하고, 받아들여지지 않자 셋째가 태어났을 때 의심을 누그러뜨리기 위해 준비하는 용의주도한 모습으로 그려지기도 한다. 『온돌야화』의 서술은 인물에게 스스로를 드러낼 기회 뿐 아니라 스스로를 참신하게 드러낼 기회를 제공한다.

심의린의 텍스트들 역시 남성과 여성의 초점화를 번갈아 사용하며 서술을 장면제시로 보여주는 경향이 있다. 『온돌야화』와 비교했을 때 차이는 여성이 인물 초점자인 경우가 상대적으로 제한적이며, 서술자에 의해 중개되는 지점이 있다는 것이다. 그렇게 드러나는 여성 형상은 설화에서는 낯선 것일 수 있어도, 전형적·전통적 여성상에서 크게 벗어나지는 않는다. 심의린의 텍스트는 여성이 드러나는 방식에서 새로움을, 드러난 여성의 내면에서 있어서는 전통성을 특징으로 한다. 심의린이 아동을 위한 설화의 전달자를 자처하고 있다는 점을 고려한다면, 직접 서술되는 여성의 내면은, 설화 문학이 가지고 있던 형상은 아니지만, 아동 독자들이 가지고 있던 친숙한 여성 전형을 환기시키고, 재구축하는 데 일조할 것이다.

손진태의 텍스트에서는 서술자가 강하게 개입하면서 여성 인물의 발화가 제한되고 그 결과 여성의 내면은 잘 드러나지 않는다. 〈일월전설〉에서 어머니의 내면은 전혀 나타나지 않으며 성적 이미지가 암시적으로 서술된다. 〈수탉의 전설〉에서는 선녀의 인용된 발화가 나타나지만 이는 거짓 내면을 보여주어 남편을 안심시키기 위한 것이다. 〈아랑형전설〉에서는 서술자 개입으로 여성의 발화가 서술자의 언어에 오염되는 것처럼 보인다. 여기에서 아랑은 남성 관원의 초점화로 드러나며,

자신의 언어로, 스스로 드러나지 못한다.

심의린과 정인섭은 인물들 사이를 움직이는 가변적·교차적 초점화를 사용해 서술할 때가 있다. 이때 호랑이와 어머니, 나무꾼과 선녀의 내면이 번갈아 드러난다. 손진태의 텍스트는 주로 외적 초점화를 사용한다. 결과적으로 이 텍스트들에서는 여성의 느낌과 정서가 거의 드러나지 않게 된다. 그의 여성 형상화에는 매개자인 남성—작가로서 손진태의 시각과 언어가 흔적으로 남아있다.

정인섭과 손진태는 모두 민족의 이야기를 일본에 전달하고자 하였다. 이때 정인섭은 객관적 전달자라기보다는 새로운 인물 형상화를 구축하는 '창조적 전달자'이다. 여기에는 그가 전공한 영문학이 영향을 미쳤을 가능성이 있다. 본고에서 분석한 손진태의 텍스트에는 민속학자로서의 성향보다는 개인적 성향이 더 부각된다. 손진태가 『조선민담집』에서 민속·신앙 관련 설화를 따로 구분하고 있다거나, 『조선민족설화의 연구』에서 설화의 기원·전파를 설명하는 것을 보면, 그에게는 민속학자 혹은 인류학자로서의 면모가 분명히 있다. 그러나 서사 텍스트에 드러나는 담론적 저자로서 그는 학자적 전달자라기보다는 '남성적 전달자'에 가깝다.

이상의 논의는 근대 설화집을 주요하게는 여성/남성, 기술/구술의 관점에서 읽은 것이다. 그간 이 분야를 연구하는 지배적 관점은 일제/조선의 민족적 층위에서 구성된 것이었다. 본 연구는 근대 설화집의 생산과 소비를 둘러싼 근대의 논리가 젠더적, 매체적, 대중적 관점에서 다양하면서도 다층적으로 구성될 수 있다고 본다. 그렇다면 근대 설화집 서술방식의 특징은 과연 근대적 가치를 지향하는 것인가 물을 수 있다. 과연 이러한 특징을 성취로 볼 수 있는가? 장면제시로 인물의 발화 기회가 제공되고, 인물의 심리가 제공되는 것은 설화 문학에서 진보적인 것인가? 가령 기술된 '선녀와 나무꾼'을 보면, 부부의 지상에서의 삶이 제시되면서, 이들의 서로 다른 내면이 드러나게 되고 선녀의 본심은 억압될 수밖에 없었다. 이는 구술 채록본에서 해당 부분이 생략되고 요약되면서, 남성과 여성 모두의 내면이 평등하게 드러나지 않았던 것과는 다른 양상이다. 전통 설화 구연에서 인물 내면의 부재가 청중의 상상력 확대를 가능하게 했다면, 근대 설화집은 양상에 있어서는 다양하고 다층적이며, 가치에 있어서는 착종적이라고 할 수 있다.[38]

구술되던 설화는 기술되고 기술되던 설화는 다시 구술된다. 근대 설화집으로 기술되었던 설화들은 이후 구술 설화에 영향을 미치기에, 근대 설화집에 대한 논의는 중요하며, 앞으로도 계속되어야 할 것이다. 이상의 논의는 몇 편의 텍스트를 통해 추론된 것으로, 개별 텍스트에 드러난 서술방식과 여성 형상화에 대한 연구, 근대 다른 설화집에 대한 연구를 축적하면서 보완되어야 할 것이다.

---

38) 현대 출판되는 전래동화집의 근간은 이들 근대 설화집에서 출발한다. 현대 전래동화집이 전래동화답지 않다거나, 교조적 목소리를 드러낸다면 그것은 근대 설화집 형성 과정에서 노정된 한계 때문일 수 있다. 근대 설화집에 드러난 인물 내면의 재현에 대한 증가된 관심이, 의도치는 않았겠지만, 부정적 영향을 미쳤을 가능성을 외면할 수는 없다.

여성적 다시쓰기,
김동환의 전설 개작 양상

1.서론

시인이자 극작가로 알려진 파인 김동환(金東煥 : 1901~?)은 전설을 다
시쓰기 한 '八道傳說巡禮'를 대중잡지 『별건곤(別乾坤)』[1]에 게재하였다.
전설을 비롯한 고전 다시쓰기는 주로 하나의 서사 장르 안에서 행해지
는 작업으로, 고전을 현대화하는 등 독서대중들이 쉽게 읽을 수 있도록
문장을 다듬어 보급하는 일을 말한다.[2] 본고에서 '다시쓰기'는 개작과
유사한 용어로, 선행 텍스트를 다시 읽는 과정과 그 결과로 산출된 텍

---

1) 『별건곤』은 1926년 11월 1일자로 창간되었고, 1934년 8월 통권 74호로 종간되었다.
1926년 8월 『개벽(開闢)』이 일제의 탄압으로 강제 폐간되자 그 대신 내놓은 잡지이
다. 『개벽』과 달리 취미와 실익을 위주로 한 대중잡지이다. 〈취미와 실익 위주의
대중지 별건곤〉, 『한국잡지백년』 2, 현암사, DB., 2004.
2) 권혁래, 「고전소설의 다시쓰기 출판물 연구 시론」, 『고소설연구』 30집, 한국고소설
학회, 2010, 5면. 이론적 맥락에 따라 '다시쓰기'는 저항적 의미를 함축한다. 식민주
의가 남겨 놓은 제국중심 담론에 대한 전유나 남성적 지배질서에 대한 여성적 저항
의 의미를 가진다. 그러나 본고에서 '다시쓰기'는 시대나 독자에 따라 이야기를 조정
하는 재화(再話)의 의미로 사용한다.

스트를 모두 포함하는 것이다.

다시쓰기는 21세기 새로운 글쓰기 미학[3]이다. 다시쓰기가 21세기에 조명 받는 것은 현대 기술의 발전으로 하나의 텍스트를 다양한 매체에서 재생산할 수 있게 되었기 때문이다. 현대 사회에서 다시쓰기가 활발하게 이루어지기는 하지만 다시쓰기가 없었던 시대나 문화를 생각하기는 힘들다. 특히 20세기 초반에는 고전을 다시쓰기 한 텍스트들이 다수 생산되었다. 20세기 초는 '전통의 호출' 혹은 '전통의 발명'을 통해 당대에 제기된 질문에 답하려고 했던 시기이다. 고전을 통해 정체성을 재구성하려는 시도들이 이루어졌고 그 일환으로 고전을 다시쓰기 하는 경우가 빈번했다.

설화 다시쓰기에 대한 기존논의는 전래동화나 외국 번역물 등 다시 쓰인 텍스트를 대상으로 개작이 함의하는 비판적 문제를 제기하기도 한다.[4] 또한 기존논의는 다시 쓰인 텍스트가 아니라 다시 쓸 텍스트를 위한 방안을 모색하는 방향으로 이루어지기도 했다. 현대 다매체에서 설화의 새로운 스토리텔링[5]이나 적합한 아동용 독서물[6]을 생산하기 위한 논의가 그것이다. 또한 설화 다시쓰기의 교육적 효과를 통해 글쓰기[7]와 국어 교육[8]에서 설화의 새로운 소통 가능성을 타진하는 논의도

---

3) 정정호, 「"다시쓰기"와 창조로서의 "모방"-드라이든의 셰익스피어 개작의 예」, 『비교문학』 43집, 한국비교문학회, 2007, 142면.

4) 오세정, 「한국 전래동화에 나타난 설화 다시쓰기의 문제」, 『한국문학이론과 비평』 65집 2014, 5~29면; 오윤선, 「외국인의 한국설화 다시쓰기 양상」, 『우리문학연구』 43집, 2014, 191~228면.

5) 신선희, 「구비설화 다시쓰기와 새로운 상상력」, 『구비문학연구』 29집, 한국구비문학회, 2009, 1~15면.

6) 신선희, 「설화 다시쓰기와 Storytelling : 《흥부전》을 중심으로」, 『장안논총』 제32집, 장안대학교, 2012, 1011~1031면; 어수정, 「〈호랑이와 곶감〉의 다시쓰기를 위한 연구」, 한국교원대학교 석사학위논문, 2015.

있었다.

이상의 논의는 전문가의 문화상품과 학생의 과제물, 생산된 텍스트와 생산될 텍스트를 아우르면서 다시쓰기의 다양한 가능성을 보여주었다. 그러나 기존 연구는 민담을 중심으로 다시쓰기 한 텍스트에 국한되어 있어, 다른 설화 장르를 대상으로 다시쓰기의 가능성을 타진할 필요가 있다. 또한 현재와 미래의 텍스트에 대한 논의에서 벗어나 과거에 다시 쓴 많은 텍스트에 대한 논의가 절실하다. 본고는 김동환이 근대에 다시 쓴 전설을 대상으로, 다시쓰기가 젠더적 함의를 가질 수 있음을 보여주고자 한다.

다시쓰기는 시간상으로, 논리상으로 선행 텍스트를 전제한다. 그러나 전작에 대한 모방이나 도용이 아니라, 선행 텍스트에 대한 해석적 행위이며 결국은 창조적 행위이다. 여기에는 장르의 의미화 체계, 개인적 동기와 문화가 관여한다. 본고에서는 김동환의 〈팔도전설순례〉가 무엇을, 어떻게 다시 썼는지 살펴볼 것이다. 이를 통해 왜 다시쓰기를 했는지 추론할 수도 있지만 이에 대한 답을 얻는 것이 궁극적인 목적은 아니다. 다시쓰기를 함으로써 저자가 제공하는 대답은 다시 쓴 텍스트 안에서 해석될 수밖에 없고 이는 저자의 의식과 무의식 뿐 아니라 문화의 의식과 무의식의 영역을 포섭하기 때문이다.

본고는 다시 쓰인 텍스트의 변형이 선행 텍스트에 대한 저자·문화의 의식적·무의식적 의도의 산물임을 전제하면서 김동환의 전설 다시쓰

---

7) 조은상, 「설화 〈해와 달이 된 오누이〉 다시쓰기 양상과 서사적 특성」, 『문학치료연구』 33집, 한국문학치료학회, 2014, 71~111면; 김보경, 「설화 다시쓰기를 통한 서사적 글쓰기 지도방안 연구」, 조선대학교 석사학위논문, 2010.

8) 정우칠, 「설화 '다시쓰기' 연구 : '동명왕 신화, 지네장터, 우정의 길'을 중심으로」, 영남대학교 석사학위논문, 2004.

기를 연구한다. 본고는 이를 젠더의 관점에서 접근하고자 한다. 텍스트의 젠더에 대한 연구는 텍스트의 성에 대한 연구로 수렴된다. 인물이나 작가가 아니라 텍스트 자체가 젠더의 차원에서 규정될 수 있다고 보는 것이다. 성적 정체성은 생물학이나 내적 요소에 의해 결정되지 않는다. 언어의 작용에 의해 습득되는 것이다. 라캉은 성차가 발화와 언어의 결과라고 하여 텍스트의 성을 논할 수 있는 가능성을 열었다. 그에게 '담화 이전의 현실은 없으며, 남자, 여자, 그리고 아이 모두 기표'[9]이다. 남성과 여성의 성적 정체성의 차이는 담화 이전의 생물학적 천성이 아니라 기표의 차원에서 형성되는 상징체계의 산물이다. 본고는 김동환이 선행 텍스트를 해석하고 다시쓰기 하는 과정뿐 아니라 그렇게 산출된 텍스트가 어떻게 젠더적 관점에서 이해될 수 있는지 살피고자 한다.

2. 김동환의 〈팔도전설순례〉와 선행 텍스트의 관계

'다시쓰기'와 유사하면서도 구분되는 것이 '각색'인데, 각색은 주로 소설과 영화 같이 서로 다른 두 매체가 상호 교차함에 따라 스토리 전환 작용이 일어나는 것을 말한다.[10] 김동환이 재생산한 전설 텍스트를 엄밀한 의미에서 각색이라고 보기는 어렵다. 다만 각색 이론을 빌어 김동환의 전설 개작 정도를 가늠할 수는 있을 것이다.

---

9) Jane Gallop, "Psychoanalysis and Feminism", *Feminism and Psychoanalysis*, Macmillian, 1982, 11면; 오연희, 「오정희 소설의 여성성 연구 : "옛우물"론」, 『한국문학이론과 비평』 1집, 한국문학이론과 비평학회, 1997, 271~272면 재인용.

10) 서성은, 「린다 허천의 각색 담론」, 『우리어문연구』 48집, 우리어문학회, 2014, 321면.

각색 이론은 서사의 영화화를 중심으로 발전했는데, 원전에 대한 충실도를 기준으로 각색의 정도를 명명하는 경향이 있다. 김동환의 개작은 선행 텍스트에 충실한 축자적 각색은 아니다. 마이클 클라인과 길리안 파커의 용어를 이용하자면, 김동환의 개작은 원작의 핵심적 서사 구조를 유지하면서 원작을 독창적으로 재해석한 '비판적 각색'이거나, 원작의 재연에는 별 관심이 없고 오로지 원작을 기본 소재로만 이용하여 새로운 텍스트를 창안해 낸 '자유 각색'으로 보인다.[11] 비판적 각색과 자유 각색을 나누는 가장 큰 기준은, 새로 탄생한 텍스트가 원작을 바로 연상시키는가의 여부에 있다. 비판적 각색은 원작을 바로 연상시키지만 자유 각색은 그렇지 않다. 이때 자유 각색은 의도성의 측면에서 각색보다는 상호텍스트성과 유사해 보이기도 한다. 비판적 각색은 원작을 바로 연상시키면서도 제작자가 의도적으로 원작을 변형한다. 이런 점에서 김동환의 다시쓰기는 자유로운 것이라기보다는 비판적인 것이다. 선행 텍스트의 많은 부분이 수정되기는 했지만, 그의 텍스트는 〈장자못 전설〉이나 〈낙화암 전설〉 등과 직접적 영향 관계를 상정하며 읽힌다. 김동환의 다시쓰기는 선행 텍스트를 충분히 연상시키면서도 그와 다른 텍스트를 생산하는 방식으로 이루어졌다. 그렇다면 그의 개작에 나타나는 변형의 문법이 무엇일까 궁금해진다. 먼저 그가 무엇을 개작했는지 살펴보자.

앞서 언급한 것처럼 김동환은 1927년~28년에 『별건곤』의 '八道傳說巡禮'에 네 편의 전설을 다시쓰기 하여 발표하였다.[12] 김동환이 고전

---

11) 마이클 클라인Michael Klein과 길리안 파커Gillan Parker의 세 가지 각색 유형에 대해서는 이형식·정연재·김명희 공저, 『문학 텍스트에서 영화 텍스트로』, 동인, 2004, 18~19면.
12) 〈팔도전설순례〉 1, 2, 3편은 매 호 연재되었다. 마지막 편은 7개월만인 1928년 7월

텍스트를 다시쓰기 한 것은 이 네 편이 유일하다.

	제 목	게재지	게재년도
1	꼿가튼 娘子와 高僧의 哀戀悲史	별건곤 8호	1927.8.
2	海女와 勇士의 夫婦巖	별건곤 9호	1927.10.
3	香娘과 메나리꼿 노래	별건곤 10호	1927.12.
4	泗沘水까의 公主와 武士	별건곤 15호	1928.7.

선행 텍스트들은 구전과 기술을 오가면서 전승되거나 향유되었다. 〈꼿가튼 娘子와 高僧의 哀戀悲史〉는 〈장자못 전설〉을, 〈海女와 勇士의 夫婦巖〉은 〈임진왜란과 강강술래〉를, 〈香娘과 메나리꼿 노래〉는 '향랑'의 이야기를, 〈泗沘水까의 公主와 武士〉는 〈낙화암 전설〉을 선행 텍스트로 한다. 선행 텍스트는 관점에 따라서는 전설로 규정하기 어려울 수 있지만, 넓은 범위에서 보면 모두 전해져 내려온 이야기, 미토스이다.

〈장자못 전설〉은 욕심 많은 장자가 동냥중을 박대하는 것으로 시작한다. 이때 며느리(혹은 딸)가 나와 (시)아버지 몰래 시주를 한다. 중은 며느리에게 다음 날 일찍 집을 나와 산을 넘어가라고 하고 절대 뒤돌아보지 말라는 금기를 주지만 며느리는 지키지 못한다. 집터는 못이 되고 며느리는 바위가 된다. 김동환은 장자의 집을 찾은 중을 '젊은 중'으로 설정하고 장자의 '딸'과 사랑에 빠지는 이야기로 개작했다. 장자의 딸은 젊은 중을 쫓아 가다가 금기를 지키지 못해 돌로 변한다. 중 또한 사랑하는

연재되었으며 이를 마지막으로 연재는 중단되었다. 김동환은 1927년 5월부터 『조선일보』 기자 생활을 했다. 1929년 6월에 그는 삼천리사를 창립하여 종합잡지 『삼천리』를 발간한다. 당시 김동환은 시인, 극작가, 평론가로 활발한 작품 활동을 하였으며 2회나 3회만 연재했던 글들이 다수 있다.

여인의 죽음을 경험하고 스스로 염불을 외워 돌이 된다. 장자의 악행과 징치 사이에 금기와 위반이 나타나기는 하지만 승려와 딸의 관계는 시주를 주고받는 사이에서 사랑하는 사이로 변형된다. 이들은 일회적 만남이 아니라 반복적 만남을 가진다. 전체 시퀀스는 젊은 시중승과 처녀의 만남-번민-재회1-재회2…재회n-금기-위반-죽음으로 구성된다. 선행 텍스트의 금기와 위반은 처녀가 죽는 이유를 제공하는 것으로 축소된다.

〈임진왜란과 강강술래〉는 이순신 장군의 의병술에서 강강술래가 유래했다는 일종의 놀이 기원설이다.[13] 김동환은 여기에 이순신 장군 휘하 병사와 한 처녀의 사랑 이야기를 삽입한다. 병사 정남과 처녀 봉녀는 사랑하는 사이였는데 정남이 해전에 참가하면서 둘은 헤어진다. 이순신의 명량대첩이 승리로 끝난 후 정남을 보고 싶어 하던 봉녀는 파도를 가르고 헤엄쳐 정남을 만나고 함께 바다에 빠져 죽는다. 두 남녀의 만남-정남의 참전-승전-재회-죽음으로 구성되는 시퀀스에서 선행 텍스트 강강술래는 이순신의 승리를 위한 전술로 기능한다.

향랑은 계모와 남편의 구박에도 개가를 하지 않고 정조를 지키려한 조선후기 여성이며 그 이야기는 여러 편의 전(傳)으로 전승된다.[14] 김동환이 향랑의 전을 읽은 것인지, 아니면 구전되던 설화를 들은 것인지는 정확히 알 수 없다.[15] 〈香娘과 메나리꼿 노래〉에는 향랑을 사랑하던

---

13) 강강술래의 기원에 대해서는 고대 농경시대부터 행해지던 집단 가무의 놀이 형태가 이순신 장군에 의해 의병술로 이용되었다고 보는 것이 더 적절하다. 이에 대해서는 임동권, 「강강술래고」, 『한국민속학논고』, 선명문화사, 1971, 266~267면.

14) 향랑의 생애 전반을 기록하고 있는 것으로는 조구상(趙龜祥)의 〈향랑전(香娘傳)〉, 이광정(李光庭)의 〈임열부향랑전(林烈婦薌娘傳)〉, 이안중(李安中)의 〈향랑전(香娘傳)〉, 이옥(李鈺)의 〈상랑전(尙娘傳)〉이 대표적이다. 각각의 이본에 대해서는 박수진, 「향랑 고사의 변용 양상 연구」, 계명대학교 석사학위논문, 2000, 24면.

경남이라는 청년이 등장한다. 그는 향랑이 다른 곳으로 시집을 간다는
이야기를 듣고 상사병으로 죽는다. 향랑은 지주인 최상주(崔尙州) 아들
에게 시집가지만 남편의 학대를 받고 늪에 빠져 죽는다. 계모의 박대–
남녀의 만남–경남의 죽음–향랑의 출가–신랑의 박대–향랑의 죽음으
로 구성되는 시퀀스는 선행 텍스트와 유사하면서도 다르다. 김동환은
계모의 박대–향랑의 출가–죽음으로 이어지는 시퀀스에 경남이라는
가상의 인물과 향랑의 만남, 상사병으로 인한 경남의 죽음 시퀀스를
삽입한다.[16] 선행 텍스트에는 신랑의 박대와 향랑의 죽음 사이에 친정
으로 귀환–개가 권유와 거부의 단락이 더 나타나지만 김동환의 텍스트
에서는 모두 삭제된다.

　백제 멸망 후 삼천 궁녀가 낙화암에서 떨어져 죽었다는 〈낙화암 전
설〉 역시 김동환에게 개작 대상이 되었다. 김동환은 여기에 백제의 마
지막 공주를 등장시키고 그녀를 사랑한 무사의 이야기를 첨가한다. 백
제의 멸망으로 이들도 죽는다. 두 남녀의 만남–재회–전란–죽음으로
구성되는 시퀀스 가운데 〈낙화암 전설〉은 전란과 죽음의 원인을 제공
하는 후반부에서 중심 기능을 한다.

　〈꼿가튼 娘子와 高僧의 哀戀悲史〉는 함경북도 경성군 어랑면 장방동
에 있는 장연호의 전설이다. 함경북도 경성은 저자의 고향이기도 하다.
〈海女와 勇士의 夫婦巖〉은 전라남도 다해도(다도해의 오기인 듯), 명량협

---

15) 김동환이 주인공의 이름을 '香娘'이라고 하고 '朴自申'의 딸이라고 명기하고 있는
　　것으로 보아 그가 보거나 들은 이야기는 조구상(趙龜祥)의 〈향랑전(香娘傳)〉이거나
　　여기에서 파생된 설화일 것이다.

16) 경남의 상여가 향랑의 집 앞에서 움직이지 않았는데, 향랑이 나와 입던 옷으로 관을
　　덮어 주자 비로소 움직였다는 내용이다. 새로 삽입된 경남과 향랑의 이야기는 황진
　　이 설화 가운데 황진이를 사모해서 죽은 이웃 청년의 이야기와 유사하다.

부근 부부암을 증거물로 한다. 〈香娘과 메나리꼿 노래〉는 경상북도 구
미 금오산의 향랑연을, 〈泗沘水까의 公主와 武士〉 충청남도 부여군의
낙화암을 증거물로 한다. 이들은 각각 함경도, 충청도, 경상도, 전라도
지역의 전설로 언급된다. 네 편의 전설을 선택해 개작할 때 김동환은
지역적 다양성을 고려한 듯하다. 그러나 선택된 전설이 그 지역의 대표
성을 가지는지 확신하기는 어렵다. 가령 경상도에는 많은 남성 역사
인물 전설이 전승되지만 김동환은 '향랑'을 선택했다. 김동환이 선행
텍스트로 활용한 전설에서 여성은 주요 인물로 등장하며 주요한 기능
을 한다.[17] '여성의 이야기'는 김동환이 선행 텍스트를 선택할 때 중요
한 기준으로 작용한 듯하다.

　〈장자못 전설〉, 〈임진왜란과 강강술래〉, '향랑'의 이야기, 〈낙화암
전설〉이 모두 여성이 중요한 역할을 하는 이야기이기는 하지만 사랑의
서사는 아니다. 김동환은 선행 텍스트의 등장인물을 젊은 남녀로 변모
시키거나 젊은 남녀를 허구적으로 창조하고 이들의 만남, 재회, 죽음
을 서사화 한다.

　〈팔도전설순례〉는 서사를 구술 장르에서 기술 장르로 전환한 결과
물이다. 구술된 전설에 화자가 존재한다면, 기술된 전설에는 서술자가
등장한다. 이 서술자가 어떻게 사랑에 대해 서술하는가를 살펴보자.

---

17) 김동환은 각 전설을 선정한 이유에 대해서 설명하지는 않지만 향랑을 선택한 이유에
　대해서 다음과 같이 언급한다. "晉州의 矗石樓 다락 아래에는 萬古의 名妓 論介가
　잇지 안튼가, 또 南原에는 烈女 春香과, 開城에는 絕世美姬 黃眞이가, 平壤淸流壁에
　는 殉國女丈夫 桂月香이가 잇지 안튼가. 잇서서 길이길이 멧천년을 두고 그 꼿다운
　일홈들이 면해가지 안튼가, 그러나 치벽한 善山땅에는 우리 香娘에 이르러는 그 일
　홈이 너무나 흐르지 못 하엿다." 그는 논개, 춘향, 황진이, 계월향 등 여성의 서사에
　관심을 가지고 있었다.

3. 과잉된 감정의 수사와 모호한 역사의 담화

〈팔도전설순례〉의 여주인공은 자주 꽃으로 묘사된다. 중의 시각에서 묘사된 장자의 딸은 "실로 조곰만 적엇더면 강가에 핀 한떨기 꼿"이다. 봉녀는 "못단꼿" 같고, 향랑은 "인간의 한 떨기 꼿이니"이며 "동니의 꼿"이다. 백제의 마지막 공주는 "꼿가튼 얼골"을 가졌다.

〈팔도전설순례〉의 남성 주인공은 젊은 동냥중, 선비, 병사, 무사이다. 동냥중은 "꼿갈 쓰고 장삼 닙은 청초한" 모양으로 형상화되며 무사는 도포 자락을 날리는, 미목수려(眉目秀麗)한 모습으로 형상화된다. 젊고 아름다운 이들은, 강인하지는 않다. 군대에 지원해서 이순신의 병사가 되는 정남 역시 남성적이거나 강한 모습을 보이지는 않는다. 전투에서 그의 활약상이 문면에 서술되지 않는다. 활 잘 쏘는 선비 경남도 결국은 향랑을 못 잊어 자리에 눕게 된다.

이 서술자는 여성스런 여성과 여성화된 남성의 첫 만남을 서술한다. 동냥중은 쌀을 시주하는 장자부의 딸에게 한 눈에 반한다. 봉녀와 정남이는 홍합 따기 판에서 만난 뒤 죽고 못 사는 사이가 된다. 무명의 무사는 고란사에서 초파일 행사 때 공주를 보고 반한다. "그는 上의 압헤서 여러 무사들과 가티 劍舞를 하다가 저면 花傘 밋헤 안저 칼춤을 열심히 구경하고 잇는 공주를 보고 그만 정신이 아뜩하여지며 추든 칼을 땅에 떨구엇다. 그때 공주께서는 빙그레 우스며 겻헤 시녀를 식혀 얼는 달녀가 칼을 집어 주게 하엿다."

이들은 이성을 만나자마자 갑작스러운 감정을 느낀다. 이는 일종의 '절박함'을 특징으로 한다.[18] 부처의 도를 행해야 할 승려는 "부처도

---

18) 앤소니 기든스는 애착을 강하게 느끼는 사랑을 '열정적 사랑amour passion'이라고

모르는" 사랑으로 인해 고뇌한다. 젊은 처자는 애타하다가 밤에 몰래
집을 나와 사랑하는 이 앞에 자신을 던진다. 봉녀와 정남의 사랑 역시
"물결가티 긔운차고 바다 바람가티 맹렬한 것"으로 묘사된다. 이들은
절박한 마음에 임무를 방기하거나 규율을 위반하기도 한다. 시주승은
불공과 동냥보다는 처녀를 만나는 일을 더 중시한다. 급기야 그는 10년
입도하여 성불하고도 장자의 딸과 함께 떠난다. 무사는 공주를 만나기
위해 궁궐의 담을 뛰어넘는다. 정남은 일본과의 해전이 끝난 뒤 진영을
나와 봉녀를 만나려고 험한 파도를 헤친다.

　두 명의 인물이 등장하고 이들이 동시에 사랑에 빠지는 스토리를 서
사화하기 위해 서술자는 순차적으로 한 명씩 서술하는 방식을 택한다.
장자의 딸을 만난 후 황홀해 하면서도 번민하는 젊은 승려의 마음, 참
전한 정남의 생사를 가슴 졸이며 기다리는 봉녀의 마음, 향랑이 마을에
서 사라진 후 경남의 마음, 한 번 본 공주를 사모하는 무사의 그리움이
서술된다. 이 서술자는 다른 한 명의 내면에 대해서는 말을 아낀다.
경남이 향랑을 만나고 몰래 사랑하던 것에 대해서는 말하지만, 향랑의
마음에 대해서는 말하지 않는다. 정남의 생사를 궁금해 하는 봉녀에게
초점을 두어 서술함으로써 봉녀가 바다를 헤치며 나아가는 이유를 알
려 주지만, 그때 봉녀를 향해 오는 "까만 구름장"의 정체에 대해서는
침묵한다. 마찬가지로 무사가 담을 넘어 공주를 엿보게 되었을 때 공주

──────────────────

불렀다. 그에 의하면, 열정적 사랑은 틀에 박힌 일상과 다를 뿐만 아니라, 실제로
일상적인 생활과 갈등을 빚기도 하는 어떤 급박함을 특징으로 한다. 타자와의 감정적
연루가 너무도 강렬해서 그런 사랑에 빠진 사람은 자신의 통상적 책무를 제대로 수행하
지 못한다. 그래서 열정적 사랑은 파괴적이고 위험하다. 기든스는 이 세상 어디에서나
열정적 사랑이 결혼의 필요조건이나 충분조건으로 간주된 적이 없고 오히려 대부분
문화권에서 결혼생활의 골칫거리로 여겨지는 것은 당연한 일이라고 정리한다. 앤소니
기든스 저, 황정미 역, 『현대사회의 성·사랑·에로티시즘』, 새물결, 1996, 92면.

가 어떤 마음인지에 대해서 알려주지 않는다.

주인공이 한 명씩 초점화 됨으로써 독자들은 다음과 같은 질문을 한다. 그렇다면 그녀(그)도 그(그녀)를 사랑할까. 따라서 장자의 딸이 몰래 집을 나와 시주승의 절간에 나타났을 때 독자들은 놀라움을 느끼기도 한다. 향랑이 정남의 고백에 대해 "너 만이냐."라고 한 대꾸도 급작스럽다. 무사의 사랑 고백에 공주가 "사랑 앞에 안팎이 있겠느냐."며, 그녀 역시 무사를 사랑하고 있음을 밝히는 대목도 마찬가지이다. 서술자는 재회 전까지 한 사람의 내면을 주로 전달하고 이들이 재회했을 때 서로 같은 마음이었음을 알려준다. 서술자는 드러냄과 숨김을 통해 사랑을 극적인 것으로 만든다. 이 과정에서 사랑의 방향성에 대한 질문을 구성하고 그에 대한 답을 알려준다. 결국 인물들의 사랑은 짝사랑이 아닌 상호 간의 사랑임이 밝혀진다.

사랑에 대한 질문과 대답이 마련되기는 하지만 이 서사가 직선적인 것은 아니다. 서술자는 처음 만난 이성에 대한 감정과 재회한 후 인물이 가졌던 감정에 대해 반복적으로 서술한다. 이때 그는 '아름다운', '황홀한', '애연히', '슬픈', '열렬하게 사모하는', '애달픈', '하염없는', '간절한', '애타는' 등의 감정을 표현하는 형용사와 부사의 과잉 수사들을 사용한다. 텍스트에는 '사랑과 불길의 법도', '가랑잎 같이 흔들리는' 마음, '물결같이 기운차고 바다 바람같이 맹렬한' 사랑, '정렬의 불길', '육신을 태워버릴 듯'한 정열 등 마음과 사랑을 표현하는 비유들이 넘친다. 또한 "낭자여!" "봉녀야!", "경남아!", "공주님!" 등 사랑의 대상을 호명하는 느낌표가 남발된다.

이런 감정이 묘사되고 표현되고 강조될 때 스토리의 시간은 흐르지 않는다. 플롯 진행은 직선적으로 발전하지 못하고 지체된다. 특히 이

사랑의 서사에는 운문이 삽입되면서 그러한 과잉과 중복이 배가된다.

> 간다간다 나는 간다. 님 따라서 나는 간다.
> 바늘 가는데 실 안 가랴 열두 바다 건너 나는 간다.
>
> 이 몸이 꽃이면
> 부는 바람에 날려
> 저 담장을 안 넘으리
> 넘어서 길바닥에
> 우시시 떠러저
> 밟히지나 안으리.
> 가섯다 오시는 길이나
> 오셧다 가시는 길에
> 매양 발피지 안으리.

이러한 운문들은 경남을 쫓는 봉녀의 심정과 공주를 사랑하는 무사의 심리를 대신하는 역할을 한다. 〈강강술래〉와 〈미나리꽃 노래〉 같은 민요도 곳곳에 삽입되어 이들의 사랑과 비극을 강조한다. 서술자가 사랑의 감정을 보여주기 위해 선택한 과잉 수사와 운문은 아무리 말해도 이들의 사랑이 충분하지 않다는, 언어를 넘어서는 사랑을 강조한다. 감정을 분출하는 형용사와 비유들은 언어가 불충분하다는 감각을 전달하고 독자에게 전달되는 정서적 효과를 극대화한다.[19] 이러한 운문은 말로 표현하기 어려운 이심전심의 감정을 전달하면서 이들의 재회 혹은 사랑의 귀결을 지연시키고 플롯의 발전을 지체시킨다.

이들은 서로의 마음을 확인하지만 살아서 사랑을 이루지는 못한다.

---

19) 이는 피터 브룩스가 멜로 드라마적 상상력의 언어적 측면으로 언급한 것이다. 리타 펠스키 저, 김영찬·심진경 역, 『근대성의 젠더』, 자음과 모음, 2010, 228면.

사랑을 선택하여 아버지를 떠나기로 한 장자의 딸은 돌아보지 말라는 금기를 위반하여 돌이 된다. 등장인물은 가족보다 사랑을, 부처보다 사랑을, 군대보다 사랑을, 목숨보다 사랑을 선택한다. 이렇게 죽은 이들은 바위가 되기도 하고 죽은 자리는 연못으로 남기도 한다. 이들은 죽음으로써 영원하거나 진실한 사랑을 전달한다.

〈팔도전설순례〉에는 사랑뿐만 아니라 역사를 말하는 서술자[20]가 존재한다. 이 서술자는 특히 임진왜란을 배경으로 하는 〈海女와 勇士의 夫婦巖〉, 백제의 패망을 배경으로 하는 〈泗沘水까의 公主와 武士〉에서 두드러진다. 〈海女와 勇士의 夫婦巖〉에서는 서술자가 역사적 배경에 대해 요약적으로 설명한다.

> 병선 80여척을 거느리고 거제양해협에서 적의 수군 수백척을 기대리고 잇든 만고의 명장 李舜臣이가 지금 전기가 익어 왓슴으로 바다물이 깁고 널너 싸우기에 조흔 이곳으로 오는 길이라. 배마다 智勇이 過人하고 나라 사랑하는 정성이 불가튼 조흔 남아들이 가득찬 백 여척을 압뒤에 거느리고서 이제야 말로 한산도해전의 복수뿐 아니라 일거에 팔도를 밟자하는 그 불의의 병마를 끈케하기 위하여 조국의 흥망을 걸고서 대해전을 하자는 판이다.

이 서술자는 이순신이 한산도 해전의 복수를 위해 백 여척을 거느리고 거제도에서 기다리는 것처럼 묘사한다. 역사적으로 볼 때 이순신은 한산도 해전에서 대승을 거두었다. 이순신이 복수를 해야 한다면 그것

---

20) 채트먼의 개념이다. 주석적 서술자는 일종의 전지적 서술자이다. 주석적 서술자는 인물의 내면을 설명하는 것 외에도 시간이나 사건을 요약하거나 배경이나 인물을 직접 묘사한다. 스토리에 관한 주석적 설명을 하기도 한다. 박진, 「서사학과 텍스트 이론」, 소명출판, 2014, 71면.

은 원균의 칠천량 해전에 대한 것이어야 한다. 텍스트에서 이 해전의
이름은 각각 다르게 명명된다. '명량해전'이라고도 하고 '우수영대해
전'이라고도 한다. 실제 명량대첩은 왜군의 서해 진출을 저지하기 위한
싸움으로 그 격전지는 해남 우수영 근처 바다였다. 명량대첩 때 이순신
이 가졌던 배는 13척에 불과했다. 〈海女와 勇士의 夫婦巖〉에서 서술자
의 설명은 역사적으로 정확하지 않다.

　전통적 전설의 화자가 말하는 역사가 반드시 실재 역사와 부합하는
것은 아니다. 전설의 화자는 정교한 수사를 통해 전설을 역사로 믿게
한다.[21] 전설의 화자는 "세계와 세계를 구성하는 대상들을 발견하는
것이 아니라 만들어 내는 것이다."[22] 〈팔도전설순례〉의 주석적 서술자
는 그런 정교한 세계를 만들어내지 못한다. 그는 이순신의 배가 백 여
척이라고도 하고, 팔십 척이라고도 한다. 해전의 장소가 거제인지 '우
수영과 珍島 及 다해도의 중간 바다되는 鳴梁峽'인지도 확실하지 않다.
〈泗沘水까의 公主와 武士〉에서는 월정교와 명정전을 '백제궁'의 일부
로 그린다.[23] 부여의 지명에 경주와 경성의 고유명사가 섞이면서 '백제

---

21) 김영희는 '전설'을 말하는 것이 '역사'를 말하는 것으로 인식된다는 것과, '전설' 속
　　사건이 역사적으로 실재했던 것으로 인식된다는 것 사이에는 논리적 연관성이 없다
　　고 본다. '전설'이 공동체의 역사로 인식될 수 있으되 그것이 곧 역사적 실재성을
　　보증하는 것이 아니기 때문이다. '역사를 말하는 이야기'로서의 '전설'은 일종의 수사
　　적 전략이며, 이런 전략이 연행에 참여한 이들의 '믿음'을 이끌어낸다. 김영희, 「역
　　사 인물 이야기의 연행과 공동체 경계 구성」, 『고전문학연구』 42집, 한국고전문학연
　　구학회, 2012, 209~210면.
22) 예를 들어 별이란 이미 그런 식으로 고정되어 존재하고 우리는 그저 그것을 발견하면
　　되는 것이 아니다. 어떤 천체들을 개별화하고 그것들을 동일한 것으로서 분류하는
　　기호 체계를 구성함으로써 별을 만들어내는 것이다. 굿맨, 『사실, 허구 그리고 예측』
　　(해제), 서울대학교 철학사상연구소, 2004. 전설의 화자가 구사하는 체계적 수사는
　　세계를 구성해내는 기호 체계이기도 하다.
23) 월정교는 경주 반월교 남면에 있는 문천을 흐르는 다리이다. 명정전은 창덕궁의 정

궁'은 탈역사적인 곳이 된다. 김동환이 창조한 주석적 서술자는 하나의
텍스트에서 상충되는 역사적 진실을 말함으로써 전설의 역사성과 권위
를 약화시킨다.

〈팔도전설순례〉의 서술자는 역사 속 사랑을 말한다. 사랑의 감정에
대한 묘사, 그것을 숨기고 드러내는 기교에는 강한 반면 역사적 사실에
는 비교적 어둡다. 서술자는 사랑을 위해 역사를 빌린다. 이런 서술자
의 모습은 실제 작가인 김동환의 모습과 겹쳐지기도 한다. 김동환은
연애지상주의자로 불리기도 했다. 그에게 중요한 것이 사랑이고 역사
는 배경일 뿐이라면 사랑이 지속될 수 있는 그곳은 어디라도 무관할
수 있다. 김동환의 전기적 행적에 대한 비판이 상기되는 지점이다.

4. 전설의 젠더화

과잉된 감정의 수사와 탈역사화된 담화인 〈팔도전설순례〉는 전통적
전설 장르를 어떻게 변화시켰을까? 이를 설명하기 전에 김동환이 전설
에 관심을 가지게 된 계기와 전설에 대한 인식을 살펴보는 것이 좋을
것이다. 이 두 가지는 김동환의 경우 긴밀하게 연결되어 있다.

근대 전설을 표방한 단행본이 처음 출간된 것은 1919년 미와 다마키
(三輪環)의 『전설의 조선(傳說の朝鮮)』으로, 동경 박문관(博文館)에서 출
판되었다. 이 『전설의 조선』과 김동환의 〈팔도전설순례〉의 서문을 비
교해 보면 둘이 유사하다는 것을 알 수 있다.

전이다.

세계 어느 나라든 어느 마을이든 전설이 없는 곳은 없다. 무릇 인류가 서식하여 일정한 해가 지나면 정사와 야승(野乘)도 생겨나지만, 한 편으로 구비전설이 그 사이에서, 아니 그 이전부터 생겨나, 입에서 귀로 귀에서 입으로 단편적으로 바람과 꿈처럼 사람들 뇌리에 들어와 가슴에 스며드는 것이다. 그리고 전설에는 오늘날 과학적 견지에서 보면 괴기, 불가사의, 불합리하다고 인정되는 것이 적지 않다. 따라서 세인들은 황당무계라는 네 글자로 이를 평하고 결국에는 하나의 웃음거리로 치부하는 자가 많다. 그러나 우리는 그 황당무계함 속에서 일종의 흥미를 환기시킬 수 있다고 생각한다. 전설에도 이면(裏面)의 소식을 충분히 엿볼 수 있는 것이 있다. 단지 유감스러운 것은 구비든 전설이든, 혹은 기억의 착오나 전문의 잘못이 있으며, 혹은 여기에서 저리로 저기에서 이리로 이동 전가(轉嫁)시키는 경우도 적지 않다. 이 때문에 동일 또는 유사 설화가 각지에 남아 있고, 그 근원을 파악하기 곤란한 것이 많다.[24]

사람 사는 곳에는 반드시 전설의 꽃이 핀다. 혹은 슬픈 것, 혹은 애처러운 것, 혹은 상쾌한 것 등. 그래서 입에서 입으로 가슴에서 가슴으로 떠돌아다니면서 만 사람의 품 막에 이상한 향기를 전해주고 간다. 우리도 사천년을 가튼 땅에서 한을이 주는 가튼 雨露를 마시면서 자라온 족속들이다. 들추어보면 녯날 선조의 살림을 엿보기에 족한 특수한 전설이 잇슬 것이다. 비록 그것이 구비문학시대에 난 것으로 황당한 것이 만흘 터이나 이것저것을 눌러보면 그 새에서 우리는 조선민족의 富한 시적 재능을 발견하는 동시에 取材상으로 보아 시대인심을 바로잡기에 노력한 귀중한 用意를 본다. 나는 이러한 흥미를 가지고 조선 각지에 떠다니는 전설을 채집하려 한 것이니 내종에 문학상 엇던 결론을 엇자는 것이 중요한 기도다.

---

24) 이시준·김광식, 「미와 다마키(三輪環)와 『전설의 조선』 考」, 『일본언어문화』 22집, 한국일본언어문화학회, 2012, 619면.

이 두 서문의 서술 방식을 보면, 문장의 내용뿐 아니라 그 순서까지 유사하다는 것을 알 수 있다. 미와 다마키는 전설의 편재성과 구술성을 논하는 것으로 시작하여 전설은 비논리적인 것("황당무계", "황당한")이지만 가치나 의의를 가진다고 본다. 특히 그는 전설을 파토스적 장르로 이해하는데 ("가슴에 스며드는 것") 김동환의 서문에서도 동일한 장르 인식이 나타난다. 전설이 "가슴에서 가슴으로 떠돌아다니면서 만 사람의 품 막에 이상한 향기를 전해주고 간다."는 것이다. 신화와 민담 역시 보편성, 구술성, 비논리성을 가진다고 할 수 있다. 그럼에도 불구하고 김동환이 신화와 민담이 아닌 전설을 택해 개작한 것은 그가 전설의 파토스에 매료되었기 때문이 아닐까 한다.

김동환은 1921년 21세에 동경 동양대학 문화학과에 입학하였다가 3학년 재학 중이던 1923년 관동대지진으로 학업을 중단하고 귀국하였다.[25] 1919년 출간된 『전설의 조선』은 일본에서 널리 읽혔고[26] 이후 일본에서 발간된 조선 전설집들의 근간이 되었다.[27] 김동환은 동경에서 미와 다마키의 『전설의 조선』을 접했을 가능성이 높다.

김동환은 미와 다마키의 영향 하에 있기는 하지만 그보다 정교한 장르 인식을 보인다. 『전설의 조선』은 설화를 하위 장르로 분류한 최초의 작품집이다. 『전설의 조선』에 수록된 이야기들은 산천, 인물, 동식물 및 잡, 동화로 분류된다. 여기에 포함된 개별 텍스트 가운데 신화와 민담이 다수 있다. 미와 다마키에게 전설의 외연은 설화와 거의 유사하

25) 김영식 편, 『파인 김동환 문학 연구』 1, 논문자료사, 1998, 10면.
26) 이에 대해서는 이시준·김광식, 앞의 논문, 628면.
27) 이후 해방 전까지 일본에서 '전설'이라는 제목을 달고 간행된 한국어 전설집이 17종이나 출판되었다. 이에 대해서는 김광식·이복규, 「해방 전후 시기 최상수 편 조선전설집의 변용양상 고찰」, 『한국민속학』 56집, 한국민속학회, 2012, 10면.

며 민담과 전설이 변별되지 않는다. 이는 1920년대 대부분의 설화 편찬자와 연구자가 가지는 한계이기도 하다. 1920년대 설화집들의 다양한 분류 방식은 전설 개념의 모호함을 단적으로 보여준다. 1920년대는 설화의 하위분류로 신화, 전설, 민담이 자리 잡지 못한 시기이다.

1920년대 '전설'은 명확한 장르명이라기보다는 설화 혹은 민담과 유사한 것으로 생각되었다. 적은 수의 텍스트를 통해 추론한 것이기는 하지만, 김동환은 전설을 형식적으로 규정짓는 것이 증거물이라고 인식하고 있었던 듯하다.[28] 〈팔도전설순례〉에는 이 텍스트가 전설임을 보여주는 메타적 기술이 각편마다 빠지지 않고 등장한다.

> 호수가 만년을 간다면 두 청춘남녀의 화석상도 만년을 가리라. 아니 호수는 마를지라도 人世에 이약이가 남어 잇고 하늘 따가 잇는 동안까지는 둘의 사랑을 꺼지지 안으리라. 년전에 그 곳을 지날나니 두 화석상에는 진달내꼿이 어즈러히 피엇고 두견새까지 울고 잇더라. 長淵湖는 咸鏡北道 鏡城郡 漁郎面 池坊洞에 잇는 것으로 호수의 구비가 99곡이라고 하야 유명하며 지금도 지방 사람들은 갓금 못물이 너머날 때에 張子富가 쓰든 식기와 금은수절 등을 줏는 일이 잇다한다. (〈꼿가튼 娘子와 高僧의 哀戀悲史〉, 『별건곤』 8호, 1927. 8.)

> 아, 임진난은 삼백년 전에 이미 지낫고 그 난중에 피엇든 봉녀와 정남이라는 꼿은 애처럽게 수중 고혼이 된지 오랫건만 이 노래와 이 춤은 아직 기터만고에 이 족속의 가슴을 흔들어 마지 안는다. 전남 海南 露梁廟에는 芳草萋萋한 속에 만고의 명장 李舜臣의 영혼이 길이 잠들어 잇는데 그 부근 多海島 압바다와 부부암은 삼백년래 아츨 저녁 물결을 끌어 안엇다

---

28) 우리나라에서 증거물 중심의 일관된 전설 장르 인식을 보여주는 것은 1944년 이홍기의 『조선전설집』이다. 이를 고려하면 김동환이 전설에 대한 장르 인식은 선구적인 것이기도 하다.

노앗다 하고 지난다. 봉녀야, 저 가을 하늘을 울고 지나는 외기럭 소리 듯느냐, 정남아, 너도 섬 속 참대 밧으로 애끗나게 흘너 들니는 머슴애의 저 옥통소 소리를 듯느냐, 올에도 가을이 왓다. 우수영 鳴梁峽 바다에, 수만 고혼이 오든 그 가을이 왓다. 봉녀야! 봉녀야! 혼이라도 하늘에 떠 잇거든 대답이나 하렴? (〈海女와 勇士의 夫婦巖〉, 『별건곤』 9호, 1927. 10.)

그때 떠러죽은 늡 일홈을 香娘淵이라하며 香娘이가 메나리꼿을 뜨더가며 부르든 소래가 애끗나고 구슬푼 저─얼얼널널상사뒤의 곡조니 메나리꼿 노래는 실로 이리하야 香娘의 입으로부터 지어지어 그 입으로부터 퍼진 것이라. 부르는 이 듯는 이 다가티 香娘의 슬푼 일생을 생각하여 그의 넉이라도 마음노코 떠다니도록 애끗난 마음으로 부를 것이라. 아마 이 노래는 경상도에 메나리꼿이 피는 날까지 기를 것이니 실로 香娘의 일홈은 이 메나리꼿 노래와 가티 길이길이 흐를 것일네라. 얼얼널널상사뒤. (〈香娘과 메나리꼿 노래〉, 『별건곤』 10호, 1927. 12.)

두 영혼을 차저 泗沘水까에 가면 唐將蘇定方 백제를 평정하얏다는 기념의 平濟塔이 웃뚝 소사잇고 마치 궁녀 하나하나가 한폭의 진달내꼿이 되어 산수를 곱게 꿈이듯 洛花巖邊에 진달내 곳이 물숙 피어잇다. 아모 것이나 두 송이만 따서 「공주야 무사야 잘 잇느냐」 하고 우리는 그 영혼이나 해마다 잇지 말고 불너 주자 너무 불상치 안으냐. (〈泗沘水까의 公主와 武士〉, 『별건곤』 15호, 1928. 7.)

서술자는 텍스트 말미에 각 이야기를 증빙하는 노래와 사물을 언급한다. 증거물들은 각각 장연호와 근처의 화석상, 강강술래와 해안가의 부부암, 미나리꼿 노래와 향랑연, 낙화암이다. 이 증거물을 설명하는 서술자는 공평하지 않다. 그는 악행과 처벌의 증거물인 장자못이 아니라 사랑의 대상인 화석상에 더 초점을 둔다. 장연호는 마를지라도 두 남녀의 화석상은 남아있을 것이라고 한다. 노량해전에서 죽은 이순신은 조용히 잠들었어도 다도해 앞바다의 부부암은 삼백 년 동안 (서로를 대신하여) 물결을 끌어안으며 생동한다고 말한다. 사랑의 증거물은 더 영원하며 가치 있는 것처럼 기술된다. 낙화암에서도 서술자가 말을 거는 대상은 이름 모를 궁녀가 아니라 공주와 무사이다. 사랑의 증거물이 아닌 것이 사랑의 증거물이 되기도 한다. 강강술래는 승전이나 공동체의 단결을 상징하는 노래가 아니라 봉녀와 정남의 사랑을 전하는 '가슴을 흔'드는 노래가 된다. 김동환은 비극적 사랑을 통해 전설을 파토스적 장르로 만든다.

이 전설은 젠더화 되기도 한다. 전설의 기표는 역사적이며 권위적이고 논쟁적인 것으로 생각되었다. 이러한 인식은 후대 연구자에게 정립된 것이기는 하지만 과거로부터 전해진 전설 텍스트를 대상으로 연구한 결과물이다. 김동환의 전설 다시쓰기는 사랑의 서사가 아닌 것을 사랑의 서사로 전환시킨다. 김동환의 다시쓰기는 (역사를 배경으로 하는) 남녀의 만남–재회–죽음의 직선적 시퀀스로 이루어지는 것처럼 보인다. 질문과 답으로 이루어지는 사랑의 진행이 플롯화 되기는 하지만 감상적·낭만적 수사와 운문의 빈번한 사용으로 플롯은 지체되고 과잉과 중복이 양산된다. 그 결과 여성스런 여성과 여성화된 남성은 더욱 여성화된다. 그의 전설에 역사를 말하는 권위적 서술자가 부재하는 것은 아니다. 그러나 그는 정교한 역사의 수사를 구축하는 데 실패한다. 김동환의 다시쓰기는 그 인물, 플롯, 언어의 차원에서 감성적, 낭만적, 과잉수사적이며 여성적이다.

5. 여성적 다시쓰기의 효과

앞서 언급한 것처럼 김동환의 〈팔도전설순례〉는 『별건곤』에 발표되었다. 『별건곤』은 '취미 독물'로 실용과 재미를 중시하는 대중잡지였다. 〈팔도전설순례〉가 독자들에게 재미를 제공했다면 그의 개작이 특히나 원작을 아는 이들에게 '반복과 차이의 혼합물' 혹은 '익숙함과 참신함의 혼합물'[29]을 경험하게 했기 때문일 것이다. 그의 혼합물은 사랑의 서사를 중심으로 한다. 스토리 자체가 오락성이나 대중성을 담보하지는 않는다. 그것을 어떻게 서술하는가가 중요하다. 김동환은 사랑의 감정을 숨기고 드러내는 전략을 구사한다. 이런 전략은 사랑의 진행에 대한 질문을 구성하면서 원작을 모르는 독자들도 집중할 수 있게 한다.

사랑의 서사가 중심이 되면서 전설의 장르적 성격은 약화 된다. 실제로 남녀의 사랑이 죽음으로 귀결되고 나면 서술자가 "이야기는 끝났다"고 말하기도 한다. 이야기가 끝났다고 서술이 끝난 것은 아니다.[30] 증거물에 대한 서술이 나오기 전까지 전설은 탈전설이 된다. 사랑의 서사가 끝난 곳에서 전설은 시작된다. 사랑의 서사에 이어 서술되는 내용은 증거물에 대한 것이다. 이는 마치 이야기가 끝난 후 여담처럼 기술된다. 증거물은 전설을 전설답게 하는 주요 장르 표지이다. 그러나 〈팔도전설순례〉에서 증거물에 대한 기술에는 별다른 중요성이 부여되지 않는다. 전설 장르는 탈전설화 되거나 주변화 되는 양상을 보인다.

전설은 다른 장르와 달리 지시 대상과 관계가 긴밀하다. 전설이 전설

---

29) Linda Hutcheon, *A Theory of Adaptation*, New York : Routledge, 2013, pp.120~128.

30) 장자의 딸과 젊은 중이 모두 돌이 되고 나서 서술자는 "이야기는 이에 끝났다."라고 쓴다.

로 존재하는 것은 증거물이 있기 때문이다. 김동환의 다시쓰기에서 증거물은 주변화 된 형태이기는 하지만 매 편 빠지지 않고 나타난다. 〈팔도전설순례〉의 대표적 증거물인 연못과 바위는 아내와 남편, 젊은 처녀와 총각의 사랑이 남긴 증거물이다. 이 사랑은 못 다한 사랑이다. 이들은 서로의 마음을 확인하지만 백년가약으로 이어지지 않는다.[31] 김동환의 전설에서 국토는 비극적 정조로 표상된다. 약하고 슬픈 것으로 표상된다. 김동환의 다시쓰기는, 그가 의도한 것은 아니더라도, 국토를 침입 가능한 취약한 공간으로 이데올로기화 한다.

근대 글쓰기 담론은 진보/퇴행, 사회/개인, 이성/감성, 공적/사적, 남성/여성의 대립항으로 구성된다. 김동환은 '황당무계'한 과거의 장르를 선택, 낭만적 사랑 이야기를 생산했으며, 이는 인물, 언어, 서술의 영역에서 플롯의 지체와 감성의 과잉 수사를 특징으로 한다. 그의 다시쓰기는 근대를 구성하는 후자의 담론 영역에 배속된다. 이러한 다시쓰기는 전설과 그 지시 대상으로서의 국토를 여성의 영역으로 젠더화 한다. 나아가 젠더화 된 감정의 과잉 수사학이 전설과 결부되면서 전설을 미성숙하고 불완전한 것으로 담론화 한다.

미성숙하고 불완전한 것들은 귀환을 통해 새로운 가능성을 열기도 한다. 김동환의 다시쓰기가 근대의 이성 중심주의적 담론에 유의미한 균열을 가한다고 보는 것이 불가능한 것은 아니다. 그러나 이에 대해서 또 다른 논의가 필요하지 않을까 한다. 가령 '민요조 서정시'는 김동환의 시세계를 특징짓는 요소였다. 그는 1920년대 중반기를 지나면서 민요조 서정시에 속하는 작품을 발표하기 시작한다.[32] 〈팔도전설순례〉에

---

31) 부부암의 주인공들조차 결연을 한 적이 없다. 그래서인지 해안에 나란히 선 두 개의 바위가 부부암이 아니라 형제암이라고 불리고도 한다.

는 〈강강술래〉, 〈미나리꽃 노래〉 등 민요가 삽입되어 일정한 서사적 기능을 한다. 김동환의 민요, 전설, 민요조 서정시에 대한 관심은 서로를 촉발시킨 것으로 보인다. 김동환에 대한 작가론적 관점의 논의 혹은 문학사적 관점의 논의에서 불완전해 보이는 것들의 유의미한 귀환을 검토해 볼 수 있었으면 한다.

32) 김용직, 「격랑기의 시와 문학자의 길-파인 김동환론」, 김영식 편, 『파인 김동환 문학 연구』 1, 논문자료사, 1998, 51면.

무대에서의 전래동화 구연의 두 가지 방식[*]

1. 서론

본고는 설화 연행 특히 전래동화[1] 구연에 개입하는 비언어적 요소ㆍ언어적 요소들과 함께 그것들에 해석의 틀을 제공해 주는 콘텍스트를 탐구함으로써 설화 연행을 총체적으로 연구하는 것을 목적으로 한다. 특히 비언어적 의사소통에 대한 연구는 의사소통 분야에서도, 연행 분야에서도 상대적으로 조명을 받지 못했지만 매우 중요하다. 비언어적 의사소통은 상호작용에서 우선권을 가진다. 전체 인류의 역사적 발전 과정에서 보았을 때, 언어적 의사소통을 하기 이전에 비언어적 의사소통을 하였으며 개인사적으로 보았을 때에도 비언어적 행동이 일반적으

---

[*] 이 논문은 윤인선과 공동으로 쓴 논문이다.

[1] 전래동화와 일반 설화는 '수용자'의 측면에서 차이를 가진다. 구전되는 옛날이야기를 설화라고 한다면, 전래동화는 그 가운데 '아동에게 적합한 이야기'이다. 전래동화는 민간 설화 가운데 아동들의 심리나 정서를 고려한 이야기라고 할 수 있다. 조성숙, 「한국 전래동화의 연구」, 경남대학교 박사학위논문, 2009, 3면; 손동인, 『한국 전래동화 연구』, 정음사, 1984, 16면; 이재철, 『아동문학개론』, 서문당, 1998, 245면.

로 언어적 행동에 앞선다. 본 연구는 연행을 연구하는 데 있어 언어적 의사소통뿐만 아니라 비언어적 의사소통도 고려해야 한다는 문제의식에서부터 출발한다. 비언어적 의사소통이 언어적 의사소통과 관련되는 방식은 여러 가지이다. 비언어적 의사소통과 언어적 의사소통은 서로 양립 가능한 의미를 만들어내기도 한다. 비언어적 의사소통이 언어적 의사소통을 보완하거나 반복하는 것이 가능한 것이다. 가령 칭찬을 하면서 엄지손가락을 들어 올린다면 이 두 가지는 서로 양립 가능한 의미를 생산한다고 할 수 있다. 그러나 비언어적 의사소통이 만들어내는 의미와 언어적 의사소통이 만들어 내는 의미는 양립 불가능한 것일 수도 있다. 가령 칭찬을 하면서 제3자에게 한쪽 눈을 찡긋해 보일 수도 있는 것이다.

설화 연행은 화자가 말하는 '이야기'라는 언어적 요소 외에도 여러 가지 비언어적 요소로 이루어진다. 화자의 표정, 제스처, 화장, 신체적 조건, 목소리의 크기·속도 등 다양한 비언어적 요소들은 화자의 연행에 개입하면서, 언어적 측면을 강조하기도 하지만 새로운 의미를 만들어내기도 한다. 이 가운데 본고에서는 특히 본격적인 언어적 의사소통이 이루어지기 전에 연행에 영향을 미칠 수 있는 비언어적 의사소통 요소들에 초점을 맞추려고 한다. 비언어적 요소들은 화자들이 구연을 시작하기 이전에 이미 연행에 개입하면서 청자에게 화자에 대한 정보를 제공하며, 그것을 토대로 청자는 화자의 연행에 대한 일정한 밑그림을 만들어낸다.[2]

---

2) 자세, 걸음걸이, 머리모양, 음색 등 모든 비언어적 행위는 관찰자에게 어떤 밑그림을 그리게 하며, 그들이 하는 말을 해석하는 지시 틀을 제공한다. Judee K. Burgoon, Laura K, Guerrero, Kory Floyd, *Nonverbal Communication*, Pearson Education, Inc., 2010, p.6.

사실 전통적 이야기판에서는 연행을 시작하기 전 대부분의 청자들은 화자에 대한 밑그림을 가지고 있다. 이들은 동일한 지역 공동체의 구성원들로 서로의 개인사, 가족사, 성격, 직업, 학력, 관심사 등을 알고 있을 뿐만 아니라 청자들은 화자의 구연 능력·방식·목록에 대해서도 어느 정도 알고 있다. 전통적인 이야기판이 해체되면서 더 이상 화자와 청자가 서로에 대한 구체적 앎을 바탕으로 구연이 진행될 수 없게 되었다. 새로운 이야기판에서 청자들은 화자에 대해 전혀 알지 못하는 상태에서 구연에 참가한다. 그러나 이 새로운 이야기판에서도 본격적인 구연 전에 청자가 화자에 대한 힌트를 얻을 수 있는데 그것을 가능하게 하는 것이 바로 비언어적 행위이다.

앞서 언급한 것처럼 연행은 언어적 요소 외에도 비언어적 요소로 이루어지며, 텍스트뿐만 아니라 텍스트를 포함하는 행동 영역이나 사건 상황event situation, 즉 콘텍스트로 이루어진다. 언어적-비언어적 요소들의 관련 양상은 텍스트에 대한 분석의 두 가지 측면을 구성한다. 그렇다면 언어적 요소와 비언어적 요소를 아우르는 것만으로 연행을 총체적으로 연구했다고 하기 어렵다. 텍스트에 적절한 해석의 수단을 제공해 주는 콘텍스트에 대한 연구가 병행되어야 하기 때문이다.

콘텍스트는 전통적으로 '일련의 기정된 주변 여건a set of pre-given outside surroundings'으로 이해해 왔다. 말리노프스키Malinowski는 '상황 콘텍스트'의 개념을 통해 언어, 텍스트, 사회생활이 복잡하게 연결되어 있는 사건 상황으로 학자들의 관심을 전이시키면서 콘텍스트에 대한 새로운 방향을 제시했다. 이때 사건 상황은 언어 사용과 관련, 참여자의 상호작용을 포괄하는 개념으로 화자, 청자, 발화자 사이의 밀접한 관계에 의해 구성되는 것이다. 사건 밖에 별도로 존재하는 배경과 함께,

사건 과정에서 참여자들이 직접 만들어 가는 것으로서의 새로운 콘텍스트 및 콘텍스트화contextualization의 개념[3]은 말리노프스키의 전통을 창조적으로 계승 발전시킨 것이라 볼 수 있다.[4]

이 개념은 화자들의 개인적 배경을 보는 관점에 변화를 가져온다. 그것은 고정적이며 객관적인 이야기의 배후라기보다는 연행의 주체들이 관계 속에서 배태하게 된, 불완전하면서도 우연한 해석의 틀이라고 할 수 있다.

본고의 연구 대상은 어린이 도서관에서 이루어지는 전래동화 연행이다. 송파 어린이 도서관은 2009년 4월에 개관하였다. 책읽기, 논술과 함께 다양한 현장학습 프로그램을 운영하는 이 도서관에는 '도깨비감투'라는 봉사 활동 단체가 있다. '도깨비감투'는 60세 이상의 할아버지, 할머니 열세 분으로 구성된다. 이들은 동지팥죽 쑤기(12월), 쑥 개떡 만들기(6월), 아이들과 함께 도서관에서 1박 2일 나기, 천렵, 짚공예 등의 다양한 프로그램에 주체로 혹은 도우미로 참여한다. 이들은 비정기적인 활동 외에도 매주 토요일 오후 2시 도서관의 이야기 방에서 아이들에게 옛이야기를 들려주고 있다. 그리고 이런 제반의 활동을 위해서 매주 목요일 오전에 정기 모임을 가진다.[5]

---

3) 이 새로운 의미의 '콘텍스트'와 언어행위자들이 콘텍스트를 형성해가는 과정 자체를 강조하는 '콘텍스트화'의 개념에 대해선 각각 다음을 참조하기 바란다. *Rethinking Context : Language as an Interactive Phenomenon*, Edited by Alessandro Duranti & Charles Goodwin, Cambridge : Cambridge University Press, 1992; Bauman, Richard and Charles Briggs, "Poetics and Performance as Critical Perspectives on Language and Social Life," *Creativity in Performance*, Edited by R. Keith Sawyer, Greenwich, CT : Ablex Publishing, 1997, pp.227~264.
4) 윤교임, 「연행중심적 접근과 구술시학의 민족지」, 『구비문학연구』 15집, 한국구비문학회, 2002, 269면.
5) 구술 연행 문법을 연구하는 전체 프로젝트 팀 중 본 설화팀은 2010년 10월 말부터

이들을 중심으로 만들어지는 이야기판은 전통적 이야기판과는 매우 다르다. 전통적 이야기판이 사랑방에 자연스럽게 모인 사람들이 주거니 받거니 하기에 '양방향'이라면, 도서관의 이야기판은 일정 시간에 아이들을 모아서 '도깨비감투' 회원이 단독으로 구연하는 방식이기에 '일방적'이다. 전통적 화자들이 '즉흥적'으로 이야기를 구연했다면 이들은 미리 담당한 날짜를 정해서 구연할 이야기를 '계획적'으로 준비해온다. 전통적 화자들의 이야기에는 들은 이야기와 본 이야기가 함께 있다면 이들은 주로 본 이야기를 구연하며[6] 구연 이야기의 목록이 그다지 길지 않다.

이경자 화자(66, 여)와 안봉란 화자(68, 여)는 모두 '도깨비감투'의 초기 멤버였으며, 매 활동을 빠지지 않고 참여하였다. 아이들은 이분들의 구연을 좋아해서 "재미있다.", "더 해 달라."는 반응을 보였다. 구연 방식은 다르지만, 이들에 대한 아이들의 반응은 긍정적이었다. 이들은 모두 어렸을 때 이야기를 즐겼던 경험을 가진다. 이경자 화자는 어머니에게서, 안봉란 화자는 한국 전쟁 때 피난 갔던 충주의 이웃 할머니에게서 들었다.[7] 또한 모두 '도깨비감투' 회원으로 활동하기 전에도 대중

2011년 1월 말까지 매주 목요일과 토요일 송파 어린이 도서관을 방문, 총 스무 번 이상의 답사를 수행하였다.

6) '도깨비감투'의 회원들은 책의 독자에서 이야기의 화자가 된다. 이들은 기술된 것을 보고 구술한다고 할 수 있다. 그러나 이들이 참조하는 대부분의 책(전래되던 문헌설화집과 현대 출판된 전래동화집)은 구전되었던 이야기가 정착된 형태이다. 따라서 이야기 출처의 전사 과정을 염두에 두면 이들은 구술→기술→구술의 과정을 거친다. 들었던 것을 이야기하는 전통적 화자들은 구술→구술의 과정을 거친다.

7) 이들은 모두 이야기를 즐겼던 과거의 경험이 있지만 그것을 향유하는 적극성의 정도는 달랐다. 이경자 화자는 동생들과 언니들의 틈바구니에서 어머니 곁을 차지하지 못했다. 어머니께서 이야기를 해주시는 동안 옆자리는 빼앗기고 발치에서 어머니 발을 잡고 이야기를 들어야 했다. 안봉란 화자는 언니를 따라 이웃 할머니 댁에 이야

들 앞에 설 기회가 많았다. 이경자 화자는 성당에서 전례(典禮) 해설자를, 안봉란 화자는 산악회 같은 취미 활동 단체에서 오락부장을 맡으셨다. 어렸을 때 이야기를 향유했던 경험과 대중들 앞에 자주 노출되었던 경험으로 인해 이들의 구연은 아이들에게 긍정적 반응을 야기할 수 있었던 듯하다.

이제 이 두 화자를 대상으로 비언어적 요소들과 언어적 요소들이 서로 어떤 관련을 가지는지 살펴보기로 하겠다.

2. 비언어적 커뮤니케이션
─환경적 지표와 시각적 지표

비언어적 커뮤니케이션은 많은 요소들로 구성된다. 그 가운데 환경적 비지표와 시각적 지표는 매우 중요하다. 이들은 언어적 의사소통이 시작되기 이전 혹은 막 시작된 직후의 초기의 상호작용에서 화자에 관한 정보의 발판을 제공한다. 예를 들어 미국 대통령이 기자회견을 열 때, 성조기, 레드 카펫, 백악관을 상징하는 다른 모든 환경적 요소들은 권력의 이미지를 만들어낸다. 이것들은 대통령이 말을 시작하기 전부터 언론으로부터 일종의 존경을 일으킨다. 이 비언어적 힌트는 '첫 번째 말'이라고 할 수 있는데, 언어적 행위에 대한 우선권을 선취하면서, 시간적으로도 선행하기 때문이다.[8]

이들은 모두 송파 어린이 도서관의 이야기방이라는 동일한 환경에

기를 들으러 다녔다. 언니가 같이 가지 않으려고 했지만 죽자 살자 쫓아갔다.
8) Judee K. Burgoon, Laura K, Guerrero, Kory Floyd, op.cit., p.7.

서 연행을 한다. 이 어린이 도서관은 아이들의 신체적 특징이나 정서적 특징을 고려해서 다양한 모양의 책꽂이와 다양한 높이의 책상과 여유 공간을 배치하였다. 아이들은 책상에 앉아서 책을 읽을 뿐만 아니라 누워서, 기대서 자유롭게 책을 읽을 수 있다. 도서관 건물은 지하 1층과 지상 3층으로 되어 있으며, 1층에는 취학 전 아동을 위한 서가가, 2층에는 초등학생들을 위한 서가가 배치되어 있고 지하에는 동아리 모임을 위한 방이, 3층에는 행정 사무실과 강당이 있다. 이 도서관의 공간배치가 자유롭다고 해도, 아이들은 이곳을 놀이공간으로 여기지는 않는다. 여기에는 조용히 해야 한다는 규칙이 있고, 읽어야 하는 책이 있다. 이곳에 오는 아이들은 도서관 프로그램을 이용하기도 하지만 무엇보다도 독서를 하려는 목적을 가진다. 이곳은 다른 도서관보다 공간배치나 프로그램의 운영에 있어 다양하기는 하지만 그것은 책을 잘 읽게 하기 위한 배려이며 공간의 다양성은 독서라는 목적성을 강화하는 것으로 보인다.

이야기방은 1층에 꾸며져 있는데 1층 서가와는 출입문이 없이 연결되어 있기 때문에 아이들은 수시로 이곳을 드나들 수 있다. 실제로 화자들의 연행 중간에도 아이들은 자유롭게 이야기 구연에 참여하러 들어오기도 하고 다시 책을 읽으러 나가기도 한다. 구연에의 참여가 자유롭게 이루어지기도 하지만, 이곳이 도서관인 만큼 들어오고 나가는 아이들은 시종일관 조용하며, 다른 사람들을 방해하지 않으려고 한다. 이곳을 방문한 아이들은 서로 잘 모르는 상태에서 한 곳에 모여 이야기 구연을 듣게 되기 때문에 이들은 서로의 감정을 잘 드러내지 않으며, 반응 역시나 소극적으로, 조용히 이루어진다. 이야기방 역시 도서관의 일부로 이들에게 인식되고 있는 것이다.

이야기 방이라는 물리적 환경의 활용 방식은 화자들마다 다르며 이것은 청자와 화자 사이의 암시적인 의사소통의 한 축을 구성한다.[9] 송파 어린이 도서관의 이야기 방은 '도깨비감투'의 구연 무대이다. 이 무대는 전통적인 이야기 연행의 장소와는 다소 차이가 있다. 전통적인 이야기 연행에서 연행자들은 즉흥적으로 연행에 참가하지만 '도깨비감투'의 연행자들은 미리 레퍼토리를 정하고 반복적으로 연습을 한 후에 연행을 한다. 전통적인 이야기 연행은 그 즉흥성으로 인해 무대 앞front과 무대 뒤backstage[10]가 크게 구분되지 않는 반면, 이 도서관에서의 연행은 리허설을 위한 무대 뒤의 공간과 본격적 상연을 위한 무대 앞의 공간이 구분되는 것이다. 본고에서는 전통적인 연행보다 인위성을 가지며, 리허설을 통해 완성되는 이 연행의 현장을 '무대'라고 하기로 하겠다.[11]

---

9) 에드워드 홀은 '프록세믹스proxemics'라는 용어를 통해 사회적 공간과 개인적 공간이 어떻게 인간에게 인식되는가를 연구함으로써 공간을 중요한 의사소통의 요소로 자리매김하였다. 에드워드 홀 저, 최효선 역, 『숨겨진 차원 : 공간의 인류학』, 한길사, 2002, 37면.

10) 고프만은 일상생활을 연구하면서 '무대stage'와 '연극drama'의 비유를 가져왔다. 그에 따르면 개인은 연극배우처럼 무대에서 관객들에게 좋은 인상을 보이기 위해 자신의 의도를 적절히 표현함으로써 효율적으로 자기를 관리해 나간다. 본고에서 사용하는 '무대'라는 용어는 고프만의 용법처럼 행위가 이루어지는 일상생활 공간에 대한 비유라기보다는 연행을 위해 고안된 공간이라는 사전적 의미를 가진다. 또한 고프만은 연극이 행해지는 무대인 전면front과 후면backstage을 공간적으로 분리시키고 그것들의 상호 관계를 탐색하였는데 본고에서 무대 앞과 무대 뒤를 구분하고, 그것들의 관계에 대해 탐색하게 된 것은 고프만의 작업에서 아이디어를 얻었다. Erving Goffman, *The presentation of self in everyday life*, New York : Anchor, 1959, pp.17~23.

11) 이 방은 둥그렇게 만들어졌기 때문에 아이들은 둥그렇게 모여앉아 이야기를 듣게 된다. 이 방에는 둥근 문 모양의 연결 통로가 있으며 반대편에는 벽걸이 텔레비전이 있다. 답사 장비인 캠코더와 노트북이 있는 면은 하나의 준 고정 공간처럼 인식되어서 아이들은 대부분 이것을 가리지 않는 선에서 둥그렇게 앉는다.

화자들은 같은 환경적 지표를 이용하면서도 청중들과 다른 거리감
을 유지한다. 이야기 방이라는 무대의 활용 방식이 화자마다 다른 것이
다. 이경자 화자의 이야기를 듣는 청중들은 벽에 등을 기대거나 하는
방식으로 둥그렇고 큰 원을 그리며 앉는다. 이경자 화자의 경우 화자의
옆에 앉은 몇몇 아이들은 화자와 '친밀한 거리'를 유지하지만, 대부분
은 반대편에 앉아서 이야기를 듣게 되고 이들은 다소 공식적인 '사회적
거리'를 유지하게 된다.[12]

반면 안봉란 화자는 아이들에게 먼저 흥밋거리를 제공하고, 이야기
를 잘 들으면 하나씩 준다고 말하는데, 흥밋거리를 구경한 아이들은
자연스럽게 화자 주변에 둥그렇게, 겹겹으로 둘러앉는다. 안봉란 화자
의 청중들은 신체적 접촉을 동반하는 '친밀한 거리'를 유지할 뿐만 아
니라 뒤에 앉은 아이들이라고 하더라도 손을 뻗어 접촉이 가능한 정도
의 '개인적 거리'를 유지한다.[13] 이경자 화자와 청중의 거리가 '친밀한
거리'와 '사회적 거리' 사이에서 자연스럽게 형성된다면 안봉란 화자와
청중의 거리는 '친밀한 거리'와 '개인적 거리' 사이에서, 다소 의도적으
로 만들어진다.

비언어적 의사소통은 언어적 의사소통이 말할 수 없는 것을 말하기
도 한다.[14] 화자가 의식적으로든 혹은 무의식적으로든 아이들과 유지
하게 되는 거리는 아이들이 화자에 대해 가지는 어떤 기대들과 관련이

12) 비정형 공간에 대한 탐구는 친밀한 거리(신체적 접촉 동반), 개인적 거리(가족이나
친한 친구 사이의 거리. 손을 뻗어 접촉 가능한 거리), 사회적 거리(사회의 공식적
혹은 비공식적 관계에서의 거리), 공공적 거리(거리에서의 커뮤니케이션. 큰 목소리
와 제스처 동반)를 포괄한다. 에드워드 홀, 앞의 책, 195~216면.
13) 부모들은 좀 더 멀찍이 떨어져 앉는다. 아이들이 있는 경우 아이들을 자신의 앞면에
앉히거나 옆면에 앉히는데 아이들이 어른들보다는 화자에 더 가깝게 배치된다.
14) Judee K. Burgoon, Laura K, Guerrero, Kory Floyd, op.cit., p.7.

있다. 아이들이 이경자 화자에게 두는 거리는 바로 무의식적이기는 하
지만 화자가 자신들과는 다르다는 막연한 인식의 소산이다. 각 화자들
이 아이들에게 제공하는 또 다른 정보인 시각적 지표를 통해 이 막연한
인식이 어떤 것인지 추론해 볼 수 있다.

초기의 상호작용에서는 용모와 제스처 같은 시각적 힌트는 매우 중요
하다. 환경적 지표와 마찬가지로, 이들 역시 연행자가 말을 시작하기
전에 이미 작용한다. 시각적 지표 가운데에 외양은 중요한 영향을 미친
다.[15] 두 화자의 외양은 매우 다르다. 이들의 의복만 보더라도 그것을
알 수 있다. 이경자 화자는 갈색 조끼와 베이지색 치마를 입고 구연을
하였는데, 전체적으로 이 옷은 한복을 연상시키는 질감과 디자인이었
다. 반면 안봉란 화자는 빨간 등산 조끼에 캐주얼한 바지를 입고 구연을
하였다. 이들 의상의 한복/등산복, 간색(間色)/원색(原色)은 서로 다른
이미지를 만들어낸다. 이경자 화자는 조용하고 차분하며 정적으로, 안
봉란 화자는 활동적이며 역동적으로 청자들에게 인식되는 것이다.

그 외 목소리와 제스처 같은 다른 비언어적 요소에 대해서도 언급할
수 있겠다. 이경자 화자는 조용하고 낮은 소리로, 안봉란 화자는 크고
빠른 목소리로 아이들에게 말을 건넨다. 제스처와 같은 다른 비언어적
요소 역시 변별적이다. 이경자 화자는 아이들을 손짓으로 불러 모으고
차분하게 허리를 숙여 인사하였다. 반면 안봉란 화자는 자신의 가방
안에서 아이들을 위해 가져온 놀이감인 청사초롱을 꺼내들고는 이것들
을 접고 펴는 법을 알려주었다. 이 두 화자의 초기 상호작용에서 서로
다른 제스처를 보인다. 이경자 화자의 제스처가 드물고, 상황에 꼭 필
요한 것으로 절제되어 있다면 안봉란 화자의 제스처는 빈번하며 다양

15) 김우룡, 장소원 저, 『비언어적 커뮤니케이션론』, 나남, 2004, 2장.

하고 역동적이다.

이런 비언어적 단서들은 곧 이들 화자가 앞으로 동화의 구연과 관련하여 수행할 역할에 대해서 아이들에게 서로 다른 기대감을 불러일으킨다. 아이들은 이경자 화자에게는 어른다운 역할을, 안봉란 화자에게는 친근한 역할을 기대하게 된다. 송파 어린이 도서관이라는 다양하지만 목적성이 강한 공간, 자유롭지만 엄숙해야 하는 공간에서 이경자 화자에 대한 기대는 일반적인 것이라고 할 수 있지만 안봉란 화자에 대한 기대는 이례적인 것일 수 있다. 그렇다면 이러한 역할에의 기대는 실제로 구연 과정에서 어떻게 지지되거나 수정되는지 알아볼 필요가 있다.

3. 언어적 커뮤니케이션-차별적 메타 내레이션

구연상황과 이야기의 관계에 주목하기 위해서는 메타 내레이션 meta-narration에 집중할 필요가 있다. 이야기는 텍스트 그 자체로서 독립적으로 의미를 가지기보다는 화자-청자의 의사소통의 한 과정으로 존재하며,[16] 화자-청자의 관계양상에 따라 메타 내레이션의 존재양상은 달라질 수 있다. 청중을 의식하는 메타 내레이션은 시작과 끝에서 일반적으로 발견된다.

이경자 화자는 답사 당일 세 가지 전래동화를 구연하였다. 첫 번째는 〈꿀꿀이 웬수〉, 두 번째는 〈개똥이와 쇠똥이〉, 세 번째는 〈신기한 돌절

---

16) 강성숙, 「이야기꾼의 성향과 이야기의 특성에 관한 연구」, 이화여자대학교 대학원 석사학위논문, 1996, 47~50면, 강진옥, 김기형, 이복규, 「구전설화의 변이양상과 변이요인 연구 -익산지역 이야기꾼과 이야기판을 중심으로-」, 『구비문학연구』 14집, 구비문학회, 2002, 44~45면 재인용.

구〉였다.

서두 : 여기 앉아도 돼. 할머니 옆에 앉아. 옳지. 너무 이쁘다. 어, 우리 꼬마 친구들, 인사하자. 안녕하세요? (안녕하세요?) 네, 오늘 재밌는 거 해주러 왔어요. 너무 이뻐요. 얼굴들이 너무 이뻐. 그런데 이거 이리와, 여기 친구도 많고, 동생도, 나가버렸나? 동생은 나가버렸나 봐. 허허, 재미있는 얘기 해줄 텐데. 오늘 토요일이지. 날이 이렇게 꾸물꾸물 한데도 와서 너무 이쁘구요. 책들을 많이 읽는가 봐요. (저 책 좋아해요) 아, 그래요? 어떤 거, 옛날이야기 많이 읽었어요? 그래요? 그러면 할머니는 재밌는지 또 우리 어린이들이 좋아하는지 모르지만 열심히 해볼게요. (네) 뭐부터 해줄까? 꿀꿀 돼지가 왜 꿀꿀대고 울을까?, 그거 알아요? 꿀꿀 돼지 꿀꿀 그리고 울죠? (네) 그런데 왜 꿀꿀거리고 울을까? 돼지가 우리 오늘 그거 한번 애기 해볼까.

결말1 : 그래서 꿀꿀꿀, 꿀이 왠수야, 꿀꿀꿀, 꿀이 왠수야 그러면서 버릇같이 아무도 없는데서 그렇게 하고 다니다가 버릇이 되서 그렇게 운데요. 알았어요? 재미있어요? 그래서 돼지는 욕심이 많아가지고 벌한테 쏘여가지고 그렇게 된 거예요. 그 다음에, 아유, 이리와 꼬마, 그러고 또 뭐 해줄까, 또 해줄까요? (네) 그만 할까요? (또 해주세요) 뭐를 해줄까?[17]

서두의 메타 내레이션은 이야기판의 시작과 이야기의 시작을 알리는 두 부분으로 나눌 수 있다. 이야기판의 시작을 알리는 메타 내레이션은 대부분 '만나는 인사'로 시작한다. '도깨비감투'의 구연은 매번 도서관이라는 특수한 시공간에서 처음 만난 아이들을 대상으로 행해지는 것이기에 대부분의 화자들은 이야기 시작 전에 아이들과 인사를 하고 자신들

17) 2010년 12월 4일 토요일 2시, 이경자 화자의 구연. 이후 이경자 화자의 이야기 텍스트는 모두 같은 날 채록된 것이다.

의 활동에 대한 대략적인 소개를 한다. 이야기판의 시작을 알리는 이경
자 화자의 메타 내레이션에는, 간결한 인사("안녕하세요?")-소개("네, 오
늘 재밌는 거 해주러 왔어요.") 외에 아이들의 자리를 지정해 주는 부분이
있어 독특하다. "여기 앉아도 돼. 할머니 옆에 앉아. 옳지.", "이거 이리
와. 여기 친구도 많고, 동생도, 나가버렸냐? 동생은 나가버렸나 봐.
허허, 재미있는 얘기 해 줄 텐데" 등 아이들의 자리를 지정하는 '지시'의
언술은, 행동의 실질적 변화를 야기하는 메타 내레이션이다. 같은 경우
를 결말에서도 찾을 수 있다. 한 아이가 이야기 한 편이 끝나고 나가려고
하자, 화자는 "아유, 이리와 꼬마"라고 하면서 가려는 아이를 부른다.
뿐만 아니라 이야기 중간에도 이경자 화자는 책을 보는 아이들에게,
"할머니 얘기 들어야지 할머니 얘기는 조금 남았고 시간도 없는데 책은
이따 봐도 돼요."라고 말한다. 이경자 화자는 이야기의 시작과 끝뿐만
아니라 중간에도 아이들의 행동의 제재를 위한 메타 내레이션을 한다.
이 메타 내레이션은, 이야기의 계속 여부를 타진하는 메타 내레이션과
함께 이경자 화자의 구연에서 가장 빈번하게 등장한다.

　이야기의 서두는 아이들에게 "뭐 해줄까?"를 묻고, "돼지가 꿀꿀거
리면서 우는 이유"를 묻는 두 가지 질문으로 이루어진다. 이경자 화자
는 후속되는 이야기를 시작할 때에도 반드시 아이들에게 "뭐 해줄까?",
"또 해줄까?", "그만 할까?"를 묻는다. 이런 이야기의 계속 여부를 묻는
메타 내레이션에 대해 아이들은 "또 해주세요."라고 대답을 하기도 하
지만 대답을 하지 않기도 한다. 별 대답이 없어도 다음 이야기 구연은
계속된다. 이야기의 계속 여부를 묻는 메타 내레이션은 실질적인 효과
를 발휘하기보다는 형식적인 것이라고 볼 수 있다.

　돼지가 꿀꿀거리면서 우는 이유를 물으면서 시작되는 〈꿀꿀이 웬

수)는 유래담이다. 아이들에게 "~한 이유를 알아요?"라고 묻는 메타 내레이션은 유래담 연행의 정형구이기도 하다. 화자는 결말에서는 "버릇이 돼서 그렇게 운대요, 알았어요? 재미있어요?"라고 하면서 서두의 메타 내레이션에 대한 대답을 정리한다. 서두-결말의 메타 내레이션은 유래에 대한 질문-답으로 호응을 이루며 통일성을 유지한다.

두 번째와 세 번째 이야기의 서두에는 "옛날에"라는 구연의 시작을 알리는 전통적 정형구 외에는 별다른 메타 내레이션이 없다. 두 번째 이야기의 결말부 메타 내레이션을 보자.

> 결말2 : "그래서 바보야. 니들 같으면 잘 숨겼지? 어. 그래. 그렇게 했대요. 어. 이제 두 개 해줬는데 고만하지? 고만해? 한 가지만 더 해 줘? 요번에 하나만 더 해 줄게."

〈개똥이와 쇠똥이〉는 바보담이다. 이야기의 대강은 다음과 같다. 개똥이가 돈을 묻어 놓고 "개똥이 돈 안 묻었다"고 쓰고 쇠똥이가 파가면서 "쇠똥이 돈 안 팠다"고 썼다. 개똥이가 그것을 보고 마을로 가서는 "다 나와. 쇠똥이만 빼고"라고 하였다. 이 이야기 끝에 화자는 아이들에게 "니들 같으면 잘 숨겼지?"라고 하면서 아이들과 등장인물의 차이를 언급한다. 이 차이는 지적 능력에서 발생한 것이다. 아이들의 지적 능력에 대한 화자의 기대는 화자가 쇠똥이가 뭐라고 썼을까를 물을 때에도 나타난다. 한 아이가 "쇠똥이가 안 훔쳤어요."라고 대답하자, "옳지, 이렇게 쇠똥이 개똥이 돈 안 가져갔음 그렇게 썼어요. 머리가 어쩜 그렇게 좋아요? 그래가지고 거기다 팻말을 써놓고 안심을 하고 신나게 왔어요."라고 말한다. 이야기의 패턴을 알고 있어야 대답할 수 있는 이야기를 묻고, 대답한 아이를 칭찬하는 이러한 구연 방식은 지적인

약호를 생산해 낸다. 이상은 화자가 생각하는 이상적 청중이 지적 능력
과 관련되어 있음을 시사해준다.

> 결말3 : 착한 사람은 다 착하게 되나봐. 이쁜이들, 잘 들었어요. "할머
> 니 감사합니다."하고 가자. 고맙습니다. 다음 주 토요일에 딴 할머니예요.
> 여기서는 할머니 할아버지들이 토요일마다 해 주세요. 두 시에. 그런데
> 다음 주에는 두시 반쯤해요. 근데 아주 재미있는 얘기를 많이 해줘요. 알
> 았어요? 그러니까 다음 주에 또 들으러 와요. 책들 봐요.

이 결말은 이야기에 대한 메타 내레이션과 이야기판의 끝을 알리는
메타 내레이션으로 구분된다. "착한 사람은 다 착하게 되나봐." 라고
이야기의 교훈을 간단하게 언급하는 평가 뒤에 인사를 하고 다음 주
예고와 공지사항을 이야기 한다. 마지막으로 아이들에게 책을 보라고
하는데 이런 '권유'의 언술 역시 행동의 변화를 야기한다.

이경자 화자의 메타 내레이션은 전반적으로 많이 나타나지 않지만
체계적이다. 이야기판-이야기를 구분하게 해 주며 만나는 인사-헤어
지는 인사, 이야기의 서두-결말의 결구를 보여준다. 이야기와 이야기
의 연결 역할을 하는 질문 역시 간결하며, 매 이야기 끝마다 반복해서
나타난다. 뿐만 아니라 다음 주의 예고와 공지사항 등이 간단하지만
빠짐없이 나타난다. 아이들의 행동에 관여하는 지시와 권유의 메타 내
레이션이 많은 반면 설명적 메타 내레이션은 거의 나타나지 않는다.

안봉란 화자는 답사 당일 〈도깨비 이야기〉, 〈공동묘지 이야기〉, 〈똥
이야기〉 세 편을 구연하였다. 화자의 서두 메타 내레이션은 매우 길어
서 거의 10분 가까운 시간이 소요된다는 점에서부터 이경자 화자의 간
결한 메타 내레이션과는 대조적이다.

서두1 : 새 많이 잡아 왔어. 새 보여줄까? 오늘은 할머니가 청사초롱도 접어가지고 왔어요. (그거요 저 옛날에 어린이 집에서 접어 봤어요) 요게. 해봤어요? (네) 할머니가 해 봤는데 엄청 어렵던데요? 한번 해 보실래요? 집에 가서 한번 다시 해봐요. 어려워요, 이게요. 접는 게 요렇게, 요렇게 (거기 원래 안에 촛불 있어야 하는데), 에. 원래 촛불 있어야 하는데, 할머니가 여러분한테 재밌게 해줄라고. 오늘 이렇게 새가 어딨나? 한번 볼까? 새 한 마리 나오세요. 날아갑니다. … 이렇게 날아가잖아. 그러니까 할머니가 얘기 잘 듣고 재밌게 하는 사람 이제 할머니가 이따가 줄라고 이렇게 준비해 왔으니까, 이제 얘기 들을까 보자. 할머니가 이제 얘기 해줄게. 할머니는 우리 여기 송파 어린이 도서관을 아주 그냥 사랑해. 송파 어린이 도서관을 많이많이 사랑하는 할머니야. 그래서 너희들이 송파 어린이 도서관에서 오면 할머니가 엄청 좋아서 (성내 도서관 아니에요?) 응 여기가 성내 도서관이야 여기가? 성내에도 도서관 있지? 어떤 도서관이든지 니들이 이렇게 와서 자꾸 다니면 크면서 저절로 공부를 하게 된대. 그래서 애기 때 도서관을 많이 다니면 좋대. 그래서 이렇게 송파 도서관에서 어린이를 위해서 이렇게 많은 행사를 하는 거야. 그중에 할머니가 '도깨비감투' 모임을 가진 할머니야. 근데 우리 할머니들이 하는 일은 너희들 옛날 얘기도 해주지. 조렇게 작은 애들은 자장가도 해주지. 뭐 여러 가지 옛날에 있었던 얘기 이런 것도 많이 들려주거든. 그러니까 오늘은 너희들을 만나니까 할머니가 너무 기뻐.… 우리 한국 도깨비는 한국 도깨비는 어떻게 생겼냐 하면, 할머니가 단풍도 예뻐서 주서와. 자 이거 봐 한국 도깨비는 이렇게 생겼데, (어디요 안보여 이상하다) 또 사람이지 사람털도 많이 나고 키도 크고 이렇게 상투는 틀었지만 주먹도 크고 이런 도깨비고 너희들이 아는 도깨비는 어떻게 생긴 도깨비야? 뿔 났잖아? 뿔 났잖아. (아니요 안 났어요) 뿔 안 났지. 어머 똑똑한데 어디서 배웠어? (원래는 뿔 났는데) 어 학교에서 원래는 뿔 안 난 도깨비 다 알아. 어린이, 도깨비는 요렇게 생겼어. 이렇게, 이렇게, 응, 사람 가트잖아? 조금 개구쟁이 같지 뭐. 그래도 이렇게 생긴 게 한국 도깨비도 뿔 달리고 도깨비 방망이 들고 그런 거는 일본

도깨빈데, '오니'라고 그런데 그러니까 우리가 이제 도깨비를 잘 알아 우리가 배운 사람은 일본 도깨비 가지고 우리나라 도깨비다 그러지 말아. 알았지? 응. 아이고 잘 아는데, 그래서 오늘은 도깨비 이야기 한 번하고 재미있는 한번 이야기 해줄게… 옛날부터 지성이면 감천이라고 착하게 살면 그런 게 있잖아. 그러니까 나쁘게 사는 사람은 그런 착한 걸 잘 안주는데, 착한 사람은 오래 오래 착하게 하면 그게 좋은 일로 온다는 거지. 공부도 잘할 힘도 주고, 그러니까 엄마 말 듣고 그러면, 아 오늘은 예쁜 학생들이 많이 와서 얘기가 재밌겠네.

　옛날 옛날에 옛날에는 불도 별로 없었어. 전기 불도 없어서 깜깜한 이런 동네야. 시골에 산하고 나무하고 뭐 저기 저기 뭐지? 그거 우렁이 하고 뭐 사슴하고, 뭐 이런 거가 주로 있었지. 지금마냥 자동차가 막 있는 시대가 아니야. 그래서 깜깜할 때는 도깨비가 불 같이 번쩍 이면으로 번쩍, 저면으로 번쩍 이런 형상도 할머니도 어려서 봤거든. 할머니가 어렸을 때 봤어 할머니가 일학년 때 난리가 났어. 육이오 난리가 났는데 시골로 갔어. (도깨비 아니잖아요) 도깨비 아닌데 도깨비 인지 아닌지는 모르지. 지금도 몰라. 그런데 우리가 옛 조상들이 계속 그렇게 얘기를 하는 거야. 도깨비가 있다고 도깨비가 있는데, 그 도깨비가 어떤 거냐면은, 응, 큰 시커멓게 가마솥이라고 그래. 가마솥 까만 가마솥에 가마솥이 쇳덩어리거든. 두꺼운 쇳덩어리고 되어 있는데, 그거를 종이 조각마냥 와작 꾸기는 거야. 와작 꾸겨서 솥뚜껑을 가마솥에 혹 넣어버린 도깨비야. 왜 그랬을까 한번 얘기해줄게 할머니가.(떡 만들라고) 응? 떡 만들라고 떡 만들라고 그랬을까? 그래서 인제 도깨비가 도깨비도 개구쟁이거든 니들처럼. 그래서 재미가 없으면, 에이 오늘 뭐하고 놀까? 오늘 심심해 죽겠네.[18]

안봉란 화자의 서두부 메타 내레이션은 인사 없이 자신이 접어온 청

사초롱과 새를 보여주면서 시작된다. 이것을 보고 만지고 싶은 아이들이 화자 가까이에 모여들어서 질문하고, 말에 끼어들기를 하면서 화자의 메타 내레이션은 길어진다. 떠들썩한 와중에 이야기판의 시작을 알리는 인사는 생략되며 이야기의 시작 역시 여러 번이나 지연된다. 처음에는 "이제 할머니가 이따가 줄라고 이렇게 준비해 왔으니까 이제 얘기들을까 보자."라고 하면서 송파 어린이 도서관을 사랑한다는 말을 하고, 다시 '도깨비감투' 활동에 대해 이야기하면서 아이들을 만나 기쁘다는 말을 반복한다. 또 한국 도깨비와 일본 도깨비의 차이에 대해 그림을 보여주면서 설명하고 이야기를 시작하려고 하다가 아이들에게 "잘 들어주는 게 착한 마음"이라거나, "예쁜 학생이 많이 와서 이야기가 재밌겠다."는 것으로 화제를 돌린다.

안봉란 화자는 "도깨비는 요렇게 생겼어. 이렇게, 이렇게, 응, 사람 가트잖아? 조금 개구쟁이 같지 뭐."라고 하면서 등장인물과 아이들의 형상적 공통점을 강조한다. 이후 이야기의 서두 메타 내레이션에서도 비슷한 언술을 반복하다. "도깨비도 개구쟁이거든 니들처럼 그래서 재미가 없으면 에이 오늘 뭐하고 놀까 오늘 심심해 죽겠네."라고 한다. 여기에서는 도깨비와 개구쟁이, 아이들 사이의 심리적 혹은 정서적 공통점이 강조된다. 안봉란 화자에게 이상적 청자는 '개구쟁이' 아이들이라고 할 수 있다. 이는 이경자 화자의 이상적 청중이 지적인 능력을 가진 아이들로 상정되어 있는 것과는 차별적이다.

안봉란 화자의 메타 내레이션은 종이로 접은 청사초롱과 새, 그리고 한국 도깨비 그림 같은 실질적인 도구들과 함께 이루어진다. 이것들은 화자가 미리 직접 접어서 준비해 온 것들이다. 이 메타 내레이션은 일상적인 인사와 소개 대신, 도구들에 대한 주의 환기, 도서관과 아이들과의 만남에 대한 화자의 정서적 표현(사랑한다, 기쁘다)으로 이루어진다. 이경자 화자의 메타 내레이션이 실질적으로 아이들의 행동과 태도 변화를 야기하기 위한 지시나 권유로 이루어지는 반면 안봉란 화자의 메타 내레이션은 도구에 대한 설명, 약속, 정서적 표현으로 이루어진다.

이야기의 시작을 알리는 메타 내레이션은 "옛날에"이지만 그 뒤로 옛날 시골에 대한 설명, 도깨비불의 형상에 대한 설명, 6·25 때 시골에서의 체험, 가마솥에 대한 설명, 도깨비가 솥뚜껑을 구긴 사건 등을 이야기한다. 이 뒤에 "도깨비가 왜 그랬을까 한 번 얘기해줄게."라고 하면서 비로소 이야기가 진행되는 것을 보건대, 이야기 세계와 현실 세계를 오가는 이 일련의 문장들은 이야기 서두를 알리는 메타 내레이션으로 볼 수 있다. 화자의 메타 내레이션에는 이야기의 시작부터 도깨비 불, 가마솥과 같은 용어들에 대한 설명이 포함된다. 어린이나 미성년자들을 대상으로 한 구연에서는 풍습이나 용어를 설명하여 이해를 돕기 위해, 그리고 교훈적 의도를 반영하기 위해 메타 내레이션이 자주 사용된다.[19] 그러나 이경자 화자의 경우, 이야기 본문에서도 설명적 용법의 내레이션을 찾기 힘든 반면 안봉란 화자의 경우는 서두부터 설명적 용법이 자주 발견된다.

이경자 화자는 설명적 메타 내레이션이 이야기를 지체시킨다고 보기 때문에 거의 넣지 않으며 이것들을 쉬운 단어로 바꾸어서 구연한다. 〈신기한 돌절구〉에서도 처음에는 "돌절구같이 생긴 돌 항아리"라고 하고 다음부터는 계속 돌절구라고 구연한다. 미리 대체된 단어들을 통해 아이들은 돌절구의 현실적 쓰임과 생김새에 대해 궁금해 하기보다는 돌절구의 이야기 내 역할에 대해 궁금해 한다. 설명적 메타 내레이션이

---

19) 강진옥, 김기형, 이복규, 앞의 논문, 45면.

생략되면서 아이들은 정교하게 다듬어진 허구 세계에 초점을 맞추게 되는 것이다. 반면 안봉란 화자는 아이들의 표정을 보면서 아이들이 이해했다는 생각이 들 때까지 단어들을 부연해 설명하기도 한다. 안봉란 화자의 설명적 내레이션은 빈번할 뿐만 아니라 길어지기도 하면서[20] 허구적 세계와 현실 세계를 긴밀하게 연결한다.

> 결말1 : 옛날에는 그랬대. 그러니까 옛날이야기지. 그래서 심심하고 재미없어? 또 하나 해 줄라고 그러는데 안 되겠어? 안 듣고 싶어? 그냥 새 한 마리 가지고 나가 볼까 나가고 싶은 사람은 새 한 마리 주고 또 이야기 듣고 싶은 사람은 할머니가 얘기 하나 더 해 줄라고 그러는데.… 할머니 얘기 하나 더 하게 해줘.

> 서두2 : 요번에는 〈마음씨 착한 나무꾼〉 얘기해줄게 (와 나 아는데) 다 아는 거야? 그럼 얘기 한 번 해봐 얘기 한번 할머니가 들어줄게 해봐 할머니가 들어줄게 (싫어요, 부끄러워요) 옛날에 괜찮아 씩씩하게 해야지 할머니도 부끄러워도 다 하는데. 할머니가 저기 웃기는 거 한번 해줄까? (네) 똥 얘기. 아하하. 똥 얘기 한번 해줄까? 할머니가 옛날 옛날에 들은 건데

---

20) 〈공동묘지 이야기〉를 구연할 때 아이들이 공동묘지에 대해 잘 모르자 다음과 같은 설명적 내레이션을 첨부한다. "깜깜한 밤중에 그래서 내기를 해서 지는 사람은 공동묘지에 가지고 했어. 어, 공동묘지.(그게 뭐예요?) 공동묘지는 산소가 있는 데가 공동묘지야. (산소가 뭐예요?) (아, 마시는 공기 말고) 아니, 어떻게 애네들 봐, 맞아 돌아가시면 돌아가신 분 요렇게 묘 맨드는 게 산손데, (돌아가시면 하늘나라 가는데) 아니, 이렇게 몸을 갖다가 묻잖아, 그래서 무서운 얘긴데, 무서운 얘기도 아니네 너네들한테는. (별로 안 무서워요) 공동묘지 뭔지를 안 가봤어? 망우리 공동묘지, 벽제 공동묘지. (가 봤어요) 거기 죽은 사람만 계속 다 있는 데가, 이제 공동묘지야. (엄청 무서워) 그래 엄청 무서워. (별로 안 무서운데. 거기 어떤 거기 글씨 써 놓고 죽었다고) 그래 맞아, (거기 깜깜하고 박쥐막 귀신 나오는 거) 그럼, 너, 공동묘지 한번 갔다 올래? (네) 갔다 올 수 있어? (근데 너무 멀어요) 너무 멀어? 근데, 인제 옛날에, 옛날에 무서운 얘기 해 달래서 할머니가 한번 짧게 해줄게. 공동묘지에 원래 (해골바가지도 있어요) 응, 내기를 해서 지면은, 공동묘지에 가서 갔다 오기로 했어."

지금까지 안 잊어버리고 생각나는걸 보니까 그게 똥 얘기야 할머니가, 으
하하하. 할머니가 벌써 웃음이 나네. 할머니가 인제 저기 밭에서 일을 하
시다가 냇가에 가서 손 씻고 찌개 끄려줄라고 이렇게 하고 그러는데 어디
서 된장 덩어리가 둥둥둥둥 (나 알아요) 아하하 (된장 덩어리 둥둥둥 내려왔는
데 된장이 아니라 똥이래) 아하하하 잼있지 할머니도 옛날에 우리 엄마 할머
니 할머니가 얘기해주는데, 그거 얘기 해 주는 거야.

결말1의 메타 내레이션은 서두2로 별다른 구분 없이 연결된다. 여기
에서 화자는 "옛날에는 그랬대. 그러니까 옛이야기지."라고 별다른 평
가 없이 이야기를 정리한 후 아이들에게 이야기를 더 하게 해 달라고
요청을 하고 아이들은 수락을 한다. 준비해 온 〈마음씨 착한 나무꾼〉이
야기를 아이들이 식상해 해서 〈똥 이야기〉로 레퍼토리를 수정한다. 그
러나 정작 냇물에 떠내려 온 된장이 똥이었다는 이야기 핵심을 설명하
는 부분은 다른 아이가 맡는다. 안봉란 화자가 웃는 사이에 아이가 끼
어든 것이다.

안봉란 화자는 아이들보다 더 자주, 더 큰 소리로 웃는다. '똥'이라는
특정 단어를 이야기하면서도 혼자 크게 웃기도 한다. 안봉란 화자의
웃음은 이야기의 진행에는 방해 요소가 되기도 하지만, 결과적으로는
구연을 역동적으로 만드는 데 한 몫 한다. 이유를 모르는 아이들은 의
아해 하면서 이야기를 기다리기도 하고, 이유를 알고 있는 아이들은
자신들이 구연에 끼어들어 대신 설명하기도 한다. 이경자 화자가 우행
담 같은 일종의 소화(笑話)를 구연하면서도 소리 내어 웃지 않고 바로
다음 이야기 진행으로 들어가는 것과는 매우 차별적이다.

안봉란 화자는 〈똥 이야기〉가 끝난 뒤에 다시 〈마음씨 착한 나무꾼〉
을 구연하려고 하다가 가야한다는 아이가 있자, 한참 가마 놀이를 한

다. 뒤이어 제기차기와 오재미놀이를 하고 썰매타기에 대해 설명하기
도 한다. 이후 아이들이 무서운 이야기를 해 달라는 요청에 따라 〈공동
묘지 이야기〉를 구연하고 전체 이야기판을 끝낸다.

안봉란 화자의 메타 내레이션은 이야기 안과 밖을 넘나들고, 언어와
함께 도구가 전시되고, 놀이와 언어가 어우러지며, 청자들의 수락과
새로운 요청이 오가는 역동적인 장이 된다. 이 가운데 이야기판/이야기,
허구/현실, 말/행위, 청자/화자, 어른/아이의 구분은 모호해진다. 이경
자 화자의 메타 내레이션이 이야기판/이야기, 현실/허구, 청자/화자,
어른/아이의 경계를 명확하게 유지하면서 구연되던 것과는 다르다.

이경자 화자의 메타 내레이션은 간결하고 구조적이며, 다음 단계의
진행을 순차적이면서도 원활하게 한다는 점에서 의도적이며 직선적이
라고 할 수 있다.[21] 이경자 화자는 뚜렷한 의도와 빠른 진행으로, 지적
인 아이들에게 이야기를 해 주는 사람으로 스스로 자리매김한다. 이
위치는 청중-아이/어른-화자의 구분을 기반으로 한다는 점, 그리고
화자가 '아이들을 위해서' 이야기를 한다는 점을 고려하면 권위적이며
시혜적(施惠的)이다. 이런 권위적이면서 시혜적인 태도는 무대 뒤에서
의 꼼꼼한 준비과정을 걸쳐서 완성되며,[22] 아이들의 바른 태도와 행동
을 암묵적으로 전제한다. 이런 부담으로 인해 화자는 새로운 이야기를
시도하기보다는 했던 이야기를 반복하게 된다.[23]

---

21) 두 화자의 인터뷰 방식도 매우 상이했다. 이경자 화자의 인터뷰가 질문에 대한 답을
중심으로 빠르게 진행된 반면 안봉란 화자의 인터뷰는 질문과 대답에서 자극받은
다른 살아온 이야기를 풀어 놓는 방식으로, 이경자 화자의 두 배 가까운 시간이 걸렸다.
22) 이경자 화자는 아이들에게 해 줄 이야기를 골라서 몇 십 번씩 읽고 수첩에 적어서
기억한다. 혼자 기도방에서 연습해보거나 손자, 손녀들을 상대로 연습을 한다. 또한
아이들이 잘 모를 것 같은 단어들을 모두 찾아서 뜻을 적는다.
23) 이경자 화자의 이야기 목록은 〈은혜 갚은 호랑이〉, 〈개똥이와 쇠똥이〉, 〈까치와 여우〉,

반면 안봉란 화자의 메타 내레이션은 청자와 소통하는 과정의 산물이라는 점에서 즉흥적이며 순환적이다. 안봉란 화자는 느슨하면서도, 경계가 모호하고 유동적인 구연을 하면서, 정서적으로 활기찬 아이들과 함께 노는 사람으로 스스로 자리매김한다. 이 위치는 청중—아이/화자—어른의 위계를 허물면서 만들어지며, 아이들과 '함께' 하면서 만들어지기 때문에 대등하며 상호적이다.[24] 아이들과 즐겁게 함께 하기 위해 화자는 무대 뒤에서 새도 접어놓고, 도깨비 그림도 찾아 놓는다. 안봉란 화자는 아이들의 요청에 의해 이야기 목록을 구성하며, 별다른 준비과정 없이 이야기를 풀어놓는다. 전통적인 이야기뿐만 아니라 어렸을 때 들은 것, 텔레비전에서 본 것 등이 구연 목록에 포함되기도 한다.

4. 콘텍스트화
—사랑의 나눔과 전통의 계승

이경자 화자와 안봉란 화자는 서로 다른 구연 양상을 보여주었다. 이들의 상이한 구연 양상은 바로 이들의 상이한 삶과 관련을 가진다. 이들은 연구가 이루어지는 동안 비공식적으로도 자신들의 삶에 대해 자주 언급하였으며, 인터뷰에서는 그간의 단편적 이야기들을 종합하였다. 본고는 이들의 삶을 이야기의 배경으로, 고정되고 객관적으로 주어진 것으로 보지 않는다. 이들이 이야기 구연의 배경으로 지목하는 삶은,

---

〈신기한 돌절구〉, 〈선비와 벼이삭〉 정도이다.
24) 안봉란 화자는 아이들을 만나서 즐거웠고 행복했다고 생각한다. 아이들과 함께 놀았다고 생각한다. 실제로 이야기보다는 아이들과의 놀이를 즐겨서 이야기를 제쳐두고 아예 방을 옮겨 시끌벅적하게 놀기도 한다.

연구자와의 관계에서, 아이들과의 관계에서 화자들 스스로 중요하다고 주관적으로 선택한 것으로, 이들의 연행을 해석하는 틀로 이해된다.

이경자 화자는 자신에게 많은 것이 이미 주어졌으며 그것은 신에게서 받은 것이라고 생각한다. 화자는 자신이 이미 넘치게 받은 신의 사랑을 나누기 위해 봉사 활동을 시작하였다. 화자는 전에도 자신의 차로 몸이 불편한 어르신들을 성당까지 모셔다 드리는 봉사를 비롯해서, 많은 봉사 활동에 참여했는데 '도깨비감투'의 활동은 그런 연장선상이다.[25]

> "(성당 전례 해설자 가운데) 나하고 연배가 비슷한 분이 신부님 어머님이 있었어요. 체격은 크고 곱상한 분이 그게 모범이었어요. 많은 사람한테 거부감 없이 분심 들지 않게 목소리가 째지거나 그러지 않았어요. 이 분이 해설을 잘해서 사람들한테 머리에 잘 들어가고 발음을 정확히 하는 걸 보고 '저걸 해보면 어떨까?'하고 시작을 했어요. …나중에는 차가 축이 나갔다니까, 하도 실어 나르고 그래서. 해설도 내 나름으로 귀에 쏙쏙 들어왔다고 독서하면서 해설도 하거든요."
>
> "주님한테 받은 사랑을 나누고, 지금은 잘 지내고 아들은 영국 가서 공부하고 딸은 외국 대학원 다니고. 하느님께 감사하고 주님이 아니었으면 '내가 남을 위해서 해야겠다.', '비워야겠다.' 그랬던 마음이 있었을까? 이렇게 순수하고 정이 넘치는 마음이 있었을까? 해봐요."[26]

이경자 화자가 순수하고 정이 넘치는 마음이 있기 때문에 봉사를 하게 된 것이고 그런 마음이 가능했던 것은 신으로부터 받은 사랑을 확인했기

---

25) '도깨비감투'는 여러 봉사 활동을 하지만, 그 가운데에도 이야기 봉사를 주 활동으로 한다. 두 화자들이 '도깨비감투'에 관심을 가지게 된 계기는 신화, 전설, 민담에 대한 관장님의 강연을 들은 것이었다. 이들은 처음부터 이야기 봉사하기 위해 '도깨비감투' 회원이 되었다.

26) 2010년 12월 2일 목요일 오전 11시 30분, 이경자 화자와의 인터뷰 중에서.

때문이다. 성당에서 전례 해설자를 했던 경험은 이야기 활동을 하는 동기가 되기도 하지만, 무엇보다도 이야기의 주된 형식적 추동력이 된다. 이경자 화자가 시작과 끝, 이야기 사이를 명확하게 구분 짓고 이야기 진행을 원활하게하기 위한 안내와 공지사항 등을 간결하고도 정확하게 말하는 것은 화자의 종교 활동과 이야기 활동의 닮은 모습이다. 또한 화자는 성당에서 전례 담당자로서 '분심 들지 않게' 부드러운 목소리와 어조를 연습했고 이는 이야기 연행에서도 마찬가지로 적용되었다.

이경자 화자의 연행과 삶을 아우르는 약호를 찾자면 '수직적' 약호가 적당할 듯하다. 이경자 화자가 활동의 배후에 의식적이건 무의식적이건 신과의 관계, 성당과의 관계를 상정하고 있기 때문이기도 하며, 아이들과 위계적이면서도 시혜적인 관계를 맺고 있기 때문이기도 하다. 수직적 약호가 의미하는 바는, 뒤에 언급할 안봉란 화자와 비교해서, 이경자 화자의 삶과 구연을 아우를 수 있는 해석의 틀이 바로 수직적이고 위계적인 성격을 가진다는 것이다. 종교와의 관계에서 이 약호가 가지는 의미는, 이경자 화자가 교인이기 때문에 수직적이고 위계적으로 구연을 한다는 의미는 아니다. 오히려 종교를 수직적이고 위계적으로 받아들이는 것처럼 보인다는 의미이다.

이런 위계적이며 시혜적인 관계는 이경자 화자의 이야기 활동을 의무적인 것으로 위치 짓게 한다. 이경자 화자는 노력에 비해 보람이 적다고 생각하기도 하고, 하루가 다르게 몸이 안 좋지만 사명감에 활동을 한다고도 한다. 안봉란 화자가 아이들과 잘 놀았다고 하고, 아이들을 만나서 기뻤다고 하는 것과는 대조적이다. 그럼에도 불구하고 이경자 화자는 '도깨비감투' 활동을 봉사의 일부로 생각하기 때문에 이것을 대체할 다른 활동을 쉽게 떠올리지 못한다.

앞서 언급한 것처럼 안봉란 화자의 구연이 언어와 함께 도구가 전시
되고, 놀이와 언어가 어우러지면서 이야기/놀이, 언어/행위의 경계가
모호하게 된 데에는 화자가 준비해 온 여러 가지 보조 도구들이 한 몫
한다. 화자가 가져온 한국 도깨비 그림은 이전에 화자가 송파 도서관
최진봉 관장님의 강연을 들을 때 받았던 것이다. 그것을 손자나 손녀가
올 때마다 보여주고, 이후에도 고이 간직하다가 도깨비 이야기를 구연
할 때 가져왔다. 안봉란 화자가 이야기 막간에 아이들과 함께 가마타
기, 제기차기, 오재미 등 여러 가지 놀이를 하는 것도 모두 전통의 전승
이라는 차원에서 이루어진다. 안봉란 화자의 일련의 이야기 구연은 '전
통의 계승'이라는 콘텍스트화로 살펴볼 수 있다. 이야기에 빈번하게
나타나는 도깨비 불, 솥뚜껑, 공동묘지 등에 대한 설명적 메타 내레이
션 역시 전통에의 지향성을 강하게 추론하도록 해 준다. 그러나 이 전
통의 요소는 생각보다 이질적인 것들로 이루어진다.

> "옛날에, 우리 뿌리 찾는 거 같은, 우리 뿌리 찾는 이야기, 건성으로
> 들었던 십이진법 이야기 같은 거, 이사 가는 날에는 손이 탄다든지, 여기
> 서 관장님이 손이 뭔지를 알려주시잖아. 그런 걸 공부 식으로 하니까 수준
> 이 업 되잖아. 예전에 내가 시민대학을 갔는데 내가 거기서 교수님들이
> 이야기할 때, 새 접는 걸 거기서 배운 거야, 새 접는 걸. 교수님처럼 보이
> 는 할아버지가 있어서 쫓아가서 배웠어."[27]

안봉란 화자는 '십이진법', '손 있는 날' 등이 모두 뿌리가 있는 것임
을 관장님을 통해 알았다고 하셨다. 안봉란 화자에게 뿌리라는 것은
공부를 통해서 알 수 있는 것이기에 중요하지만 숨겨져 있는 것이다.

---

27) 2010년 12월 2일 목요일 오전 10시, 안봉란 화자와의 인터뷰 중에서.

안봉란 화자는 여기에 새를 접는 것을 언급하는데, '십이진법'이나 '손
있는 날'처럼 이 역시 전통의 한 요소로 생각한다. 그래서 적극적으로
배운 결과 습득하게 된다. 안봉란 화자에게 전통의 영역은 매우 넓다.
그리고 그것들은 계속되는 배움의 과정으로 습득된다. 따라서 이경자
화자의 경우 달리, 안봉란 화자에게 현재 도서관에서 배움의 주체가
되는 관장님의 영향력은 자주 언급되며, 높이 평가된다.

  안봉란 화자의 구연은 '수평적' 약호로 설명 가능하다. 이것은 화자
와 아이들이 대등하면서도 상호적인 관계를 맺고 있기 때문이기도 하
지만, 이야기 활동 자체가 다른 활동으로 쉽게 대체되기 때문이기도
하다. 안봉난 화자는 이미 많은 활동들을 거쳐 이곳을 왔다. 안봉란
화자는 아이들이 커서 자신의 길을 찾아 떠나고, 남편 역시 소원해지
고, 몸은 불편한 상황에서 재미있게 살아야겠다고 생각했다. 재미있게
사는 방식으로 선택한 것은 등산하기, 스포츠 댄스 배우기 등이었다.
'도깨비감투'의 활동은 댄스를 배우는 것처럼 전통에 대해 배우는 활동
이다. 이것들은 서로 대등한 것처럼 보인다. 서로 대등한 것들이기에
하나를 다른 것으로 대체하는 것도 가능하다. 안봉란 화자는 '도깨비감
투' 활동이 끝나면 그동안 배우지 못한 댄스를 배울 계획도 있다. 여타
의 개인적이면서도 자발적인 취미 활동의 연장선상에 '도깨비감투'의
활동이 있기 때문에 안봉란 화자에게 이야기 구연은 아이들과 즐겁게
놀 수 있는 시간이 된다. 노는 시간이기 때문에 안봉란 화자에게 아이
들의 청취 태도 같은 것은 크게 문제시되지 않으며[28] 구연 과정에서

---

28) "(아이들이 눕거나 딴 짓을 해도) 그래도 좋지. 집중만 해서 들어주면. 내가 할 때
   애들이 좋아해 내가 말투가 지들하고 수준에 맞추어서 그런지 재미없어 하지를 않아.
   재미없어도 내가 같이 놀아 볼까 그러면 같이 놀고 그래." 2010년 12월 2일 목요일
   오전 10시, 안봉란 화자와의 인터뷰 중에서.

가지게 되는 기쁨, 즐거움의 긍정적 감정과 정서들이 유의미하게 된다. 이들의 이야기 구연은 종교와 전통이라는 서로 다른 콘텍스트를 끌어들이면서 수직적 차원과 수평적 차원으로 이루어진다. 종교적 콘텍스트가 꼭 수직적으로, 전통적 콘텍스트가 꼭 수평적으로 작용하리라는 보장은 없다. 다만 이 경우 각 화자들이 종교와 전통을 이해하는 방식이 그렇다는 것이다. 그리고 이것은 우연하게도 각 화자들의 전래동화 연행에서 읽혀지는 약호와 유사하다. 수평적 연행과 수직적 연행은 이야기 연행자의 유형에 대한 하나의 경향성일 뿐이다. 이야기 연행은 수평적이지만 그 콘텍스트는 수직적인 경우도 가능하다. 그럴 경우에 연행과 콘텍스트를 아우를 수 있는 또 다른 약호를 구상해야 할 것이다.

물론 여기서 언급한 수직적 약호와 수평적 약호가 이들의 연행 양상에서 찾아볼 수 있는 가장 유일한 층위, 가장 메타적 층위라고 할 수는 없다. 본고에서 무대를 활용하는 공간언어에 대해서는 일정정도 언급한 반면 시간언어에 대해서는 논의하지 않았다. 이런 분석이 추가된다면 다른 메타적 층위들이 더 언급될 수 있을 것이다.

참고문헌

제1부 일상과 노동, 삶과 죽음의 기원과 세계관

〈세경본풀이〉와 제주도 농업관

강진옥, 「무속 여성신화의 농경적 생명원리」, 『구비문학연구』 20집, 한국구비문학회, 2005.

_____, 「한국민속에 나타난 여성상의 변모양상」, 『한국민속학』 27집, 민속학회, 1995.

고은지 「〈세경본풀이〉 여성인물의 형상화 방향과 내용 구성의 특질」, 『한국민속학』 31집, 한국민속학회, 1999.

김재용, 「무속 농경신화로서의 〈세경본풀이〉」, 『한국문학이론과 비평』 45집, 한국문학이론과 비평학회, 2009.

김정숙, 『자청비, 가믄장아기, 백주또-제주섬, 신화 그리고 여성』, 각, 2002.

김화경, 「〈세경본풀이〉의 신화학적 고찰」, 『한국학보』 8집, 일지사, 1982.

문무병, 『제주도 무속신화 열두본풀이 자료집』, 칠머리당굿보존회, 1998.

송효섭, 『설화의 기호학』, 민음사, 1999.

신동흔, 『살아있는 우리신화』, 한겨레출판사, 2004.

오세정, 「유화와 자청비를 통해 본 한국 농경신의 성격」, 『한국고전여성문학연구』 21집, 한국고전여성문학회, 2010.

이수자, 「농경기원신화에 나타난 여성인식의 의미」, 『이화어문논집』, 이화여자대학교 한국어문학연구소, 1990.

_____, 「백중의 기원과 성격-농경기원신화 〈세경본풀이〉와의 상관성을 중심으로」, 『한국민속학』 25집, 한국민속학회, 1993.

장주근, 『제주도 무속과 서사무가』, 역락, 2001.

정인혁, 「〈세경본풀이〉의 세계관 재고-'中'세경 자청비의 의미」, 『한국고전여성문학연구』 17집, 한국고전여성문학회, 2008.

좌혜경, 「ᄌ청비, 문화적 여성영웅에 대한 이미지-여성상과 성격을 중심으로-」, 『한국민속학』 30집, 한국민속학회, 1998.

진성기, 『제주도 무가본풀이사전』, 민속원, 1991.

최원오, 「곡물 및 농경 관련 신화에 나타난 성적 우위의 양상과 그 의미」, 『한중인 문학연구』 19집, 한중인문학회, 2006.

허남춘, 『제주도 본풀이와 주변신화』, 보고사, 2011.

현용준, 『제주도무속자료사전』, 신구문화사, 1980.

대니얼 챈들러 저, 강인규 역, 『미디어 기호학』, 소명출판, 2006.

롤트 돔머무트 구드리히 저, 안성찬 역, 『신화』, 해냄, 2001.

안 에노 저, 홍정표 역, 『서사, 일반 기호학』, 문학과 지성사, 2003.

이형상 저, 이상규·오창규 역, 『남환박물-18세기 제주 박물지』, 푸른역사, 2009.

클리포드 기어츠 저, 문옥표 역, 『문화의 해석』, 까치, 1998.

Doty, William G., *Mythography : The Study of Myths and Rituals*, second edition, Tuscaloosa and London : The University of Alabama Press, 2001.

〈바리공주〉와 〈차사본풀이〉의 죽음관

강진옥, 「저승여행담을 통해 본 제주도 무가 〈혜심곡〉과 〈차사본풀이〉의 관계양 상」, 『구비문학연구』 39집, 한국구비문학회, 2014.

_____, 「〈김치 설화〉의 존재양상과 〈차사본풀이〉의 형성 문제」, 『비교민속학』 41집, 비교민속학회, 2010.

_____, 「바리공주와 지장보살의 제의적 기능과 인물형상 비교」, 『구비문학연구』 35집, 한국구비문학회, 2012.

권복순, 〈차사본풀이〉의 해설적 기능과 의미, 『배달말』 49집, 배달말학회, 2011.

권유정, 「서사무가 〈바리공주〉의 현대소설로의 수용 양상 및 의미 연구」, 한국교 원대학교 석사학위논문, 2011.

권태효, 「인간 그 죽음의 기원, 그 신화적 전개양상」, 『한국민속학』 43집, 한국민속학회, 2006.

권태효·김윤희, 「동계 자료와의 대비를 통해 본 〈차사본풀이〉의 성격과 기능」, 『구비문학연구』 30집, 한국구비문학회, 2010.

길태숙, 「제주도 신화에 나타난 악인형 여성 캐릭터의 이미지 연구-〈문전본풀이〉와 〈차사본풀이〉를 중심으로」, 『열상고전연구』 29집, 열상고전연구학회, 2009.

김욱동, 『대화적 상상력 : 바흐친의 문학 이론』, 문학과 지성사, 1988.

김진영·홍태한, 『바리공주전집』1, 민속원, 1997.

김헌선, 『서울진진오기굿 무가자료집』, 보고사, 2007.

김형근·김헌선, 「제주도 무속신화 〈차사본풀이〉 연구-함흥 〈짐가제굿〉 무가와의 비교를 중심으로」, 『정신문화연구』 112호, 정신문화연구원, 2008.

문무병, 『제주도 무속신화 열두본풀이 자료집』, 칠머리당굿보존회, 1998.

심우장, 「「바리공주」에 나타난 숭고의 미학」, 『인문논총』 67집, 서울대학교인문학연구원, 2012.

이상순, 『서울 새남굿 신가집』, 민속원, 2011.

이용범, 「서울 진오기굿의 종교적 성격과 문화적 위상」, 『한국학연구』 27호, 고려대학교 한국학연구소, 2007.

_____, 「한국무속의 죽음이해 시론」, 『한국학연구』, 38집, 고려대학교 한국학연구소, 2011.

이은봉, 『한국인의 죽음관』, 서울대학교 출판부, 2000.

장주근, 『제주도 무속과 서사무가』, 역락, 2001.

조흥윤, 『서울 진오기굿』, 열화당, 1994.

진성기, 『제주도 무가본풀이사전』, 민속원, 1991.

최원오, 「〈차사본풀이〉 유형 무가의 구조와 의미」, 『한국민속학』 29집, 한국민속학회, 1997.

현용준, 『제주무속자료사전』, 각, 2007.

국립민속박물관, 『한국민속신앙사전 : 무속신앙 편』, DB., 2010.

한국학중앙연구원, 『한국향토문화전자대전』, DB.

미하일 바흐친, 「소설 속의 시간과 크로노토프의 형식」, 전승희 외 공역, 『장편
　　　　소설과 민중 언어』, 창작과 비평사, 1988.

존 바우커 저, 박규태·유기쁨 역, 『세계 종교로 보는 죽음의 의미』, 청년사, 2005.

Doty, William G., *Mythography : The Study of Myths and Rituals*, second
　　　　edition, Tuscaloosa and London : The University of Alabama Press,
　　　　2001.

〈성주풀이〉와 〈문전본풀이〉의 가정관

권복순, 「〈문전본풀이〉의 대립적 인물성격 연구」, 『실천민속학연구』 13집, 실천
　　　　민속학회, 2009.

길태숙, 「제주도 신화에 나타난 악인형 여성 캐릭터의 이미지 연구–〈문전본풀이〉
　　　　와 〈차사본풀이〉를 중심으로」, 『열상고전연구』 29집, 열상고전연구회,
　　　　2009.

김난주, 「〈성주풀이〉의 창조신화적 성격 연구」, 『동아시아고대학』 6집, 동아시아
　　　　고대학회, 2002.

김명자, 「경기지역의 터주신앙」, 『역사민속학』 9집, 한국역사민속학회, 1999.

김재용, 「〈문전본풀이〉의 무속신화적 성격에 대한 연구」, 『한국문학이론과 비평』
　　　　22집, 한국문학이론과 비평학회, 2004.

김태곤, 『한국무가집』 2, 3권, 집문당, 1992.

김형준, 「19세기 근대건축시설의 구축」, 서울대학교 박사학위논문, 2005.

＿＿＿, 「〈문전본풀이〉를 통해 본 제주전통주택의 경계공간 연구」, 『대한건축학
　　　　회논문집 계획편』, 23권 3호, 대한건축학회, 2007.

나하영, 「가택신앙을 통한 한국전통주거공간의 의미 고찰」, 전남대학교 석사학위
　　　　논문, 2002.

문무병, 『제주도 무속신화 열두본풀이 자료집』, 칠머리당굿보존회, 1998.

박인철, 『파리학파의 기호학』, 민음사, 2003.

서대석, 「〈성주풀이〉와 춘향가의 비교연구」, 『판소리연구』 1집, 판소리학회, 1999.

_____, 『무가문학의 세계』 집문당, 2011.

성정희, 「〈문전본풀이〉를 통해 본 가족의 문제와 그 해결 방안」, 『겨레어문학』 45집, 겨레어문학회, 2010.

염원희, 「무속신화의 여신 수난과 신 직능의 상관성 연구」, 『한국무속학』 제20집, 2010.

이수자, 「제주도 큰굿내의 신화에 나타난 가족구성상의 특징과 의의」, 『구비문학연구』 12집, 한국구비문학회, 2001.

이승범, 「성주신앙의 지역별 양상과 그 의미」, 『지방사와 지방문화』 12권 2호, 역사문화학회, 2009.

이지영, 「〈문전본풀이〉에 나타난 악인형 여성의 전형성 연구」, 『한국고전여성문학연구』 12집, 한국고전여성문학회, 2006.

장유정, 「〈문전본풀이〉를 통해 본 제주도 가족제도의 한 특징」, 『구비문학연구』 14집, 한국구비문학회, 2002.

장주근, 『제주도 무속과 서사무가』, 역락, 2001.

정제호, 「〈칠성풀이〉와 〈문전본풀이〉의 여성 지위에 따른 전개 양상 고찰」, 『비교민속학』 45집, 비교민속학회, 2011.

정주혜, 「〈칠성풀이〉와 〈문전본풀이〉의 대비 연구 : 가족관을 중심으로」, 서강대학교 석사학위논문, 1997.

조현설, 『우리신화의 수수께끼』, 한겨레출판, 2005.

진성기, 『제주도 무가본풀이사전』, 민속원, 1991.

최원오, 「한국 구비서사시에 나타난 민속적 사실, 그 상상력의 층위와 지향점」, 『구비문학연구』 제19집, 한국구비문학회, 2004.

최자운, 「〈성주풀이〉의 서사민요적 성격」, 『한국민요학』 14집, 한국민요학회, 2004.

하계훈, 「캐롤 던컨, 『공공 미술관에서의 계몽 儀式』」, 『서양미술사학회논문집』 제12집, 서양미술사학회, 1999.

현용준, 『제주도무속자료사전』, 각, 2007.

_____, 『제주도 신화의 수수께끼』, 집문당, 2005.

국립민속박물관, 『한국민속신앙사전 : 가정신앙 편』, DB., 2011.

한국학중앙연구원, 『한국민족문화대백과』, DB., 1991.

존 피스크 저, 강태완·김선남 역, 『문화커뮤니케이션론』, 한뜻, 1997.

〈할망본풀이〉와 〈문전본풀이〉에서 경합하는 가치의 재현

강정식, 「할망본풀이의 전승 양상」, 경기대학교 인문학연구소 발표문, 2003.

김은희, 「제주도 〈불도맞이〉와 서울 〈천궁불사맞이〉 비교」, 『한국무속학』 제30
        집, 한국무속학회, 2015.

김재용, 「〈문전본풀이〉의 무속신화적 성격에 대한 연구」, 『한국문학이론과 비평』
        제18집, 한국문학이론과 비평학회, 2004.

김헌선, 「〈삼승할망본풀이〉의 여신 투쟁이 지니는 신화적 의미」, 『민속학연구』
        제17집, 국립민속박물관, 2005.

김형준, 「〈문전본풀이〉를 통해 본 제주전통주택의 경계공간 연구」, 『대한건축학
        회논문집』 제23집 3호, 대한건축학회, 2007.

류정월, 「〈성주풀이〉와 〈문전본풀이〉에 나타난 가정관」, 『시학과 언어학』 제29
        집, 시학과 언어학회, 2015.

문무병, 『제주도 무속신화 열두본풀이 자료집』, 칠머리당굿보존회, 1998.

성정희, 「〈문전본풀이〉를 통해 본 가족의 문제와 그 해결 방안」, 『겨레어문학』 제
        45집, 한국구비문학회, 2010.

이강엽, 「설화의 '짝패(double)' 인물 연구」, 『구비문학연구』 제33집, 한국구비문
        학회, 2011.

이수자, 「무속신화 〈생불할망본풀이〉에 나타난 여신상, 여성상」, 『이화어문논집』
        제14집, 한국어문학연구소, 1996.

장주근저작집간행위원회, 『제주도 무속과 서사무가』, 민속원, 2013.

정제호, 「〈삼승할망본풀이〉의 서사 구성과 신화적 의미」, 『한국무속학』 제32집,

한국무속학회, 2016.

조현설, 『우리신화의 수수께끼』, 한겨레출판, 2006.

진성기, 『제주도무가본풀이사전』, 민속원, 2002.

허남춘 외, 『서순실 심방 본풀이』, 경인문화사, 2015

현용준, 『제주도무속자료사전』, 각, 2007.

제2부 우습고 무섭고 이상한 옛이야기 해석의 지평

'이항복' 소화(笑話)의 웃음 기제와 효과

김현룡, 『한국문헌설화』 1권, 건국대학교 출판부, 1998.

남구만(南九萬), 『약천집(藥泉集)』, 한국고전종합DB.

류종영, 『웃음의 미학』, 유로, 2005.

문성대, 「이항복의 골계적 기질과 웃음의 이면」, 『우리어문연구』 36집, 우리어문
학회, 2010.

서거정, 『필원잡기(筆苑雜記)』(민족문화추진회 역, 『대동야승』 1권, 민족문화추
진회, 1971~1979).

유몽인(柳夢寅), 『어우야담(於于野談)』(신익철 외 역, 『어우야담』, 돌베개,
2006).

이강옥, 「조선시대 서사 속의 말과 그 문화적 의미」, 『어문학』 113, 한국어문학회,
2011.

이만수, 「오성과 한음에 관련된 연구 동향」, 『인문학연구』 3집, 대진대학교 인문
학 연구소, 2007.

이병찬, 「"오성과 한음"의 교유(交遊) 연구」, 『영주어문학회지』 27집, 영주어문학
회, 2014.

이수광(李睟光), 『지봉유설(芝峯類說)』, 누리미디어학술DB.

이승수, 「李恒福 이야기의 전승 동력과 기원 : 諧謔의 코드를 중심으로」, 『한국어
문학연구』 56집, 한국어문학연구학회, 2011.

이원명, 『동야휘집(東野彙集)』(동국대학교 한국학연구소, 『한국문헌설화전집』 4
    권, 태학사, 1991).

이항복(李恒福), 『백사집(白沙集)』(민족문화추진회, 『백사집』, 1990).

이희준, 『계서야담』(유화수, 이은숙 역주, 『계서야담』, 국학자료원, 2003).

홍만종, 『명엽지해』(정용수 역, 『고금소총·명엽지해』, 국학자료원, 1998).

『계압만록』(서울대학교 가람문고본).

『기문총화』(김동욱 역, 『국역기문총화』, 아세아문화사, 1999).

『리야기책』(김영준 역, 『리야기책』, 어문학사, 2013).

『고금소총』(정용수 역, 『고금소총·명엽지해』, 국학자료원, 1998).

프로이트, 임인주 역, 『농담과 무의식의 관계』, 열린책들, 1997.

테드 코언, 강현석 역, 『농담 따먹기에 대한 철학적 고찰』, 서울 : 이소, 2011.

Bakhtin, Mikhail, *The Dialogic Imaginagion : Four Essays*, Austin : University
    of Texas Press, 1984.

O'neill, Patrick, *The Comedy of Entrophy-Humour/ Narrative/ Reading*,
    Toronto : University of Toronto Press, 1990.

Raskin, Victor, *Semantic Mechanisms of Humor*, Boston : Reidel Publishing
    Company, 1985.

'자린고비'와 과장담(誇張譚)의 기호계

김수경, 「〈구두쇠〉 설화의 교육적 활용 방안 연구」, 부산교육대학교, 석사학위논
    문, 2007.

김현룡, 『한국문헌설화』 1권, 건국대학교 출판부, 1998.

박종익, 『한국 구전설화집』 3, 민속원, 2000.

서신혜, 「이규상의 김부자전(金富者傳) 연구」, 『한국고전연구』, 20집, 한국고전
    연구학회, 2009.

이신성, 「자린고비 이야기의 의미와 교과서 교재화 방안」, 한국어문교육학회,
    2000.

임석재, 『한국구전설화 전라북도 편』 II, 평민사, 1991.

임인빈, 「한국 구두쇠 설화 연구」, 순천향대학교 교육대학원 석사학위논문, 1998.

최내옥, 『한국 전래동화집』 11, 창작과 비평사, 1985.

최운식, 「『자린고비 설화』의 전승 양상과 의미」, 『청람어문교육』, 36집, 청람어문
　　　교육학회, 2007.

한국정신문화연구원, 『한국구비문학대계』, 1984.

한국학중앙연구원, 『한국민족문화대백과』, DB., 1991.

김동욱·정명기 역, 『청구야담』, 교문사, 1996.

서거정, 『태평한화골계전』 (박경신 역, 『태평한화골계전』, 국학자료원, 1998).

유몽인 저, 신익철 외 역, 『어우야담』, 돌베개, 2006.

『교수잡사』 (이가원, 『골계잡록』, 일신사, 1982).

베르그송 저, 이희영 역 『웃음/창조적 지환/도덕과 종교의 두 원천』, 동서문화사,
　　　2009.

로버트 코리간 저, 송옥 외 역, 『비극과 희극, 그 의미와 형식』, 고려대학교 출판
　　　부, 1995.

엘리자베드 프로인드 저, 신명아 역, 『독자로 돌아가기 : 신비평에서 포스트모던
　　　비평까지』, 인간사랑, 2005.

웨인 부스, 『소설의 수사학』, 새문사, 1985.

츠베탕 토도로프 저, 송덕호·조명원 역, 『담론의 장르』, 예림기획, 2004.

Bakhtin, Mikhail, *The Dialogic Imaginagion : Four Essays*, Edited by Holquist,
　　　Michael, trans. Emerson, Caryl & Michael Holquist, University of
　　　Texas Press, 1984.

Lotman, Yuri M., *Universe of the Mind : A Semiotic Theory of Culture*, Indiana
　　　University Press, 1990.

〈아랑전설〉의 서사 구성과 인물 형상에 대한 통시적 연구

강진옥, 「원혼 설화의 담론적 성격 연구」, 『고전문학연구』 22호, 한국고전문학회, 2002.

_____, 「원혼설화에 나타난 원혼의 형상성 연구」, 『구비문학연구』 12집, 한국구비문학회, 2001.

곽정식, 「아랑형 전설의 구조적 특질」, 『문화전통론집』 2, 경성대학교 향토문화연구소, 1994.

김대숙, 「아랑형 전설 연구」, 이화여자대학교 교육대학원, 1981.

김아름, 「〈아랑설화〉의 현대적 변용 연구」, 한국교원대학교 석사학위논문, 2014.

김영희, 「밀양아랑제(현 아리랑대축제) 전승에 대한 비판적 고찰」, 『구비문학연구』 24집, 한국구비문학회, 2007.

김현룡, 『한국문헌설화』 5권, 건국대학교 출판부, 1998.

김형진, 「아랑 전설 연구」, 계명대학교 대학원, 1997.

백문임, 「미지와의 조우-'아랑형' 여귀 영화」, 『현대문학의 연구』 제17호, 한국문학연구학회, 2001.

서유영, 『금계필담』 (김종권 교주·송정민외 역, 『금계필담』, 명문당, 1985).

석상순, 「아랑 전설의 전승에 관한 연구 -밀양 지방을 중심으로」, 경성대학교 대학원, 1994.

손진태, 『한국민족설화의 연구』, 을유문화사, 1947.

손영은, 「설화 〈아랑의 설원〉과 드라마 〈아랑사또전〉의 서사적 차이와 의미-원한과 해원의 의미 분석을 중심으로〉, 『겨레어문학』 51집, 겨레어문학회, 2013.

신호성, 「문화콘텐츠로서의 〈아랑설화〉」, 고려대학교 석사학위논문, 2007.

안동수, 『반만년간 죠선긔담』, 조선도서주식회사, 1922.

이수미, 「〈아랑설화〉의 현대적 변용 연구」, 성신여자대학교 석사학위논문, 2007.

이원명, 『동야휘집(東野彙集)』 (동국대학교 한국학연구소, 『한국문헌설화전집』 4권, 태학사, 1991).

이홍기, 『조선전설집』 (이복규 저, 『조선전설집 연구』, 학고방, 2012).

장지연, 『일사유사(逸士遺事)』, 국립중앙도서관 DB.

정인섭, 『온돌야화』 (최인학·강재철 편역, 『한국의 설화』, 단국대학교 출판부, 2007).

최기숙, 「'여성 원귀'의 환상적 서사화 방식을 통해 본 하위 주체의 타자화 과정과 문화적 위치」, 『고소설 연구』 22집, 한국고소설학회, 2006.

최영년, 『오백년기담』 (김동욱 역, 『구역 구활자본 오백년기담』, 보고사, 2014).

하강진, 「밀양 영남루 제영시 연구」, 『지역문화연구』 13집, 지역문화연구학회, 2006.

하은하, 「〈아랑설화〉에서 드라마 〈아랑사또전〉에 이르는 신원 대리자의 특징과 그 의미」, 『고전문학과 교육』 28집, 고전문학과 교육학회, 2014.

한용환, 『소설학 사전』, 문예출판사, DB., 1999.

황인순, 「〈아랑설화〉 연구 : 신화 생성과 문화적 의미에 관하여」, 서강대학교 석사학위논문, 2008.

_____, 「〈아랑설화〉의 현대적 변용 양상 연구 : 드라마 〈아랑사또전〉을 중심으로」, 『여성문학연구』 29호, 한국여성문학학회, 2013.

홍만종, 『명엽지해』 (조영암, 『고금소총』, 명문당, 1967).

『교수잡사』 (조영암, 『고금소총』, 명문당, 1967).

『성수패설』 (조영암, 『고금소총』, 명문당, 1967).

『청구야담』 (정명기·김동욱 공역, 『청구야담』 교문사, 1996).

'두더지 혼인' 설화에서 해석적 코드의 비교문학적 연구

강성용, 「『판차탄트라(Pa catantra)』의 전승과 교훈─도덕(dharma)과 현실(nīti) 사이에 선 삶을 가르치는 인도 고대의 우화─」, 구비문학연구 37집, 한국구비문학회, 2003.

고상안, 『효빈잡기』 (김남형 역, 계명대학교 출판부, 2007).

김태균, 「쥐(두더지) 혼인담'의 서사적 의미와 문학적 치료 활용」, 『문학치료연구』 28집, 한국문학치료학회, 2013.

맹상염, 「한·중 '쥐 혼인 설화'의 비교 연구」, 한남대학교 박사학위논문, 2013.

박희병, 『한국전기소설의 미학』, 돌베개, 1997.

심익운, 『백일집』(서울대학교 규장각).

유몽인, 『어우야담』(신익철 외 역, 『어우야담』, 돌베개, 2006).

이동근, 『朝鮮後期 「傳」文學硏究』, 태학사, 1991.

임옥희, 『젠더의 조롱과 우울의 철학, 주디스 버틀러 읽기』, 여이연, 2006.

최진아, 「당대 애정류 전기 연구」, 연세대학교 중문과 박사학위논문, 2002.

황인덕, 「'두더지 혼인' 설화의 印·中·韓 비교 고찰」, 『어문연구』 48집, 어문연구
　　　　학회, 2005.

홍만종, 『순오지』(이민수 역, 을유문화사, 1971).

『기관』(서울대소장 필사본).

『계압만록』(서울대학교 가람문고본).

니콜러스 로일 저, 오문석 역, 『자크 데리다의 유령들』, 앨피, 2003.

데이비드 롤스톤 저, 조관희 역, 『중국 고대소설과 소설 평점 : 행간 읽기와 쓰기』,
　　　　소명출판, 2009.

엘리자베드 프로인드 저, 신명아 역, 『독자로 돌아가기』, 인간사랑, 2005.

Culler, Jonathan, "Prolegomena to a theory of reading", in Suleiman, Susan
　　　　R. and Crosman , Inge (eds), *The Reader in the Text : Essays on
　　　　Audience and Interpretation*. Princeton University Press, 1980.

Grossberg, Lawrence eds., *Cultural Studies*, Routeledge, 1992.

Olive, Patrick trans., The Pacatantra : *The Book of India's Folk Wisdom*,
　　　　Oxford, 1997.

제3부 근대와 현대, 옛이야기의 지속과 변모

구술과 기술, 근대와 전통의 만남과『조선기담』

김준형, 「19세기 말~20세기 초 야담의 전개 양상」, 『구비문학연구』 21집, 한국구
　　　비문학회, 2005.

＿＿＿, 「근대전환기 야담의 전대 야담 수용 태도」, 『한국한문학연구』 41집, 한국
　　　한문학회, 2008.

＿＿＿, 「근대전환기 패설의 존재양상 : 1910~1920년대 패설집을 중심으로」, 한
　　　국문학논총 제41집, 2005.

＿＿＿, 「야담운동의 출현과 전개 양상」, 『민족문학사연구』 20, 민족문학사학회,
　　　2002.

서유영, 『금계필담』(송정민 외 역, 『금계필담』, 명문당, 1985).

안동수, 『반만년간 죠선긔담』 (최인학 편저, 『조선조말 구전설화집』, 박이정,
　　　1999).

이 륙, 『청파극담』(민족문화추진회 역, 『대동야승』 2권, 민족문화추진회, 1971~
　　　1979).

이원명, 『동야휘집(東野彙集)』 (동국대학교 한국학연구소, 『한국문헌설화전집』 4
　　　권, 태학사, 1991).

이윤석·정명기, 『구활자본 야담의 변이 양상 연구―구활자본 고소설의 변이양상
　　　과 비교하여』, 박이정, 2001.

이희준, 『계서야담』(유화수, 이은숙 역주, 『계서야담』, 국학자료원, 2003).

장지연, 『일사유사』, 국립중앙도서관 DB.

최동주, 『오백년기담』(김동욱, 『교역 오백년기담』, 보고사, 2011).

최영년, 『실사총담』(김동욱 역, 『국역실사총담』 1, 2, 보고사, 2009).

홍만종, 『명엽지해』(정용수 역, 『고금소총·명엽지해』, 국학자료원, 1998).

『기문총화』(김동욱 역, 『국역기문총화』, 아세아문화사, 1999).

『성수패설』(이가원 편역, 『골계잡록』, 민중서림, 1950).

『청구야담』(김동욱 외, 『청구야담』 1, 2, 교문사, 1996).

〈동아일보〉, 1923. 01. 15. 1면, 〈동아일보〉, 1923. 01. 24. 3면.

근대 설화집의 여성 형상화와 설화집 편찬자의 존재 방식

강진옥, 「원혼설화에 나타난 원혼의 형상성 연구」, 『구비문학연구』 12집, 한국구
　　비문학회, 2001.

권혁래, 「1920년대 민담의 동화화(童話化)와 심의린의 『조선동화대집』」, 『민족문
　　학사연구』 제39호, 민족문학사연구소, 2009.

_____, 「손진태 『조선민담집』 연구 : 설화의 성격과 분류체계를 중심으로」, 『한
　　국문학논총』 63집, 한국문학회, 2013.

_____, 「해방 이전 3대 전래동화집의 창작수법 비교」, 『아동문학평론』 34-2, 아
　　동문학평론사, 2009.

김경희, 「심의린의 『조선동화대집』의 성격과 의의」, 『겨레어문학』 41집, 겨레어
　　문학회, 2008.

김광식, 「심의린의 이력과 『조선동화대집』 발간에 대한 재검토 : 1926년까지 간행
　　된 한글 설화집을 중심으로」, 『열상고전연구』 42집, 열상고전연구학회,
　　2014.

김미영, 「심의린 『조선동화대집』의 특징과 문학사적 위상」, 『한민족어문학』 제58
　　호, 한민족어문학회, 2011.

김용희, 「한국창작동화의 형성과정과 구성원리 연구」, 경희대학교 박사학위논문,
　　2008.

김환희, 「〈나무꾼과 선녀〉와 일본 〈날개옷〉설화의 비교연구가 안고 있는 문제점
　　과 가능성」, 『열상고전연구』 26집, 열상고전연구학회, 2007.

단국대학교 동양학연구소, 『한국 구비문학과 민간신앙의 지속과 변용』, 단국대학
　　교 출판부, 2007.

류정월, 「문헌 전승 〈아랑설화〉 연구—서사 구성과 인물 형상을 중심으로」, 『인문
　　학연구』 24집, 인천대학교 인문학연구소, 2016.

박중훈, 「일제강점기 정인섭의 친일활동과 성격」, 『역사와 경계』 89집, 경남사학

회, 2013.

백문임, 「미지와의 조우-아랑형 여귀영화」, 『현대문학의 연구』 17집, 한국문학연구학회, 2001.

백민정, 「일제강점기 3대 전래동화집 연구」, 충남대학교 박사학위논문, 2013.

손진태, 『조선민담집』 (최인학 역편, 『조선설화집』, 민속원, 2009).

_____, 『조선민족설화의 연구』(『한국민족설화의 연구』, 을유문화사, 5판, 1991).

송효섭, 「'구술/기술'의 패러다임과 그 담화적 실현」, 『구비문학연구』 38집, 한국구비문학회, 2014.

_____, 『초월의 기호학』, 소나무, 2002.

신동흔, 「설화와 소설의 장르적 본질 및 문학사적 위상」, 『국어국문학』 제138호, 국어국문학회, 2004.

신원기, 「『조선동화대집』의 내용과 문학교육적 가치에 대한 고찰」, 한국초등국어교육 제38집, 한국초등국어교육학회, 2008.

심의린, 『조선동화대집』 (최인학 번안, 『조선동화대집』, 민속원, 2009).

안동수, 『반만년간 죠선긔담』, 조선도서주식회사, 1922.

염희경, 「〈해와 달이 된 오누이〉에 나타난 호랑이상-설화와 전래동화 비교를 중심으로」, 『동화와 번역』 5집, 동화와번역학회, 2003.

이상섭, 『문학비평용어사전』, 국학자료원, DB., 2006.

이재복, 『우리 동화 바로 읽기』, 한길사, 1995.

이정찬, 「근대적 구두법이 읽기와 쓰기에 미친 영향-근대 전환기를 중심으로-」, 『작문연구』 7집, 작문연구학회, 2008.

임석재, 『한국구전설화(평안북도편)』 1, 평민사, 2011(2판).

_____, 『한국구전설화』 4, 평민사, 1989.

정인섭, 『온돌야화』 (최인학·강재철 역편, 『한국의 설화』, 단국대학교 출판부, 2007).

주요섭, 「해와 달」 28호, 1922.

최시한, 『소설, 어떻게 읽을 것인가』, 문학과 지성사, 2010.

최윤정, 「우리 옛이야기, 그 탈주-담론의 심층사회학」, 『한국문학이론가 비평』

25집, 한국문학이론과 비평학회, 2013.

한국학중앙연구원, 『한국민족문화대백과』, DB., 1991.

『교수잡사』 (조영암, 『고금소총』, 명문당, 1967).

『성수패설』 (조영암, 『고금소총』, 명문당, 1967).

『청구야담』 (정명기·김동욱 공역, 『청구야담』 교문사, 1996).

스티븐 코핸·린다 샤이어스 저, 임병권·이호 역, 『이야기하기의 이론』, 한나래, 1996.

시모어 채트먼 저, 김경수 역, 『영화와 소설의 서사구조』, 민음사, 1995.

여성적 다시쓰기, 김동환의 전설 개작 양상

권혁래, 「고전소설의 다시쓰기 출판물 연구 시론」, 『고소설연구』 30집, 한국고소설학회, 2010.

김광식·이복규, 「해방 전후 시기 최상수 편 조선전설집의 변용양상 고찰」, 『한국민속학』 56집, 한국민속학회, 2012.

김보경, 「설화 다시쓰기를 통한 서사적 글쓰기 지도방안 연구」, 조선대학교 석사학위논문, 2010.

김영식 편, 『파인 김동환 문학 연구』 1, 논문자료사, 1998.

김영희, 「역사 인물 이야기의 연행과 공동체 경계 구성」, 『고전문학연구』 42집, 한국고전문학연구학회, 2012.

박수진, 「향랑 고사의 변용 양상 연구」, 계명대학교 석사학위논문, 2000.

박 진, 「서사학과 텍스트 이론」, 소명출판, 2014.

서성은, 「린다 허천의 각색 담론」, 『우리어문연구』 48집, 우리어문학회, 2014.

신선희, 「구비설화 다시쓰기와 새로운 상상력」, 『구비문학연구』 29집, 한국구비문학회, 2009.

_____, 「설화다시쓰기와 Storytelling : ≪흥부전≫을 중심으로」, 『장안논총』 제32집, 장안대학교, 2012.

어수정, 「〈호랑이와 곶감〉의 다시쓰기를 위한 연구」, 한국교원대학교 석사학위논
　　　문, 2015.

오세정, 「한국 전래동화에 나타난 설화 다시쓰기의 문제」, 『한국문학이론과 비평』
　　　65집, 한국문학이론과비평학회, 2014.

오연희, 「오정희 소설의 여성성 연구 : "옛우물"론」, 『한국문학이론과 비평』 1집,
　　　한국문학이론과 비평학회, 1997.

오윤선, 「외국인의 한국설화 다시쓰기 양상」, 『우리문학연구』 43집, 우리문학회,
　　　2014.

이시준·김광식, 「미와 다마키(三輪環)와 『전설의 조선』考」, 『일본언어문화』 22
　　　집, 한국일본언어문화학회, 2012.

이형식·정연재·김명희 공저, 『문학 텍스트에서 영화 텍스트로』, 동인, 2004.

임동권, 「강강술래고」, 『한국민속학논고』, 선명문화사, 1971.

정우칠, 「설화 '다시쓰기' 연구 : '동명왕 신화, 지네장터, 우정의 길'을 중심으로」,
　　　영남대학교 석사학위논문, 2004.

정정호, 「'다시쓰기'와 창조로서의 "모방"-드라이든의 셰익스피어 개작의 예」, 『비
　　　교문학』 43집, 한국비교문학회, 2007.

조은상, 「설화 〈해와 달이 된 오누이〉 다시쓰기 양상과 서사적 특성」, 『문학치료
　　　연구』 33집, 한국문학치료학회, 2014.

최덕교, 『한국잡지백년』 2, 현암사, DB., 2004.

〈팔도전설순례〉1, 『별건곤』 8호, 1927. 8.

〈팔도전설순례〉2, 『별건곤』 9호, 1927. 10.

〈팔도전설순례〉3, 『별건곤』 10호, 1927. 12.

〈팔도전설순례〉4, 『별건곤』 15호, 1928. 7.

앤소니 기든스 저, 황정미 역, 『현대사회의 성·사랑·에로티시즘』, 새물결, 1996.

리타 펠스키 저, 김영찬·심진경 역, 『근대성의 젠더』, 자음과 모음, 2010.

Linda Hutcheon, *A Theory of Adaptation*, New York: Routledge, 2013.

무대에서 전래동화 구연의 두 가지 방식

강성숙, 「이야기꾼의 성향과 이야기의 특성에 관한 연구」, 이화여자대학교 대학원 석사학위논문, 1996.

강진옥, 김기형, 이복규, 「구전설화의 변이양상과 변이요인 연구 -익산지역 이야기꾼과 이야기판을 중심으로-」, 『구비문학연구』 14집, 한국구비문학회, 2002.

김우룡, 장소원 저, 『비언어적 커뮤니케이션론』, 나남, 2004.

손동인, 『한국 전래동화 연구』, 정음사, 1984.

윤교임, 「연행중심적 접근과 구술시학의 민족지」, 『구비문학연구』 15집, 한국구비문학회, 2002.

이재철, 『아동문학개론』, 서문당, 1998.

조성숙, 「한국 전래동화의 연구」, 경남대학교 대학원 박사학위논문, 2009.

에드워드 홀 저, 최효선 역, 『숨겨진 차원 : 공간의 인류학』, 한길사, 2002.

Alessandro Duranti & Charles Goodwin, Cambridge eds., *Rethinking Context : Language as an Interactive Phenomenon*, Cambridge: Cambridge University Press, 1992.

Bauman, Richard and Charles Briggs, "Poetics and Performance as Critical Perspectives on Language and Social Life," *Creativity in Performance* R. Keith Sawyer ed., *Greenwich*, CT : Ablex Publishing, 1997.

Goffman, Erving, *The presentation of self in everyday life*, New York : Anchor, 1959.

Judee K. Burgoon, Laura K, Guerrero, Kory Floyd, *Nonverbal Communication*, Pearson Education, Inc., 2010.

찾아보기

▌유정월

홍익대학교 사범대학 국어교육과 교수. 서강대학교 국어국문과를 졸업하고 동 대학원에서 「문헌소화의 구성과 의미작용에 대한 기호학적 연구」로 박사학위를 받았다. 신화이건, 전설이건, 민담이건, 구술되었건, 기술되었건, 조선시대의 것이건, 근대의 것이건, 현대의 것이건 상관없이 온갖 형태의 전승된 이야기에 관심을 가지고 있다. 옛이야기를 읽는 방식과 그것이 보여주는 해석의 지평을 중심으로 하는 여러 편의 논문을 발표했다. 지은 책으로『오래된 웃음의 숲을 노닐다』,『오래된 운명의 숲을 지나다』,『고전적 재미의 재구성』,『선비의 아내』,『우습고 이상하고 무서운 옛이야기』가 있다.

문학과 문화 사이, 옛이야기

2017년 6월 20일 초판 1쇄 펴냄

저 자 유정월
발행인 김흥국
발행처 도서출판 보고사

등록 1990년 12월 13일 제6-0429호
주소 경기도 파주시 회동길 337-15 2층
전화 031-955-9797(대표)
      02-922-5120~1(편집), 02-922-2246(영업)
팩스 02-922-6990
메일 kanapub3@naver.com
http://www.bogosabooks.co.kr

ISBN 979-11-5516-671-0 93810

정가 25,000원